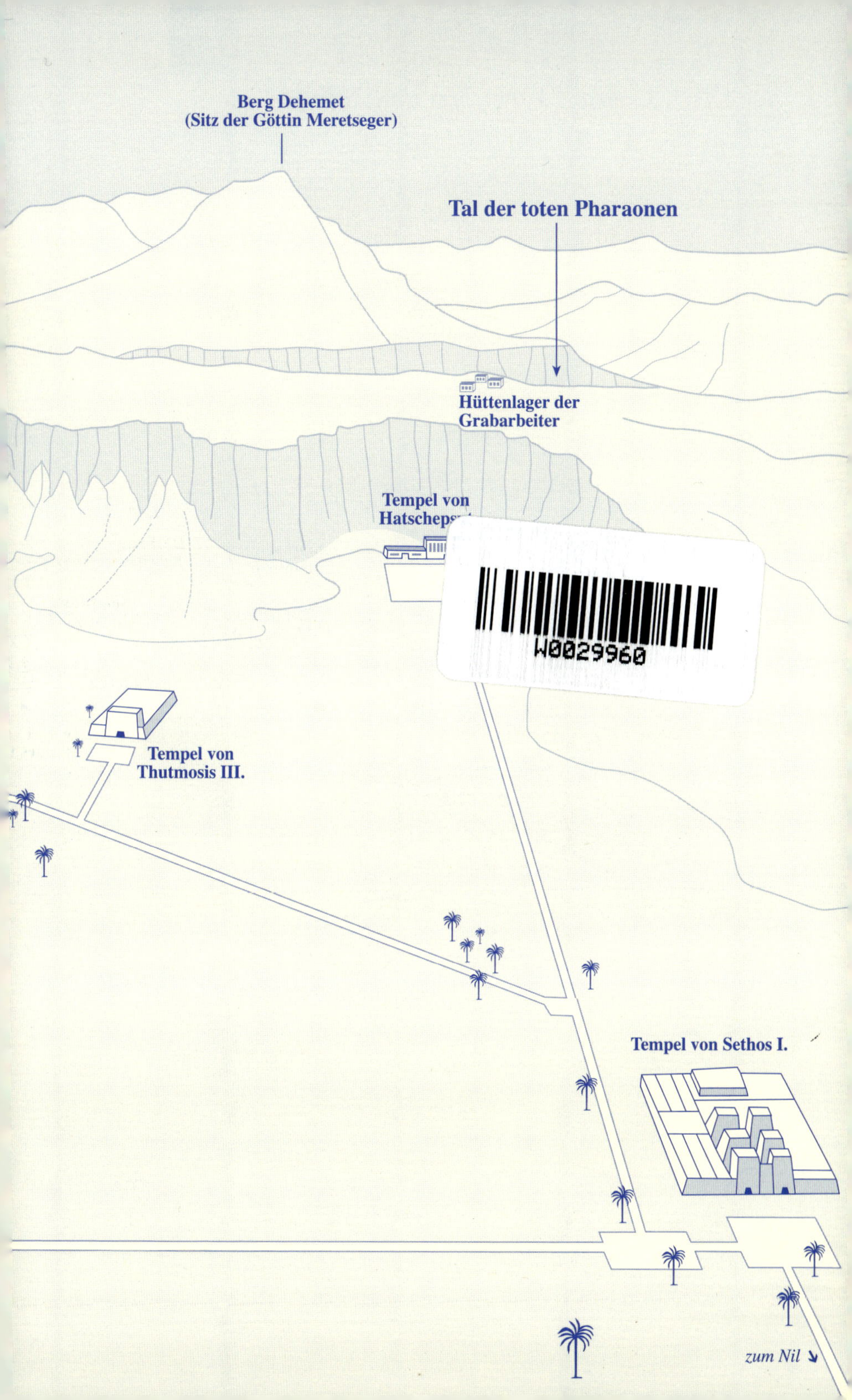
Berg Dehemet
(Sitz der Göttin Meretseger)
Tal der toten Pharaonen
Hüttenlager der
Grabarbeiter
Tempel von
Tempel von
Thutmosis III.
Tempel von Sethos I.
zum Nil

CAY RADEMACHER

MORD IM TAL DER KÖNIGE

HISTORISCHER ROMAN

LangenMüller

Für Leo und Julie

Besuchen Sie uns im Internet unter http://www.herbig.net

Sonderproduktion 1. Auflage 2009

Umschlag: Wolfgang Heinzel
Übersichtskarte: Kartographie & Grafik
Ekkehard Radehose, Schliersee
Satz: C. Schaber Datentechnik, Wels
Gesetzt aus 10,8/15 Punkt Giovanni Itc in PostScript
Druck und Binden: CPI Moravia Books GmbH
Printed in EU
ISBN 978-3-7844-6035-2

1. BUCHROLLE

Der tote Schreiber

Jahr 6 des Merenptah,
Achet, 5. Tag des Paophi; Set-Maat

Das gelbe Licht des aufgehenden Mondes war diffus wie das Leuchten einer Öllampe im Grab. Die schroffen Kalksteinfelsen knackten und ächzten, als ihnen der kühle, vom Nil heraufwehende Nachtwind die während des langen Sommertages gespeicherte Hitze raubte. Irgendwo lösten sich ein paar kleine Brocken, die in einer abgelegenen Schlucht leise polternd einen Hang hinabrutschten, bis sie in einer Geröllhalde ausrollten. Eine jagende Hyäne stieß einen Warnruf aus und eine andere antwortete ihr von jenseits des großen Tals mit dem gleichen hohen, zornig klingenden Bellen. Dann war wieder nur die leise Kadenz der abkühlenden Felsen zu vernehmen.

Viele Menschen glaubten allerdings, dass dieses Seufzen und leise Mahlen gar nicht aus den Steinen drang. Für sie waren es die Verwünschungen und Klagelieder, die Drohungen und

Zaubersprüche der Dämonen und der ruhelosen Geister jener Toten, deren Nachkommen den Kult vernachlässigt und deshalb verhindert hatten, dass die Seelen dieser Unglücklichen den Frieden im Reich des Westens finden konnten.

Doch der Mann, der jetzt aus seinem Haus trat, schien vor diesen drohenden Gefahren keine Angst zu haben. Er hatte sich ein Tuch aus dunkler, grober Wolle über den Körper geworfen, einen Umhang, wie ihn die Aufseher in den Steinbrüchen der großen Wüste Nubiens im Winter trugen, wenn es nachts so kalt wurde, dass sich eine Eisschicht, dünn wie ein Frauenschleier, über das Wasser in den Tonkrügen legte. Für Paophi, den zweiten Monat in Achet, der Jahreszeit der Überschwemmung, war der Stoff viel zu dick. Der Mann trug außerdem eine braune Filzkappe auf dem Kopf und die schweren rindsledernen Sandalen der Soldaten an den Füßen. Als er aus dem Schatten seines Hauses heraustrat, fiel für einen Moment das bleiche Mondlicht auf sein feistes, schweißglänzendes Gesicht. Der Mann schnaufte leise, trat in den Schatten des nächsten Hauses - und dann schien er einfach zu verschwinden wie eine Spukgestalt aus dem Reich des Westens.

Kenherchepeschef lächelte dünn. Die grobe Kleidung mochte zu schwer und zudem für einen Mann seines Standes unwürdig primitiv sein, doch sie war dunkel. Schon auf wenige Schritte Entfernung würde er kaum noch auszumachen sein, wenn er jeden unnötigen Lärm vermied. Das Dorf, in dem er seit vierundzwanzig Jahren so unumstritten herrschte wie der Pharao über das Lande Kemet, schien menschenleer zu sein. Die einzige, zum Nordtor führende Straße, die Gassen, die zu beiden Seiten abzweigten, die Dachterrassen der Häuser lagen verlassen da. Kenherchepeschef grinste verächtlich. Es war Wochenende – zwei freie Tage nach acht Tagen härtester Plackerei, in denen das Grab des Pharaos in den Felsen geschlagen worden war. Die Männer würden bei ihren Frauen liegen, viele Krüge sauren Bieres trinken oder einfach nur erschöpft auf ihren Matten schlafen. Niemand würde auf den Gedanken kommen, zu dieser späten Stunde noch aus dem Haus zu treten.

Vorsichtig schlich Kenherchepeschef die Straße entlang. Plötzlich erstarrte er, als er auf einer Dachterrasse eine schnelle Bewegung entdeckte. Er wagte nicht zu atmen, bis er ein kurzes Fauchen hörte. Erleichtert sog er die Luft wieder ein und schritt weiter. Es war nur der an einen Pfahl auf dem Dach festgebundene dressierte Affe eines Arbeiters. Die Meerkatze war aufgesprungen, um eine streunende Katze zu verscheuchen. Endlich hatte er das Tor erreicht. Kenherchepeschef holte unter seinem Gewand einen langen Schlüssel und ein kleines Glasfläschchen mit Sesamöl hervor. Er tröpfelte das Öl auf das Schloss, dann auf den Schlüssel, bevor er geräuschlos aufschloss. Langsam drückte er einen schweren, bronzebeschlagenen Torflügel auf, schlüpfte hindurch und schloss ihn wieder hinter sich. Dann atmete er tief durch: Er hatte das Dorf verlassen. Hier war die Gefahr der Entdeckung am größten gewesen. Nun, zwischen den schroffen Felsen, würde ihn niemand mehr aufspüren.

Er murmelte ein kurzes Gebet an Hathor und umklammerte eines von mehreren Amuletten, die er um den Hals trug: die *achet*-Hieroglyphe, das Kreuz des Lebens. Das würde ihn vor den Dämonen der Felsen schützen, die, wie Kenherchepeschef glaubte, längst nicht so gefährlich waren wie diejenigen Dämonen, die den schlafenden und deshalb hilflo-

sen Menschen im Traum heimsuchten. Vor den Skorpionen und Schlangen, die jetzt in den Steinen jagten, würden ihn hoffentlich seine schweren Sandalen bewahren.
Als Kenherchepeschef mit schnellen Schritten auf dem Pfad ausschritt, der vom Dorf höher in die Felsen führte, erhob sich von einer Dachterrasse eine dunkle Gestalt, die dort bis dahin versteckt gelegen hatte.

Kenherchepeschef war den Weg so oft gegangen, dass er auch mit verbundenen Augen nicht einmal gestolpert wäre. Er führte einige hundert Schritte bergan. Der Schweiß lief ihm in Strömen unter der Filzkappe hervor, doch er hielt es für sicherer, auch jetzt die dunkle Kleidung anzubehalten. Einmal glaubte er, ein leises Knirschen zu hören, als wäre jemand auf ein Steinchen getreten und hätte es unter seinem Körpergewicht zermahlen. Kenherchepeschef drückte sich in eine schmale Felsspalte und blieb lange in diesem schattigen Versteck, um zu lauschen. Doch er konnte nichts Verdächtiges mehr hören. Er murmelte einen magischen Spruch zur Abwehr von Dämonen und schlich schließlich weiter voran.
Nach einer halben Stunde gelangte er auf ein kleines Felsenplateau hoch über dem Dorf. Zu seiner Linken erhob sich Dehemet, ein Berg, dem die Götter die heilige Form der Pyramide gegeben hatten. Hier thronte Meretseger: Die, die das Schweigen liebt, die kobragestaltige Göttin und Beschützerin der schroffen, unzugänglichen Täler zu ihren Füßen. Kenherchepeschef griff nach seinem Anch-Amulett, das ebenfalls um seinen Hals baumelte, und bat Meretseger, ihm gnädig zu sein.
Etliche hundert Schritte rechts von ihm schimmerte das majestätische, dunkle Band des Nils wie ein endloser Strom

schwarzer Tinte, der vom südlichen zum nördlichen Horizont floss. Seine schlammigen Wasser waren, wie immer um diese Zeit im Jahr, weit über die Ufer getreten und bedeckten die Felder der Bauern, die fast bis zu den schroffen Klippen reichten, durch die Kenherchepeschef schlich. Zu seinen Füßen, gut dreihundert Ellen unter ihm am Fuß der Felsen, erahnte er die Umrisse des gewaltigen Totentempels, den Ramses zu seinem Ruhm und zum Ruhm des Gottes Amun einst hatte errichten lassen. Dort unten erhellte das flackernde Licht Dutzender Fackeln hin und wieder einen Säulenschaft, breit wie fünf Männer, oder Teile eines mit farbigen Hieroglyphen geschmückten Pylons, eines gewaltigen Tempeltores. Wahrscheinlich zelebrierten einige Priester eine Kulthandlung zu Ehren des großen Ramses, des Vaters und vergöttlichten Vorgängers des jetzigen Pharaos.
Pharao! Kenherchepeschef blickte nach Osten, wo, jenseits des Nils, eine schier endlose Lichterkette aus Fackeln und Öllampen den Horizont illuminierte. Dort lag Theben, die größte Stadt im Lande Kemet und in der ganzen Welt, hier hatte Amun seinen Palast, der mächtigste Gott des Kosmos, hier schlug das Herz der Beiden Reiche - und hier würde in wenigen Tagen der Pharao seinen prachtvollen Einzug halten, um, wie es uralter Brauch war, das Opet-Fest zu feiern und dem Amun zu huldigen.
Und er, Kenherchepeschef, würde den Pharao sehen dürfen, würde die Luft atmen, die er geatmet hatte, würde vielleicht gar die Gnade erlangen, den Boden küssen zu dürfen, auf den der Pharao seinen Fuß gesetzt hatte! Er würde das Dorf, das er vierundzwanzig Jahre lang beherrscht hatte, endlich verlassen, um über eine andere, größere, reichere Stadt, vielleicht gar einen ganzen Gau im Lande Kemet zu gebieten. Er

würde goldene Ketten aus der Hand des Pharaos empfangen und unzählige Deben Silber und Kupfer von den Bittstellern, die sich seine Gnade erkaufen wollten. Zweimal hundert Sklaven würden ihn bedienen, die Tonkrüge seiner Bibliothek würden sich mit den kostbarsten und ältesten Papyri füllen, Schreiber würden seinen Namen für die Ewigkeit bewahren - und, wichtiger als alles andere, die Magier des Hof des Pharaos, die weisesten der Beiden Reiche, würden endlich die Dämonen bannen, die ihn so oft in seinen Träumen behelligten.

Kenherchepeschef atmete vor Erregung tief durch. Die Luft trug ihm den Geruch von schlammigem Wasser und feuchter, schwerer Erde zu, darüber lag, wie der letzte Hauch einer parfümierten Essenz auf der Perücke einer reichen Frau, ein leichter Duft aus Datteln und Salz, Öl und gebratenem Fisch, Weihrauch und Myrrhe - der Duft Thebens. Alles kam darauf an, dass er in dieser Nacht mutig blieb wie ein Löwe, aber auch vorsichtig wie eine Hyäne, dass er geschmeidig war und doch zielbewusst wie ein Günstling am Hofe des Pharaos, dass er sich genau an den Plan hielt, den er sich schon vor Wochen zurechtgelegt hatte.

Er schritt mit neuer Kraft voran. Bald kam Kenherchepeschef zu der Ansammlung elender Hütten aus Lehmziegeln und Palmwedeln, in denen die Arbeiter die Nächte der Woche verbrachten, weil es zu anstrengend war, nach einem langen Tag noch bis ins Dorf zurückzukehren. Am Wochenende sollte der Ort verlassen sein, doch Kenherchepeschef wusste, dass sich manchmal Liebespaare heimlich hierhin schlichen, um sich ungestört aneinander zu erfreuen. Also duckte er sich hinter einem fast mannshohen Felsbrocken und lauschte, bevor er die stillen Hütten in einem Bogen umging.

Jetzt war er fast an seinem Ziel: Der Pfad führte hinab zum Tal der toten Pharaonen von Set-Maat, dem Ort der Wahrheit.
Es war ein wildes, zerklüftetes, vielfach von Seitenschluchten zerrissenes Tal, in dem keine Sykomore Schatten spendete, kein Strauch, nicht einmal ein Grashalm wuchs - ein Tal des Todes. Seit rund dreihundert Jahren hatten alle Pharaonen diesen Ort für ihr Grab erwählt. Hier lagen sie, umgeben von ihren Schätzen, die Wände geschmückt mit den Beschwörungen aus dem Totenbuch, in majestätischer, ewiger Ruhe; von hier gingen sie in das Reich des Westens, um sich mit dem Sonnengott Amun-Re zu vereinigen und ihn zu begleiten auf seiner unendlichen Reise durch die Unterwelt. Ihre Todeshäuser lagen viele hundert Schritt tief in den Klippen an den Flanken des Tals, die Zugänge versteckt in Felsenrissen oder sorgfältig verborgen unter Geröll und Sand.
Es waren die Männer des Dorfes Set-Maat, die den Ehrentitel »Diener am Ort der Wahrheit« trugen. Sie waren es, welche die Gräber der Pharaonen in die Felsen schlugen, welche die Wände glätteten, mit Reliefs und bunten Hieroglyphen verzierten, welche die Pforten für immer verschlossen, wenn die Mumie des Herrschers in dem granitenen Sarkophag ruhte - und welche die Spuren ihrer jahrelangen Arbeit sorgfältig verwischten, damit kein Unbefugter je den Schlaf der Pharaonen stören konnte.
Und Kenherchepeschef war Erster Schreiber am Ort der Wahrheit, der Vorsteher des Dorfes, der, der den Arbeitern Werkzeuge und Farben, Lampen und Öl gab; der aufschrieb, wer arbeitete und wer fehlte; der dem Tschati in Theben berichtete, welche Fortschritte sie gemacht hatten; der mit dem Tschati und den Baumeistern des Pharaos festlegte, wo ein

neues Grab in die Felsen zu treiben sei, wenn die Zeit dafür reif war.
Kenherchepeschef war der einzige Mann im Lande Kemet, der die geheime Lage aller Gräber kannte, der wusste, welches senkrecht wie ein Sonnenstrahl und welches gekrümmt wie ein Schneckenhaus in den Felsen getrieben worden war, welcher Zugang unter Geröll am Talboden versteckt wurde und welcher hoch oben an den Flanken der Klippen lag. Er kannte die Geheimnisse der toten Pharaonen am Ort der Wahrheit und die der in alle Ewigkeit schlafenden Königinnen und Prinzen am Ort der Schönheit weiter im Süden und auch all der Tschatis, Hohepriester und der anderen Reichen aus Theben, die sich die Felsen in der Nähe der Herrscher für ihre Ruhestätten gewählt hatten. Denn ob es der Pharao selbst war, eine seiner Frauen, ein ehrwürdiger Priester des Amun, ein verdienter General oder einfach nur ein reicher Händler, der sich mit Gold seinen letzten Ehrenplatz erkauft hatte - es waren stets die Diener am Ort der Wahrheit, die einen Felsen in ein Grab verwandelten. Und keine letzte Ruhestätte konnte ohne Wissen Kenherchepeschefs geschaffen werden.
Jetzt war die Zeit gekommen, dieses Wissen, das er in Jahrzehnten von den Toten erworben hatte, in der Welt der Lebenden zum eigenen Vorteil zu nutzen.

Eine kleine Festung der Medjai lag dort, wo sich der Pfad zum Tal der toten Pharaonen hinabwand, kaum mehr als ein Haus mit verstärkten Ziegelwänden, umgeben von einer niedrigen Mauer. Die Medjai waren wilde Söldner aus Nubien und Libyen mit barbarischen Riten und seltsamer Tracht, die nicht an die Götter des Landes Kemet glaubten,

sondern nur ihre eigenen Geister verehrten. Sie jagten entlaufene Sklaven, verprügelten Bauern, die Steuern schuldig geblieben waren, und bestraften auch sonst alle, die die Gesetze des Pharaos missachteten - und sie bewachten die Gräber der Herrscher. Doch Kenherchepeschef ging sorglos an ihrer Festung vorbei, denn er wusste, dass die Gewalt der Medjai zugleich ihre größte Schwäche war: Jeder Krieger dieser Truppe hatte schon mehr als einmal Blut vergossen. Und auch wenn es nur untreue Sklaven und arme Bauern, betrügerische Markthändler oder namenlose Betrunkene auf den Gassen Thebens gewesen waren - ihre Geister fürchteten die Nubier und Libyer doch. Nirgendwo waren diese Geister so stark, so gefährlich wie in der Nähe von Gräbern. Deshalb hassten die Söldner, die nach Set-Maat abkommandiert waren, diesen nächtlichen Posten und deshalb wagten sie sich fast nie aus ihrer Festung heraus, solange Amuns goldener Wagen durch die Pforten der Nacht ging.
Kenherchepeschef kletterte den Pfad vorsichtig bis zum Talgrund hinab. Das Mondlicht reichte kaum bis zu ihm hinunter. Die Felsen waren nur als schwarze, gezackte Wand zu erahnen, die scheinbar überall bis zum Himmel hinaufreichte. Die Steine waren inzwischen ausgekühlt und ruhig. Einmal rieselte irgendwo etwas Sand herab, doch sonst war die Stille so vollkommen, als stünde er in der untersten Kammer der Großen Pyramide. Trotzdem wusste er genau, wo er sich befand: Zu seiner Linken, dort, wo einer seiner Vorgänger einst das Grab des Haremhab versteckt hatte, öffnete sich eine schmale Seitenschlucht, einige Schritte zu seiner Rechten verbargen sich die Ruhestätten von Ramses dem Ersten und Sethos dem Ersten.
Kenherchepeschef schritt vorsichtig am Talgrund weiter voran Richtung Nordosten. Er trat auf den Schutt, der den

Zugang zum armseligen, aus nur drei Kammern bestehenden Grab des Tutanchamun verbarg, des Sohnes jenes Pharaos, dessen Namen niemand nennen durfte. Nach wenigen Schritten wandte er sich nach links und duckte sich hinter einem Felsen: Vor ihm lag ein weiteres, schmales Nebental, an dessen Ende das schwächliche Licht einer kleinen Öllampe flackerte. Es markierte den Eingang zum Grab des Merenptah - zum fast vollendeten Grab des Pharaos, an dem die Diener am Ort der Wahrheit seit sechs Jahren arbeiteten. Kenherchepeschef versuchte, in der Dunkelheit Einzelheiten zu erkennen. Zu jeder Tages- und Nachtzeit war ein Mann aus dem Dorf als Türwächter des Grabes abkommandiert, weil jeder Diener am Ort der Wahrheit wusste, dass man sich auf den Schutz durch die Medjai nicht verlassen konnte.
Kenherchepeschef hatte dem Mann, der in dieser Nacht wachte, einen großen Krug guten Bieres spendiert. Der Mann, der noch nie zuvor erlebt hatte, dass der Erste Schreiber so großzügig sein konnte, hatte sich überschwänglich bedankt und sofort das Siegel des Kruges erbrochen, um einen großen Schluck zu nehmen. Kenherchepeschef hoffte, dass er inzwischen alles getrunken hatte - denn in den Krug hatte er so viel Schlafmittel aus Mohn gemischt, dass davon eine ganze Armee hätte betäubt werden können.
Der Erste Schreiber schlich sich vorsichtig näher heran an die sorgfältig aus der Felsenflanke herausgehauene Öffnung zum Grab des Merenptah. Dann lächelte er, denn er entdeckte den Türwächter, der tief schlafend quer vor dem Eingang lag. Kenherchepeschef nahm die Öllampe und stieg vorsichtig über den Körper des Mannes hinweg ins Innere des Grabes.

Hieroglyphen flackerten im Licht des kleinen, aus einem Lumpen geflochtenen Dochtes, doch er achtete nicht auf die heiligen Sprüche, sondern eilte den langen Gang hinab, durchquerte mehrere Kammern und gelangte so immer tiefer hinein in den Berg. Schließlich blieb er in der erst halb vollendeten Grabkammer stehen und wartete.

Außerhalb des kleinen Lichtkreises der Öllampe war das Grab finster. Es war sehr schwer, die Zeit zu schätzen. Kenherchepeschef kam es so vor, als müsste er stundenlang ausharren, bis er schließlich bemerkte, dass er nicht mehr allein im Grab des Merenptah war.
Sein Herz raste wie eine Handtrommel, auf der ein Musiker zu einem ekstatischen Tanz aufspielt. Kenherchepeschef griff zu einem dritten Amulett, das um seinen Hals baumelte, ein Ledersäckchen, in das ein Papyrusfetzen eingenäht war. Darauf hatte er eigenhändig einen magischen Spruch geschrieben, der die Dämonen der Nacht bannen sollte. Zugleich sagte ihm sein Verstand, dass da kein böser Geist, kein Medjai-Söldner oder sonst ein unerwünschter Besucher mit langsamen, tastenden Schritten den langen Gang hinabschritt, sondern dass es nur der Mensch sein konnte, mit dessen erzwungener Hilfe er sich eine goldene Zukunft aufbauen wollte.
Die Schritte hallten leise durch das Grab, doch Kenherchepeschef konnte niemanden sehen. Erst als er schon glaubte, der Eindringling müsse gleich neben ihm stehen, sah er, dass seine Sinne in der Dunkelheit irregingen: Am fernen Ende des Ganges flackerte der gelbrote Schimmer einer weiteren Öllampe auf, die jemand mit ausgestrecktem Arm vor sich hertrug.

»Ich wünsche dir ein langes Leben und Gesundheit«, sprach Kenherchepeschef die uralte Begrüßungsformel und zuckte dabei unwillkürlich zusammen. Seine Stimme klang, obwohl er beinahe geflüstert hatte, unnatürlich laut und tief. Doch er gewann seine Selbstbeherrschung sofort wieder, stellte seine Öllampe auf einen Vorsprung in der erst grob herausgehauenen Rückwand der Grabkammer, streckte die geöffneten Hände nach vorn und beugte das Knie. Zwar glaubte er nicht, dass der Neuankömmling besonderen Sinn für diese Geste hatte, denn er war schließlich nicht freiwillig hier, doch Kenherchepeschef hielt es stets für geschickt, höflich zu bleiben.

»Ich freue mich, dass du meiner Einladung gefolgt bist«, fuhr der Erste Schreiber fort.

»Ich hatte keine Wahl«, antwortete der Neuankömmling kalt. Er hielt seine Öllampe noch immer am ausgestreckten Arm, sodass Kenherchepeschef sein Gesicht nicht sehen konnte. Doch er erkannte die Stimme wieder und lächelte böse.

»Dein Geheimnis wird mich zu einem reichen Mann machen«, sagte er spöttisch.

»Deine Gier ist größer als dein Verstand«, antwortete der andere, »sonst hättest du mich nie an diesen Ort bestellt - hier, wo uns niemand sieht.«

»Hier können wir in Ruhe über alle Einzelheiten reden«, entgegnete Kenherchepeschef, der plötzlich unruhig wurde.

»Du kennst mein Geheimnis, das ist wahr«, fuhr die Gestalt mit kalter Stimme unbeirrt fort. »Doch wenn du stirbst, dann stirbt mein Geheimnis mit dir!«

Kenherchepeschef konnte noch immer nicht das Gesicht seines Gegenübers erkennen, doch er sah, wie dessen zweite Hand plötzlich im flackernden Lichtkreis auftauchte.

Sie umklammerte einen großen, beidseitig scharf geschliffenen Dolch aus schwarzer Bronze. Dann schleuderte der andere seine Öllampe fort, die mit einem leisen Klirren an einem bemalten Pfeiler zerschellte und erlosch. Die Gestalt wurde von der Finsternis verschluckt.
Kenherchepeschef stand schreckensstarr im kleinen hellen Schimmer seiner Öllampe.
»Du kannst mich nicht töten!«, rief er mit halb erstickter, krächzender Stimme in die Dunkelheit hinein. »Es ist dir verboten, mich zu töten!«
Er lauschte nach Schritten oder Atemzügen in der Finsternis, doch er konnte nichts vernehmen. Er griff mit der Rechten nach dem magischen Papyrus, den er um den Hals trug, und flüsterte einen Spruch, mit dem das Böse gebannt werden sollte.
Doch er sollte die Zauberformel nie beenden. Plötzlich sah er den Dolch im Lichtkreis seiner eigenen Öllampe, dann stieß die Hand des anderen blitzschnell zu wie eine Kobra, die ihre Zähne in ein Opfer schlägt.
Kenherchepeschef stieß einen gurgelnden Schrei aus, als die lange Klinge in einem einzigen Augenblick in seine Brust gerammt, herumgedreht und wieder herausgerissen wurde.

2. BUCHROLLE

Der ehrgeizige Schreiber

Jahr 6 des Merenptah, Achet, 6. Tag des Paophi,
Palast des Hohepriesters Userhet, Theben

Rechmire wurde vom leisen Klopfen der Sklavin geweckt. Er murmelte verschlafen einen Fluch des krokodilgestaltigen Sobek, drehte sich auf den Rücken, schlug die Augen auf - und wusste im ersten Augenblick nicht, wo er sich befand. Er lag auf einem breiten Bett; die vier Pfosten aus vergoldetem Zedernholz, die das Lager trugen, wurden von je einer fein geschnitzten und bemalten Statuette der löwenköpfigen Göttin Sechmet bekrönt. Die Decken waren aus feinstem, durchsichtigen Leinen. Das Bett stand in der Mitte eines Zimmers, das so groß war wie Rechmires ganzes Haus. Der Raum war kaum möbliert, was den Eindruck luxuriöser Leere noch verstärkte: Zwei große Truhen aus dunklem Ebenholz und eingelegtem Elfenbein lagen an einer Wand, gegenüber standen ein kleiner Tisch aus den gleichen Materialien und ein Klappstuhl aus feinstem Flechtwerk; darüber

hing ein Spiegel aus massivem Silber, doppelt so groß wie der Schild eines Soldaten.
Die Decke des Raums war weiß verputzt, der Boden bestand aus Tausenden von kleinen Lapislazuliplatten, in die Goldsplitter eingelegt worden waren. Die Wände waren rundum mit einem lebensgroßen, farbenfrohen Fresko des Papyrusdickichts am Nilufer verziert, in dem sich bunt gefiederte Enten versteckten. Jede Wand zeigte zudem eine reich gekleidete junge Frau, die, das Wurfholz in der erhobenen Rechten, auf der Entenjagd durch das sumpfige Dickicht schlich.
Es war dieselbe Frau, die neben Rechmire im Bett lag.
Baketamun hatte ihre Augen - die etwas zu großen, runden, dunklen Augen, deren herausfordernder Blick ihn vor drei Monaten sofort verzaubert hatte - noch geschlossen, ihre weit geschwungenen Lippen lagen aufeinander und nur ein leises Zittern ihrer kleinen Nasenflügel verriet, dass sie atmete und kein Traumbild eines von Dämonen besessenen Mannes war.
Sie trug ihre dichten, leicht gelockten Haare kurz wie alle reichen Frauen, weil sie sich in der Öffentlichkeit nie ohne Perücke zeigte. Baketamun liebte ausgefallenen Kopfschmuck, Perücken, deren breiter Fächer schwarzer Haare ihr bis fast auf den Po hinabreichte. Doch jetzt lag die Zierde, die aus dem schweren, glatten Haar ihrer Lieblingssklavin geflochten war, dort auf dem goldglänzenden Boden, wo Rechmire ihr sie gestern in seiner Leidenschaft vom Kopf gestrichen und fallen gelassen hatte.
Es war die Sklavin, die die Ehre gehabt hatte, ihr Haar für die Perücke ihrer Herrin zu geben, die nun an die Tür klopfte. Es war das Zeichen für ihn zu gehen.

Er wollte zum Abschied noch einen Blick auf seine Geliebte werfen und hob vorsichtig die Leinendecke zur Seite. Baketamun war zierlich, doch ihr Körper war schlank und kräftig wie der einer Akrobatin des Pharaos. Ihre Brüste waren klein und fest, ihre Hüfte fast jungenhaft schmal, ihre sorgfältig gepflegte Haut weiß wie Elfenbein. Sie hatte gestern Abend, als sie ihn empfing, einen kleinen duftenden Salbkegel in ihrer Perücke zergehen lassen und selbst Stunden später noch umschmeichelte ein berauschender Hauch von Lotosblüten ihre Schönheit.

»Meine Schwester«, flüsterte Rechmire. Ein Stolz, der jedes Maß zu sprengen schien, erfüllte ihn, als er den Ehrentitel nannte, mit dem seit allen Zeiten Männer ihre Geliebten ansprachen.

Baketamun war siebzehn Jahre alt und noch immer nicht verheiratet. Sie war die Tochter des Hohepriesters Userhet, des zweitmächtigsten Mannes im Lande Kemet. Es war ein göttliches Wunder, dass sie einen armen Schreiber wie Rechmire erwählt hatte. Und er würde den Krokodilen vorgeworfen werden, sollte er je auf ihrem Lager entdeckt werden.

»Ich muss gehen«, murmelte Rechmire und küsste sie leicht auf den Hals.

Baketamun hielt noch immer die Augen geschlossen, doch ihre Lippen hatten sich um eine Winzigkeit zu einem fast unmerklichen Lächeln verzogen. Plötzlich schossen ihre Arme hoch wie eine zuschnappende Falle, und ihre kleinen, erstaunlich kräftigen Hände hielten seine Hüften umklammert. Der Griff ihrer Linken blieb fest, doch nach einem Augenblick löste sie ihre Rechte und strich mit ihr über seinen Körper.

Rechmire konnte ein leises Stöhnen nicht ganz unterdrücken. »Der Morgen graut«, keuchte er. »Shedemde klopft schon und wartet vor der Tür.«
»Lass sie doch warten«, antwortete Baketamun und hörte nicht auf, ihn zu liebkosen. Ihre Stimme war hoch, aber fein moduliert - seit vier Jahren sang sie in Karnak im Tempelchor der Sängerinnen des Amun zu Ehren des Gottes und ihres Vater. Sie gab sich keine Mühe, leise zu sprechen.
»Es ist sehr gefährlich«, entgegnete Rechmire, doch er spürte, wie die Leidenschaft seine Vernunft besiegte.
»Wenn der Tod droht, verdoppelt sich der Genuss der Liebe«, flüsterte sie.
Dann lachte Baketamun vor Lust und Triumph, als Rechmire sie nahm. Sie liebten sich kurz, aber leidenschaftlich und ignorierten das zunehmend ungeduldiger werdende Klopfen der Sklavin, die sicherlich lauschte und genau hören konnte, was im Zimmer ihrer Herrin vor sich ging.

Als sie ihren Hunger aneinander gestillt hatten, gab Rechmire Baketamun noch einen Kuss, bevor er aus dem Bett glitt. Er trug einen kurzen Lendenschurz aus weißem, gefalteten Leinen und darüber einen zweiten, etwas längeren aus dem gleichen Stoff. Er fand seine Kleidung, zusammen mit seiner kurzen Perücke und seinen einfachen Bastsandalen, hingeworfen auf und unter dem Klappstuhl. Während er sich hastig anzog, warf er zufällig einen Blick in den Spiegel und verharrte unwillkürlich für einen Augenblick, denn außer den Reichen, die sich so viel Silber leisten konnten, war es kaum jemandem im Lande Kemet je vergönnt, sein eigenes Spiegelbild zu sehen.

Rechmire war zwanzig Jahre alt, einen halben Kopf größer als die meisten Männer und dünn, beinahe hager. Er trug sein schwarzes Haar, wie fast alle Männer seines Ranges, fingernagelkurz geschnitten. Er hatte eine große, kräftige Hakennase, seine dunklen, mandelförmigen Augen standen ein wenig zu eng beisammen, sodass sein Gesicht etwas Raubvogelhaftes hatte. »Kleiner Horus« nannten ihn seine Adoptiveltern manchmal noch heute, weil sie fanden, dass er die Züge des falkenköpfigen Göttersohnes trug. Er fragte sich, was Baketamun ausgerechnet an ihm fand, dass sie ihn vor allen anderen Männern im Lande Kemet erwählt hatte.

Aufgeregt fingerte er an den Sandalen herum. Er war stolz auf seine langen, feingliedrigen Hände, die er sorgsam mit Ölen und duftenden Essenzen pflegte, damit man ihm ansah, dass er niemals hatte körperlich arbeiten müssen. Doch seine Geschicklichkeit schien ihn in diesem Moment verlassen zu haben. Schließlich gab er sein Vorhaben auf und schritt mit nur halb geschlossenen Sandalen zur Tür. Es war höchste Zeit, bald würde es im Palast von Sklaven wimmeln, die die erste Mahlzeit für ihre Herren zubereiten halfen.

»Auf Wiedersehen, meine Schwester!«, flüsterte er, als er sich noch einmal an der Tür umwandte.

»Ich werde Shedemde zu dir schicken, Bruder, wenn es wieder eine Nacht gibt, die ich gefahrlos mit dir teilen kann.« Baketamun hielt noch immer ihre Augen geschlossen. Sie rekelte sich wohlig in den Decken, dann drehte sie sich zur gegenüberliegenden Wand und schien sofort einzuschlafen.

Rechmire wollte noch etwas sagen, hielt aber inne und warf ihr nur einen sehnsuchtsvollen Blick zu. Dann drückte er die

Tür auf, vor der die ungeduldige Sklavin schon so lange gewartet hatte.

»Es ist höchste Zeit, Herr!«, flüsterte Shedemde aufgeregt. Sie war rund dreißig Jahre alt, beinahe genauso groß wie Rechmire, aber deutlich schwerer. Ihr festes, blauschwarz schimmerndes Haar war schon wieder mehr als schulterlang, sodass sie es in ein oder zwei Monaten für eine neue Perücke Baketamuns hergeben konnte.
»Am östlichen Himmel steht erst ein roter Hauch«, entgegnete Rechmire. »Nicht einmal der Hohepriester des Amun wird aufstehen, noch bevor sich Amuns goldener Wagen in seiner Pracht am Himmel gezeigt hat.«
»Mein Herr nicht, aber seine Diener«, antwortete Shedemde spitz. »Hundertfünfzig Sklaven arbeiten im Palast des Userhet - hundertfünfzig Paar Augen, die vieles sehen, hundertfünfzig Paar Ohren, die vieles hören können ... Also beeil dich und schweig!«
Rechmire schluckte eine scharfe Bemerkung hinunter, die ihm auf der Zunge gelegen hatte. Er mochte zwar noch nichts mehr als ein junger Listenschreiber des Tschati sein, doch schon in dieser Stellung stand er so weit über jedem Sklaven, wie ein Höfling des Pharaos über einem gewöhnlichen Bauern. Er war empfindlich, wenn irgendjemand, ganz besonders ein Sklave, nicht die nötige Achtung gegenüber einem Schreiber aufbrachte. Andererseits genügte ein Wort Shedemdes, um ihn zu den Krokodilen zu schicken.
Er folgte ihr einen kurzen, breiten Gang hinunter, bis sie auf einen säulenumstandenen Innenhof traten. In dessen Mitte lag ein rechteckiger Teich mit niedrigen gemauerten Seitenwänden, auf dem schwerer Lotos und blaue Seerosen schwam-

men, deren Blüten noch geschlossen waren. Im ersten grauen Tageslicht sah das Wasser schwarz glänzend aus wie Obsidian; Dunstschleier stiegen aus seiner Oberfläche und bildeten einen dünnen Nebel, als sie in den weit ausladenden Ästen einer Sykomore hängen blieben, die im Hof Schatten spenden sollte. Der Teich war von streng abgemessenen Beeten umgeben, in denen Chrysanthemen, Kornblumen und Mohn wuchsen, deren Duft schon am frühen Morgen vom Windhauch zwischen die Säulen getragen wurde.

Shedemde rannte nicht quer über den Hof, sondern geleitete ihn entlang der Säulenreihen bis zum gegenüberliegenden Ende. Hier durcheilten sie eine große, beinahe vollständig leere Halle, die vielleicht nur zu Festbanketten genutzt wurde. Am anderen Ende stand eine große Wasseruhr, deren leises Tröpfeln in dem Raum nachhallte. Dann folgte er der Sklavin durch eine verwirrende Abfolge von Sälen, Korridoren und Innenhöfen.

Alle Räume waren mit prachtvollen Wandmalereien geschmückt, deren Meisterschaft auch dem Palast des Pharaos alle Ehre gemacht hätte. Manche zeigten das Sumpfdickicht des Nilufers, andere den Hausherrn auf einem leichten Streitwagen in der Wüste, Pfeil und Bogen im Anschlag auf eine Gazelle oder stehend auf einer winzigen Nilbarke, in der hoch erhobenen Rechten die Harpune, mit der er auf ein Nilpferd zielt. Zwei Fresken verherrlichten den Hohepriester inmitten seiner Familie bei einem Gelage, für das Sklaven Köstlichkeiten anschleppten, die auf goldenen Platten zu fast mannsgroßen pyramidenförmigen Haufen aufgeschichtet waren, während in einer Ecke nackte Musikerinnen hockten und auf Harfe, Laute und Flöte die Herrschaften unterhielten.

Doch die meisten Fresken waren weniger profanen Szenen vorbehalten: Userhet, seine Haupt- und seine beiden Nebenfrauen sowie seine drei Söhne und acht Töchter, die dem widderköpfigen Amun Wein und Honigkuchen, Weihrauch und Lilienöl darbrachten; Userhet allein vor seinem Gott; Userhet, dem der Pharao zur Belohnung für seine Treue einen goldenen Halskragen schenkte; Userhet, der dem Pharao beim Opfer für Amun assistierte.
Rechmire sah sich immer wieder erstaunt um, ohne dabei allerdings seinen Schritt zu verlangsamen. Seit allen Zeiten war es so gewesen, dass die Götter größer dargestellt wurden als die Menschen, nur der Pharao kam ihnen gleich; und je niedriger der Rang eines Menschen war, desto kleiner sein Bild. Sklaven oder Kriegsgefangene, wenn sie überhaupt für Wert befunden wurden, auf Fresken oder Reliefs verewigt zu werden, waren nichts als hässliche Zwerge unter den Füßen ihrer Herren. Userhet hatte bei der Darstellung seiner Familie peinlich genau auf diesen Kanon geachtet: Er war einen Kopf größer als seine Hauptfrau, die wiederum einen halben Kopf größer als die Nebenfrauen; die Söhne erreichten die Höhe der Haupt-, die Töchter die der Nebenfrauen.
Doch die Szenen, die den Hohepriester vor Amun und dem Pharao zeigten, waren provozierend anders: Userhet war so groß wie sein Gott und sein Herrscher, stets sah es so aus, als ständen sich dort Gleichgestellte gegenüber. Rechmire war sich zwar sicher, dass, sollte jemals jemand diese Fresken ausmessen wollen, sich doch herausstellte, dass die Gottes- und Pharaonenbilder einen halben Finger breit größer waren, damit niemand je auf den absurden Gedanken käme, den Hohepriester wegen Blasphemie und Pharaonenbeleidigung anzuzeigen. Doch der Eindruck blieb, dass sich hier ein

sehr mächtiger Mann hatte verherrlichen lassen, der sich dem Pharao, gar den Göttern gleich wähnte.
Rechmire wusste, dass sich Baketamuns Gemächer im Frauenhaus des Palastes befanden. Shedemde würde ihn zu den Räumen der Sklaven bringen, von dort aus sollte er durch eine kleine Nebenpforte der mächtigen, den Palast umschließenden Mauer auf eine ruhige Straße Thebens treten. Doch die Sklavin konnte ihn nicht auf den direkten Weg hinausführen, weil sie alle Plätze umgehen musste, an denen schon gearbeitet wurde. Sie konnten manchmal am Ende eines Flures Stimmen hören oder das dumpfe Schlagen zweier Bronzeschüsseln aus einem Nebenraum; einmal glaubte Rechmire gar, das typische Knirschen der gerundeten Steine zu vernehmen, zwischen denen der Emmerweizen zu Mehl zerrieben wurde.
Sie sahen allerdings glücklicherweise niemanden. Sie eilten durch riesige Hallen, die, weil sie gespenstisch leer zu sein schienen, trotz ihrer prachtvollen Ausschmückung etwas Bedrückendes hatten. Rechmire wusste jedoch, wie sich dieser Eindruck änderte, wenn eine festliche Gesellschaft hier ein Gelage genoss.

Vor einem Vierteljahr hatte Rechmire zu den wenigen Schreibern gehört, die den Tschati Mentuhotep und dessen Familie zu einem großen Essen begleiten durften, das Userhet in seinem Palast gegeben hatte. Es waren noch andere Wohlhabende aus Theben, hohe Beamte und die Hohepriester anderer Tempel geladen gewesen und Rechmire hatte sich geehrt, aber auch beunruhigt umgesehen, denn er hatte nicht gewusst, warum sein Herr einige seiner Schreiber zu einem solchen Gelage mitgenommen hatte.

Der Festsaal hatte betäubend nach Blumen geduftet: Große Gebinde, aufgesteckt auf übermannshohe Papyrushalme, hatten die Türen flankiert, überall waren Schalen mit offenen Blüten und Bündel aus Rosmarin und Majoran zu sehen gewesen. Sklaven hatten jedem Gast eine Girlande um den Hals gelegt, die Frauen hatten sich zudem Blüten in ihre Perücken gesteckt.
Sie hatten sich, Männer und Frauen auf gegenüberliegenden Seiten des Raumes, wie es Brauch war, auf Matten aus feinem Leinen niedergelassen. Sklaven hatten Alabasterschalen mit Wasser gebracht und ihnen die Hände gewaschen, dann hatten sie auf großen goldenen und silbernen Platten das Essen hineingetragen. Rechmire erinnerte sich an endlose Prozessionen von Honigkuchen und gesüßten Feigen, von allen Arten Nilfischen, von Lauch und Zwiebeln, von Ochsenbraten, Entenbrust, von Gänsen und Tauben, von fetttriefendem Fleisch gemästeter Hyänen und von süßem ägyptischen und herben syrischen und kretischen Weinen, die in den großen Trinkschalen niemals leer geworden waren.
Ein blinder Harfenspieler war aufgetreten, begleitet von jungen Mädchen, die Flöte, Zimbeln und Trommeln gespielt hatten. Zu ihrer Musik waren zwei Dutzend Tänzerinnen in akrobatischen Sprüngen durch den Raum gewirbelt. Sie hatten kurze Perücken getragen, breite Kragen und schmale Gürtel aus Blattgold und Glasperlen - und sonst nichts. Die drei anderen Schreiber, die neben Rechmire in der zweiten Reihe hinter der Matte ihres Herrn saßen und das Gelage ehrfurchtsvoll verfolgt hatten, wären am liebsten aufgesprungen, um mit den Tänzerinnen in einem der verschwiegenen kleineren Räume des Palastes zu verschwinden. Doch Rechmire hatte nur Augen für Baketamun.

Sie hatte am anderen Ende der Halle im Kreise ihrer Familie gesessen, scheinbar unerreichbar fern. Sie hatte ein reich gefaltetes Gewand aus fast durchsichtigem weißen Leinen, das ihre rechte Schulter unbedeckt gelassen hatte, und einen schmalen Halskragen, Ringe, Armreifen und ein Diadem getragen - alles aus purem Gold.
Irgendwann schien sie Rechmires sehnsuchtsvolles Starren bemerkt zu haben, denn sie drehte den Kopf zu ihm hin. Er wurde dunkelrot und senkte schamhaft das Gesicht, doch es war ihm nicht entgangen, dass sie ihm ein Lächeln geschenkt hatte. In diesem Moment war er der glücklichste Mann im Lande Kemet gewesen.
Stunden später, als die meisten Gäste schon betrunken auf ihren Matten eingeschlafen waren, hatten sich Userhet und Mentuhotep erhoben, um die Nachtkühle am Teich eines Innenhofes zu genießen. Der Tschati hatte seinen Schreibern ein Zeichen gegeben, ihm zu folgen; auch der Hohepriester war von einigen jungen Priestern begleitet worden. Erst dann war Rechmire und den anderen klar geworden, warum ihr Herr sie mitgenommen hatte: Mentuhotep und Userhet wollten das Gelage nutzen, um unauffällig über manche Steuern zu sprechen, die zwischen ihnen strittig waren. Rechmire hatte gewusst, dass alle Steuern eigentlich dem Pharao direkt zukommen sollten, doch die beiden mächtigen Männer schienen sich darum nicht zu scheren. Sie hatten sich ziemlich schnell über ihre jeweiligen Anteile geeinigt und die Schreiber und Priester hatten Papyri hervorgeholt, um das Ergebnis zu protokollieren.
Dabei hatte Rechmire in seiner neu entflammten Leidenschaft etwas gewagt, dass ihm hundert Stockschläge oder vielleicht gar den Tod eingebracht hätte, wäre er dabei ent-

deckt worden: Er hatte ein Stück Papyrus abgerissen und eilig, während die anderen Schreiber schon ihre Utensilien wieder zusammenpackten, einen alten Vers gekritzelt, den er während seiner Ausbildung einst auswendig lernen musste:

»Trunken machen die Pflanzen des Sumpflandes.
Der Mund meiner Geliebten ist eine Lotosknospe,
ihre Brüste sind die Früchte von Mandragora,
ihre Arme sind Schlingpflanzen.
Ihre Stirn ist eine Falle aus Nadelholz.
Ich aber bin die Wildgans,
ich erblicke ihr Haar
als Vogelköder in einer Falle, die zuschlagen wird.«

Dann hatte Rechmire auf seiner Matte gesessen, als wäre sie wie die glühenden Kohlen im Ofen des Bronzeschmiedes. Er hatte gesehen, dass sich Baketamun von den Sklaven bedienen ließ, aber niemals irgendein Wort an sie richtete; nur bei einer Dienerin hatte sie eine Ausnahme gemacht, mit ihr hatte sie sich länger, fast vertrauensvoll unterhalten - es war Shedemde. Er hatte ungeduldig gewartet, bis diese Sklavin auch zu seiner Seite des Raumes kam, um Speisen aufzutragen. Nach einer endlosen Zeit hatte er endlich Glück: Shedemde hatte sich über ihn gebeugt, um ihm aus einem großen Silberkrug syrischen Wein nachzuschenken.

»Gib das Baketamun!«, hatte Rechmire atemlos geflüstert und ihr den zusammengefalteten Papyrus in die Hand gedrückt.

Shedemde hatte sich nichts anmerken lassen. Doch wenig später stand sie hinter ihrer Herrin und flüsterte ihr etwas ins Ohr. Rechmire glaubte erkennen zu können, wie seine Botschaft heimlich in ihre Hand geschoben wurde.

Den Rest der Nacht war nichts mehr geschehen. Rechmire hatte auf seiner Matte gesessen, trunken vor Glück und vom Wein und zugleich gemartert von tausend Ängsten. Baketamun hatte sich noch eine Zeit lang mit anderen Frauen unterhalten und sich dann in ihre Gemächer zurückgezogen, ohne ihn noch eines einzigen Blickes zu würdigen.
Doch drei Tage nach dem Fest hatte Shedemde erstmals an die Tür seines Hauses geklopft und ihn zu Baketamun geführt.

Seitdem hatte ihn Shedemde sechsmal an seinem Haus abgeholt und auf verschwiegenen Wegen durch den Palast des Hohepriesters geleitet, damit er mit Baketamun selig werden konnte. Es war die Sklavin gewesen, die im Auftrag ihrer Herrin Rechmires Namen herausgefunden hatte, seine Stellung und auch, wo er wohnte. Rechmire verachtete Sklaven aus tiefster Seele, doch ohne Shedemde hätte er nie zu seiner Geliebten gelangen können.
Nun schlüpften sie durch eine kleine, versteckte Wandtür und Rechmire fand sich in den großen Gärten wieder, die den Palast umgaben. Sträucher von roten, gelben und weißen Rosen waren zu kunstvollen dornigen Skulpturen gebunden worden, die zwischen den beiden Reihen einer Sykomorenallee wuchsen, die vom Haus bis zur Pforte führte. Die Außenmauer war noch rund einhundert Schritt entfernt. Doch sie hatten kaum die Hälfte des Weges zurückgelegt, als die Pforte, durch die Rechmire unauffällig nach draußen verschwinden sollte, von der Straßenseite her aufgeschlossen wurde. Shedemde erstarrte und wurde blass.
»Das kann nur mein Herr sein«, flüsterte sie. »Manchmal verbringt er die Nacht im Tempel mit geheimnisvollen Riten.«

»Die Krokodile mögen ihn fressen!«, fluchte Rechmire leise und blickte sich rasch um. Sofort erkannte er, dass sie es niemals unentdeckt zurück bis zum Palast schaffen würden. Verzweifelt sah er sich nach einem Versteck um.
»Userhet wird sich nichts denken, wenn er mich im Garten sieht«, sagte Shedemde eilig. »Aber du musst verschwinden.« Sie deutete auf den langen, rechteckigen Teich, an dessen gemauerter und gelb verputzter Einfassung sie entlanggegangen waren. Ein Reiher mit gestutzten Flügeln stakste durch das Wasser und sah sie aufmerksam an.
»Spring hinein und versteck deinen Kopf zwischen den Lotosblüten!«, befahl sie. »Schnell!«
Rechmire zögerte einen Moment. Dann stieg er über die niedrige Einfassung und sank ins schwarze, kaum hüfttiefe Wasser, wobei er sich bemühte, möglichst wenig Wellen zu machen. Er schob seinen Kopf zwischen ein schwimmendes Beet großer Lotosblüten und betete stumm zu Thot, dem ibisköpfigen Gott der Schreiber, dass er ihn erretten möge.
Der Mann, der als Erster durch die Pforte trat, hatte sich ein dunkles Tuch um Kopf und Schultern geworfen, doch Rechmire erkannte ihn trotzdem sofort: Userhet, der Hohepriester des Amun. Er war über sechzig Jahre alt, aber noch immer eine Ehrfurcht heischende Gestalt: Userhet war auffallend groß und sehr fett. Er war kahl geschoren wie alle Priester, damit nicht einmal eine Laus zwischen ihn und seinen Gott kam. Sein Kopf war rund und glänzte vor Schweiß wie mit Ochsenfett poliertes Leder. Seine schwarzen Brauen waren dick wie Hanfseile, seine große Nase wies leicht nach links, seine vollen Lippen und seine dunkle Haut erinnerten Rechmire an die bösen Gerüchte in den Armenvierteln Thebens, dass der Hohepriester nubische Ahnen habe.

Userhet gab einen halblauten Befehl, wobei sein Rachen in dem dunklen Gesicht glänzte, als wäre er aus Feuer, denn die Ärzte hatten ihm alle seine Zähne gezogen und durch Nachbildungen aus purem Gold ersetzt.
Hinter ihm traten vier muskulöse nubische Träger ein, die eine prachtvoll geschnitzte, goldüberzogene Sänfte vorsichtig senkrecht aufgestellt durch die enge Pforte brachten. Dann stellten sie sie auf den Gartenweg aus festgestampftem Lehm ab und einer der Träger kroch vor der Sänfte auf den Boden, sodass Userhet zum Einstieg seinen Fuß nicht ungebührlich hoch erheben musste, sondern den Nacken des Sklaven als Trittstufe benutzen konnte.
Als die Sänfte angehoben worden war, warf der Hohepriester einen raschen Blick durch den Garten. Seine Augen waren dunkel und stechend. Generationen von Priestern und, so munkelten die Zecher in den Tavernen der Stadt, sogar der Pharao selbst fürchteten diesen durchdringenden Blick.
Shedemde hatte sich an einem Chrysanthemenbeet zu schaffen gemacht und zupfte Blüten aus. Jeder würde denken, dass sie neuen Morgenschmuck für das Zimmer ihrer Herrin sammelte. Der Hohepriester beachtete sie nicht.
Rechmire wollte seiner Tarnung aus Lotosblüten nicht länger vertrauen, als sich die Sänftenträger mit raschen Schritten in Bewegung setzten, denn ihr Weg würde sie genau an dem Teich vorbeiführen. Also holte er tief Luft und tauchte unter. In seiner Angst bildete er sich ein, über Wasser Warnrufe, Befehle, Waffengeklirr zu hören; jeden Moment fürchtete er, von einer harten Hand an der Schulter gepackt und aus seinem lächerlichen Versteck gezogen zu werden, um neben der Strafe auch noch die Schande über sich ergehen lassen zu müssen. Doch alles blieb ruhig. Als seine Lungen zu platzen

schienen, kam er vorsichtig wieder hoch, bereit, sofort wieder wegzutauchen.

Doch durch den Wasserschleier vor seinen Augen sah er nur Shedemde, die an der Einfassungsmauer stand und ihn spöttisch anstarrte.

»Ein Nilpferd hätte es nicht besser machen können als du, Herr«, bemerkte sie lachend. »Die Luft ist rein, mein Herr Userhet ist im Palast verschwunden.«

Rechmire schüttelte sich wie ein begossener Straßenköter und versuchte vergeblich, irgendwie würdevoll aus dem Teich zu schreiten.

»Das ist nicht lustig«, grollte er die Sklavin an, während er seinen Lendenschurz auswrang. Jeder Schritt mit seinen feuchten Sandalen hörte sich an, als schlüge eine Wäscherin nasse Tücher auf einen Stein.

»Ich habe rechtzeitig geklopft«, erinnerte ihn Shedemde halb spöttisch, halb beleidigt, »aber du wolltest nicht hören.«

Rechmire verzichtete auf eine Antwort und trottete ihr die wenigen Schritte bis zur Pforte hinterher. Er fröstelte, obwohl es trotz der frühen Stunde schon sehr warm war.

»Wenn meine Herrin es befiehlt, werde ich dich wieder holen kommen«, flüsterte Shedemde, als sie die Tür in der Mauer öffnete. Dann entließ sie ihn auf die Straßen von Theben.

Rechmire schlüpfte auf eine große, schnurgerade Straße, die an der langen, dreifach mannshohen, weiß verputzten Außenmauer des Palastes entlangführte. Genau gegenüber lag ein kleiner Park, in dem Akazienbäume und Sykomoren Schatten spendeten, etwas weiter zu beiden Seiten begrenzten die hohen Mauern anderer Anwesen den Blick. Die halbe

Straße lag noch im Schatten des ersten Pylons des Tempels von Karnak, einer gewaltigen, mit farbigen Reliefs und Hieroglyphen geschmückten Wand, die fast bis in den Himmel zu ragen schien. Auf dem waagerechten Gesims standen acht baumhohe hölzerne Pfosten, deren Spitzen mit Elektron vergoldet waren, das in der aufgehenden Sonne rot erglänzte. Lange grüne, gelbe und blaue Stoffbahnen flatterten von den Pfosten in der leichten Brise, die vom Nil her wehte – Symbole des Lebenshauches, mit dem Amun täglich die Welt erfüllte.

Die Straße war leer. Rechmire sah sich hastig um, dann wandte er sich nach rechts und ging eilig in Richtung der Viertel rund um den Hafen. Als er die Straße der Reichen hinter sich gelassen hatte, tauchte er erleichtert ein in das Durcheinander der ärmeren Viertel Thebens. Er hatte sein ganzes Leben in der Stadt verbracht und kannte doch noch immer nicht alle Wege durch das Gewirr planlos angelegter, enger Gassen, deren Lehmboden von Tausenden Füßen festgestampft worden war und aus dem doch immer noch Staubwölkchen aufstiegen, wenn er mit seinen Sandalen gegen eine der zahlreichen Unebenheiten stieß. Oft waren sie nicht mehr als kleine Durchschlupfe, kaum zwei, drei Armlängen breit, zwischen den schmutzig-weiß verputzten Außenwänden niedriger Häuser, deren abweisendes Äußeres nur von bunt bemalten hölzernen Pforten und wenigen Luftschlitzen durchbrochen wurde.

Hier waren schon viele Menschen auf den Beinen, auch wenn es noch nicht, wie es einige Stunden später der Fall sein würde, so gedrängt zuging, dass man sich nur noch mit den Ellenbogen einen Weg bahnen konnte. Rechmire stieg über mehrere Betrunkene, die, drei Bierkrüge noch neben sich,

ihren Rausch auf einer Gasse ausschliefen. Sklaven eilten aus den Palästen der Reichen zum Markt am Hafen; einige trugen große Körbe aus Bast, um die Waren tragen zu können, andere schwere, lange Knüppel aus Ebenholz, damit kein Armer auf die Idee käme, von den Köstlichkeiten zu stehlen. Zwei Wasserträger schritten tief gebeugt unter der Last ihrer großen Krüge durch eine Gasse und achteten nicht auf eine Horde kleiner, nackter Kinder, die mit Dattelkernen nach einer dösenden Katze geschnippt hatten, dann aber laut kreischend auf die beiden Träger zielten. Überall saßen Familien beim Frühstück auf den Dachterrassen und genossen die wenigen morgendlichen Augenblicke, in denen es dort noch nicht unerträglich heiß war.
Rechmire sog den Duft Thebens ein. Noch war die Luft klar, denn die Steinschneider, die Blöcke für die Tempelbauten oder große Statuen schnitten, hatten ihre Arbeit noch nicht aufgenommen, sodass noch kein Dunst aus Kalkstein- und Granitmehl die Sicht trübte und die Lungen zum Husten reizte. Keine Stadt der Welt, behaupteten die wandernden Geschichtenerzähler am Hafen, habe ein Aroma, das dem des hunderttorigen Theben gleichkäme: nach Duftölen und Schweiß, nach Rosen und Akazien, nach menschlichen Ausscheidungen und Rinderdung, nach Wein und frisch gegorenem Bier, nach Koriander und Thymian, nach Zwiebeln, Lauch und altem Bratenöl, nach frisch gebackenem Brot und abgestandenem Wasser.
Rechmire berauschte sich an dem Duft. Ihm war, als sei er wie unsichtbare Nahrung, die seinen Körper stärkte. Er fühlte sich erfrischt und eilte mit schnellen, federnden Schritten durch das Gewirr. Er hatte nicht viel Zeit zu verlieren.

Nach einer halben Stunde stand er endlich keuchend vor seinem Haus, das sich in der Nähe des Hafens befand. Zwar konnte er von dort aus noch nicht den Nil sehen und das Durcheinander der Waren an den Kais, wohl aber die Masten der Barken, die die niedrigen Dächer überragten. Rechmire fühlte die Scham wie einen Stich, als er sein Haus anblickte: Die Außenwand war schmutzig, der Putz musste an einigen Stellen dringend repariert werden, denn die Lehmziegel schimmerten bereits durch; die Stofftücher, die in den Lüftungsschlitzen flatterten, damit der Wind keine Mücken und Fliegen ins Innere tragen konnte, waren farblos und zerschlissen; die Farbe auf der rot-weiß gestrichenen Tür war stumpf geworden. Sein Haus war zwar schon etwas größer als die der Tagelöhner, Hafenarbeiter oder alten Soldaten der Nachbarschaft, doch jeder konnte sehen, dass seinem Besitzer die Mittel fehlten, es ordentlich instand zu halten.
Er klopfte an die Tür, lauter als notwendig. Es schien eine kleine Ewigkeit zu dauern, bis er von drinnen schlurfende Schritte hörte.
»Chui, schüttel deine müden Knochen durch und beeil dich«, rief Rechmire wütend, »oder mein Stock treibt dich an wie einen Esel!«
Ein alter Sklave öffnete ihm. Chui und seine Frau Nebtu waren Rechmire vor drei Jahren von seinen Adoptiveltern geschenkt worden, als er ihr Haus verlassen und in dieses sein erstes eigenes Heim eingezogen war.
Chui streckte die Hände ehrerbietig vor und verbeugte sich stumm. Er hatte einmal besorgt gefragt, wo Rechmire seine Zeit verbringe, wenn ihn die unbekannte Frau abholte, doch sein Herr war wütend geworden und hatte ihm einige Stock-

schläge versetzt, sodass er seitdem schwieg. Auch seinen Adoptiveltern hatte Rechmire nichts von Baketamun erzählt, Freunde hatte er keine - niemand, den er kannte, wusste um sein Geheimnis.

»Ich brauche neue Lendentücher und Sandalen, außerdem eine große Schüssel Waschwasser«, befahl Rechmire. »Nebtu soll mir Brot und Honig bringen, ich bin hungrig.«

Chui verbeugte sich und verschwand, während sein Herr durch einen schmalen Gang in den winzigen Innenhof seines Hauses eilte.

Eine Sykomore wuchs über einem winzigen Teich und zwei Chrysanthemenbeeten, beide kaum größer als die Leinentücher, mit denen sich die Reichen nach dem Mahl die Finger trockneten. Die Wände seines Hauses waren mit Fresken geschmückt, die Jagdszenen zeigten und darstellten, wie Rechmire dem Thot opferte. Es waren grobe, schlampig ausgeführte Arbeiten, die Menschen und Götter unproportioniert, die Hieroglyphen mit unsicherer Hand an die Wand geworfen - billige Nachahmungen des prächtigen Wandschmucks, den er in den Palästen Mentuhoteps oder Userhets bewundert hatte.

Doch Rechmire träumte davon, einmal zu werden wie diese Männer: reich, mächtig und fett vom guten Essen. Er steckte all seine äußerst bescheidenen Mittel darein, in seinem Leben das der hohen Beamten und Priester so weit wie nur möglich nachzuahmen. Sein Vater Simut war Soldat gewesen und als Krüppel vom letzten Feldzug des großen Ramses nach Theben zurückgekehrt; seine Mutter Hemre hatte sich seitdem als Wäscherin durchgeschlagen. Rechmire war ihr fünftes Kind gewesen - eines zu viel, eines, das sie nicht mehr ernähren konnten. Als er fünf Jahre alt war, hatten ihn

seine Eltern verkauft. Rechmire hatte nie das Gefühl vergessen, überzählig, überflüssig zu sein, obwohl seine Adoptiveltern Raia und Meresanch, die ihn gekauft hatten, für ihn alles taten, was in ihrer bescheidenen Macht stand.
Raia war Schreiber im Hafen, wo er die Ladelisten der Schiffe kopierte. Es war einer der niedrigsten Posten, die ein Schreiber einnehmen konnte, immerhin gehörte er trotz seiner Armut jedoch zur Elite der wenigen, die lesen und schreiben konnten. Er und seine Frau hatten keine eigenen Kinder bekommen und ihn deshalb gekauft, um einen Sohn und Nachfahren zu haben, der einst ihren Totenkult pflegen würde. Sie hatten Rechmire stets in seinem brennenden Ehrgeiz unterstützt, der Armut und Machtlosigkeit zu entkommen.
»Werde Schreiber, es rettet dich vor harter Arbeit und jeder Art von Mühe.« Das war der erste Satz, den ihm die strengen Lehrer in der Tempelschule mit Geduld und mit dem Rohrstock beigebracht hatten. Und Rechmire hatte ihn niemals vergessen. Elf Jahre lang hatte er sich in der Kunst geübt, die Hieroglyphen zu lesen und zu schreiben; elf Jahre lang war er von seinen Mitschülern, die aus wohlhabenderen Familien stammten, wegen seiner niedrigen, ja zweifelhaften Herkunft gedemütigt worden. Rechmire hatte alles ertragen, weil er wusste, dass die Schreibkunst für ihn der einzige Weg nach oben sein würde. »Nie habe ich einen Bronzeschmied als Gesandten gesehen und den Goldschmied mit einer Botschaft«, lautete ein anderer Lehrsatz, den er immer und immer wieder abschreiben musste. »Doch ich habe den Schmied bei seiner Arbeit gesehen am Loche seines Ofens. Seine Finger waren wie Krokodilhaut.« Und ein Merksatz, der ihn besonders traf, weil er seine

Wahrheit selbst gesehen hatte, lautete: »Der heimkehrende Soldat ist wie Holz, das der Wurm frisst. Er ist krank und muss sich hinlegen.«
Und nun, da Rechmire von allen Frauen im Lande Kemet ausgerechnet die Tochter des Hohepriesters Userhet liebte, gab es noch ein Feuer mehr, das in ihm loderte.

3. BUCHROLLE

Der Befehl des Mentuhotep

Jahr 6 des Merenptah, Achet, 6. Tag des Paophi,
Palast des Tschati Mentuhotep, Theben

Rechmire hockte mit verschränkten Beinen auf einer Matte in der Halle der Schreiber, auf seinen Knien lag ein Papyrus, dessen rechte Seite zwei Hände breit entrollt war. Zu seiner Rechten lag eine kleine eckige Holzpalette auf dem Boden, in deren runde Vertiefungen Farbtiegel mit schwarzer Kohle und rotem Ocker eingelassen waren; daneben stand ein Töpfchen frischen Wassers.

Er nahm den unterarmlangen Halm einer getrockneten Binse und kaute auf deren einem Ende, bis es weich und faserig war. Dann tunkte er es in das Töpfchen und verspritzte einige Tropfen auf den Boden aus sorgfältig polierten gelben Kalksteinplatten.

»O großer Imhotep, der du vom Mensch zum Gott geworden bist, dich ehre ich mit meinem Tun, deiner Weisheit eifere ich nach. Bitte hilf mir, diesen Text fehlerfrei und zum Gefal-

len meiner Herren zu schreiben«, murmelte Rechmire das uralte Gebet.
Zur gleichen Zeit drang diese geheiligte Formel aus drei Dutzend anderer Kehlen. Vor, neben und hinter Rechmire saßen die Schreiber des Tschati, die, wie alle Männer ihres Standes, ihr Tagwerk mit dieser kleinen Zeremonie begannen. Zwar hatte der Gott Thot vor zehntausend Jahren die Schrift und überhaupt alle Weisheit der Welt ins Lande Kemet gebracht, damit es der Pharao und die Menschen erblühen ließen, doch die Schreiber gedachten noch lieber Imhotep, der Schreiber des Pharaos Djoser gewesen war. Er hatte vor zwei Jahrtausenden für seinen königlichen Herrn die erste Pyramide erbaut und viele andere Wunder geschaffen. Seine Klugheit hatte ihn mächtig und seinen Ruhm so groß gemacht, dass er als Gott aufgenommen worden war. Er war der größte Schreiber, den das Lande Kemet je gesehen hatte.
Die Männer auf den Matten beteten ihn nicht nur wegen seiner Weisheit an – sie verehrten ihn auch, weil sie ihm nacheiferten. Keiner würde es offen zugeben, doch jeder von ihnen träumte davon, so bedeutend zu werden wie Imhotep, als Berater, vielleicht gar Vertrauter zu Füßen des Pharaos zu sitzen, über Heere von niederen Schreibern und Arbeitern zu gebieten und mit ihnen Wunderwerke zu schaffen, die alle Zeiten überdauerten und den eigenen Namen unsterblich machten.
Als das Murmeln des Gebets verhallt war, wurde es ruhig in der hohen, gelb verputzten Halle, deren Wände mit großen Fresken zu Ehren Thots verziert waren. Aus großen Oberlichtern fiel sanftes, gleichmäßiges Licht, das die Augen nicht so schnell ermüden ließ, auf die gebeugten Rücken der Männer.

Rechmire konnte nur das Tropfen einer großen Wasseruhr hören, die an der Stirnseite der Halle stand und anzeigte, wie lange sie noch zu arbeiten hätten, bevor sie ihr Mittagsmahl einnehmen durften. Und natürlich wisperte das leise Kratzen der Schreibbinsen auf Papyrus unaufhörlich durch die Halle.

Er tunkte das zerfaserte Ende der Binse ins Wasser und strich dann über den schwarzen Farbtiegel, atmete noch einmal tief durch und machte sich ans Werk.

»Um das Herz seines Herrn zu erfreuen und seinem Herrn mitzuteilen, dass er alle Aufträge ausgeführt habe, die ihm aufgegeben worden waren, sodass sein Herr ihn nicht zu tadeln nötig habe, schreibt Rechmire seinem Herrn dies.«

Er kniff die Augen zusammen. Es war gut, unterwürfig zu sein, denn das liebten die höheren Schreiber. Noch mehr aber liebten sie fehlerfreie Briefe, in denen stets die richtigen Hieroglyphen gewählt sowie diese korrekt und vor allem gut lesbar gemalt worden waren.

Rechmire warf einen scheuen Blick auf eine leere Matte in der Reihe links hinter ihm. Ahmose hatte gestern irgendeinen Fehler gemacht. Niemand wusste, was das für einer gewesen sein könnte, niemand wagte zu fragen. Doch ihr Herr, der Vorsteher der Aufträge des Tschati, ein kleiner Mann, der zu Zornausbrüchen neigte, war wutentbrannt mit einigen Medjai in ihre Halle gestürmt und hatte Ahmose vor den Augen der anderen Schreiber mit langen Knüppeln so lange durchprügeln lassen, bis er nicht mehr vor Schmerzen geschrien hatte. Dann waren Sklaven gekommen, um den Bewusstlosen, dessen Rücken ausgesehen hatte, als hätte ihn dort ein Krokodil angefallen, aus dem Raum zu schleppen. Keiner wusste, ob Ahmose je wiederkehren würde, ja nicht

einmal, ob er überhaupt noch lebte. Keiner wagte es, sich nach seinem Schicksal zu erkundigen.
Sie waren Schreiber, keine Freunde. Sie waren wie Hyänen, die gemeinsam jagten, aber sofort über jeden aus der eigenen Gruppe herfielen, der eine Schwäche zeigte. Alle träumten wie Rechmire von Reichtum, Ruhm und Macht; alle wussten, dass es nur wenigen vergönnt sein würde, einst beim Pharao Oberster der königlichen Entscheidungen, Oberster der Geheimnisse des Morgengemaches oder ein anderer Würdenträger zu werden; und alle wussten, dass die Männer auf den anderen Matten die Konkurrenten auf dem Weg nach oben waren.
Rechmire rieb sich die Augen und konzentrierte sich. Nach der Nacht mit Baketamun fühlte er sich müde. Am liebsten hätte er sich in den Schatten seiner Sykomore gelegt und den Tag verdöst. Doch er durfte keinen Fehler machen, sonst erginge es ihm wie Ahmose.
Rechmire war im Haus des Lebens beim Ptah-Tempel ausgebildet worden. Ptah wurde vor allem in Memphis verehrt, der alten Hauptstadt der Beiden Reiche, viele Reisewochen nilabwärts gelegen. In Theben hatte er nur ein kleines Heiligtum, das im Schatten der nördlichen Mauer des großen Tempels des Amun stand. Er hatte die Söhne der wohlhabenderen Familien – die wirklich Reichen ließen ihre Kinder im Haus des Lebens des Amun-Tempels ausbilden, des wichtigsten Heiligtums Thebens und des ganzen Landes Kemet – um die Kopflocke beneidet, die die rechte Schläfe ihres ansonsten kahl rasierten Schädels geziert hatte. Rechmire und die anderen armen Kinder trugen ihr Haar kurz, weil ihre Eltern nicht genug Silber und Kupfer aufbringen konnten, um ihren Söhnen einen aufwändigen Kopfputz zu gönnen.

Doch Rechmire hatte sich bemüht, seine Armut durch Klugheit und Fleiß wettzumachen. Und tatsächlich durfte er schon mit sechzehn Jahren das Haus des Lebens verlassen, um dem Tschati zu dienen. Er war mit den Landvermessern, Steuerpächtern und Medjai in der Zeit nach der Überflutung über das Land gezogen, als die zurückweichenden Wasser die Felder wieder freigaben, aber regelmäßig viele Grenzsteine mit sich rissen. Die Felder wurden neu markiert und immer wieder war es dabei unter den Bauern zu Streit gekommen, weil jeder behauptete, dass sein Acker vor der Überflutung größer gewesen sei als der Teil, der ihm jetzt ausgemessen worden war. Wochen später war Rechmire dann wieder hinausgezogen, um die Abgaben in langen Listen zu registrieren. Wie viele Hekat Getreide hatte der Bauer geliefert? Wie viele Rinder führte der Hirte vor? – Und wie viele hätten es sein sollen? Die Steuerpächter hatten schon zur Zeit der Überschwemmung bestimmt, welche Mengen jeder Untertan abzuliefern hatte, und wehe dem Bauern, wehe dem Hirten, der weniger brachte! Rechmire hatte gesehen, wie sie durchgeprügelt worden waren; und mancher, der sich hartnäckig weigerte, mehr zu geben, wurde zum Nil geschleift und in der Nähe einer Sandbank, auf der riesige Krokodile dösten, in die braunen Fluten geworfen.
Zwei Jahre war Rechmire mit den Steuereintreibern gezogen. In dieser Zeit war seine Verachtung der streitenden, misstrauischen, störrischen Bauern gewachsen, die nicht einmal wussten, wie alt sie waren und die seine simplen Steuerlisten für böse magische Zeichen hielten.
Dann war Rechmire als Sesch-Sehui, als einfacher Listenschreiber, in die Halle der Schreiber aufgenommen worden. Hier musste er Briefe für den Tschati verfassen und die Listen

der Steuereinnehmer aus vielen Landesteilen zusammenstellen, damit sein Herr einen genauen Überblick über alle Einnahmen hatte. Es war ein unscheinbarer Posten, doch Rechmire wusste, dass sein Tun irgendwo oben von einem Vorgesetzten mit Wohlwollen betrachtet wurde. Denn seine Arbeit brachte es mit sich, dass er erfuhr, wie viele Steuern dem Pharao jedes Jahr dargebracht - und wie viele davon tatsächlich nach Piramesse in seinen Palast geschickt wurden. Viele Getreidesäcke, Rinder, Sklaven, ja selbst viele Deben Gold und Silber wurden zwar in Theben gesammelt, doch fanden sie nie den Weg stromab zur Residenz des Pharaos, sondern landeten in den Speichern und auf den Ländern der Priester, des Tschati oder anderer hoher Beamter. Irgendwer - vielleicht gar Mentuhotep selbst - musste Rechmire für verschwiegen genug halten, um die Geheimnisse der Steuerlisten für sich zu behalten. Das könnte die Pforte sein, die sich ihm zum Aufstieg aus seiner niedrigen Position öffnete.

Rechmire versank in Tagträumen von Baketamun.

Er hatte, abgesehen von einigen verschwitzten Stunden, die er mit den Dirnen des Hafens verbracht hatte, keine Erfahrung mit Frauen gehabt. Wie würde es sein, an ihrer Seite in einem Palast zu leben? Ihren Duft jeden Tag einzuatmen, ihre Stimme immer zu hören, jede Nacht an ihrer Seite zu liegen? Selbst der Pharao in seinem Harem würde nicht glücklicher sein können als er! Doch der Hohepriester würde ihm die Nase abschneiden lassen und ihn in die Goldminen Nubiens schicken, wenn er ihn jetzt offiziell um die Hand seiner Tochter bäte. Andererseits: Sollte ihn Userhet irgendwann doch für würdig befinden, sein Schwiegersohn zu werden, dann würde Rechmires Verbindung zu Baketamun

automatisch dazu führen, dass ihm zumindest in Theben, wo die Macht des Hohepriesters am größten war, alle Türen offen standen. Vielleicht könnte er gar, irgendwann, Nachfolger Userhets werden? Rechmire - Hohepriester des Amun?
Er zwang sich, den Brief zu vollenden. Es war ein Bericht über alle Steuern, die in den letzten Jahren im Dorf Nebsit bei Theben eingetrieben worden waren - beklagenswert wenig nämlich, wie der Tschati gegenüber einigen hohen Schreibern beiläufig geäußert hatte. Der Vorsteher der Aufträge hatte daraufhin eilfertig versprochen, Vorschläge einzureichen, wie mehr Getreide aus dem Dorf zu pressen sei - Vorschläge, die sich nicht er, sondern Rechmire und einige andere junge Schreiber ausdenken sollten und die er später als seine eigenen ausgeben würde.
Rechmire zuckte die Achseln. Das war das Schicksal der niederen Schreiber, dass ihr Wert oft nicht erkannt wurde. Andererseits stand der Vorsteher der Aufträge jetzt bei ihm gewissermaßen in der Pflicht. Niemand konnte wissen, ob das nicht einmal sehr hilfreich sein mochte. Er rollte den Papyrus zusammen, stand auf und verstaute ihn in einem großen, mit der Namenshieroglyphe des Vorstehers versehenen Tonkrug. Sein Vorgesetzter würde später diesen und viele andere Berichte lesen und daraus Brauchbares für seinen eigenen Brief verwenden. Dann würde er die Papyri seiner Schreiber ins Feuer werfen, damit keine verräterischen Spuren davon zurückblieben, wie er sich hatte inspirieren lassen.

Rechmire war gerade noch rechtzeitig fertig geworden. Ein Sklave schlug mit einem großen, leinenumwickelten Schlägel gegen einen Bronzegong - das Zeichen zur Mittagspause. Manche Schreiber blieben auf ihren Matten und kritzelten

eifrig weiter. Sie taten, als würden sie den Spott der anderen nicht hören, die lärmend aus dem Saal auf einen großen, säulenumstandenen Innenhof strömten. Ein Teich kühlte die Luft, zwei uralte Akazien spendeten Schatten.
Rechmire holte aus einem Leinensäckchen einen Laib Brot und mehrere Zwiebeln hervor. Während er aß, machte ein großer Tonkrug mit Bier die Runde, in den jeder Schreiber nacheinander seinen Trinkhalm steckte, um die saure Flüssigkeit zu trinken, ohne dabei die vielen Rückstände, die stets im Bier schwebten, in den eigenen Hals zu bekommen.
Nur ein Schreiber, der zufällig neben ihm saß, hatte seinen eigenen kleinen Krug mit teurem syrischen Wein dabei. Er aß Datteln, Feigen und Honigkuchen und genoss es, dass ihn die anderen hungrig anstarrten. Chaemepe war derjenige, den Rechmire mehr hasste und fürchtete als alle anderen Schreiber.
Chaemepe war zwei Jahre älter als er, groß, kräftig, gut aussehend und so dumm, dass es ihm auch nach siebzehn Jahren Drill in Tempelschulen und Schreibstuben selten gelang, auch nur einen kleinen Brief fehlerfrei zu verfassen. Doch seine Eltern waren reiche Händler, die in der Oase Siwa in der libyschen Wüste lebten. Sie beherrschten die Karawanenwege, die aus dem Süden Elfenbein, Ebenholz und Sklaven ins Lande Kemet brachten. Ein kleiner, aber nicht zu verachtender Teil dieser Waren floss direkt in die Schatzkammern des Tschati, seitdem er in seiner Großmut einen Schreiber akzeptiert hatte, der kaum schreiben konnte. Da Chaemepe zudem von seinen Eltern auch zwei Jahre in die Armee geschickt worden war, konnte er mit Dolch und Fäusten besser umgehen als die anderen, die ihn deswegen mieden.

»Was für ein armseliges Bauerndorf!«, rief Chaemepe in die Runde und sah dabei niemanden im Besonderen an. Die anderen Schreiber starrten gelangweilt zu Boden oder widmeten sich intensiv ihrem Brot und ihren Zwiebeln. Sie wussten, dass Chaemepe wieder zu einem seiner prahlerischen Monologe ansetzte, mit denen er sich gern die Mittagspause vertrieb. Heimlich verspotteten sie ihn dafür, doch offen mochte ihm das niemand sagen.
»Ich habe eine neue Steuerliste aufgestellt«, fuhr er fort, »und dafür das gesamte Vermögen dieser Bauern geschätzt.« Chaemepe lachte, als würde er die Kapriolen zwergenhafter Tänzer beobachten.
Rechmire hatte keine Ahnung, welches Dorf in der Umgebung Thebens das war. Vielleicht lag es auch gar nicht in der Nähe, nicht einmal in ihrem Gau, sondern irgendwo weiter im Süden des Oberen Reiches, einige Tagesreisen nilaufwärts. Doch wer sie auch sein mochten, sie würden diesen Tag verfluchen, an dem ein kleiner Schreiber, arrogant und dumm wie eine Statue aus Granit, ihre Steuern hinaufgesetzt hatte. Chaemepe war ebenfalls Mitglied der kleinen Gruppe gewesen, die der Tschati zu seinem geheimen Treffen mit Userhet mitgenommen hatte. Damals hatte er die Tochter des Hohepriesters so lüstern angestarrt, als wäre sie ein Mädchen vom Hafen. Rechmire dachte an Baketamun und daran, was sie zu diesem Schauspiel sagen würde. Und was sie sagen würde, wenn Rechmire, anders als die anderen, diese Prahlereien nicht mehr stumm ertrug wie ein Sklave im Mühlrad.
»Fast zweihundert Menschen leben in den elenden Hütten, die Dorf zu nennen eigentlich schon eine Übertreibung ist.« Chaemepe spuckte die Worte beinahe aus, so sehr schien er

seine Opfer zu verachten. »Und alle zusammen haben weniger Vieh als meine Familie allein in Siwa ihr Eigen nennt.«
Rechmire raffte sich endlich dazu auf, Chaemepe eine Falle zu stellen.
»Wie viel Stück Vieh besitzt ihr denn?«, fragte er höflich.
Chaemepe antwortete prompt, viel zu dankbar, dass ihm die Gelegenheit gegeben wurde, seinen Reichtum zur Schau zu stellen, als dass er sich über diese Frage gewundert hätte. »835 langhörnige Rinder«, zählte er stolz auf, »220 hornlose Rinder, 2234 Ziegen, 974 Schafe und 760 Esel!«
»761«, korrigierte ihn Rechmire mit sanfter Stimme. »Du hast einen Esel vergessen.«
Für einen langen Moment war es totenstill im Hof, dann lachten die anderen Schreiber los wie eine Horde betrunkener Seeleute aus Kreta, die in Thebens Tavernen eingefallen war. Chaemepe brauchte ein paar Augenblicke länger als die anderen, bis er die Anspielung verstanden hatte. Er wurde dunkelrot, dann blass vor Wut.
»Dafür werde ich dich bezahlen lassen, Rechmire«, zischte er mit zornbebender Stimme. »Ich werde dir deine Zunge aus deinem dämlichen Gesicht schneiden lassen, damit du den nötigen Respekt lernst, den dir deine Eltern offensichtlich nicht beigebracht haben. Wer immer deine Eltern auch waren«, setzte er höhnisch hinzu.
Rechmire sprang auf, als hätte ihn ein Skorpion gestochen, denn er hasste es, wenn ihn jemand auf seine Eltern ansprach.
Auch Chaemepe hatte sich erhoben, stand dicht vor ihm und fixierte ihn mit seinen dunklen Augen.
»Nur zu, Rechmire, ich überlasse dir den ersten Schlag!«, sagte er gefährlich leise und lächelte verschlagen.

Rechmire stand vor ihm, schwer atmend und die Hände zu Fäusten geballt. Er war zornig wie ein verwundetes Krokodil, aber noch klar genug im Kopf, um zu erkennen, dass Chaemepe kräftiger war als er. Er würde ihm die Nase oder den Kiefer brechen, sodass er für den Rest seines Lebens Brei schlürfen müsste. Baketamun würde seinen zerschlagenen Mund niemals mehr küssen. Also fragte sich Rechmire ebenso verzweifelt wie beschämt, wie er wieder heil aus dieser Lage herauskäme, ohne dabei seine Ehre zu verlieren.
Ein Sklave rettete ihn. Ein großer Nubier trat in den Hof, verneigte sich leicht und verkündete mit der dröhnenden Stimme eines geübten Ausrufers: »Der Prophet der Maat, der Tschati des Oberen Reiches, der Berater und Vertraute des Pharaos, der ehrwürdige Mentuhotep!«

Vier Medjai, die mit Knüppeln, kurzen Schwertern und glänzend polierten hethitischen Schilden bewaffnet waren, schritten durch ein Portal in den Innenhof und bauten sich zu beiden Seiten der Tür auf. Dann kam Mentuhotep, blieb für einen Moment stehen und musterte die Schreiber.
Rechmire und die anderen streckten die offenen Hände in Kniehöhe vor und verbeugten sich tief. Ihr Herr war zweiundvierzig Jahre alt, hatte aber den Körper eines dreißigjährigen Schwertkämpfers: Er war groß, hatte mächtige Schultern und eine fassförmige Brust. Sein Kopf dagegen sah aus, als wäre er von einem launischen Gott für einen ganz anderen Körper geschaffen worden. Der Tschati trug eine kurze, dunkle, aber schlichte Perücke; seine Augen hatten einen leichten Silberblick, die Pupillen schienen immer irgendwie auf die Spitze seiner schön geformten, schmalen Nase gerichtet zu sein. Seine Lippen waren fein ge-

schwungen, seine Haut auffallend hell. Er sah kultiviert und sanft aus.

Doch Rechmire wusste, dass nur das Erstere wirklich zutraf. Schon Mentuhoteps Vater Beknechon war einst Tschati gewesen. Er selbst war in Piramesse am Hof erzogen und noch vom großen Ramses in dessen letztem Jahr als Tschati berufen worden. Niemand, so munkelten die Schreiber in seinem Palast stolz, konnte sich rühmen, Pharao Merenptah so oft die Füße küssen zu dürfen wie er. Mentuhoteps Sohn Amunpanefer war, obwohl kaum zwanzig Jahre alt, bereits einer der glänzendsten Höflinge in Piramesse. Ganz Theben war sicher, dass er irgendwann den Posten und die Macht seines Vaters erben würde.

Mentuhotep trug seine Amtstracht: Ein langes, bis unter die Achseln reichendes Gewand aus feinstem weißen Leinen und eine goldene Statuette einer Göttin mit einer Straußenfeder auf dem Kopf, der Hieroglyphe für den Laut »M« - und für Maat, die Tochter des Re, die Schutzherrin von Richtigkeit, Gerechtigkeit und Wahrheit, also all der Dinge, die der Tschati für seinen Pharao bewahren helfen sollte.

Ihm folgten zwei große nubische Wedelträger, die ihm Luft zufächelten, sowie einige ältere, ranghohe Schreiber.

Der Tschati starrte einige Augenblicke auf die gebeugten Rücken der jungen Schreiber, dann klatschte er in die Hände als Zeichen dafür, dass sie sich wieder aufrichten durften.

»In neun Tagen werden wir, wie ihr alle wisst, das Opet-Fest feiern«, begann Mentuhotep. Seine Stimme war kräftig und autoritär. »Der Pharao wird uns, wie jedes Jahr, besuchen.«

Die Schreiber murmelten ein kurzes Gebet an Amun, dem Pharao noch dreimal dreißig Jahre zu gewähren.

»Des Pharaos Haus der Ewigkeit am Ort der Wahrheit nähert sich der Vollendung. Es ist möglich, dass der Pharao sein Grab zu sehen wünscht, während er in Theben weilt. Deshalb müssen wir uns selbst davon überzeugen, dass die Arbeiten gut vorangeschritten sind. Ich werde über den Nil gehen und das Tal inspizieren, in dem unsere vergöttlichten Herrscher ruhen. Einige von euch sollen mich begleiten.«
Ein älterer Schreiber trat hervor, entrollte einen Papyrus und starrte mit kurzsichtig zusammengekniffenen Augen auf die Namensliste. Dann schritt er in die Mitte des Hofes und zeigte mit einem gichtigen Finger auf einige junge Schreiber: »Du, du, du, du und du - mitkommen!«
Rechmires Herzschlag setzte für einen Moment aus. Der ältere Schreiber hatte auch auf ihn gewiesen. Das konnte doch nur bedeuten, sagte er sich, dass man an höherer Stelle seine Arbeit schätzte. Er hätte am liebsten vor Freude und Stolz gejubelt, doch zwang er sich zu einer tiefen Verbeugung und unterwürfigen Miene.
Das Einzige, was sein vollkommenes Glück störte, war, dass auch Chaemepe zu einem Begleiter des Tschati ernannt worden war.
Mentuhotep klatschte erneut in die Hände.
»Es ist alles vorbereitet!«, rief er ungeduldig. »Wir reisen sofort ab!«

4. BUCHROLLE

Der lange Weg nach Set-Maat

Jahr 6 des Merenptah,
Achet, 6. Tag des Paophi, Theben

Rechmire und die anderen auserwählten Schreiber hatten gerade noch genug Zeit, um vor einem kleinen Standbild des Thot - der Gott wurde hier nicht in seiner ibisköpfigen Gestalt dargestellt, sondern als hockender Pavian, über dessen Kopf eine goldene Sonnenscheibe glänzte - ein hastiges Opfer darzubringen. Dann zogen sie, unter den neiderfüllten Blicken der Zurückgebliebenen, aus dem Palast.
Mentuhotep wurde ihnen in einer mit Blattgold belegten Sänfte aus Flechtwerk und Ebenholz vorangetragen. Einige Medjai patrouillierten im Laufschritt zu beiden Seiten der Sänfte und wehrten die Menschen ab, die sich als Bittsteller in den Weg werfen oder die hellgelben Leinenvorhänge greifen wollten, hinter denen sich der Tschati verborgen hatte.

Mentuhotep wurde von vier Wedelträgern gefolgt, die ihm Luft zufächelten. Nach ihnen kamen zwei höhere, ältere Schreiber, die auf Eseln ritten, auf die man auch einige Tonkrüge mit wichtigen Papyri geschnallt hatte: Pläne des Grabes von Merenptah und alle Dokumente, die in irgendeiner Form mit der Errichtung seines Hauses der Ewigkeit zu tun hatten.
Hinter den Eseln gingen Rechmire und fünf andere Schreiber zu Fuß; sie trugen Binse, Palette und Wasserfläschchen in kleinen Leinensäcken auf dem Rücken. Den Abschluss bildeten einige Sklaven, die Kissen, Decken, Wein und Honigkuchen für den Tschati mitgenommen hatten. An die anderen Schreiber hatte niemand gedacht. Rechmire hoffte, dass irgendjemand in Set-Maat so vorausschauend und höflich gewesen war, um wenigstens ein wenig Brot und Bier für sie bereitzuhalten, denn sie würden viele Stunden lang unter Amuns Glut unterwegs sein.
Vom Palast Mentuhoteps führte eine gerade, von Sphingen gesäumte Straße hinunter zum Hafen. Dort kamen sie nur noch langsam voran. Die Gassen waren eng und verwinkelt, der weiße Putz der Häuser schmutzig und teilweise abgeblättert. Fahrende Händler, die gefährlich hoch beladene Karren hinter sich herzogen und ihre Töpfe, Matten oder Messer schreiend anpriesen, verstopften die Wege, durch die sich auch betrunkene Seeleute, Diebe, Bettler, Lastenträger, Boten, Freudenmädchen, Marktweiber, Müßiggänger und nackte, schmutzige Kinder schoben. Ihr Lärm war so ohrenbetäubend wie der einer Armee, die sich vor einer Schlacht Mut machte. Rechmire konnte nicht immer verstehen, was die Menschen riefen, denn manche benutzten offensichtlich die Sprachen der Hethiter, Nubier, Libyer oder Kreter. So wie

seine Augen das Durcheinander menschlicher Leiber kaum aufnehmen konnten und seine Ohren taub wurden von der Kakophonie des Hafenviertels, so war seine Nase überfordert mit den tausend Gerüchen, die alle zugleich auf sie einströmten: Safran und Eselsdung, Myrrhe und abgestandenes Bier, Weihrauch und Erbrochenes, Holz, Lehm, Salbkegel und Schweiß.
Sie durchquerten einen Zugang zwischen zwei doppelt mannshohen Lagerschuppen, dann waren sie endlich am Ufer. An den steinernen Kais des Nils lagen Hunderte Schiffe: Kleine, leichte, mit einem schräg gestellten Mast und hohem Segel, deren hölzerne Planken mit verdrehten Bastseilen zusammengebunden waren und die schnell und wendig den Fluss hinauffahren konnten; und große, klobige Segler mit hochgezogenem Bug und Heck und gabelförmigem Mast, schwimmende Festungen aus Holz, die stromab bis zum Delta und von dort übers Meer bis Kreta und Tyros segelten. Sklaven schleppten, wie menschliche Ameisen, in einem endlosen Strom Säcke, Amphoren, Balken, Bronzebarren und Granitblöcke aus den Bäuchen der Schiffe. Phönizische und kretische Matrosen hingen wie Spinnen außen an den Rümpfen, um Lecks abzudichten oder die Glück bringenden Augen am Bug neu zu malen, wenn sie durch Sonne und Salzwasser zu stark gelitten hatten. Auf einem großen Schiff wurde gerade das Segel gesetzt: Zehn Männer standen an Deck und zogen die Rah den Mast hinauf, während zwei dressierte Paviane in der Takelage turnten und darauf aufpassten, dass sich keine Blöcke oder Tampen verdrehten. Dann blähte sich ein großes, schon etwas zerschlissenes Segel im Wind, auf das ein riesiger Delfin aufgemalt war.

»Ein Kreter«, bemerkte Chaemepe, »er hat Wein gebracht und segelt jetzt mit Getreidesäcken zurück. Ein gutes Geschäft für uns: Emmer gegen Wein!« Er lachte und Rechmire fragte sich neidisch, woher er das alles so genau wusste.
Mentuhotep führte sie auf den am weitesten stromab gelegenen Kai, der nur für Schiffe der Würdenträger reserviert war. Hier lag der ruhigste Teil des Hafens. Der Tschati ließ sich an Bord einer großen Nilfähre tragen. Sie war, anders als die normalen Gefährte dieser Art, nicht aus Papyrusbündeln zusammengenäht, sondern solide aus hölzernen Planken gefügt, die selbst dann kaum ächzten, als die Esel mit störrischem Schritt darauf traten. Trotzdem blickte Rechmire hinaus auf den riesigen Strom, beobachtete die Sandbänke und suchte in den kräuselnden Wellen nach kleinen Strudeln oder Störungen, die verraten könnten, wo Krokodile und Flusspferde lauerten. Er konnte nichts Verdächtiges entdecken, war aber dennoch beruhigt, als er sah, dass ihr Fährmann Bier in den Fluss kippte, um Amun und einen anderen Gott, den er nicht einmal dem Namen nach kannte, gewogen zu stimmen, bevor sie ablegten.
Rechmires Ängste waren unbegründet. Der Fährmann und seine beiden Gehilfen setzten ein dreieckiges Segel und brachten sie in einer knappen halben Stunde ohne einen Zwischenfall bis zum anderen Ufer, wo eine schmale, steinerne Anlegestelle das Dickicht aus Papyruswedeln und Binsen durchbrach.
»Warte hier!«, befahl Mentuhotep dem Fährmann, der sich tief verbeugt hatte. Für Rechmire war dies der erste Hinweis darauf, dass der Tschati noch am gleichen Tag zurückzukehren gedachte. Erleichtert folgte er seiner Sänfte von Bord, denn ihn hatte die Sorge gequält, dass womöglich Shedemde

an diesem Abend wieder bei ihm anklopfen könnte, er die Nacht jedoch irgendwo bei den toten Pharaonen hätte verbringen müssen. Was hätte Baketamun gedacht, wenn ihre Sklavin allein und ohne Nachricht von ihm zurückgekommen wäre?

Sie schritten auf einem über einen Deich führenden gepflasterten Weg durch die mannshohen Papyrusstauden, in denen drei Enten in Panik davonflatterten und der heiße Wind so laut rauschte, dass sie ihr eigenes Wort nicht hätten verstehen können. Dann traten sie auf die überfluteten Felder hinaus. Zu beiden Seiten des hoch gelegenen Weges glänzten riesige braune Wasserflächen wie geschmolzene Bronze. Nur einige Dattelpalmen und Feigenbäume ragten wie hölzerne Säulen aus der spiegelnden Fläche. Drei Bauern standen unter einer Dattelpalme und schrien, die Köpfe in den Nacken gelegt, Anweisungen nach oben. Als er näher kam, sah Rechmire, dass einige dressierte Meerkatzen und Paviane zwischen den großen Palmwedeln herumsprangen und die Früchte pflückten.

Zu ihrer Linken trieben Hirten mit langen Stöcken eine Herde langhörniger Rinder durch das knietiefe Wasser; einer hatte sich ein Kälbchen um die Schultern gelegt, das zu schwach war, um aus eigener Kraft weiterzugehen. Die Schreiber starrten sie erschrocken und missbilligend an. Die Hirten waren nackt und ließen ihre Bartstoppeln wachsen; sie sprachen einen seltsamen, abgehackten Dialekt, waren aufsässig und wurden nie in den Tempeln gesehen. Manche Gelehrte in Theben bestritten, dass sie zum gleichen Menschenschlag gehörten wie die anderen Bewohner des Landes Kemet, sondern einer eigenen Rasse angehörten, halb Mensch, halb Affe, wie die Nubier.

Als sie weiter auf das Hochland und die Wüste zuschritten, wurde der Wasserfilm auf den Feldern allmählich dünner, sodass an einigen Stellen bereits der schwarze, schwere Boden feucht glänzend unter dem Himmel lag. Sie überholten einen Wasserträger - einen alten Mann mit verkrümmtem Rückgrat, der tief gebeugt unter einer riesigen tönernen Amphore seinen Weg entlangschritt.
Rechmire blickte ihn verächtlich an. Er vermutete, dass er dasselbe Ziel hatte wie sie, denn er hatte gehört, dass es am Ort der Wahrheit keine Quelle gab, jeder Tropfen Wasser also mühsam vom Nil herangeschafft werden musste. Er dankte Thot und seinen Adoptiveltern, dass sie ihn hatten Schreiber werden lassen. Nie würde er sich unter solchen Lasten quälen müssen.
Als sie den Rand der Felder erreicht hatten, bot sich ihnen eine Szene, die Rechmire während seiner Zeit mit den Steuereintreibern schon häufig gesehen hatte: Zwei Medjai hatten einem Bauern das Gewand vom Leib gerissen, ihn an einem Pflock festgebunden und prügelten ihm mit ihren langen Stöcken den Rücken blutig. Als sie die Sänfte sahen, hielten sie inne und verbeugten sich.
Mentuhotep ließ die Träger halten und schob den Vorhang zurück.
»Was hat der Bauer getan?«, wollte er wissen.
Die beiden Medjai sahen sich betreten an und rieben sich verlegen die Hände.
»Ich höre nichts!«, herrschte sie der Tschati an. »Gebt mir Antwort oder ihr steht ebenfalls gleich an diesem Pflock!«
»Wir haben ein Zeichen gefunden von Dem-dessen-Namen-niemand-nennt«, antwortete einer der beiden verängstigt, während der andere zu einem Bündel eilte, das

am Wegesrand lag. Dann kam er mit einer unterarmlangen Kalksteinplatte wieder und reichte sie hoch zur Sänfte.

Rechmire reckte den Hals, doch er konnte nicht viel erkennen: Ein Mann, der offensichtlich betete, war auf der Vorderseite eingemeißelt, darüber eine Sonnenscheibe. Doch die Hieroglyphen waren zu klein und unbeholfen eingeritzt, als dass er sie entziffern konnte.

Mentuhotep besah sich die Platte einen Augenblick und las den Text mit hochgezogenen Brauen, dann schleuderte er sie auf die Erde, als hätte er plötzlich entdeckt, dass er einen Skorpion in Händen hielt.

»Werft diese Stele in den Nil!«, befahl er mit zorniger Stimme. »Und den Bauern prügelt so lange, bis ihn sein Ka und Ba verlassen. Dann verscharrt seine Leiche in der Wüste!«

Er warf den Medjai je einen kleinen goldenen Ring als Belohnung zu, dann gab er das Zeichen zum Weitermarsch. Sie konnten den Bauern hinter ihnen noch einige Zeit schreien hören, bis ihm einer der beiden Medjai einen schweren Schlag auf den Kopf versetzte.

Rechmire wagte nicht, sich umzudrehen. Und während sie weiter voranschritten, fragte er sich vergeblich, warum Mentuhotep den Bauern zum Tode verurteilt hatte.

Sie konnten inzwischen deutlich den pyramidenförmigen Berg Dehemet sehen, wo Meretseger wohnte und den Ort der Wahrheit bewachte. Mentuhotep ließ kurz anhalten und einen Sklaven kommen, der ihm einen Krug Wein bringen musste. Der Tschati öffnete ihn und spritzte einige Tropfen auf den staubigen Weg.

Dabei murmelte er: »Gepriesen sei Meretseger auf dem Gipfel des Westens, wir küssen den Boden vor ihrem Ka. Denn Meretseger ist dem gnädig, der zu ihr fleht!«
Die Männer im Gefolge des Tschati hatten sich tief verbeugt und die Gebetsformel murmelnd wiederholt, bevor sie den Weg fortsetzten. Sie hatten den Rand der Felder erreicht. Vor ihnen ragten die Tempel der göttergleichen Pharaonen auf, dahinter erhoben sich die schroffen Felswände des westlichen Gebirges, in denen irgendwo Set-Maat versteckt lag.
Sie passierten zunächst den riesigen, von drei fahnengeschmückten Toren beherrschten Tempel des Amenophis des Dritten. Vor dem Heiligtum thronten zwei Abbildungen des sitzenden Gottkönigs, beide je elfmal mannshoch und aus einem einzigen rötlichen Quarzitblock geschlagen. Rechmire wagte nicht, die Kolosse offen anzustarren, weil das der Gott wahrscheinlich als respektlos empfunden hätte, deshalb blickte er nur verstohlen hinüber, während sie den Tempel passierten. Nach einem schweren Erdbeben vor einigen Jahren klaffte in der rechten Statue ein langer Riss. Seitdem, so flüsterten die Steinträger und Bauern, wenn sie in den Tavernen Bier getrunken hatten, sang der Koloss jeden Morgen beim Aufgang der Sonnenscheibe Amuns eine Hymne, die keine menschliche Stimme je nachahmen könnte.
Rechmire wusste nicht, was er davon halten sollte. Das Heiligtum war schon mehrere Menschenleben alt. An einigen Stellen war die Farbe aus den eingemeißelten Reliefs der Tempelwände verblasst, der Stoff der Fahnen war zerschlissen, Grasbüschel wuchsen auf der Krone der Umfassungsmauer. Wenn der Nil besonders hoch stand, drang sein Wasser bis zum Tempel, sodass die Wände bis in Hüfthöhe hässliche braune und weiße Verfärbungen zeigten. Würde

ein Gott, der so mächtig ist, dass sogar seine steinernen Kolosse singen, einen derartigen Verfall seines Hauses zulassen? Andererseits: Warum sollten so viele Menschen in Theben die gleiche Lügengeschichte erzählen? Vielleicht also sang die Riesenstatue wirklich, wenn sie jeden Morgen den Sonnenwagen des göttlichen Vaters am östlichen Horizont erblickte. Vielleicht war es aber auch ein zorniger Hilfeschrei, um den Menschen im Lande Kemet zu befehlen, den Verfall des Tempels zu stoppen.

Rechmire hatte einen Brief verfassen müssen, aus dem klar wurde, dass Mentuhotep, um die Arbeiten für seinen Herrscher zu beschleunigen, heimlich Kalksteinblöcke aus dem Heiligtum des Amenophis des Dritten hatte brechen lassen, um sie in das Grab des Merenptah einzubauen. Vielleicht hatte sie der alte Pharao mit einem Fluch belegt?

Rechmire war erleichtert, als sie endlich die viele hundert Ellen messende Längsseite des Totentempels des Amenophis des Dritten passiert hatten. Zu ihrer Linken lagen die kleinen Heiligtümer von Thutmosis dem Ersten und Thutmosis dem Zweiten, dahinter der große Totenpalast Haremhabs. Haremhab war der Herrscher, der Den-dessen-Namen-niemand-nennt aus der Geschichte der Beiden Reiche tilgen ließ, als hätte es ihn nie gegeben - offensichtlich, wie das Beispiel des unglücklichen Bauern zeigte, war ihm das nicht vollständig gelungen. Rechts von ihnen erhoben sich die Tempel mehrerer Pharaonen, unter denen das wuchtige, wie ein Berg aufragende Heiligtum des Ramses alle anderen weit überragte. Nichts übertraf an Pracht jedoch die Rampen und Säulenhöfe, die sich die Pharaonin Hatschepsut einst direkt in eine über hundertmal mannshohe Felsenwand hatte hineinschlagen lassen.

Genau vor ihnen lag der Tempel des Merenptah, der in der Form den Totenpalast seines Vaters Ramses kopierte, aber deutlich kleiner war - Merenptah war über sechzig Jahre alt gewesen, als er vor sechs Jahren endlich den Thron besteigen konnte. Er wusste, dass er nicht viel Zeit hatte, um für die Ewigkeit zu bauen, also war er bescheidener als sein Vater.
Vor dem ersten Pylon thronte der Pharao als zehnfach mannshohe Gestalt aus fein poliertem weißen Kalkstein. Seine Augen schienen irgendwie zugleich zum fernen östlichen Horizont und auf die winzigen Menschen auf dem Weg zu seinen Füßen zu blicken. Der Tempel des Merenptah war fast vollendet. Auf dem Weg zu diesem hatten sie nur einen Schlitten überholt, auf dem ein großer Kalksteinblock lag, den zwanzig Sklaven langsam zum Tempel zogen. Arbeiter balancierten vor der Außenwand auf leichten Gerüsten aus Holz und Flechtwerk, um im obersten Bereich die letzten Reliefs und Hieroglyphen auszumalen. Zwei Priester standen am Boden und überwachten das Werk. Als sie den Tschati erblickten, streckten sie die Hände vor und verbeugten sich, bis Mentuhoteps Zug das Heiligtum passiert hatte.
Jetzt stieg der Weg steil an, als er sich in die Berge schlängelte. Er war gerade breit genug für die Sänfte. Als sie wieder einen tief gebeugten Wasserträger passierten, musste dieser seine Last vorsichtig abstellen und sich in eine Felsennische drücken, um sie vorbeizulassen. Die Klippen leuchteten gelb und weiß in der Mittagssonne und strahlten so viel Hitze ab, als hätten sie stundenlang in einem riesigen Herdfeuer gelegen. Mentuhotep und seine Begleiter folgten einigen Windungen und hatten bald den Blick auf Theben und das Niltal verloren. Zu allen Seiten ragten Felsen und Geröllhalden auf, die so viel Licht reflektierten, dass die Augen schmerzten.

Die Luft schmeckte nach Steinstaub und machte sie durstig. Die einzigen Geräusche kamen von ihren stolpernden Schritten auf dem ansteigenden Pfad und vom leisen Sirren des Gefieders eines Geiers, der in langsamen Bahnen hoch über ihren Köpfen kreiste. Kein Busch, kein Strauch, kein Grashalm wuchs hier, kein Schatten linderte auch nur für einen Moment die sengende Glut.
Die nubischen Sänftenträger waren stark und an große Belastungen gewohnt. Sie bewegten sich sicher wie Katzen über den gewundenen Pfad und hielten dabei die Sänfte so gerade, dass ihr Herr nicht in die nach Weihrauch duftenden Kissen gedrückt wurde. Bald hatten sie und die auf den gleichmütigen Eseln reitenden älteren Schreiber einen deutlichen Vorsprung vor Rechmire und seinen Kameraden, die zusammen mit den Sklaven mühsam hinterhertrotteten.
Sie passierten einen schmalen, natürlichen Felsendurchbruch, der Weg war für ein paar Schritte eben und fiel dann steil ab. Erstaunt hielt Rechmire inne: Vor ihm, eingebettet in einen Talkessel inmitten der steinernen Einöde, lag eine kleine Stadt.

Er blickte auf ein Gewirr aus rund siebzig aneinander gedrängten, einstöckigen kleinen Häusern, die von einer dreifach mannshohen Mauer aus Lehmziegeln eingeschlossen waren. Ein schweres Holztor mit massiven bronzenen Beschlägen durchbrach die Nordwand und war der einzige Zugang zur Siedlung. Der schmale Weg, den sie genommen hatten, führte genau darauf zu. Eine gerade Hauptstraße, sofern man einen sauberen, aber ungepflasterten Pfad, auf dem kaum zwei Eselskarren nebeneinander Platz fanden, so bezeichnen konnte, führte längs durch das Dorf. Von ihr zweigten zu beiden Seiten viele gewundene, kaum schulterbreite Gassen ab, die sich zwischen den weiß verputzten und peinlich sauberen Häusern hindurchzwängten. Außerhalb des Dorfes, das die Form eines lang gestreckten Rechtecks hatte und deshalb eher wie eine Oasensiedlung oder Militärfestung wirkte, drängten sich mindestens vierzig weitere Häuser, die offensichtlich später als die anderen errichtet worden waren, ohne irgendeine Ordnung außen an die Mauer. Vor dem Tor lag eine große, in den Felsen geschlagene und ausgemauerte Zisterne. Drei bescheidene Tempel und eine kleine Festung der Medjai flankierten den Zuweg zum Dorf. Der verhältnismäßig sanft ansteigende Felsenhang östlich der Siedlung war ein einziges Gräberfeld: Hunderte von winzigen Totentempeln, heiligen Innenhöfen und kaum mannshohen Pyramiden aus hell verputzten Lehmziegeln bedeckten die Flanke.

Mentuhotep ließ sich den Weg hinuntertragen. Vor dem Tor hatten sich einige Männer versammelt, die beim Anblick des Tschati die Knie beugten und die offenen Hände ausstreckten.

Ein kleiner, dicklicher Mann trat vor, dessen schweißglänzender, nur von einem dünnen Haarkranz bekrönter Kopf sich dunkelrot gefärbt hatte vor Aufregung.

»Gegrüßt seiest du, o Prophet der Maat und unser Herr!«, rief er mit hoher Stimme, wobei er zwei Reihen schadhafter Zähne zeigte. Seine Augen waren rötlich entzündet.

Der Tschati blickte von der Höhe seiner Sänfte mit deutlichem Missvergnügen auf den Mann hinab, der ihn begrüßt hatte.

»Wer bist du?«, knurrte er.

»Ich bin Sennodjem, Sohn des Amenemhet«, antwortete der Dicke unterwürfig. »Ich bin der Zweite Schreiber am Ort der

Wahrheit.« Das klang schon eine Spur weniger unterwürfig, denn er schien sehr stolz darauf zu sein.
»Wo ist der Erste Schreiber?«, herrschte ihn Mentuhotep an. »Wo ist Kenherchepeschef? Er soll mich zum Haus der Ewigkeit führen, das ihr für den Pharao errichtet!«
Sennodjem sah sich mit seinen entzündeten Augen Hilfe suchend nach hinten um, doch die anderen Männer der Abordnung beugten sich noch tiefer zu Boden. Niemand wagte es, den Tschati auch nur anzusehen.
»Was ist passiert?«, fragte Mentuhotep. Er war plötzlich ruhig geworden und seine Stimme klang jetzt eher wie die eines zwar strengen, aber beruhigend gerechten Vaters.
Sennodjem holte tief Luft, brachte dann aber doch nur einen geflüsterten Satz heraus, den niemand verstehen konnte. Als er sah, dass ihn alle anderen immer noch fragend anblickten, fasste er sich endlich ein Herz und wiederholte lauter: »Kenherchepeschef ist in den Westen gegangen. Sein Ka hat ihn letzte Nacht verlassen.«
Dann warf sich Sennodjem plötzlich zu Boden und drückte seine Stirn in den Staub. »Der Erste Schreiber wurde im fast vollendeten Grab des Pharaos erdolcht«, presste er mit angsterfüllter Stimme hervor.

5. BUCHROLLE

Der Ort der Wahrheit

Jahr 6 des Merenptah,
Achet, 6. Tag des Paophi, Set-Maat

Mentuhotep schwieg lange und starrte mit ausdruckslosem Gesicht auf Sennodjem hinunter.
»Weißt du, wer das getan hat?«, fragte er schließlich mit ruhiger Stimme.
Sennodjem schüttelte den Kopf. »Nur die Götter haben diesen Frevel gesehen. Anubis wird das Herz des Täters der Großen Verschlingerin vorwerfen, auf dass er ewig ...«
»Genug!«, herrschte ihn der Tschati an. »Jeder weiß, dass es ein Frevel gegen die Götter ist und ein Frevel gegen den Pharao. Entweiht der Körper des Toten noch immer das Haus der Ewigkeit?«
Der Zweite Schreiber wagte es zum ersten Mal, den Tschati direkt anzublicken. »Nein«, antwortete er mit einem Anflug von Stolz. »Ich habe ihn aus den Gemächern des Pharaos fortschaffen lassen, sobald wir ihn entdeckt hatten. Wir

haben Kenherchepeschef im kleinen Tempel des Amun hier vor unserem Dorf aufgebahrt, bis die Diener der Balsamierer kommen, um ihn nach Theben zu bringen, wo sie seinen Körper für die Ewigkeit herrichten werden.«

»Gut«, sagte Mentuhotep und nickte kurz. »Aber dieser Frevel ist ein böses Vorzeichen. Die Götter sind uns nicht wohlgesinnt.«

Der Tschati sah sich unter den Männern um, die ihn empfangen hatten, und erblickte einen kahl geschorenen Priester. »Tritt hervor!«, rief er. »Ich habe dich schon einmal irgendwo gesehen.«

Der Angesprochene war mindestens vierzig Jahre alt, klein und hager und mit einem auffallenden Gesicht: Seine Nase war ungewöhnlich lang, der Mund extrem dünnlippig und seine Augen waren so trüb, als läge graues Glas hinter seinen Pupillen. Er trat mit den unsicheren Schritten eines Mannes vor, der kaum noch etwas sehen konnte.

»Ich bin Kaaper, Vorlesepriester am Großen Tempel des Amun, Herr«, antwortete er. Seine Stimme war sehr rau, ungewöhnlich für einen Vorlesepriester, zu dessen wichtigsten Aufgaben es gehörte, im Tempel laut aus den Heiligen Hymnen zu rezitieren. »Ich hatte schon öfter die Ehre, dich sehen zu dürfen, wenn du im Tempel mit uns Amun huldigst. Ich bin hier in Set-Maat, weil ich ein Gelübde erfüllen muss.«

Mentuhotep nickte. »Dieses Dorf hat keine eigenen Priester. Amun selbst hat dich geschickt, Kaaper. Du wirst hier bleiben, um Reinigungsrituale zu vollziehen, bis uns die Götter diese Schmach verziehen haben. So lange werde ich das Haus der Ewigkeit des Pharaos nicht betreten. Ich werde unverzüglich nach Theben zurückkehren und dem Pharao berichten. Aber«, und er wandte sich Sennodjem zu, »ich werde

einen meiner Schreiber im Dorf lassen, der dir helfen wird, den Mörder Kenherchepeschefs zu finden. Erst wenn wir den Täter gefasst und auf einen Pfahl gespießt haben werden, können wir hoffen, dass uns die Götter wahrhaftig wieder gnädig sind!«
Der Tschati erhob sich halb aus seiner Sänfte, drehte sich um und zeigte mit dem Finger der Rechten auf seine Begleiter. »Du!«, rief er. »Du bleibst hier und wirst den Mörder finden!«
Rechmire glaubte, dass sein Herz vor Schreck aussetzen müsste, doch es ließ sich nicht leugnen: Mentuhotep zeigte eindeutig auf ihn.

Er spürte die höhnischen Blicke von Chaemepe und den anderen in seinem Rücken, also nahm er sich zusammen und versuchte, sich nichts anmerken zu lassen. Rechmire verbeugte sich mit ausgestreckten Händen.
»Wie du es befiehlst, Herr«, antwortete er demütig.
»Ich werde regelmäßig Boten zum Ort der Wahrheit senden, die mir deine Berichte bringen werden. Ich will alles wissen, was du erfahren wirst!«, bestimmte Mentuhotep.
Dann wandte er sich an Sennodjem und warf ihm einen goldenen Ring zu. »Mein Schreiber wird in einem Haus des Dorfes wohnen. Du wirst ihn mit Leinen, Brot, Bier und allem, was man sonst zum Leben braucht, versorgen. Du wirst ihm alle Fragen beantworten, die er dir stellen wird. Du wirst ihm alles zeigen, was er zu sehen wünscht.«
Der Zweite Schreiber des Dorfes verbeugte sich tief und nahm den Goldring aus dem Staub. Rechmire starrte das in der Sonne funkelnde große Schmuckstück an. Dafür könnte ihn Sennodjem wochenlang mit allem Notwendigen versor-

gen. Der Tschati rechnete also offensichtlich nicht damit, dass er den Mörder schnell finden würde.
Dann befahl Mentuhotep den Nubiern, ihn zurückzutragen. Die anderen Schreiber folgten ihm.
»Baketamun wird sich fragen, wo du dich versteckst«, zischte ihm Chaemepe zu und lächelte böse. »Aber sie wird dich nicht vermissen!« Dann drehte er sich um und schloss sich dem Zug an.
Mentuhotep ließ die Sänfte noch einmal anhalten und wandte sich um.
»Wie heißt du?«, rief er.
Rechmire verbeugte sich und nannte seinen Namen. Als er sich wieder aufrichtete, waren der Tschati und sein Gefolge schon hinter der ersten Biegung des Weges verschwunden.

Rechmire holte tief Luft, bevor er es wagte, sich umzudrehen. Seine Gedanken strudelten wirr durcheinander wie das Nilwasser am ersten Katarakt. Hatte ihm Mentuhotep die Aufgabe in diesem elenden Dorf gestellt, damit er sich bewähren konnte? Oder war das ein Zeichen dafür, dass ihn der Tschati schon so gering schätzte, dass er Rechmire vor allen anderen Schreibern entbehren zu können glaubte? Würde er in der Hierarchie der Schreiber aufsteigen, wenn er den Mörder fände? Und was geschähe mit ihm, wenn er ihn *nicht* fände? Mitten in diesen hastigen Überlegungen verwirrten Gedanken an Baketamun Rechmires Geist. Wie konnte er einen heimlichen Boten zu ihr schicken, damit sie wenigstens wusste, dass er gezwungen war, sich von ihr fern zu halten? Was wusste Chaemepe von ihrer Liebe? Wie hatte er davon erfahren können? Und was bedeutete seine letzte Ankündigung?

»O Thot, Vater aller Weisheit, lass meinen Geist klar und meine Seele kräftig sein! Lass meine Gedanken schnell sein wie ein Pfeil und scharf wie ein Dolch! Lass mich an deinem Wissen teilhaben, das du seit Anbeginn der Zeiten aufgeschrieben hast!«, flehte Rechmire.
Dann holte er wieder tief Luft, straffte seinen Körper und blickte die Menschen von Set-Maat an.
Auch die Abgesandten aus dem Dorf musterten ihn schweigend. Kaaper starrte mit seinen trüben Augen in seine Richtung, doch Rechmire war sich ziemlich sicher, dass er kaum mehr als einen Schemen erkennen konnte. Sennodjem blickte ihn mit einer Mischung aus Unterwürfigkeit und Missvergnügen an. Die anderen - ein paar Arbeiter und zwei Medjai - zeigten ihm nur ausdruckslose Gesichter.
Rechmire verachtete sie. Er verachtete Männer, die in Schmutz und Staub arbeiten mussten und die Hieroglyphen nicht lesen konnten. Er verachtete ihre elenden Häuser, die noch kleiner waren als die Behausung, die er sich im Hafenviertel eingerichtet hatte. Er verachtete das Dorf, das so abgeschieden war, dass man nicht einmal den Nil sehen konnte. Er sehnte sich aus tausend Gründen zurück nach Theben.
Kaaper war Vorlesepriester im Großen Tempel des Amun - ein ziemlich hoher Rang in der Hierarchie der Diener des Gottes. Er war der Einzige, den Rechmire als Gleichgestellten akzeptierte (genau genommen stand er sogar ein gutes Stück über ihm), also wandte er sich an ihn.
»Amuns goldener Wagen steht schon weit im Westen«, begann er, »und ich möchte die Leiche sehen, bevor die Sonne hinter dem Horizont verschwindet. Führt mich zu ihr!«

Doch statt des Priesters antwortete Sennodjem: »Verzeih mir, aber wir konnten deinen Namen nicht verstehen«, sagte er mit öliger Freundlichkeit.
Rechmire unterdrückte einen Fluch. »Ich bin Rechmire, Sohn des Raia«, stellte er sich vor.
»Willkommen am Ort der Wahrheit«, entgegnete der Zweite Schreiber und deutete eine Verbeugung eher an, als dass er sie wirklich tat. »Ich schätze es sehr, dass uns der Tschati in seiner großen Güte einen seiner dafür sicherlich bestens qualifizierten Schreiber schickt, um uns bei der Suche nach dem Täter zu helfen. Obwohl ich andererseits sicher bin, dass wir den Frevler auch allein gefunden hätten. Ich werde alles tun, damit er so schnell wie möglich auf den Pfahl gespießt wird.«
»Das glaube ich wohl«, entgegnete Rechmire kalt. »Denn erst, wenn der Mörder gefunden ist, wird mein Herr Mentuhotep einen neuen Ersten Schreiber für dieses Dorf bestimmen. Und wer anders könnte dies sein, als der bisherige Zweite Schreiber?«
Ein Muskel in Sennodjems feistem Gesicht zuckte, doch er sagte nichts.
»Du wolltest den Toten sehen, Rechmire. Also komm!«, rief Kaaper.
Der Priester drehte sich um und streckte die Hand aus. Ein junger Arbeiter sprang eilfertig hinzu und führte ihn auf direktem Wege zum kleinen Amuntempel.
Kenherchepeschef lag im Vorhof des Heiligtums, aufgebahrt auf eine große hölzerne Kiste, die irgendjemand hastig dort hingestellt hatte. Rechmire schluckte, als er in den Hof trat. Er fürchtete sich, wie alle vernünftigen Menschen, vor unbestatteten Toten und hatte noch nie einen aus der Nähe gesehen. Wenn die Medjai der Steuereintreiber Bauern geprügelt

hatten, bis ihre Kas und Bas entflohen waren, oder wenn Betrunkene auf den schmutzigen Gassen des Hafenviertels von Theben in den ewigen Schlaf gesunken waren, dann hatte er sich immer schnell weggedreht, hastig eine magische Schutzformel gemurmelt und Osiris angefleht, bloß nicht die falsche - nämlich seine, Rechmires - Seele in das Totenreich mitzunehmen.

Rechmire bezwang sich und beugte sich über den Toten, während die anderen am Eingang zum Tempel stehen geblieben waren. Nur Kaaper blieb an seiner Seite.

Kenherchepeschef war, schätzte Rechmire, ungefähr fünfundfünfzig Jahre alt. Er war klein und dick, aber wahrscheinlich auch ziemlich kräftig gewesen, denn seine Oberarme waren fest und sein Brustkorb mächtig. Sein Kopf war kahl, seine Wangen so fleischig, dass sie die Augen zu Schlitzen verengten. Seine Nase war rot wie die von einem Mann, der regelmäßig Wein trank; sein Mund war unsympathisch klein. Seine Hände passten nicht zu seinem plumpen Körper: Sie waren auffallend groß und feingliedrig wie die eines Harfenspielers.

Rechmire wunderte sich, dass der Tote einen groben Wollumhang trug und eine Kappe, die ihm allerdings halb vom Kopf gerutscht war, obwohl es auf die heißeste Zeit des Jahres zuging. In Kenherchepeschefs Brust klaffte eine große, senkrecht verlaufende Wunde, die stark geblutet haben musste, denn der Umhang und das Untergewand aus weißem Leinen waren dunkel verfärbt. Als er näher herankam, bemerkte Rechmire auch noch eine kleine Wunde am Hinterkopf des Toten.

»Er hat einen Schlag auf den Kopf bekommen und dann einen Dolchstoß in die Brust«, murmelte er.

»Es war umgekehrt«, warf Kaaper mit heiserer Stimme ein. »Er empfing den tödlichen Stoß, stürzte wie von Amuns Fluch getroffen zu Boden und schlug dabei mit dem Kopf auf die Steine.«

»Woher willst du das wissen?«, fragte Rechmire, halb verblüfft, halb verärgert darüber, dass es jemand wagte, seine Überlegungen anzuzweifeln.

Kaaper lächelte dünn. »Priester werden oft dann gerufen, wenn die Kunst der Ärzte ihre Grenzen findet. Als ich noch jung und mein Auge klar war, musste ich als niederer Diener des Amun zu manchem verzweifelten Vater gehen, dessen heißblütiger Sohn in irgendeiner Taverne wegen einer Nichtigkeit den Dolch gezogen, aber den Kampf verloren hatte. Ich habe schon viele Tote wie ihn gesehen und kann diese Zeichen lesen, als wären es Hieroglyphen - selbst jetzt noch, da meine Augen trüb geworden sind wie das brackige Wasser in einer Oase. Sieh dir seine Hände genau an!«, riet er ihm.

»Warum?«, entgegnete Rechmire.

»Wenn du dort Wunden entdeckst, dann hat Kenherchepeschef noch gegen seinen Mörder gekämpft. Wenn nicht, dann ist es so schnell gegangen, dass er sich nicht einmal wehren konnte.«

Rechmire beschloss, dass es besser war, sich eine Blöße zu geben, indem er seine Unwissenheit eingestand und den Anweisungen Kaapers folgte, als dass er sie nicht beachtete, um seine Würde zu bewahren - und dafür vielleicht wichtige Zeichen übersah. Schließlich wollte er so schnell wie möglich zurück nach Theben.

Also beugte er sich noch tiefer über den Toten, überwand seinen Widerwillen und berührte die kalten Hände der Leiche.

»Sie sind unverletzt«, berichtete er nach kurzem Zögern. »Zuerst dachte ich, dass eingetrocknetes Blut an seiner Rechten klebt, doch es ist nur schwarze Tinte auf seinem Handrücken und unter den Fingernägeln.«

Der Priester lachte freudlos. »Die Leute im Dorf sagen, dass Kenherchepeschef eine schauderhafte Handschrift hatte.«

»Seine Rechte hält etwas umklammert«, murmelte Rechmire.

»Hol es heraus«, sagte Kaaper gleichmütig.

Rechmire schluckte, dann öffnete er vorsichtig die verkrampfte Hand des Toten. »Es ist ein braunes Ledersäckchen an einer zerrissenen Schnur. Sieht aus, als hätte er es wie eine Kette um den Hals getragen und im Todeskampf abgerissen.«

»Was ist drin?«, wollte der Priester wissen.

»Ein kleiner Fetzen Papyrus«, antwortete Rechmire.

Dann faltete er ihn vorsichtig auseinander. Es war ein Text von nur wenigen Zeilen, geschrieben in kursiven Hieroglyphen und fast unleserlich, denn die Zeichen standen stark nach links geneigt, waren verwischt, schlampig oder unvollständig hingeschrieben.

»Nach dem, was du mir gerade über Kenherchepeschefs Handschrift berichtet hast, sieht es so aus, als hätte er ihn eigenhändig beschrieben.«

Er las vor:

> »Du wirst zurückgehen, Sehakek,
> der du aus dem Himmel und der Erde kamst,
> der du Augen im Schädel hast.
> Deine Zunge ist in deinem Hinterteil,
> der du Kot isst.
> Du sollst nicht über mich kommen.«

Rechmire blickte den Priester fragend an. »Wer ist Sehakek?«, wollte er wissen.

Kaaper kratzte sich am Kopf. »Ein Dämon, der den Menschen Albträume bringt. Es sieht so aus, als hätte sich Kenherchepeschef so sehr vor bösen Traumgesichtern gefürchtet, dass er ständig einen magischen Spruch zur Bannung des Dämons mit sich herumgetragen hat.«
Rechmire grinste höhnisch. »Jetzt wird er ruhig und sehr, sehr lange schlafen.«
Kaaper blickte ihn aus seinen trüben Augen seltsam an. »Und wenn Sehakek immer noch bei Kenherchepeschef ist? Dann werden ihn Albträume bis in alle Ewigkeit quälen. Das muss schlimmer sein, als wenn das Herz auf der Totenwaage des Osiris für zu schwer befunden und der Großen Verschlingerin vorgeworfen wird. Wer aufhört zu existieren, hat wenigstens seine Ruhe.«
Rechmire blickte den Priester an und wusste nicht, was er entgegnen sollte. Stumm faltete er den Papyrus wieder zusammen und drückte ihn zurück in die kalte Hand des toten Schreibers. Dabei entdeckte er drei kleine rote Tonscherben in einer Falte des dunklen Umhangs. Vorsichtig zog er sie hervor und drehte sie um. Auf der Rückseite jeder Scherbe entdeckte er Hieroglyphen. Rechmire probierte etwas herum und stellte fest, dass er zwei Fragmente zusammensetzen konnte. Sorgfältig legte er die drei Stücke auf den Boden, bevor er sich wieder der Leiche zuwandte und die Gewänder noch einmal genau untersuchte. Nach kurzer Zeit hatte er insgesamt acht Scherben entdeckt, die sich zu einer kleinen Tontafel zusammensetzen ließen. Laut las er die Hieroglyphen vor:
»Osiris wird dein Herz nicht finden!«
Kaapers Lachen klang wie das kurze Bellen einer Hyäne und Rechmire konnte hören, dass nicht die Freude, sondern blankes Entsetzen ihm diese Töne entlockt hatten.

»Wenn Osiris das Herz Kenherchepeschefs nicht findet, dann kann es nicht auf die Waage des Totengerichts gelegt werden. Kein Totengericht - kein ewiges Leben. Ich kenne einen berüchtigten Zauberer in Theben, der sich von seinen Anhängern ›Führer der skorpionköpfigen Selqet‹ nennen lässt. Er schreibt solche Sprüche auf Tafeln und verkauft sie gegen einen Deben Silber. Aber natürlich kann jeder, der schreiben kann, so einen Spruch auf eine Tafel pinseln. Wichtig ist nur, dass man sie über seinem Opfer in Scherben zerbricht, denn nur so wird der Zauberspruch wirksam.«
»Irgendjemand wollte Kenherchepeschef nicht nur dieses, sondern auch das ewige Leben nehmen«, sinnierte Rechmire.
»Er wollte ganz sichergehen. Kein Wunder, an diesem Ort.« Kaaper deutete mit einer vagen Geste Richtung Tempel. »Auf dem Berg neben dem Dorf stehen die Gräber der Einwohner. Ich bin sicher, dass sich auch Kenherchepeschef sein Haus der Ewigkeit dort errichtet hat. Siebzig Tage werden sie ihn in Theben balsamieren und für den langen Schlaf vorbereiten, dann wird seine Mumie zurückkehren und für immer hier ruhen. Sollte der Mörder, was doch wahrscheinlich ist, im Dorf leben, müsste er ständig fürchten, dass der Geist des Toten Rache nimmt.«
Der Priester ließ wieder sein kurzes, hartes Lachen hören. »Aber gegen jeden Zauber haben die Götter einen Gegenzauber gesetzt.« Er tastete sich vor und sammelte die Scherben vorsichtig auf. »Morgen früh, wenn Amuns Wagen in jugendlicher Kraft dem östlichen Horizont entsteigt, werde ich in seinem Tempel Wein und Myrrhe opfern. Ich kenne ein Ritual, mit dem Amun die magische Kraft von diesen Scherben nehmen kann. Kenherchepeschef wird hoffentlich doch sein

ewiges Leben genießen können. Vielleicht wird uns sein Ka sogar helfen, den Mörder zu finden.«

Rechmire sah sich um und erschrak: Im Tempeltor standen vier schweigende Männer, deren Gesichter hinter Masken des schakalköpfigen Anubis verborgen waren. Sie waren gekommen, um Kenherchepeschefs Körper zu den Balsamierern zu bringen. Er nickte ihnen stumm zu und ging mit Kaaper vor das Heiligtum.

Sie konnten hören, wie die vier Anubisdiener im Innern einen monotonen Singsang anstimmten. Der dünne, betäubende Rauch brennenden Weihrauchs drang bis nach draußen. Nach einer halben Stunde kamen die Männer wieder heraus und trugen den Toten auf den Schultern. Schweigend sahen Rechmire und der Amunpriester zu, wie sie sich auf den Weg nach Theben machten. In einiger Entfernung stand Sennodjem. Die Medjai und die anderen Arbeiter waren nirgends zu sehen.

Rechmire wartete, bis die Anubisdiener außer Sichtweite waren, dann ging er zu Sennodjem hinüber. Kaaper wandte sich dem Amun-Tempel zu, wo er, wie er sagte, die ganze Nacht beten wollte.

»Für heute habe ich genug gesehen«, sagte Rechmire zu Sennodjem und bemühte sich dabei um einen möglichst herrischen Tonfall. »Zeige mir mein Haus.«

Der Zweite Schreiber schluckte offensichtlich eine Bemerkung hinunter, die ihm auf der Zunge gelegen hatte, verbeugte sich schweigend und ging voran.

Als sie durch das Tor geschritten waren, fielen hinter ihnen die schweren Flügel krachend zu. Erschrocken fuhr Rechmire herum und starrte den Medjai an, der sich mit einem großen Schlüssel am Schloss zu schaffen machte.

»Was tust du da?«, rief er ihm verärgert zu. Er hatte das Gefühl, als wäre er in einen riesigen Kerker geworfen worden.
»Er tut, was er tun muss und was schon seit Jahrhunderten so getan wird«, antwortete Sennodjem statt des Soldaten. »Am Ende eines jeden Tages schließen wir uns ein. So sind wir vor den Toten sicher - und die Toten vor uns.« Er lächelte freudlos.
Rechmire verstand nicht, was er damit meinte, doch er wollte sich nichts anmerken lassen. Er folgte Sennodjem bis zum Ende der Hauptstraße, wo sie, gleich dem Nil im Delta, in einem Gewirr kurzer Gassen endete, die bis zur südlichen Mauer führten. Dort stand ein Haus, auf das der Zweite Schreiber wies.
»Es ist dein Heim für die Zeit, die du bei uns verbringen musst«, erklärte er.
Rechmire betrachtete es. Das Haus war einstöckig wie alle anderen auch, der weiße Putz war an drei Stellen eingedunkelt, aber ansonsten schien es gut gepflegt zu sein. Er drückte die rot gestrichene Holztür auf und zögerte, als er auf die steinerne Schwelle blickte. Dort stand normalerweise der Name des Besitzers. Auch hier waren einst Hieroglyphen eingegraben, doch diese waren, wie die frischen Spuren zeigten, erst vor kurzem ausgemeißelt worden.
»Was hat das zu bedeuten?«, fragte er.
Sennodjem deutete zum westlichen Horizont. »Unser Dorf ist klein, unsere Gemeinschaft verschwiegen. Niemand besucht uns, wenn er nicht muss. Hier gibt es keinen Gasthof. Das einzige Haus, das zurzeit freisteht, gehörte einem Arbeiter, der vor zwei Monaten in den Westen gegangen ist und keine Familie hinterlassen hat, die es hätte erben können. Aber ich bin sicher, dieses Haus ist viel ruhiger als die großen

Herbergen in Theben. Du wirst also ungestört schlafen können«, setzte er mit bösem Lächeln hinzu.
Rechmire ignorierte ihn und trat in einen kleinen, tiefer gelegenen Vorraum ein, wo zur Linken ein kleiner Altar mit einer Statue der nilpferdköpfigen Göttin Bes stand, die die Häuser und die gebärenden Frauen beschützte. Daneben waren vier Nischen in die Wand eingelassen – für die Büsten von Ahnen, vermutete Rechmire, doch irgendjemand hatte diese fortgeräumt. Nach zwei Schritten war er im Hauptraum: Ein großes, viereckiges Zimmer mit vier Säulen in der Mitte, die das Dach trugen. Die Wände waren weiß verputzt und mit Mustern aus breiten roten Streifen verziert. Es fiel nur spärliches Licht aus kleinen Öffnungen im Dach und hoch oben in den Seitenwänden. Letztere waren mit dünnem Stoff bespannt, damit der Wind keinen Sand hereinwehen konnte. Am hinteren Ende stand ein kniehoch aus Lehmziegeln aufgemauerter Divan, der mit Matten bedeckt war; an einem Ende erhob sich eine hölzerne Kopfstütze. Eine Truhe, ein kleiner Tisch und zwei Stühle bildeten das restliche Mobiliar, alle aus Holz und Flechtwerk gefertigt, ohne Verzierungen zwar, aber sehr solide. In die linke Wand war eine große Kalksteinplatte eingelassen, die wie eine Tür geformt war: eine Stele zu Ehren des Gottes Thot.
Rechmire war erfreut, dass dem Gott, den er vor allen anderen verehrte, auch hier gehuldigt worden war, und gleichzeitig auch verwundert, dass ein Arbeiter aus diesem abgelegenen Dorf den Gott der Weisheit und der Schrift in seinem Heim geehrt hatte.
Eine Klappe in der Ziegelwand des Divans führte zu einem kaum halb mannshohen, muffigen, aber kühlen Kellerraum. Durch eine Tür rechts vom Divan trat Rechmire in ein zwei-

tes, winziges, vollkommen kahles Zimmer und dann weiter in einen kleinen, mauerumsäumten Innenhof. Den hinteren Abschluss bildete die hohe Außenmauer des Dorfes, die ihren Schatten weit über das Haus warf. Vor der Mauer stand ein gemauerter Ring, in dem das Herdfeuer entzündet werden konnte, daneben erhob sich ein Brotofen aus Ton.
Rechmire kletterte vom Innenhof über eine Leiter aus Palmstrünken auf die Dachterrasse und sah sich um. Von diesem Haus aus konnte er das ganze Dorf überblicken. Seine Nachbarn zur Linken und Rechten saßen ebenfalls auf den Dächern: Familien, die in der kühlen abendlichen Brise ihr Mahl einnahmen. Alle starrten ihn für einen Moment neugierig an, dann blickten sie schnell wieder weg. Niemand grüßte ihn. Rechmire zuckte mit den Achseln und ging zurück in den Hauptraum.
Sennodjem war verschwunden, doch irgendjemand hatte einige Leinengewänder auf die Truhe gelegt. Und auf dem Tisch standen zwei Brotlaibe, Körbe mit Zwiebeln und Granatäpfeln, ein Krug Bier und ein großer Krug aus unglasiertem Ton, in dem Wasser schwappte. Rechmire lächelte dankbar und trug den schweren Wasserkrug auf das Dach. In der Nacht würde etwas Flüssigkeit verdunsten. Niemand wusste, warum, aber dies hatte stets zur Folge, dass das Wasser angenehm kühl wurde und am nächsten Morgen eine herrliche Erfrischung war.
Rechmire hatte danach kein Verlangen mehr, sich auf der Dachterrasse zu zeigen, also verzehrte er sein Nachtmahl lieber in dem warmen, etwas stickigen Hauptraum des Hauses. Dann warf er sich auf den Divan, legte seinen Kopf auf die hölzerne Stütze und dachte nach. Kenherchepeschef war im Haus der Ewigkeit von Merenptah gefunden worden. Was

hatte er mitten in der Nacht im fast vollendeten Grab des Pharaos zu suchen? Wollte er etwas nachprüfen? Was hatte sein Mörder zu dieser Zeit an diesem Ort zu suchen? Hatten sie sich getroffen? Oder hatte der Erste Schreiber jemanden überrascht?
Rechmire schüttelte über seine eigenen Gedankengänge den Kopf. Kenherchepeschef hatte sich nicht gewehrt, sich jedoch andererseits so gefürchtet, dass er im Augenblick vor seinem Tod seinen magischen Schutzspruch umklammert hatte. Seine unverletzten Hände waren ein Zeichen, wenn auch kein Beweis, dass er seinen Mörder gekannt hatte. Und die zerbrochene Tafel mit der bösen Fluchformel auf seinem Körper war ein deutlicher Hinweis darauf, dass der Mörder nicht bei irgendetwas überrascht worden war und nur zugestoßen hatte, damit ihn Kenherchepeschef nicht verriet, sondern dass er die Tat sorgfältig geplant hatte. Und das wiederum konnte er nur getan haben, wenn er Kenherchepeschef gut gekannt hatte. Kaaper schien Recht zu haben: Der Mörder kam aus Set-Maat.
Dann schweiften seine Gedanken ab. Er träumte von Baketamun und zugleich quälten ihn Bilder seiner launischen, vielleicht unzufriedenen Geliebten, die ihm nicht verzeihen würde, wenn er nicht käme. Und Chaemepes seltsame Bemerkung zum Abschied mochte auch nichts Gutes bedeuten. Rechmire wünschte sich, er könnte wie ein Vogel vom Ort der Wahrheit nach Theben in den Palast des Hohepriesters fliegen. Mit diesen Gedanken schlief er ein.

Mitten in der Nacht wachte er auf. Für einen Augenblick wusste er nicht, wo er sich befand. Dann kam die Erinnerung an die letzten Stunden wieder.

Und dann hörte er Schritte.
Rechmire lag ganz still auf dem Divan und lauschte. Kein Zweifel: Jemand schlich über das Dach. Er konnte behutsame Fußtritte hören. Doch das Dach bestand nur aus Palmstrünken, Matten und Tonscherben, alles verkleidet mit Lehm. Mit jedem noch so leichten Schritt knarrte und knackte irgendwo etwas.
Er erhob sich sehr langsam und schwang seine nackten Füße tastend auf den Boden. Vorsichtig machte er den ersten Schritt hin zur Tür Richtung Innenhof. Er wagte kaum zu atmen. Rechmire machte den zweiten Schritt und den dritten und – stieß mit dem Fuß gegen einen der leichten Stühle, der leise polternd auf die Seite fiel. Rechmire fluchte und stürzte aus dem Raum, sprang mit einem Satz durch das kahle Zimmer und kletterte mit der Geschwindigkeit einer flüchtenden Meerkatze die Leiter hoch.
Die Dachterrasse war leer.
Rechmire sah sich schwer atmend um. Auf den Dächern der anderen Häuser war ebenfalls niemand zu sehen. Die Straße und die Gassen lagen im hellen Mondlicht verlassen da. Außer dem Flüstern des Nachtwindes und dem Knacken der auskühlenden Felsen war kein Geräusch zu hören. Es war, als wäre Rechmire der einzige lebende Mensch am Ort der Wahrheit.

6. BUCHROLLE

Das Erbe Kenherchepeschefs

Jahr 6 des Merenptah,
Achet, 7. Tag des Paophi, Set-Maat

Rechmire erhob sich von seinem Lager, noch bevor Amuns goldener Wagen am östlichen Horizont erschienen war. Er hatte schlecht geschlafen und fühlte sich, als hätte ihn ein Steuereintreiber durchprügeln lassen. Er aß ein wenig Brot und Feigen und holte sich dazu das kühle Wasser vom Dach. Danach fühlte er sich so gestärkt, dass er vor die Tür treten konnte. Rechmire wusste, dass die meisten Menschen im Dorf nur Arbeiter waren. Es sollte einem Schreiber wie ihm nicht schwer fallen, den Mörder unter diesen ungebildeten Menschen schnell zu überführen. Am besten noch heute. Er nahm sich vor, keine zweite Nacht in Set-Maat zu verbringen. Vielleicht würde ihn Baketamun nicht einmal vermissen, wenn er nur einen Tag aus Theben fort war.
Doch so stark sein Wille und sein Überlegenheitsgefühl auch waren, so nebelhaft waren seine Vorstellungen davon, wie

und wo er mit seinen Nachforschungen anfangen sollte. Rechmire entschloss sich daher, zunächst Amun zu befragen. Vielleicht würde ihm der Gott den Weg weisen.
Er ging langsam durch die menschenleere Straße. Dabei hatte er das Gefühl, als würden ihn tausend Augen beobachten, doch er konnte auch auf den Dachterrassen oder in den Hauseingängen niemanden erblicken. Das Nordtor war schon aufgesperrt und ein verschlafen dreinblickender Medjai hielt Wache. Er glotzte Rechmire mit großen, dummen Augen an wie ein gefangener Nilbarsch, bevor er sich umständlich von seinem Schemel erhob und sich verbeugte. Rechmire ignorierte ihn und schritt hinaus Richtung Amuntempel.
Er ging in den kleinen Säulenvorhof und hielt abrupt inne: Er war nicht allein. Erstaunt sah Rechmire, dass Kaaper sich an eine Säule angelehnt hatte und unverwandt auf die kleine, bronzebeschlagene Tür starrte, die den Zugang zum Allerheiligsten verschloss. Die Augen des Priesters waren so trüb, dass Rechmire nicht sagen konnte, ob er wirklich auf die Pforte blickte, mit offenen Augen schlief oder tief in Gedanken versunken war.
»Willkommen im Hause Amuns, Rechmire!«, begrüßte ihn Kaaper, ohne sich umzuwenden.
»Du hast mich kommen sehen?«, entgegnete Rechmire und kam sich im selben Augenblick unhöflich und töricht vor.
Der Priester lächelte dünn. »Jeder Mensch hat seine eigene Art zu schreiten. Ich habe in den letzten Jahren gelernt, die Menschen am Geräusch ihres Ganges zu erkennen. Außerdem werden die meisten Arbeiter heute Morgen zum Ort der Wahrheit gehen, um das Haus der Ewigkeit des Pharaos noch tiefer und prachtvoller in den Fels zu treiben. Da wenden sie

sich gewöhnlich nicht noch vorher zum Tempel, um Amun zu huldigen. Leider.«

»Du kennst das Leben hier schon gut. Was führt einen Priester vom Großen Tempel von Karnak an diesen abgeschiedenen Ort?«, fragte Rechmire.

»Ich sehe, dass du mit deinen Nachforschungen beginnst«, erwiderte Kaaper. In seiner Stimme schwangen Ironie und Anerkennung mit.

Rechmire wurde rot. »Bitte versteh mich nicht falsch«, stotterte er. »Ich bin eigentlich zum Hause Amuns gekommen, damit mir der Gott beisteht und ich meinen Auftrag zur Zufriedenheit des Tschati erfüllen kann.«

»Auch ich bin hier, um Amuns Hilfe zu erflehen. Denn ich hatte einen Traum, in dem ich mich selbst sah, wie ich zum Ort der Wahrheit ging und Amun opferte. Also bin ich hier.«

Der Priester löste sich von der Säule und trat mit sicherem Schritt in die Mitte des Vorhofs. Rechmire sah nun, dass Kaapers Körper bis dahin eine Stele aus Kalkstein verdeckt hatte, die an der Wand hinter der Säule lehnte. Er kam näher, um die Platte trotz des Dämmerlichts im Säulengang besser betrachten zu können.

Sie war hüfthoch und so dick wie zwei Daumen. Drei Seiten waren gerade gesägt, nur der obere Rand hatte eine halbrunde Form. Die Rückseite war grob zurechtgehauen, die Vorderseite dagegen fein poliert. Es war eine Votivstele, wie man sie bei jedem Steinschneider Thebens kaufen konnte, um sich anschließend seinen persönlichen Wunsch einmeißeln zu lassen. Rechmire erkannte links Amun, der mit hoher, kegelförmiger Krone, Zepter und Wedel auf einem prachtvollen Thron saß, unter dem ein Mann mit gebeugtem Knie und demütig vorgestreckten Händen dargestellt war – Kaaper. Die Reliefs der beiden Figuren waren mit routinierten Schlägen eingemeißelt worden. Doch die Hieroglyphen, die in fünf Spalten fast die Hälfte der Stele bedeckten, waren ungleichmäßig tief eingeschlagen, schief, unterschiedlich groß und stellenweise fehlerhaft. Rechmire hatte große Mühe, auch nur einige von ihnen zu entziffern. Laut las er:

»O Amun, Herr des Himmels und der Welt,
Der Du das Licht bringst auf die Erde.
Dies erfleht Kaaper,
Dein treuer Diener:
Gott der Götter, Herr der Herren,
Der Du mir das Licht der Augen nimmst.
Schenke mir die Gnade,
alle Herrlichkeiten Deiner Welt
wieder klar zu sehen.«

Kaaper lächelte dünn, als Rechmire geendet hatte. »Ich habe den Text selbst in den Stein gegraben – nicht sehr leserlich, fürchte ich«, erklärte er. »Aber ich hoffe, dass Amun meine Bemühungen zu würdigen weiß.«

Rechmire verkniff sich die Bemerkung, dass der Gott durch falsch geschriebene Hieroglyphen möglicherweise eher erzürnt als erfreut wäre. Stattdessen fragte er: »Warum hast du die Stele hier aufstellen lassen und nicht in Karnak, wo der Gott wohnt?«

»Mein Traum«, erwiderte der Priester. »Ich erzählte dir vorhin, dass mir ein Traum befahl, hierhin zu gehen. Hier soll ich Amun ehren.« Er machte eine entschuldigende Geste. »Ich gebe zu, dass dies ungewöhnlich ist. Die meisten Menschen würden viel geben, um eine Stele in Karnak aufstellen zu dürfen. Und ausgerechnet ich, der ich jeden Tag in Karnak

Dienst tue, gehe zu einem kleinen Heiligtum, das selbst dem ärmsten Bauern offen steht.
Aber mein Blick ist schon so lange trüb, dass ich mich an jede Hoffnung klammere. Zweimal schon haben die Ärzte meine Augen gestochen, zweimal konnte ich für einige Monate wieder besser sehen, doch dann legte Amun wieder einen dichten Schleier zwischen mich und die Welt. Ich kann nicht mehr in seinem Haus als Vorlesepriester amtieren, denn die heiligen Texte auf den Papyrusrollen sind für mich kaum mehr als schwarze Schatten auf einer gelblichen Matte. Ich habe meinen obersten Herrn so erzürnt, dass er mich immer wieder in Dunkelheit stürzt - wenn ich auch nicht weiß, womit ich seinen Zorn auf mich gelenkt habe. Aber vielleicht ist mein Traum nicht der Spuk eines bösen Dämons, sondern ein Zeichen Amuns, wie es mir gelingen kann, wieder seiner Gnade teilhaftig zu werden. Er befahl mir: ›Geh zum Ort der Wahrheit!‹«
Kaaper machte eine demütige Geste in Richtung Allerheiligstes. »Also bin ich in Set-Maat angekommen und ehre Amun in seinem bescheidenen Haus an diesem Ort. Seit zehn Tagen warte ich darauf, dass mir mein Gott ein neues Zeichen gibt oder mich gar genesen lässt - vergeblich. Dann geschieht plötzlich ein schrecklicher Frevel, der Tschati erscheint und jetzt bist du hier in Amuns Heiligtum. Ich weiß diese Zeichen nicht zu deuten, aber ich hoffe, dass sie von Amun selbst kommen. Vielleicht will er mich irgendwie auf die Probe stellen. Ich habe jedenfalls das Gefühl, als könnte ich schon wieder einen Hauch von Amuns Gnade auf mir ruhen spüren.«
Rechmire murmelte ein kurzes Gebet. Er konnte Priester nicht leiden, seit er zehn Jahre alt war. Er hatte im Haus des

Lebens im Tempel des Ptah das Schreiben gelernt. Er erinnerte sich noch immer mit Schaudern an die endlosen Stunden, die er damit verbracht hatte, komplizierte Hieroglyphen wieder und immer wieder auf unzähligen Kalksteinscherben zu kopieren, oder an die gefürchteten Augenblicke, an denen es galt, vor den Priestern Texte aufzusagen, die man vorher hatte auswendig lernen müssen. Wer ein falsches Wort vorgetragen, gestottert oder auch nur einen Augenblick zu lange innegehalten hatte, der wurde mit dem Rohrstock bestraft.
Sie hatten den Priestern ihre Strenge mit manchen Streichen heimgezahlt. Doch als sich Rechmire und ein Freund eines Nachts ins Allerheiligste vorgewagt hatten, wurden sie von Priestern überrascht. Das Allerheiligste war ein kleiner, nur von einer Öllampe aus Alabaster erhellter Raum, in dem zwei Statuen standen: der thronende Ptah mit allen Zeichen seiner Herrschaft und die schreckliche, rächende Göttin Sechmet mit dem Löwenkopf. Es war eine Mutprobe gewesen und Rechmire und sein Freund waren zugleich stolz und angsterfüllt gewesen, als sie tatsächlich bis vor das Antlitz der Götter vorgedrungen waren. Doch ein Mitschüler hatte sie, wie sie später erfuhren, an die Priester verraten. Die Diener Ptahs waren hereingestürmt, hatten sie unter Verwünschungen in den Vorhof gezerrt und mit Stöcken geprügelt, bis sie das Bewusstsein verloren hatten.
Rechmire hatte nie bezweifelt, dass sie für diesen Frevel eine gerechte Strafe erhalten hatten. Sie wären für immer aus dem Tempel gewiesen worden, wenn die Diener des Ptah in Theben nicht so arm gewesen wären, dass sie von den Eltern die Spenden auch jedes noch so missratenen Jungen benötigt hätten. Doch was er den Priestern nie verziehen hatte, das war der Ausdruck in ihren Gesichtern, als sie ihn im Scheine

einiger Fackeln in jener Nacht blutig geschlagen hatten: Die Männer, die streng und fromm sein sollten, deren Gebete dem Lande Kemet Reichtum und Frieden und den Gläubigen das Wohlwollen ihres Gottes sichern sollten, hatten ihm mit einer Freude und Lust die Haut vom Rücken geprügelt, als wären sie blutrünstiger gewesen als gemeine Medjai.
Seitdem glaubte Rechmire, dass Priester nichts anderes waren als faule Heuchler, die die Spenden des Pharaos und der Gläubigen verprassten und heimlich über alle Menschen spotteten, die für ihr Brot und Bier arbeiten mussten. Sein Misstrauen wurde noch größer, seit er als Schreiber Mentuhoteps erfahren musste, wie der Tschati und der Hohepriester Userhet um die Verteilung der Steuern feilschten, die weder dem einen noch dem anderen zustanden.
Doch Kaaper war irgendwie anders. Welcher Heuchler würde für zehn Tage zum Ort der Wahrheit gehen? Selbst die Diener Amuns litten unter den Augenleiden, wie viele Menschen im Lande Kemet. Kaaper war nicht der erste vom trüben Blick geschlagene Priester, den Rechmire sah. Doch alle anderen hatten mit der verzweifelten Macht der Kranken nach Karnak gedrängt, um Amun mit ihrem Flehen so nah wie einem Sterblichen nur möglich zu sein. Jeder hätte einen Traum, wie Kaaper ihn gehabt hatte, auf Sehakek oder einen anderen bösen Dämon geschoben. Andererseits war Kaaper in der Hierarchie der Priester schon viel zu hoch aufgestiegen, um noch so naiv und fromm zu sein wie die Bauern, denen es verboten war, sich dem Allerheiligsten Amuns weiter als bis zum ersten Vorhof von Karnak zu nähern.
»Ich wollte Amuns Gnade erflehen, damit ich den Frevel der vorvergangenen Nacht schnell aufklären kann«, sagte Rechmire, um das Gespräch von der drohenden vollständi-

gen Blindheit des Priesters abzulenken. »Doch wie kann ich das tun? Ich habe nicht einen Tropfen Wein, nicht einmal eine Messerspitze Weihrauch dabei, die ich ihm opfern könnte.«
Kaaper lachte rau. »Amun schert sich nicht um die Opfer der Gläubigen. Er sieht ihr Ka und weiß, ob sie an ihn glauben oder ihn nur mit reichen Gaben täuschen wollen«
Rechmire sah ihn erstaunt an. Das waren ungewöhnliche Worte für einen Priester, der ja letztlich von den Opfern der Gläubigen nicht schlecht lebte.
Doch Kaaper fuhr unbeirrt fort, noch bevor ihn der junge Schreiber unterbrechen konnte. »Außerdem glaube ich, dass Amun jedem seine Gunst schenkt, der diesen Frevel austilgen will. Welchen heiligeren Platz gibt es im Oberen und Unteren Reich als den Ort der Wahrheit? Hier ruhen unsere Pharaonen, die zu Osiris geworden sind. Nebenan am Ort der Schönheit schlafen die liebsten Prinzessinnen aus ihrem Harem, ihre teuersten Söhne, ihre treuesten Beamten – und nicht zu vergessen wir, des Amuns Diener. Auch wir lassen uns in den Bergen am Westufer Thebens unsere Gräber in den Fels schlagen, in der Nähe unserer königlichen Herren und unseres Gottes. Ich habe mir schon lange ein Haus der Ewigkeit eingerichtet, nur ein paar hundert Schritte vom Ort der Schönheit entfernt. Und Userhet selbst, der Hohepriester Amuns, lässt sich gerade von Thebens besten Künstlern und, so munkelt man, sogar von den Dienern hier im Dorf, die eigentlich nur das Haus der Ewigkeit des Pharaos ausschmücken dürfen, ein prachtvolles Grab in die Felsen schlagen. Er war am Abend vor der frevelhaften Tat im Dorf, er kennt Kenherchepeschef persönlich. Du wirst nicht nur die Gunst Amuns erlangen, wenn du den Täter findest, Rech-

mire, sondern auch die Gunst seines Hohepriesters - und ihrer beider Zorn wirst du zu spüren bekommen, solltest du versagen.«
Rechmires Herzschlag hatte ausgesetzt, als der Vorlesepriester Userhets Namen genannt hatte. Er hatte den Toten gekannt! Kaaper hatte Recht: Würde er den Mörder finden, könnte ihm der Hohepriester seine Gunst erweisen - und zwar auf eine Weise, von der Kaaper sicher nicht einmal zu träumen wagte. Doch würde er den Mörder nicht überführen, dann würde er ihm Baketamun niemals zur Gemahlin geben, selbst wenn er auf anderen Wegen dann doch noch eine glänzende Laufbahn einschlagen könnte.
Rechmire hatte noch ein Motiv mehr, den Mörder Kenherchepeschefs zu finden. Inzwischen waren es so viele, dass es ihn schwindelig machte.

»Wenn du meinst, dass mir Amun auch ohne Opfergaben gewogen ist, werde ich jetzt zu ihm beten«, sagte Rechmire nach einer kurzen Pause und ärgerte sich selbst über den unsicheren Klang seiner Stimme. Er wollte nicht, dass der Priester ahnte, wie unklar seine Vorstellungen davon waren, was er nun als Nächstes zu tun hatte.
Kaaper nickte. »Du wirst Djehuti befragen wollen, den Führer der Medjai am Ort der Wahrheit. Und selbstverständlich Hunero, die Witwe Kenherchepeschefs.«
Rechmire schloss die Augen. Er sah sich einen Moment lang selbst, wie er in ein Haus trat, in dem Dutzende von laut klagenden Frauen und schreienden Kindern den Verlust des Familienoberhauptes betrauerten. Wie sollte er sich verhalten? Er war schließlich kein Priester, der Erfahrung damit hatte, Trauernde zu trösten.

»Hatte Kenherchepeschef eine große Familie?«, fragte er vorsichtig.
Kaaper lachte. »Ich kenne ein paar Menschen im Dorf, die einiges dafür geben würden, wenn sie mehr über die Familie des Ersten Schreibers wüssten. Niemand kennt seine wirklichen Eltern oder den Ort seiner Geburt - oder auch nur das Datum. Kenherchepeschef behauptete, fünfundfünfzig Jahre alt zu sein, aber es können auch zwei oder drei mehr oder weniger sein. Und die Familie, die er selbst in Set-Maat gegründet hat, ist«, der Priester zögerte kurz, »sehr übersichtlich«, setzte er dann ironisch hinzu.
Rechmire sah ihn überrascht und ein wenig erleichtert an. »Der Erste Schreiber war verheiratet, aber er hatte keine Kinder oder Enkel«, erriet er.
Kaaper verneigte sich leicht. »So ist es. Mentuhotep hat eine gute Wahl getroffen, als er dich auswählte, um diesen Frevel aufzuklären. Du ziehst die richtigen Schlüsse.«
Rechmire war sich nicht sicher, ob der Priester dies wirklich so meinte oder ob er sich nur über ihn lustig machte. »Es muss Kenherchepeschef bedrückt haben, dass er keine Nachfahren hatte, die für seinen Totenkult und sein ewiges Leben im Westen sorgen würden. Ausgerechnet der Erste Schreiber am Ort der Wahrheit musste fürchten, dass sein Andenken nicht geehrt und seinem Ka nicht geopfert werden würde.«
»So ist es jetzt«, pflichtete ihm Kaaper bei. »Doch so hätte es nicht sein müssen. Ich glaube, Kenherchepeschef war in diesen Dingen guten Mutes, dass sich doch noch irgendwann ein Nachfahre eingestellt hätte. Denn er hatte erst vor vier Monaten geheiratet. Er hat sicher damit gerechnet, früher oder später noch Vater zu werden.« Der Priester

machte eine demütige Geste in Richtung Allerheiligstes und murmelte: »Du wolltest es anders, mein Herr und Gott.«
»Kenherchepeschef hat mit fünfundfünfzig Jahren zum ersten Mal geheiratet?«, fragte Rechmire erstaunt. Seine Adoptiveltern waren schon besorgt, weil er mit zwanzig noch keine Frau in sein Haus geholt hatte. Und jeder Mann im Lande Kemet, der seinen fünfundzwanzigsten Geburtstag noch ohne Gemahlin feierte, konnte sicher sein, dass seine Nachbarn über ihn tuscheln würden.
Kaaper zuckte die Achseln. »Frag mich nicht nach seinen Motiven für diese Enthaltsamkeit. Er war vierundzwanzig Jahre lang Erster Schreiber am Ort der Wahrheit - eine Stellung, die schon sein Adoptivvater vor ihm eingenommen hatte. Sein Wort galt hier so viel wie das des Pharaos in Beiden Reichen und er hat dies, so habe ich Gerüchte gehört, auch weidlich ausgenutzt. Vielleicht wollte er nur nie seine unumschränkte Macht teilen, nicht einmal mit einer Gemahlin. Und erst auf seine alten Tage ist er in dieser Hinsicht milder geworden. Wer weiß?«
»Ich werde seine Witwe aufsuchen und ihr ein paar Fragen stellen«, entgegnete Rechmire eifrig, da er jetzt endlich ein klares Ziel hatte.
»Und den Führer der Medjai«, erinnerte ihn Kaaper lächelnd. »Und zuallererst würde ich Sennodjem aufsuchen. Um zu seinem Haus zu gelangen, musst du die Dorfstraße bis zum Ende gehen und dich dann rechts halten. Es steht genau in der Ecke, wo sich die westliche und die südliche Stadtmauer treffen. Von seiner Dachterrasse aus kann er direkt auf sein Grab blicken, das er für sich und seine Familie in den Felsen oberhalb des Dorfes treiben lässt. Es wird bald das größte

und prachtvollste Haus der Ewigkeit sein, das sich je ein Bewohner des Dorfes hat errichten lassen. Man könnte denken, dort soll dereinst ein hoher Beamter ruhen. Aber wer weiß? Vielleicht hofft Sennodjem wirklich, dass er als solcher sein Leben beschließen wird. Als Zweiter Schreiber ist er die höchste Autorität im Dorf, solange Mentuhotep keinen neuen Ersten Schreiber ernannt hat.«

Rechmire kam sich Kaaper gegenüber wieder wie ein Schüler im Tempel vor, der seine Hieroglyphen nicht richtig lesen konnte.

»Das ist ein guter Gedanke«, gab er zerknirscht zu. »Er würde vermuten, dass ich ihm nicht den nötigen Respekt entgegenbringe, wenn ich mit meinen Nachforschungen beginne, ohne mich vorher mit ihm zu treffen.«

»Und Sennodjem hätte ja auch Recht«, entgegnete Kaaper mit hinterhältigem Lächeln. »Du zeigst dem Zweiten Schreiber nicht die Achtung, die er glaubt, verdienen zu müssen. Sennodjem ist sehr aufmerksam und sehr, sehr empfindlich in diesen Dingen.«

Der Priester lud ihn mit einer Geste seiner Rechten ein, in die Mitte des Vorhofs zu treten. »Das freie Wochenende ist vorüber«, erklärte er. »In einer Stunde werden die meisten Arbeiter wieder zum Tal aufbrechen, um das Grab des Pharaos auszuschmücken. Viele werden den beschwerlichen Rückweg abends nicht auf sich nehmen, sondern alle acht Tage ihrer Arbeitswoche in kleinen Hütten oberhalb des Tals übernachten. Sennodjem wird mit ihnen ziehen. Wenn du ihn also noch sprechen willst, sollten wir uns beeilen. Ich bin lange genug Vorlesepriester gewesen. Viele Hymnen an Amun kenne ich auswendig. Ich werde ein kurzes Gebet auswählen, du sprichst mir nach. So zeigen wir Amun unsere

Verehrung, ohne den ganzen Morgen in seinem Haus verbringen zu müssen.«
Kaaper stellte sich genau ins Zentrum des Vorhofes, breitete die Arme weit aus und hob den Kopf zum Himmel. Rechmire blieb hinter ihm stehen, beugte das Knie und streckte die Hände demutsvoll vor. Kaapers Stimme klang rau und gebrochen in dem engen, von Säulen umgebenen Hof. Er rezitierte einen kurzen Hymnus, den Rechmire nicht kannte. Dabei sprach der Priester schnell und etwas abgehackt, sodass Rechmire Schwierigkeiten hatte, alle Wörter zu verstehen und die Strophen korrekt zu wiederholen. Doch schon nach wenigen Augenblicken war Kaapers Stimme wieder verhallt. Er senkte die Arme und wandte den Blick vom Himmel zurück auf seinen Begleiter.
»Amun wird dich beschützen«, murmelte er. »Und vergiss nicht, Sennodjem den nötigen Respekt zu erweisen. Gut möglich, dass aus dem Zweiten Schreiber bald der Erste Schreiber wird, und dann ist Sennodjem für viele kommende Jahre der mächtigste Mann am Ort der Wahrheit. Dann wird er persönlich mit Userhet, Mentuhotep und all den anderen Großen Thebens verhandeln, wenn sie irgendwo hier in der Nähe ihr Haus der Ewigkeit errichten wollen. Er wird ihnen dabei den einen oder anderen Gefallen erweisen – und sie wiederum werden sich dafür erkenntlich zeigen. Der Erste Schreiber am Ort der Wahrheit hat mehr Macht als jeder andere Dorfvorsteher in Beiden Reichen. Ich glaube sogar, dass er mehr Macht hat als mancher eingebildete Höfling, der die Gnade hat, die Luft zu atmen, die der Pharao geatmet hatte.«
Rechmire verneigte sich vor dem Priester. »Ich danke dir für deine klugen Ratschläge. Du hast Recht: Amun hat dich zum richtigen Zeitpunkt an den Ort der Wahrheit geschickt.«

Dann drehte er sich um und ging. Doch am Eingang zum Vorhof überkam ihn ein Gedanke, als hätte Amun einen Blitz geschleudert. Abrupt wandte er sich noch einmal um.
»Seit wann ist Sennodjem Zweiter Schreiber?«, fragte er Kaaper.
»Seit acht Jahren«, antwortete der Priester.
»Acht Jahre, in denen Sennodjem hoffen konnte, irgendwann Kenherchepeschefs Position zu erben«, murmelte Rechmire. »Denn der Erste Schreiber hat keine Familie, keinen Sohn, dem er das Amt übertragen lassen könnte. Doch vor vier Monaten heiratet Kenherchepeschef doch noch überraschend ...«
»... und vielleicht hätten ihn die Götter auf seine alten Tage mit einem Sohn beschenkt«, vollendete der Priester.
»Kenherchepeschef hätte alles getan, um den Tschati davon zu überzeugen, seinen Sohn dereinst zum Ersten Schreiber zu ernennen«, fuhr Rechmire fort. »Und da der Erste Schreiber, wie du sagst, den Großen Thebens manchen Gefallen erwiesen hat, werden sie ihm diesen Wunsch kaum abschlagen. Zumal es ja auch im Interesse des Tschati liegt, wenn die vertrauensvollen Verhandlungen über die Ausgestaltung seines eigenen Grabes in den Händen derselben Familie verbleiben. Und Sennodjem wäre für immer Zweiter Schreiber geblieben.«
Kaaper lächelte dünn und deutete eine Verbeugung an. »Mentuhotep wäre stolz auf deinen Scharfsinn«, entgegnete er leise.

Rechmire eilte zurück Richtung Dorf. Doch noch rechtzeitig, bevor er das Tor erreicht hatte, fiel ihm ein, dass sich unziemliche Hast nicht mit seiner Würde vertrug. Also atmete er tief durch und ging gemessenen Schrittes die einzige Straße hinunter. Inzwischen hatten sich auf vielen Dachterrassen die Familien zum Morgenmahl versammelt. Sie genossen die letzte kühle Brise, bevor Amuns Wagen so hoch gestiegen sein würde, dass sein Glanz und seine Hitze die Dächer in Backöfen verwandelte. Die Männer trugen kurze Lendentücher aus einfachem Leinen oder grober Wolle, viele hatten sich das Haupthaar, manche gar den Bart nur wirr oder gar nicht geschoren. Rechmire, dem, wie jedem wohlerzogenen Mann im Lande Kemet, auch das kleinste Härchen in seinem Gesicht ein Gräuel war, rümpfte vor Verachtung die Nase. Die Frauen waren in einfache Gewänder gehüllt, viele trugen auffallend große Armreifen, Ketten und Ringe aus billigem Kupfer. Die meisten Kinder waren nackt. Die Menschen unterhielten sich laut, manche warfen derbe Scherzworte von Dach zu Dach. Auf einigen Häusern hockten Katzen und dressierte Affen, die sich wie selbstverständlich an Brot, Datteln und Wasser gütlich taten. Der eine oder andere Arbeiter trank auch morgens schon Bier aus einem großen Krug und hatte einen roten Kopf.

Als Rechmire die Straße hinunterschritt, gafften ihn die meisten Bewohner des Dorfes an, einige zeigten sogar mit dem Finger auf ihn. Andere dagegen taten, als ob sie ihn nicht sehen würden, und wandten ihren Blick auffällig von der Straße weg. Niemand grüßte ihn.

Rechmire ignorierte sie und schritt die Straße hinunter, die ihm allerdings jetzt länger vorkam als auf dem Hinweg. Schließlich hatte er das Ende erreicht und keine Schwierigkeiten, das Haus des Sennodjem zu finden. Auch der Zweite Schreiber saß mit seiner Frau beim Morgenmahl auf der Dachterrasse.

Sennodjem hatte ihn schon lange zuvor erblickt, erhob sich aber erst, als Rechmire schon vor seiner Tür stand, um ihn ins Haus zu lassen. So musste der junge Schreiber einige Augenblicke vor der verschlossenen Pforte warten, hundert neugierige Blicke im Rücken, und er atmete schwer vor Zorn.
»Willkommen in meinem Heim, Rechmire, Sohn des Raia, dem ich ein langes Leben und Gesundheit wünsche«, sagte Sennodjem mit aufgesetzter Beflissenheit, als er ihn endlich einließ.
Rechmire zwang sich zur Ruhe. »Ich danke dir für deine Gastfreundschaft«, entgegnete er so höflich, wie er es über sich bringen konnte. Er zwang sich sogar dazu, eine kleine Verbeugung anzudeuten.
Sennodjems Haus war ähnlich groß und eingerichtet wie das, welches er Rechmire angewiesen hatte. Es standen hier einige Truhen und Tische mehr im peinlich sauber gefegten Hauptraum, in dem es würzig-streng roch, weil jemand noch an diesem Morgen Flohkraut verbrannt haben musste, um Ungeziefer zu vertreiben. Wobei sich Rechmire nicht vorstellen konnte, dass sich je ein Käfer oder Floh in dieses Haus, in dem eine so penible Ordnung zu herrschen schien, wie er sie noch nirgends sonst gesehen hatte, verirren mochte. Erstaunt bemerkte er, dass eine große Stele links vom Divan dem Ptah geweiht war. Instinktiv neigte er das Haupt vor Ehrfurcht.
»Du weißt Ptah zu würdigen!«, rief Sennodjem überrascht und ehrlich erfreut.
»Ich habe zehn Jahre in seinem Tempel in Theben die Heiligen Zeichen zu schreiben gelernt«, erklärte Rechmire.
Zum ersten Mal schien das Lächeln des Zweiten Schreibers nicht mehr aufgesetzt, sondern echt zu sein. »Meine Ahnen stammen aus Memphis«, berichtete er stolz. »Meine Familie

lebt zwar jetzt schon seit drei Generationen in Set-Maat, doch wir haben unsere Wurzeln nie vergessen. Deshalb verehren wir Ptah vor allen anderen Göttern, auch wenn wir hier die Einzigen sind, die es so damit halten.«

Rechmire sah ihn erstaunt an. »Ptah ist vielgestaltig und mächtig. Einer seiner Titel lautet: ›Oberster Leiter aller Handwerker‹, und deshalb wird er von den Bildhauern besonders verehrt. Ich dachte, dass gerade ihr, die ihr die Häuser der Ewigkeit des Pharaos und seiner Familie schmückt, Ptah täglich für diese Gnade danken würdet.«

Sennodjem schüttelte bedauernd den Kopf. »Die Menschen hier verehren selbstverständlich Amun. Sie beten Hathor an, die Göttin der Gräber, der Trunkenheit und der Liebe. Sie fürchten Meretseger, die kobraköpfige Herrin, die das Schweigen liebt und jeden mit Skorpionen straft, der die heilige Ruhe stört. Der wahre Gott des Dorfes aber ist Amenophis der Erste«, erklärte er.

»Aber Amenophis der Erste war Pharao vor dreihundert Jahren!«, rief der junge Schreiber.

»Du hast behalten, was dir die Priester des Ptah beigebracht haben«, entgegnete Sennodjem anerkennend. »Viele im Lande Kemet haben ihn längst vergessen, wie sie alles vergessen haben, was sich zutrug vor den Jahren der Herrschaft von Dem-dessen-Namen-niemand-nennt. Aber die Menschen des Dorfes verehren den zum Gott gewordenen Amenophis und seine Mutter Ahmose-Nofretiri als Gründer und Beschützer des Ortes der Wahrheit. Ob Amenophis tatsächlich der erste Pharao war, der sich in den versteckten Felsen sein Haus der Ewigkeit einrichten ließ, das weiß ich nicht. Noch nicht. Irgendwo im Haus des Ersten Schreibers stehen Tonkrüge, in denen die Pläne aller Gräber verzeichnet sind,

ihre genaue Lage, ihre Form, ihre Ausdehnung, ja selbst die Schätze, die in ihnen für alle Ewigkeit uns Sterblichen verborgen sind. Wenn ich erst Erster Schreiber sein werde, dann werden auch diese Papyri mir gehören.«
»Du bist dir ziemlich sicher, dass dich der Tschati auf den Posten Kenherchepeschefs berufen wird«, bemerkte Rechmire kühl.
Sennodjem sah ihn beleidigt an. »Wen sollte der weise Mentuhotep denn sonst ernennen? Ich bin seit acht Jahren Zweiter Schreiber und nie hat sich jemand über mich beklagt, keiner der hohen Herren in Theben und kein Arbeiter des Dorfes. Ich habe vier Töchter, die ich alle an begabte Vorzeichner und Reliefbildhauer im Dorf verheiratet habe. Ich könnte meinen fähigsten und kinderreichsten Schwiegersohn zu meinem Nachfolger ausbilden, sodass Mentuhotep sicher sein kann, dass diese vertrauensvolle Position stets in derselben Familie bleiben wird, auch wenn ich längst meine Reise in den Westen angetreten haben werde.«
»Du hast an alles gedacht«, heuchelte Rechmire Lob. »Nur nicht daran, dass Kenherchepeschef in seinem Alter selbst noch Erben haben könnte!«, setzte er in Gedanken hinzu.
Sie waren vom Innenhof über die Leiter auf die Dachterrasse getreten. Eine dicke, schwitzende Matrone saß auf einer Decke und versuchte vergeblich, sich mit einem kleinen Wedel Luft zuzufächeln, denn inzwischen war es heiß und windstill geworden.
»Meine Gemahlin Webehet«, stellte Sennodjem sie vor.
Sie versuchte, sich schnaufend und ächzend von der Decke hochzustemmen. Rechmire war einen Augenblick lang versucht, dieses Schauspiel zu genießen, doch dann siegte seine Höflichkeit über seine Bosheit.

»Ich grüße dich, Webehet, und danke dir für die freundliche Aufnahme. Bitte erhebe dich nicht meinetwegen. Ich will dir keine Umstände machen.«

Erleichternd grunzend ließ sie sich wieder auf die Matte sinken. »Willkommen am Ort der Wahrheit!«, entgegnete sie zwischen zwei kurzen, schweren Atemstößen. »Ich bin sicher, dass du meinem Gatten bei der Suche nach diesem abscheulichen Verbrecher behilflich sein kannst.«

»Ich werde mein Bestes tun«, erwiderte Rechmire und bemerkte dabei, dass er sich in diesem Moment genauso ölig anhörte wie Sennodjem. So hatte sich der Zweite Schreiber das also gedacht. Sennodjem wollte dem Tschati den Mörder präsentieren und dafür Ruhm, Ehre und die sichere Beförderung zum Ersten Schreiber kassieren, während Rechmire leer ausgehen, ja vielleicht sogar als Versager dastehen sollte.

Sennodjem, du bist vielleicht doppelt so alt wie ich, dachte Rechmire grimmig, aber ich kenne mich mit den unsichtbaren Kriegen hinter den Palastmauern in Theben besser aus als du! Warte ab, ob du am Ende statt als scharfsinniger Held nicht als überführter Mörder vor Mentuhoteps Richterstuhl stehst!

Laut aber sagte er höflich: »Ich danke dir für dein Vertrauen, Webehet. Eben deshalb bin ich hier, um mich mit deinem Gatten zu beraten.«

Sennodjem verstand die Anspielung und klatschte in die Hände. Eine Sklavin kam die Leiter hoch, eine Syrerin, vermutete Rechmire. Sie war noch jung, obwohl ihr Gesicht müde aussah und ihre Hände rau waren von harter Arbeit. Die Sklavin war mindestens einen halben Kopf größer als er und kräftig, ohne dabei dick und unbeholfen zu sein. Rechmire sah erstaunt, dass auf ihrem linken Oberarm das

Zeichen des Pharaos eingebrannt war. Merenptah besaß Tausende Sklaven, die in seinem Palast, auf seinen Landgütern, seinen Tempeln oder bei großen öffentlichen Aufgaben Arbeiten verrichten mussten. Verwundert fragte er sich aber, was eine von ihnen im Privathaus des Zweiten Schreibers am Ort der Wahrheit zu tun hatte. Rechmire wollte ihn darauf nicht ansprechen, nahm sich jedoch vor, später bei Kaaper oder auf anderem Wege Erkundigungen darüber einzuholen. Sennodjem hatte sich selbstverständlich nicht die Mühe gemacht, die Sklavin vorzustellen. Er sah ihr zu, wie sie die Reste des Morgenmahls in einem großen Korb verstaute, bevor sie anschließend Webehet half, sich von der Matte hochzustemmen. Dann endlich verließen Herrin und Sklavin das Dach.

Der Zweite Schreiber sah den beiden nach, seufzte aus unerfindlichen Gründen und wandte sich dann wieder Rechmire zu.

»Ich habe nur noch wenig Zeit. In spätestens einer halben Stunde werde ich mit meinen Männern ins Tal der toten Pharaonen ziehen, damit wir mit den Arbeiten an Merenptahs Haus der Ewigkeit nicht in Verzug geraten. Was also schlägst du mir vor?«

Rechmire kochte vor Wut, weil er, wie ein Diener, aufgefordert worden war, Vorschläge zu machen - nicht Anweisungen zu geben oder wenigstens Fragen zu stellen. Trotzdem hatte er nicht überhört, dass Sennodjem die Arbeiter schon »meine Männer« genannt hatte, als sei seine Herrschaft über das Dorf bereits beschlossene Sache.

»Wie viele Menschen leben im Dorf?«, wollte er wissen.

Sennodjem sah ihn misstrauisch an. »Warum willst du das wissen?«

»Wer immer auch Kenherchepeschef den Dolch in die Brust gerammt haben mag – er muss aus Set-Maat gekommen sein«, sagte Rechmire leise. »Man kann nicht in den wenigen kurzen Nachtstunden von Theben oder einer Oase der westlichen Wüste bis ins Grab des Merenptah eindringen und wieder verschwinden. Die Wege sind zu lang. In einem Umkreis von vielen tausend Schritten gibt es kein anderes Dorf als dieses. Vielleicht hat er sich irgendwo in der Nähe für eine längere Zeit versteckt gehalten, aber das glaube ich nicht. Es ist den meisten Menschen im Lande Kemet verboten, sich diesem Tal zu nähern. Das Risiko wäre groß gewesen, von irgendjemandem entdeckt zu werden. Und außerdem: Wie hätte er von einem Wüstenversteck aus sehen können, dass Kenherchepeschef mitten in der Nacht das Grab des Pharaos aufsuchte?«
»Es war ein Zufall«, erwiderte der Zweite Schreiber missmutig. »Der Unbekannte kommt nachts aus seinem Versteck – vielleicht, um die ersten Schätze des Pharaos zu stehlen, die seine Diener in das Haus der Ewigkeit getragen haben – und wird von Kenherchepeschef überrascht. Also ersticht er ihn und flieht zurück in die Wüste.«
»Ich habe Zeichen dafür gefunden, dass Kenherchepeschef seinen Mörder gekannt hat«, entgegnete Rechmire und bemühte sich um ein möglichst boshaftes Lächeln, denn es fiel ihm im Traum nicht ein, Sennodjem zu verraten, welche das waren. »Noch ein Hinweis mehr, der auf einen Menschen aus dem Dorf deutet.«
Der Zweite Schreiber starrte ihn einige Augenblicke lang wortlos an und überlegte offensichtlich fieberhaft, ob er Rechmire noch länger die gewünschte Information verweigern konnte. Schließlich seufzte er und gab nach.

»Hier leben sechzig Arbeiter«, erklärte er. »Sie sind, wie Seeleute auf den großen Schiffen, in zwei Wachen eingeteilt – eine Linke und eine Rechte Wache. Die einen arbeiten ausschließlich in der linken, die anderen in der rechten Hälfte des Grabes. So steht keiner dem anderen im Weg. Außerdem spornt es die Männer an, schneller zu arbeiten – es ist jeden Tag eine Art Wettlauf links gegen rechts. Jede Wache wird von einem Vorarbeiter geleitet. Alle Arbeiter haben Frauen, manche Kinder, die fast erwachsen sind. Wir haben einen Arzt, ein Dutzend Medjai, mindestens ebenso viele Sklaven – und den Priester Kaaper, der seit zehn Tagen bei uns ist. Also alles in allem rund zweihundert erwachsene Menschen.«
Rechmire nickte anerkennend. Sennodjem war ein gewissenhafter Schreiber, er musste irgendwo penibel geführte Listen haben. Es war ihm ebenfalls aufgefallen, dass der Zweite Schreiber nicht nur die Männer, sondern auch die Frauen des Dorfes mitgezählt hatte. Offensichtlich traute er zumindest manchen von ihnen zu, Kenherchepeschef mit einem Dolchstoß in die Brust in das westliche Reich zu schicken. Andererseits hatte er sich und seine Familie bei der Zählung ausgenommen.
»Eine hohe Zahl – aber nicht zu hoch!«, entgegnete Rechmire. Er nahm sich vor, Sennodjem etwas unter Druck zu setzen. »Ich hoffe, dass ich den Mörder finden werde. Sollte ich nach einigen Tagen jedoch noch immer keine Spur haben, werde ich Mentuhotep einfach vorschlagen, alle Männer und Frauen des Dorfes den Krokodilen vorzuwerfen. So können wir wenigstens sicher sein, den Frevler zu bestrafen.«
Der Zweite Schreiber warf ihm einen bösen Blick zu. »Niemand im Lande Kemet baut die Häuser der Ewigkeit so prachtvoll wie wir. Findest du den Mörder nicht, wird der

Tschati tausendmal lieber *dich* den Krokodilen vorwerfen, als ein Urteil zu fällen, das sein eigenes Grab und das des Pharaos für immer unvollendet ließe!«
Rechmire schluckte und wechselte das Thema.
»Warum könnte jemand aus dem Dorf einen Grund gehabt haben, Kenherchepeschefs Ka und Ba zum westlichen Horizont zu schicken?«, fragte er betont gleichmütig.
Sennodjem lachte. »Kenherchepeschef kam im Alter von sechs Jahren in das Dorf. Ramose, der damalige Erste Schreiber, hat ihn irgendwann aus Theben mitgebracht. Amun allein weiß, wie und wo er ihn gefunden und warum er ausgerechnet diesen Jungen aufgesammelt hat. Ramose hatte keine eigenen Kinder, also hat er Kenherchepeschef adoptiert. Aber du weißt ja, wie das mit diesen Bälgern ist, bei denen du weder Samen noch Feld kennst, auf dem sie gepflanzt worden sind: Sie gleichen glänzenden Masken. Von Ferne denkst du, sie sind aus Gold, doch wenn du näher trittst, siehst du, dass es nur bemaltes angefaultes Holz ist.«
Rechmire ballte die Fäuste und wurde rot. Solche Sprüche hatte er bis zum Überdruss gehört. Nachdem sie ihn an Raia und Meresanch zur Adoption verkauft hatten, hatte er nie wieder etwas von seinen leiblichen Eltern gehört noch hören wollen. Er wusste nicht einmal, ob sie noch lebten.
Doch Sennodjem hatte nichts von seiner Erregung gespürt und fuhr böse lachend fort: »Kenherchepeschef war außerdem vierundzwanzig Jahre lang der Herr des Dorfes! Da sammelt sich so viel Missgunst an wie Schlamm nach vierundzwanzig Nilhochwassern: Arbeiter, die sich ungerecht bezahlt fühlten oder gegen ihren Willen von Kenherchepeschef zu«, er zögerte, »anderen Aufgaben abkommandiert wurden.«

»Zum Beispiel dazu, die Gräber mächtiger Männer in Theben auszuschmücken, obwohl ihre Künste einzig dem Pharao und seiner Familie zustehen sollten«, unterbrach ihn Rechmire.

»Ich sagte ja schon, dass Mentuhotep, Userhet und viele andere Große aus Theben Kenherchepeschef den einen oder anderen Gefallen schuldig waren.«

»Ich nehme an, dass diese mächtigen Männer Kenherchepeschef gut für seine Dienste entlohnten«, bemerkte Rechmire bissig.

»Und alle anderen nicht«, ergänzte der Zweite Schreiber mit mühsam unterdrückter alter Wut. »Die Arbeiter, denen er befahl, statt im Ort der Wahrheit irgendwo anders Felsen aufzubrechen, die Vorarbeiter, die wegsehen mussten, wenn Männer aus ihrer Wache fehlten, mich, der ich als Zweiter Schreiber die Liste mit Fehlzeiten aller Arbeiter führte und Leute als krank eintragen musste, obwohl sie aus ganz anderen Gründen verhindert waren – wir alle bekamen nicht einmal einen Krug sauren Bieres. Dabei soll allein der Hohepriester Userhet, der sein Haus der Ewigkeit Kenherchepeschef anvertraut hatte, diesem für eine schnelle Vollendung einen Deben Gold versprochen haben.«

»Da haben wir schon einige gute Gründe beisammen, um Kenherchepeschef ins Reich des Westens zu wünschen«, bemerkte Rechmire ironisch.

»Zu wünschen – ja. Aber es tatsächlich zu tun – das ist etwas ganz anderes«, widersprach Sennodjem. »Denn was sollte sich für einen Arbeiter ändern? Die Ersten Schreiber haben es immer so gehalten, seit es Set-Maat gibt. Und ein neuer Erster Schreiber wird an diesem Brauch nichts ändern. Kein

Mensch wird dadurch reicher, dass Kenherchepeschefs Ka jetzt im Westen weilt.«
»Außer dir«, sagte Rechmire leise. »Der Deben Gold vom Hohepriester Userhet und all die anderen Gefälligkeiten der Großen werden zukünftig in deiner Schatztruhe landen, nicht mehr in der des Kenherchepeschef.«
Sennodjem starrte ihn für einen Augenblick mit leerem Blick an. Dann erst schien ihm aufzugehen, was Rechmire gerade gesagt hatte.
»Verdächtigst du etwa mich?«, zischte er wütend.
»Nicht mehr und nicht weniger als alle anderen Menschen am Ort der Wahrheit auch«, entgegnete Rechmire kalt.
Dann beugte er sich dicht zu Sennodjems schweißglänzendem Gesicht hin. Das linke, rötlich entzündete Augenlid des Zweiten Schreibers flackerte.
»Wenn ich den Mörder Kenherchepeschefs nicht finde und du mich beim Tschati dafür verantwortlich machst, dann werde ich ihm sagen, dass ich den Frevler doch gefunden habe - und ich werde ihm dich präsentieren. Ich werde ihm sagen, dass deine Gier nach Ruhm und Gold dich zu so einem abscheulichen Verbrechen getrieben hat - und Mentuhotep wird mir glauben und dich den Krokodilen vorwerfen oder lebendig auf einen Pfahl spießen lassen!«, flüsterte Rechmire.
Sennodjem prallte zurück, als hätte er ihm einen Schlag versetzt. »Du überschätzt deine Macht, junger Schreiber!«, keuchte er.
»Es liegt an dir, das auszuprobieren - oder mir zu helfen, den wahren Mörder zu finden«, entgegnete Rechmire.
»Habe ich dir bis jetzt irgendeine Hilfe verweigert?«, fragte der Zweite Schreiber halb weinerlich, halb empört.

Rechmire atmete auf. Insgeheim glaubte er selbst, dass Sennodjem Recht hatte: Niemals würde Mentuhotep aufgrund einer so vagen Anklage ein Todesurteil fällen, zumal gegen jemanden, der an dem Grab des Pharaos arbeitete. Der Pharao selbst würde nämlich wiederum vom Tschati wissen wollen, warum er einen seiner bewährtesten Arbeiter zu den Krokodilen geschickt hatte. Lieber würde Mentuhotep einen seiner eigenen Schreiber opfern.

»Ich möchte wissen, warum Kenherchepeschef in seiner letzten Nacht im Haus der Ewigkeit des Pharaos gewesen ist. Was hatte der Erste Schreiber dort zu suchen?«, fragte Rechmire.

Sennodjem lachte freudlos. »Das möchte jeder hier am Ort der Wahrheit wissen! Während der Arbeiten am Grab saß Kenherchepeschef stets auf einem Stuhl, den ihm ein Arbeiter aus dem Felsen hatte herausmeißeln müssen; sogar seinen Namen hatte er in diesen steinernen Platz, der natürlich im Schatten lag, eingraben lassen. Niemals ließ er sich im staubigen Grab bei den Arbeitern sehen - es sei denn, der Tschati kam zu einer seiner Inspektionsreisen.«

Er zögerte lange, dann schien er sich aufzuraffen. »Ich will dir verraten, was ich denke, doch du musst mir versprechen, es niemandem weiterzuerzählen.«

Rechmire nickte. »Ich werde schweigen, Ptah ist mein Zeuge.«

Der Zweite Schreiber nickte. »Für Gold und Silber tat Kenherchepeschef alles. Nicht, weil er deren edlen Schimmer liebte, wie es manche Männer gibt, die diesen Schätzen verfallen sind. Sondern weil er in Theben dafür vergilbte Papyri kaufen konnte. Er liebte alte Weisheitstexte, Hymnen zu Ehren der Pharaonen, Herrschaftslisten und ganz besonders alle Traumbücher. Er muss Dutzende, wenn nicht Hunderte von ihnen haben. Gab man ihm Gold oder gar einen seltenen Papyrus, dann konnte man dafür fast alles von ihm verlangen. Vielleicht hat jemand, ein hoher Herr aus Theben gar, Kenherchepeschef so viel geboten, dass er in das Grab Merenptahs schlich, um ...«

»... daraus etwas zu stehlen«, vollendete Rechmire, dem plötzlich einiges klar zu werden schien. »Eine Truhe, einen Ballen feinsten Leinens, irgendetwas - Hauptsache, es gehörte zum Schatz des Pharaos. Jemand anderes wollte einen Schatz, der für den Pharao bestimmt war, in sein eigenes Grab schmuggeln, um sich für alle Ewigkeit an einem Besitz zu erfreuen, den kein gewöhnlicher Sterblicher im Lande Kemet je sein Eigen hatte nennen können.«

»Es gibt kaum ein schlimmeres Vergehen, als den Pharao zu bestehlen«, sagte Sennodjem leise, »jedoch Kenherchepeschef wäre der Mann gewesen, so etwas zu tun.«

Sennodjem ließ Rechmire spüren, dass er jetzt aufbrechen wollte. Also verabschiedete sich Rechmire, der sowieso nicht wusste, was er den Zweiten Schreiber noch hätte fragen sollen. Auf der Straße versammelten sich die Männer des Dorfes. Alle trugen Säcke aus Leinen oder Leder über der Schulter; manche hatten schwere hölzerne Hämmer in den Händen, andere schleppten in Körben kleine Tontöpfe mit farbigem Pulver. Frauen und Kinder standen auf den Dachterrassen oder in den Eingangstüren ihrer Hauser, riefen ihnen Scherze zu, lachten und winkten, während die Männer sich zu beiden Seiten der Straße in zwei Reihen aufstellten - die beiden Wachen, vermutete Rechmire. Anschließend gingen Sennodjem und zwei Männer, wahrscheinlich die Vorarbeiter, die Reihen ab. Der Zweite Schreiber hielt dabei eine

große, flache Kalksteinplatte in den Händen, auf der er hin und wieder mit einer Schreibbinse etwas notierte.
Rechmire zählte die beiden Reihen schnell durch: sechsundzwanzig Mann auf der linken und siebenundzwanzig Mann auf der rechten Seite. In beiden Wachen gab es also Arbeiter, die heute nicht angetreten waren. Er hatte aber keine Ahnung, warum sie fehlten oder ob sie deswegen irgendwelche Konsequenzen zu befürchten hatten.
Sennodjem baute sich vor den beiden Wachen auf und hielt eine kurze Ansprache, von der Rechmire kein Wort verstand, weil er sich im Hintergrund hielt. Dann marschierten die Männer los und verließen durch das Tor das Dorf. Bald waren sie zwischen den Felsen verschwunden. In der Siedlung schienen nur noch Frauen und Kinder zurückgeblieben zu sein - und die Medjai, die faul am Tor im Schatten saßen.
Rechmire beschloss, dass es jetzt an der Zeit sei, die Wächter des Ortes der Wahrheit zu fragen, was sie eigentlich in der Mordnacht gemacht hatten.
Das Quartier der Medjai lag direkt neben dem Tor und war karg eingerichtet wie alle Kasernen im Lande Kemet: Ein schmuckloses Haus, das etwas größer war als die meisten anderen im Dorf, das sich jedoch zwölf Krieger teilen mussten.
Ein Wächter führte Rechmire ins Innere des Hauses und dieser erblickte Schlafmatten auf dem Boden aus festgetretener Erde, ein paar Truhen, Tische und Stühle und die Waffen der Medjai - Knüppel, bronzene Streitäxte und Schwerter -, die bündelweise in kupfernen Halterungen an den Wänden links und rechts des Eingangs hingen. Es roch sauer nach Bier, Zwiebeln und Schweiß.
Er wurde zu einem riesigen Nubier geführt. Der Krieger hatte eine Haut, so dunkel wie Ebenholz - außer an den Stellen

seiner muskulösen Unterarme, über die sich die langen Narben schlecht verheilter Schwerthiebe erstreckten. Auch quer über seine Stirn zog sich die an den Rändern gezackte Linie einer alten Wunde, was ihm das Aussehen gab, als hätte sich die Schädeldecke irgendwie um einen Finger breit vom Gesicht abgelöst. Er hatte nur einen kurzen, verschmutzten Lendenschurz an und Sandalen, deren Leder bereits eingerissen war. Er trug einen langen bronzenen Dolch nach Art der Nubier, mit dünnen Lederriemen festgebunden am Oberarm und nicht, wie bei Soldaten sonst üblich, am Gürtel.
Als er Rechmire erblickte, stopfte er sich zwei große Zwiebeln auf einmal in den Mund und stand dann langsam auf.
»Ich bin Djehuti, Führer der Medjai von Set-Maat. Was willst du von mir, Schreiber des Tschati?« Seine Stimme war dunkel und tief.
Rechmire war versucht, sich wegzudrehen und die Nase zuzuhalten, als er den Atem des Soldaten spürte. Doch er bezwang sich und blieb höflich.
»Da du mich schon kennst«, begann er, »muss ich dir nicht erst umständlich erklären, was ich am Ort der Wahrheit suche - nämlich die Wahrheit. Die Wahrheit darüber, wer Kenherchepeschefs Ka aus seinem Körper gestoßen hat.«
Djehuti lachte dröhnend und auch einige seiner Medjai, die sie im Halbkreis umstanden, feixten und flüsterten.
»Du wirst im ganzen Lande Kemet nirgendwo so viele Lügen finden wie am Ort der Wahrheit!«, höhnte der Nubier. »All diese Gräber sind voll von Bildern und Texten mit frommen Beteuerungen, idyllischen Szenen und den rührendsten Darstellungen von Familien, die sich heiß und innig lieben. Doch du weißt noch besser als ich, Schreiber, dass diese Bilder oft die Götter täuschen sollen. Es sind nur Illusionen und

das Leben, das die Toten einst führten, hatte ganz anders ausgesehen: voller Hass, Missgunst und böser Rede.«
»Sprich nicht so von unseren Herren, die zu Amun gegangen sind«, entgegnete Rechmire zornig. »Außerdem rede ich nicht von einem Bild an der Wand eines Grabes, sondern von einem Mord, der dort geschah, wo du eigentlich hättest wachen sollen.«
»Die Menschen des Dorfes trauen uns nicht. Kenherchepeschef hat schon vor vielen Jahren die Regel eingeführt, dass jede Nacht ein Arbeiter vor einem offenen Grab wachen muss. Scheint so, als hätte es ihm nicht viel genutzt.«
Die Medjai lachten wieder, doch Rechmire spürte, dass hinter ihrer rauen Verachtung etwas anderes lag: Angst.
»Warum hat der Wächter in der Mordnacht nichts gemerkt?«, fragte er.
»Er hat geschlafen«, antwortete der Nubier und spuckte die Worte förmlich aus. »Der hätte nicht einmal gemerkt, wenn Ramses zurückgekehrt und über seinen Leib hinweg mit seiner gesamten Armee noch einmal gegen die Hethiter gezogen wäre. Wir brauchten am Morgen nach der Tat fast eine Stunde, bis wir den schnarchenden Mann mit Hieben und vielen kalten Wassergüssen zu sich gebracht hatten. Er war vollkommen betrunken.«
»So ein Zufall«, murmelte Rechmire und dachte für einen Augenblick nach, bevor er fragte: »Wo ist der Wächter jetzt?«
»Wir haben ihn ordentlich durchgeprügelt und dann ist er zum Nilufer gegangen. Oder besser gesagt: Zwei Sklaven haben ihn getragen, denn er konnte nicht mehr aus eigener Kraft gehen.« Djehuti lächelte böse.

Rechmire wusste, was viele einfache Menschen in den Beiden Reichen damit meinten, wenn sie davon sprachen, »zum Nilufer zu gehen«: auf ein Schiff gezerrt zu werden, das sie nach Theben brachte, wo sie vor dem Gericht des Tschati erscheinen mussten - um nie wiederzukehren. »Zum Nilufer gehen« bedeutete, für immer bei den Krokodilen oder in einem Bergwerk der Wüste zu verschwinden. Er würde den Wächter niemals mehr befragen können.

»Und warum konnte Kenherchepeschef das Dorf überhaupt verlassen?«, setzte er nach. »Das Tor wird doch nachts verschlossen. Und dafür war doch nicht ebenfalls der betrunkene Arbeiter verantwortlich?«

Djehutis hinterhältiges Grinsen erlosch und machte einer lauernde Miene Platz. »Nein«, entgegnete er ruhig, »für das Tor sind wir verantwortlich.«

Die anderen Medjai hörten schlagartig auf zu lachen. Zwei scharrten mit den Füßen, einer stopfte sich betont langsam eine Zwiebel in den Mund und spuckte dann ein Stück durchgekaute Haut auf den Boden, ein anderer spielte mit seinem blank polierten Dolch.

Rechmire schloss für einen winzigen Augenblick die Augen und beschloss, sich nicht einschüchtern zu lassen. »Wie also konnte Kenherchepeschef einfach aus dem Dorf verschwinden, ohne dass ihr ihn wenigstens nach dem Grund für seine nächtliche Reise gefragt hättet?«

»Er war der Erste Schreiber«, antwortete Djehuti leise. »Kenherchepeschef war der Herr des Dorfes, er konnte tun und lassen, was er wollte. Er fragte niemanden um Rat und behandelte alle Menschen hier so, als seien sie seine persönlichen Diener. Und selbstverständlich hatte er als einziger

Mann im Dorf einen Schlüssel zum Tor. Er konnte gehen, wann und wohin er wollte.«
»Und niemand von euch hat ihn gesehen«, sagte Rechmire mit ätzendem Spott in der Stimme. »Wo waren deine Medjai, die nachts am Tor stehen sollten? Wo waren die, die nachts auf den Felsen und im Tal selbst Wache stehen sollten? Warum hat niemand Kenherchepeschef gesehen? War vielleicht gar keiner von euch draußen in jener Nacht?« Er sprach leiser weiter. »Fürchtest du dich so sehr vor der Dunkelheit, Djehuti, wie ein Fischweib von Thebens Markt?«
Der Medjai mit der Zwiebel hielt mitten im Kauen inne, sein Kamerad mit dem Dolch in der Hand erstarrte. Für einen langen Augenblick war es totenstill im Raum. Dann schob sich der hünenhafte Nubier langsam nach vorn, bis sein Gesicht nur noch eine Hand breit von dem Rechmires entfernt war.
»Hör mir gut zu, Schreiber, der du mit einer Binse, aber nicht mit dem Schwert umgehen kannst«, flüsterte er mit heiserer Stimme. »Ich war Soldat der Armee des Pharaos. Nach dem Kriegszug gegen die Libyer hat mir Merenptah selbst eine Kette aus goldenen Fliegen zugeworfen, weil ich die Feinde so unbarmherzig und unermüdlich verfolgt habe wie eine Fliege, die sich auch von keinem Schlag verjagen lässt. Ich war Standartenträger – das ist ein Rang, den nur die Tapfersten der Tapferen erreichen. Und dann machte mich der Pharao zum Führer der Medjai von Set-Maat, weil er wünschte, dass ich es bin, der sein Haus der Ewigkeit bewacht.« Er klopfte sich stolz auf die Brust.
»Doch«, fuhr er noch leiser fort und grinste plötzlich wieder verschlagen, »selbstverständlich habe ich Angst.«

Der Nubier lachte rau, als er Rechmires verblüfften Gesichtsausdruck bemerkte. »Der Ort der Wahrheit ist der Ort der Toten, der Priester und der Magier. Hier lauern Feinde, denen kein Soldat je in der Schlacht gegenüberstehen musste: Götter und Dämonen. Die kobragestaltige Göttin Meretseger wacht über das Tal der toten Pharaonen, Selqet, die skorpionköpfige Göttin beschützt es, Sehakek und tausend andere Dämonen spuken dort.
Hast du nie gehört, dass dich der Fluch trifft, wenn du ein Grab schändest? Hast du nie einen der Zaubersprüche gelesen, die am Zugang zu jedem Haus der Ewigkeit eingelassen sind? ›Wer dies betritt, den soll Osiris holen; Isis soll seine Frau holen und Horus seine Kinder!‹
Und da erwartest du, dass ich meine Medjai nachts hinausschicke? Nachts, wo die Dämonen umgehen, die man nicht sehen, aber sehr wohl hören kann und die dir nicht nur dieses, sondern auch dein ewiges Leben rauben?«
Rechmire brauchte ein paar Augenblicke, bis er wirklich verstanden hatte, was Djehuti meinte. »Das heißt, dass nicht nur in der Nacht des Mordes, sondern niemals nach dem Untergang von Amuns goldenem Wagen ein Medjai am Ort der Wahrheit Wache hält?«, fragte er ungläubig.
»So ist es«, bestätigte der Nubier knapp. »Und du wirst auch im ganzen Lande Kemet keinen Soldaten finden, der dies täte.«
Rechmire erkannte enttäuscht, dass ihm die Medjai bei seinen Nachforschungen nicht helfen könnten – selbst wenn sie es, was er bezweifelte, wirklich gewollt hätten.
»Wenn du schon nicht gesehen hast, was Kenherchepeschef in jener Nacht tat«, versuchte er einen letzten Anlauf, »so hast du vielleicht ja eine Ahnung, warum er überhaupt zum Grab des Merenptah geschlichen ist.«

»Er ging dorthin, um seinen Dämon zu treffen«, antwortete Djehuti.
Rechmire starrte den Nubier verständnislos an, doch der schien keine Lust zu haben, ihm noch mehr zu sagen.

Als er das Haus der Medjai verließ, stand Amuns Wagen im Zenit. Das Dorf war schattenlos, die hell verputzten Häuser schimmerten blässlich gelbweiß in der Mittagssonne und die Luft flirrte so stark, dass Rechmire für einen Moment dachte, dass sich die Dämonen nun auch tagsüber unter die Menschen gewagt hatten. Aus irgendeinem versteckten Innenhof erklang das klagende Meckern einer Ziege, doch es war kein lebendes Wesen zu sehen, weil sich alle in das kühle Halbdunkel ihrer Häuser zurückgezogen hatten.
Rechmire schlich sich zurück zu seiner Unterkunft. Als er die Tür aufgedrückt hatte, erkannte er, dass in seiner Abwesenheit jemand dort gewesen sein musste: Mitten im Raum standen auf drei grob gefertigten tönernen Schalen ein Krug mit Bier, zwei Brotlaibe aus Emmerweizen, ein ausgenommener Nilbarsch, Bohnen, Zwiebeln, Granatäpfel und Feigen – genug für ein Mittags- und ein Abendmahl.
»Immerhin lässt mich Sennodjem nicht verhungern«, flüsterte Rechmire anerkennend und seine düstere Laune besserte sich. Er brachte die meisten Vorräte in den kühleren unterirdischen Raum, dann warf er sich auf den Divan und machte sich über ein Brot und einige Granatäpfel her.
Während er noch darüber nachdachte, welchen Schritt er als Nächstes unternehmen sollte, fiel ihm plötzlich ein, dass das Essen vergiftet sein könnte – zu spät. Er starrte den letzten, ebenfalls schon halb verspeisten Granatapfel für einen Augenblick an, als hätte er sich in einen Skorpion in seiner

Hand verwandelt, dann zuckte er mit den Achseln und schluckte auch ihn hinunter.
»Schütze deinen Diener, o Thot«, murmelte er. Rechmire hatte langsam den Eindruck, dass er den Beistand der Götter am Ort der Wahrheit stärker nötig hatte als an jedem anderen Platz im Lande Kemet.
Er ruhte sich aus und wagte sich erst wieder aus dem Haus, als die Strahlen von Amuns goldenem Wagen weniger gnadenlos niederbrannten. Er rief einen kleinen Jungen zu sich, der in der Nähe mit einer gelben Katze auf der Straße herumtollte.
»Wo finde ich das Haus des Kenherchepeschef?«, fragte er.
Der Junge starrte ihn mit großen Augen an, dann drehte er sich abrupt um und rannte weg, bis er in einer dunklen Gasse verschwand.
Rechmire starrte ihm verblüfft hinterher. Auch das nächste Kind, das er fragte, rannte einfach wortlos davon. Rechmire fragte sich, warum sie so viel Angst vor diesem Haus hatten – oder vor Kenherchepeschef, selbst nachdem sein Ka ihn verlassen hatte.
Erst eine alte Sklavin, die mit einem großen Tonkrug auf dem Weg zur vor dem Dorftor in den Felsen eingeschlagenen Zisterne war, wies ihm den Weg. Kenherchepeschefs Haus war etwas größer als die anderen, doch genauso gebaut. Vorsichtig klopfte Rechmire an die Tür.
Eine junge Frau öffnete ihm. Sie war höchstens fünfzehn Jahre alt, schätzte er. Ihre auffallend dunklen Augen waren mandelförmig, was sie noch durch zwei aufgeschminkte, fein geschwungene Linien grünlich schimmernden Malachits betonte, die sie über und unter ihre Augen gezogen hatte. Sie hatte hohe Wangenknochen, was ihr Gesicht sehr schmal

wirken ließ. Ihr dichtes, bläulich schimmerndes schwarzes Haar war kurz geschnitten, ihre Haut war auffallend dunkel – was Rechmire für ein Zeichen von niedriger Herkunft hielt. Sie war sehr schlank und fast so groß wie er.

»Willkommen in meinem Haus, Schreiber des Tschati«, begrüßte sie ihn. Ihre Stimme klang kräftig und angenehm, sie modulierte jede Silbe wie eine geübte Sängerin. »Ich bin Hunero, die Witwe des Kenherchepeschef – und ich habe dich schon erwartet.«

Rechmire folgte der einladenden Geste ihrer langen, feingliedrigen Hände ins Innere und stellte sich vor, wobei er zu seinem Ärger anfing zu stammeln. Er war verwirrt. Rechmire hatte eine in Tränen aufgelöste Witwe erwartet, eine Frau in zerrissenen Trauergewändern, die sich Sand ins Haar gestreut hatte und deren Gesicht von Tränen glänzte. Auch sah er nirgendwo Klageweiber, deren Dienste normalerweise von den Hinterbliebenen für ein paar Deben Kupfer gekauft werden konnten und die den Toten laut beweinten, damit die Götter hörten, dass er in diesem Leben tatsächlich ein guter Mensch gewesen war.

Der Vorraum des Hauses wurde von einer übergroßen Stele an der linken Seitenwand dominiert, die den Hausherrn zeigte, wie er dem ibisköpfigen Gott Thot opferte. Rechmire erlebte seine nächste Überraschung: Seit unzähligen Generationen verewigten Bildhauer und Zeichner an den Wänden und auf Stelen und anderen Monumenten Szenen, in denen ein Mensch einem Gott opfert. Dabei waren alle Einzelheiten durch eine lange Tradition geheiligt. Außer in den Jahren von Dem-dessen-Namen-niemand-nennt hielten sich die Künstler genau an die alten Bräuche, die vorschrieben, wie man einen Gott darstellen musste und einen Menschen – und die

Opfergaben. Der Gläubige huldigte dem Gott mit Wein und Weihrauch, mit anderen duftenden Pflanzen, Honigkuchen, Gänsen und allen Arten von Speisen; der Pharao und die hohen Herren opferten Gold und Silber.
Doch Kenherchepeschef hatte den Bildhauer offensichtlich angewiesen, von der geheiligten Tradition abzuweichen: Die Stele zeigte ihn, wie er dem Thot eine Papyrusrolle opferte. Rechmire trat näher, um den Text der Inschrift zu lesen. Er entdeckte sofort die Hieroglyphen für den Gottesnamen und den des Gläubigen, die übliche Opferformel – und dann tatsächlich die genaue Bezeichnung des Opfers. Kenherchepeschef hatte sich verewigen lassen, wie er Thot den vollständigen Text des Traumbuches des Chnumhotep darbrachte.
Rechmire kannte, wie jeder Schreiber, Auszüge aus einigen Traumbüchern. Es waren Sammlungen von Sprüchen, die verrieten, was die nächtlichen Bilder für die Zukunft bedeuteten. Er konnte sich an einen Spruch erinnern, den er oft im Haus des Lebens hatte abschreiben müssen: »Sieht sich ein Mann, wie er Blut trinkt – schlecht; er muss sich einem Kampf stellen.«
Das Traumbuch des Chnumhotep hatte er jedoch nie gelesen. Viele Schreiber und Priester hatten von dem legendären Werk gehört. Es galt unter ihnen als das umfassendste, das weiseste und älteste Buch über Träume. Nur hier, so munkelten manche Priester, habe Thot einem Sterblichen tatsächlich die wahre Bedeutung aller nächtlichen Visionen offenbart. Niemand wusste mehr, wer Chnumhotep wirklich gewesen war; ein Hohepriester des Thot, behaupteten manche, ein Zauberer oder der Arzt eines berühmten Pharaos, andere. Und niemand hatte sein Werk je gelesen.

Rechmire wusste, dass nicht einmal das Haus der Buchrollen im Großen Tempel von Karnak – die größte Bibliothek Thebens und vielleicht im ganzen Lande Kemet, wenn nicht der Welt – das Traumbuch des Chnumhotep aufbewahrte. Wenn sich Kenherchepeschef damit auf seiner Stele darstellen ließ, bedeutete das entweder, dass er einen Schatz besaß, um den ihn die größten Weisen Beider Reiche beneideten, oder, was Rechmire für sehr viel wahrscheinlicher hielt, dass er damit nur symbolisieren wollte, dass er bereit gewesen wäre, Thot auch den größten Schatz zu opfern.
Hunero hatte schweigend gewartet, bis er mit der Betrachtung der Stele und seinen Überlegungen fertig war, dann geleitete sie ihn in den Hauptraum des Hauses.
Hier waren beide Seitenwände und die Decke mit Fresken geschmückt, die Weinranken zeigten, die zu beiden Seiten emporwuchsen und sich an der Decke in der Mitte miteinander vereinigten. Rechmire glaubte für einen Augenblick tatsächlich an die Illusion, in einer Weinlaube zu stehen, so perfekt waren die Malereien ausgeführt. In den Boden aus festgestampftem Lehm waren Splitter aus Glimmer, Feldspat und Lapislazuli eingelassen, sodass er silbern und blau glänzte. Überall standen große hölzerne Truhen mit schweren bronzenen Beschlägen. Manche standen offen und zeigten ihren Inhalt: Hunderte von schmalen, hohen Tonkrügen, in denen Papyrusrollen aufbewahrt wurden.
»Dein Mann besaß eine Bibliothek, auf die jeder Tempel stolz gewesen wäre«, murmelte Rechmire ehrfürchtig.
Hunero zuckte mit den Achseln. »Ich kann nicht lesen«, antwortete sie. »Ich weiß, dass Kenherchepeschef ganz verrückt nach alten Texten war. Manchmal ging er nach Theben und schrieb die Inschriften der alten Tempel mit eigener Hand

ab, entweder auf unbenutzten Papyrusrollen oder auf der Rückseite alter offizieller Dokumente und Briefe, für die er keine Verwendung mehr hatte.«

Rechmire dachte an die Stele im Vorraum mit dem Traumbuch des Chnumhotep und an den magischen Spruch gegen Sehakek, den Dämon der Albträume, den der Tote in seinem letzten Moment noch umklammert gehalten hatte.

»Interessierte er sich besonders für Träume?«, fragte Rechmire.

Die Witwe lachte kurz, was er äußerst unpassend fand. »Das würde zu ihm passen«, entgegnete sie. »Kenherchepeschef schlief meistens nur wenig und wenn, dann plagten ihn Albträume. Er hat mit mir aber nie über seine Texte geredet. Und ich kenne ihn ja auch nicht besonders gut, wir waren ja erst vier Monate miteinander verheiratet.«

»Aber du stammst doch aus dem Dorf?«, wollte Rechmire wissen. »Also musst du Kenherchepeschef seit deiner Geburt kennen.«

Hunero lächelte ihn traurig an. »Was bedeutet das schon: ›einen Menschen zu kennen‹?« Sie schwieg für einen Augenblick, bevor sie fortfuhr: »Du hast Recht. Mein Vater war Steinbrecher in der Rechten Wache. Er starb, als ich noch sehr klein war, ich kann mich kaum an ihn erinnern. Er arbeitete in einem Haus der Ewigkeit für einen reichen Mann aus Theben, das auf einer Anhöhe südlich vom Ort der Wahrheit in den Felsen geschlagen werden sollte. Eine große Steinplatte löste sich im Gewölbe und begrub meinen Vater unter sich.«

»Das tut mir Leid«, murmelte Rechmire und senkte den Blick. Dabei dachte er fieberhaft nach: Keinem Arbeiter vom Ort der Wahrheit war es offiziell erlaubt, für jemand anderen zu arbeiten als für den Pharao und seine Familie. Huneros Vater war illegal in jenem Haus der Ewigkeit gewesen, wahrscheinlich abkommandiert von Kenherchepeschef, der damals schon Erster Schreiber gewesen war und nur mit solchen Privataufträgen das immense Vermögen zusammenraffen konnte, das notwendig war, um diese Papyrussammlung zusammenzutragen. Jahre später heiratete die junge Frau den Mann, der für den Tod ihres Vaters zumindest mitverantwortlich gewesen war. Und jetzt war sie Witwe. Ein Zufall?

»Meine Mutter, meine Schwester und ich konnten in Set-Maat in unserem Haus bleiben«, erklärte Hunero, als hätte sie seine Gedanken lesen können. »An diesem Ort dürfen eigentlich nur die Familien der Arbeiter leben. Stirbt ein Arbeiter und kann kein Sohn seinen Platz einnehmen, dann müssen seine Verwandten von hier verschwinden, um einem neuen Arbeiter und seiner Familie Platz zu machen. Doch Kenherchepeschef machte für uns eine Ausnahme.«

»Vielleicht hast du ihm damals schon so sehr gefallen, dass er sicher war, dich einmal heiraten zu wollen«, meinte Rechmire.

»Das glaube ich nicht«, sagte Hunero bestimmt und in ihrer Stimme schien eine Spur Verachtung mitzuschwingen, die Rechmire verwirrte. Die junge Frau verhielt sich überhaupt nicht so, wie er es erwartet hatte. Sie schien nicht nur keine Trauer zu kennen, sie schien auf ihren verstorbenen Gatten nicht einmal stolz oder ihm wenigstens dankbar zu sein. Als Tochter einer Arbeiterwitwe galt sie nicht viel im Lande Kemet. Sie hätte Wäscherin oder Gerberin werden und einen Lastenträger oder Seemann heiraten können, vielleicht wäre sie gar von ihrer verarmten Mutter als Sklavin oder in ein Freudenhaus verkauft worden. Stattdessen hatte der reichste und mächtigste Mann des Dorfes sie zu sich geholt, doch sie schien darüber nicht übermäßig glücklich zu sein. Rechmire, der all seine Hoffnungen und Energien darauf gerichtet hatte, Schreiber zu werden, konnte es nicht fassen, wenn andere Menschen Schreibern keine besonders große Ehrfurcht entgegenbrachten.

»Was wollte Kenherchepeschef in jener«, er zögerte kurz, »Unglücksnacht im Haus der Ewigkeit des Pharaos?«

»Nimm bitte Platz«, entgegnete Hunero und deutete auf einen massiven hölzernen Stuhl, bevor sie sich selbst auf den Divan setzte. Rechmire schien es so, als habe sie mit dieser kleinen Geste der Höflichkeit Zeit gewinnen wollen. Doch als sie ihm ihr Gesicht jetzt wieder zuwandte, kam sie ihm zum ersten Mal traurig und verloren vor.

»Ich wusste nicht, dass mein Mann in dieser Nacht das Haus der Ewigkeit unseres obersten Herrn besucht hat«, antwortete die junge Witwe. »Und nur die Götter mögen wissen, was er dort gesucht hat.«

»Die Götter – und derjenige, der Kenherchepeschef in das westliche Reich geschickt hat«, bemerkte Rechmire kühl. »Ich glaube, dass dein Mann und sein Mörder sich nicht zufällig ausgerechnet dort getroffen haben.«

»Was weißt du schon von Kenherchepeschef?«, fragte Hunero mit bitterer Stimme. »Niemand am Ort der Wahrheit wusste wirklich, was unser Erster Schreiber tat, wen er traf, zu welchen Göttern er betete und wie seine nächsten Pläne aussahen.«

»Du warst immerhin seine Frau«, sagte der junge Schreiber.

Sie schluckte. »Er hat mich geheiratet, nicht ich ihn«, erwiderte sie spitz. »Er hat sich – die Götter wissen warum – irgendwann für mich entschieden und mich zur Frau ge-

nommen, obwohl wir uns so gut wie gar nicht kannten. Oder vielleicht gerade deswegen.«
Hunero senkte den Kopf und sprach mit leiser Stimme weiter. »Er war oft fort. Ich meine damit nicht nur, dass er, wie die anderen Männer des Dorfes, die Tage der Arbeitswoche nicht im Haus, sondern in den Hütten oberhalb des Tals verbrachte, in der Nähe des Hauses der Ewigkeit. Auch an anderen Tagen war er weg. Meist verschwand er für einige Zeit nach Theben, doch ich weiß nicht, was er dort gesucht oder wen er dort getroffen hat. Und manchmal war er auch nachts für Stunden fort und kam erst wieder, kurz bevor Amuns goldener Wagen den Himmel erleuchtete.«
»In jener Nacht kehrte er gar nicht wieder. Fandest du das nicht«, Rechmire zögerte, »seltsam?«
Sie blickte ihn aufmerksam an, bis er sich verlegen auf seinem Stuhl wand, bevor sie antwortete. »Ich habe tief geschlafen, wie immer. Ich wusste nie, wann er zurückkommt. Ich wachte morgens auf und er lag auf seinem Lager. Nur nach jener Nacht nicht. Doch ich habe gedacht, dass das, was ihn fortgelockt haben mag, ihn diesmal länger aufgehalten hatte, und mir keine weiteren Gedanken darüber gemacht. Erst als ein Arbeiter an meine Tür klopfte und mir sagte, dass sie Kenherchepeschef«, sie zögerte kurz, »gefunden haben, erfuhr ich, dass etwas Schlimmes passiert war.«
Rechmire sah die junge Witwe an. Sie hatte einen geschmeidigen Körper, eine schmale Hüfte und lange Beine, feine Hände, kleine, feste Brüste, ein wohl geformtes Gesicht, dunkle Augen und eine aufregende Stimme. Wenn Kenherchepeschef nachts irgendwo verschwunden war, dann nur, um etwas zu tun, das verboten war – was immer es gewesen sein mochte. Was würde er, Rechmire, nach nächtlichen

Abenteuern tun, wenn eine solche Gemahlin in seinem Haus auf ihn wartete? Er würde sich zu ihr legen und sie wachküssen oder vielleicht auch einfach nur in den Arm nehmen, um ihre Nähe zu spüren, den Duft ihrer Haut zu atmen. Auf jeden Fall würde sie jede Nacht wissen, dass er wieder da war. Doch Kenherchepeschef schien sich scheinbar damit zufrieden gegeben zu haben, sich auf seinem eigenen Lager auszustrecken. Er begann sich zu fragen, warum der Erste Schreiber überhaupt geheiratet hatte, wenn ihm offensichtlich nicht sehr viel an seiner jungen Frau gelegen hatte.
Dann kam Rechmire ein neuer Verdacht: Hunero war die junge, vernachlässigte Gemahlin eines wohlhabenden älteren Mannes. Wie hätten ihre nächsten Jahre, die Jahre ihrer Jugend ausgesehen? Sie wäre an der Seite eines geheimnisvollen, kalten und immer hinfälliger werdenden Gemahls selbst verwelkt. So aber hatte sie plötzlich das Vermögen ihres Gatten geerbt und wäre frei für einen neuen Mann. Aus der armen fünfzehnjährigen Arbeitertochter war binnen vier Monaten die reiche fünfzehnjährige Schreiberwitwe geworden, die überall im Lande Kemet einen neuen Anfang wagen konnte.
»Wirst du den Ort der Wahrheit verlassen?«, fragte er und bemühte sich, seiner Stimme einen möglichst beiläufigen Klang zu geben.
Hunero lachte kurz und bitter auf. »Ich will nicht, aber ich muss. Dafür wird schon unser kleiner Pharao sorgen!«
Rechmire sah sie erstaunt und mit einem Anflug von Empörung an. »Wer ist unser kleiner Pharao?«, wollte er wissen. Es klang blasphemisch.
Die junge Witwe lächelte ihn beschwichtigend an. Sie schien sich über seine Erregung lustig zu machen. »Beruhige dich:

Niemand hier spottet über den Pharao, im Gegenteil. Wir sind doch diejenigen, die sein Haus der Ewigkeit herrichten. Keiner seiner Untertanen in Beiden Reichen verehrt den Pharao so wie wir. Unser kleiner Pharao ist nur ein Spottname für Sennodjem, den viele ihm hier gegeben haben.«

»Eine seltsame Bezeichnung für den Zweiten Schreiber in einem kleinen Dorf«, bemerkte Rechmire, noch immer etwas beleidigt.

Hunero lachte hell. »Er hat sich den Namen irgendwann eingefangen, weil seine Familie aus Memphis stammt, was er jedem von uns ungefähr schon hundertmal erzählt hat. Und weil er so ehrgeizig ist, dass er sich für etwas Besseres hält, obwohl all seine Vorfahren nur Steineklopfer waren. Er ist der Erste, der es bis zum Schreiber gebracht hat - und schon ist er arrogant geworden wie alle Schreiber.« Sie blickte ihm offen ins Gesicht.

Rechmire wurde rot und wechselte das Thema. »Du glaubst also, dass Sennodjem dich wegschicken wird?«

»Mich und meine Mutter, ja. Denn wir haben keine Männer mehr, die hier arbeiten. Wir sind überflüssig geworden. Ich bin in Set-Maat geboren und, so seltsam das für einen ehrgeizigen jungen Schreiber aus Theben auch klingen mag, ich liebe diesen Ort. Ich liebe die rauen Felsen, die in der Hitze knacken, ich liebe die heißen Winde aus der westlichen Wüste. Ich liebe die Ruhe, die klare Luft und den ungetrübten Blick in den nächtlichen Sternenhimmel. Ich liebe es, auf einen Berg zu steigen und den Horizont in der flimmernden Hitze zu sehen, das Ende der Welt. Meretseger ist unsere Herrin, die Göttin, die das Schweigen liebt - ich glaube, sie hat mir viel von dieser ganz besonderen Liebe vermacht. Auch ich liebe das Schweigen. Und ich denke, dass es im Lande

Kemet, dass es in der ganzen Welt keinen schöneren Platz zum Leben gibt als den Ort der Wahrheit.«
Rechmire starrte sie an, verwundert und berührt von diesem Ausbruch von Stolz und Verzweiflung. »Du könntest einen anderen Arbeiter heiraten, dann könnte dich nicht einmal Sennodjem fortschicken«, schlug er vor und bemerkte selbst, wie hilflos das klang.
Sie schüttelte energisch den Kopf. »Wenn ich noch einmal heiraten werde, dann diesmal nur einen Mann, den ich liebe. Im Dorf leben manche Männer mit einem guten Charakter und manche, deren Kunstfertigkeit oder deren Witz ich bewundere, aber niemand, den ich mir zum Gemahl wünschen würde. Ich werde den Ort der Wahrheit verlassen, sobald Kenherchepeschef nach den siebzig Tagen aus den Händen der Anubisdiener wieder hierher zurückkehrt, um in seinem Haus der Ewigkeit für immer zu ruhen.«
Rechmire nickte und stand auf. Er fragte sich, ob Huneros Liebe zu diesem Ort wirklich so groß war oder ob sie nur eine besonders geschickte Schauspielerin war, die sein Misstrauen zerstreuen wollte, indem sie beteuerte, nur durch die Kaltherzigkeit des Sennodjem zum Gehen gezwungen zu sein.
Als er wieder in den Vorraum kam, trat er noch einmal nahe an die Stele und verbeugte sich vor dem Bildnis des Gottes.
»O großer Thot, auch ich würde dir alle meine Schriften und sogar das Traumbuch des Chnumhotep opfern, wenn du mich nur erleuchten würdest und mir hilfst, den Frevler zu finden«, murmelte er. Rechmire hatte die Worte kaum gehaucht, weil er nicht wollte, dass Hunero sein Gebet mithörte.

Doch die junge Witwe musste in den Jahren am stillen Ort der Wahrheit ihr Gehör ungewöhnlich gut geübt haben, denn sie hatte jedes seiner Worte verstanden. »Ich schenke dir jede Schriftrolle, die du haben möchtest, damit du sie Thot darbringen kannst«, sagte sie freundlich. »Nur das Traumbuch des Chnumhotep kann ich dir nicht geben – es ist verschwunden.«

Rechmire starrte sie einige Augenblicke lang verständnislos an, dann lachte er kurz. »Dieses Traumbuch ist schon ziemlich lange verschwunden«, entgegnete er. »Genau genommen viele hundert Jahre, falls es denn jemals existiert hat, was manche unserer Weisen bezweifeln.«

»Natürlich existiert es«, antwortete die junge Witwe gelassen. »Mein verstorbener Gemahl hat ein Exemplar davon besessen.«

Rechmire fühlte sich, als habe ihm jemand in den Magen geschlagen. Keuchend lehnte er sich gegen die Stele. »Kenherchepeschef besaß das Traumbuch des Chnumhotep?«, fragte er mit schwacher Stimme.

Hunero sah ihn besorgt an. Sie trat näher und legte ihre Rechte sanft auf seine. »Es muss ein magisches Buch sein«, flüsterte sie. »Ich kann nicht lesen und mein Mann hat mir nie gesagt, was darin steht. Doch auch er war«, sie suchte nach dem richtigen Wort, »tief aufgewühlt, als er es vor kurzem nach Hause brachte.«

»Vor kurzem?«, japste Rechmire, der glaubte, sich verhört zu haben.

Hunero deutete zurück in den Hauptraum auf eine Kiste, die am Kopfende des Divans stand. Sie war klein, aber die edelste Arbeit im Haus: Ein Kasten aus schwarzem Ebenholz mit eingelegten elfenbeinernen Bildnissen des Thot und Beschlägen aus massivem Gold. Die Kiste stand offen und Rechmire sah, dass sie nur einen einzigen Tonzylinder enthielt, wie man ihn zur Aufbewahrung von Papyri benutzte. Der Zylinder war leer.

»Kenherchepeschef brachte vor zwölf oder dreizehn Tagen eine Schriftrolle aus Theben mit. Er wollte mir nicht sagen, woher er sie hatte, doch er nannte mir den Namen der Schrift: das Traumbuch des Chnumhotep. Er behauptete, der Papyrus sei mehr wert als alles Gold des Pharaos, und er wagte kaum, ihn zu entrollen. Ich konnte nur sehen, dass er sehr alt war. Mein Mann sagte, dass er vielleicht jetzt endlich einen Weg finden würde, um die bösen Dämonen seiner Albträume zu besiegen.

Er las die ganze Nacht in ihm. Und am nächsten Morgen schien er«, sie zögerte lange, »nun, er schien irgendwie enttäuscht zu sein«, fuhr sie fort. Dann deutete sie wieder auf die wertvolle Kiste. »Er verstaute den Papyrus am Kopfende seines Divans, rührte ihn nicht mehr an und sprach auch mit mir kein Wort mehr darüber. Ich fing an, die Sache zu vergessen, denn Kenherchepeschef war immer erregt gewesen, wenn er eine neue Schriftrolle in sein Haus gebracht hatte. Erst am Morgen nach seiner letzten Nacht fiel mir auf, dass die Kiste offen stand und leer war. Vielleicht hat er das Traumbuch mitgenommen.«

»Niemand hat dieses Buch oder sonst irgendeine große Schriftrolle bei ihm gefunden«, flüsterte Rechmire.

Er wollte sie nach weiteren Einzelheiten dieses geheimnisvollen Traumbuches fragen, doch er stellte schnell enttäuscht fest, dass Hunero ihm nicht mehr sagen konnte. Also verabschiedete er sich schließlich von ihr und trat wie betäubt auf die Straße hinaus.

Das Licht des Nachmittags war warm und rot. Auf vielen Hausdächern standen Frauen und halbwüchsige Mädchen, die nasse Leinentücher zum Trocknen und Bleichen auf den sorgfältig gefegten Boden in die Sonne legten. Aus vielen Innenhöfen stiegen dünne hellgraue Rauchsäulen von den Öfen auf und es duftete nach frisch gebackenem Brot, heißer Asche und brennendem Eselsdung, mit dem die Öfen geheizt wurden. Auf den Gassen vor manchen Häusern standen Sklavinnen vor hüfthohen Tonkrügen, in denen sie die Maische für das Bier kneteten. Kinder jagten laut lachend Katzen und Paviane durch die Gassen oder hatten sich auf dem staubigen Boden niedergelassen und mit Stöcken Spielbretter in den festgestampften Sand geritzt, auf denen sie weiße und gelbe Steinchen hin und her schoben.

Rechmire ging an ihnen vorbei und nahm alles nur wie durch einen Schleier wahr, als hätte Amun auch ihm jetzt einen Teil des Augenlichts geraubt. Er fragte sich, ob Kenherchepeschef tatsächlich an das Traumbuch des Chnumhotep gekommen sein mochte. Wo könnte er es gefunden haben? Wer hätte es ihm geben sollen? Zu welchem Preis? War es überhaupt das legendäre Buch? Warum hatte Hunero behauptet, dass ihr Mann nach der Lektüre enttäuscht zu sein schien? Und – hatte es etwas mit seiner Ermordung zu tun?

Andererseits wurde Rechmire den Verdacht nicht los, dass die junge Witwe seine Verehrung für das Traumbuch des Chnumhotep mitgehört und dann eine schnelle Geschichte improvisiert hatte, um ihn zu verwirren und auf eine falsche Spur zu lenken. Denn wenn Kenherchepeschef den Papyrus, der in der wertvollsten Kiste am auffälligsten Platz des Hauptraumes stand, am Abend vor seinem Tod tatsächlich

mitgenommen hatte – hätte seine Frau dies nicht sofort bemerken müssen?
Rechmire versuchte, sich Kenherchepeschef vorzustellen: Ein Mann mit mächtigen Gönnern, weil er deren Häuser der Ewigkeit erbauen ließ und dabei Arbeiter abkommandierte, die eigentlich ausschließlich dem Pharao dienen sollten. Ein Mann ohne Freunde in seinem eigenen Dorf und mit einer jungen Frau, die ihn nicht liebte und die er auch nicht zu lieben schien. Er war verschlossen, herrschsüchtig und korrupt – nichts Ungewöhnliches für einen höheren Beamten irgendwo im Lande Kemet. Aber er schien wie kaum jemand, den Rechmire kannte, besessen zu sein von alten Schriften, vor allem von Papyri über Träume, vor denen er sich offensichtlich – das bewies auch der magische Spruch, den er mit letzter Kraft umklammert hielt – mehr fürchtete als vor dem Tod. Könnte so ein Mann das geheimnisvollste Buch der Welt gefunden haben? Und was würde er damit tun?
Als er in sein Haus trat, bemerkte Rechmire sofort, dass in seiner Abwesenheit wieder jemand dort gewesen war. Aber diesmal hatte ihm niemand eine neue Mahlzeit gebracht. Von der Tür bis zum Divan im Hauptraum lag eine Spur aus zwölf Tonsplittern auf dem Boden. Er brauchte nur ein paar Augenblicke, um sie aufzusammeln und wieder zu einer kleinen Tafel zusammenzusetzen. Jemand hatte mit schwarzer Tinte und Schreibbinse einen kurzen Text verfasst. Die Zeichen waren hastig hingemalt worden, doch Rechmire sah trotzdem, dass sie von einem geübten Schreiber stammen mussten. Laut las er:
»Meretseger wird deine Gebeine in der Wüste verstreuen, weil du ihr Schweigen störst.«

7. BUCHROLLE

Merenptahs Haus der Ewigkeit

Jahr 6 des Merenptah, Achet, 8. Tag des Paophi,
Tal der toten Pharaonen, Set-Maat

Rechmire träumte von Meretseger, der Göttin mit dem Kobrakörper. Sie schlängelte sich über ihn und zog sich immer enger um seine Brust, bis er glaubte zu ersticken. »Ich liebe die Stille«, lispelte ihm die Schlange zu, bevor sie plötzlich in einer gelben Rauchwolke verschwand, die nach Myrrhe und Safran roch. Dann träumte er von riesigen Hieroglyphen, groß wie die Pylone am Totentempel des Ramses: Ein Ibis auf der Standarte, das Zeichen für den Gott Thot, beugte sich hinab zu ihm, um ihm mit seinem gekrümmten Schnabel das linke Auge auszuhacken. Er sah Ru, den lauernden Löwen, Ir, das Auge, und Ra, den Mund. Er sah die heilige Barke, zwei Schilfblätter, eine Hornviper, eine hölzerne Säule und einen Nilbarsch. Über allem brannte eine Sonne, um die sich die Uräus-Schlange wand, eines der hundert Zeichen für den Gott Re. Dann trat Ptah auf ihn zu und entrollte einen leeren Papyrus, so groß wie das Segel eines Meeresschiffes. Plötzlich hatte Rechmire eine Schreibbinse in der Hand und eine Palette an seiner Seite. Er sollte den riesigen Papyrus beschreiben, doch ihm waren auf einmal alle Zeichen entfallen.

»Du hast die Schrift vergessen«, donnerte Ptah.

»Du hast die Schrift vergessen«, schrie Thot.

»Du hast die Schrift vergessen«, zischte Meretseger.

»Du hast die Schrift vergessen«, tadelte Mentuhotep.

»Du hast die Schrift vergessen«, flüsterte Baketamun.

»Du hast die Schrift vergessen«, sagte die Mumie Kenherchepeschefs, als ihm ein Priester im Leopardenfell mit dem bronzenen Ritualmesser den Mund öffnete, damit er im ewigen Leben atmen konnte.

Rechmire schreckte schweißgebadet hoch. Das Blut dröhnte in seinem Schädel, als würde dort ein Schmied auf einen bronzenen Helm einschlagen, auf seiner fröstelnden Haut lag ein feiner Film aus salzigem Schweiß. Er schüttelte den Kopf und massierte mit der Rechten seinen Nacken, doch das Dröhnen in seinem Kopf wurde nur leiser, verstummte aber nicht. Er brauchte einige Zeit, um zu bemerken, dass die Schläge nicht mehr in seinem Schädel widerhallten, sondern von der Haustür kamen, gegen die jemand klopfte.

Mühsam erhob er sich von seinem Lager. Amuns Licht flutete bereits blendend hell durch die Stoffstreifen an den schmalen Fenstern herein, doch er fühlte sich so zerschlagen, als hätte er nur eine und nicht zehn Stunden geruht.

Rechmire wankte zur Tür und öffnete. Vor ihm stand eine junge, auffallend große und kräftige Frau, die ihm vage bekannt vorkam. Er rieb sich die Augen, dann erinnerte er sich

wieder: Sie war die Sklavin, die er am Tag zuvor im Haus des Sennodjem getroffen hatte, die Sklavin des Pharaos.
Sie blickte ihn müde und gleichgültig an. Nichts verriet, ob sie überrascht war, ihn schweißgebadet und mit verwirrtem Haar zu erblicken.
»Ich wünsche dir ein langes Leben und Gesundheit. Mein Name ist Tamutnefret«, begrüßte sie ihn. »Ich bin hier, um dir die nächsten drei Tage zu dienen.«
Rechmire glotzte sie verständnislos an. »Du wirst mir drei Tage dienen?«, wiederholte er und merkte selbst, wie dumm das klang. Er deutete auf ihr Brandzeichen am Oberarm. »Du bist Eigentum des Pharaos.«
Die Sklavin lächelte matt. »Unser oberster Herr trägt Sorge, dass stets zwanzig seiner Dienerinnen am Ort der Wahrheit leben. Wir sind Teil des Lohns, den er seinen Arbeitern gewährt, wie er ihnen auch Leinen, Öl, Bier, Emmer und andere Besitztümer auszahlt. Eine Sklavin arbeitet jeweils drei Tage in einem Haus, dann wechselt sie reihum zum nächsten. Vorausgesetzt natürlich, dass ein Arbeiter oder seine Frau unsere Dienste nicht gegen einen Bronzemeißel oder einen Sack Emmer eintauschen. Wenn das vorkommt, dann arbeite ich auch schon einmal eine oder zwei Wochen im selben Haus. Dein Haus ist jetzt an der Reihe, also werde ich dir drei Tage lang dienen.«
Rechmire blickte sie noch immer verwundert an. »Ich wusste nicht, dass der Pharao einige seiner Sklaven, und mögen es auch die weniger wertvollen sein, an gewöhnliche Sterbliche« – er suchte nach dem richtigen Wort – »verleiht«, murmelte er.
»Die Diener am Ort der Wahrheit sind keine gewöhnlichen Sterblichen«, entgegnete Tamutnefret und blickte ihn spöt-

tisch an. »Und der Pharao hat Sklaven, die weniger wertvoll sind als ich.«
Rechmire wurde rot, sagte aber nichts, sondern bedeutete ihr nur mit einer Geste einzutreten. »Was kannst du für mich tun?«, fragte er.
»Ich werde Brot für dich backen und dein Bier brauen. Ich werde dein Haus ausfegen und Flohkraut verbrennen. Ich werde deine Leinengewänder waschen. Und zuerst werde ich einen großen Krug kühlen Wassers für dich holen«, entgegnete sie.
Rechmire setzte ein gequältes Lächeln auf. »Du verstehst dein Handwerk«, sagte er matt.
»Ich bin schon drei Jahre hier«, antwortete sie mit einem Anflug von Stolz.
Er war auf dem Weg zurück zum Divan, doch dann blieb er abrupt stehen. »So lange schon?«, murmelte Rechmire. »Dann kennst du alle Familien am Ort der Wahrheit.«
»Ich habe schon allen gedient«, antwortete die Sklavin vorsichtig.
Rechmire lächelte sie an. »Dann wirst du mir noch viele andere Dienste erweisen können«, sagte er freundlich.
Tamutnefret blickte ihn mit ausdruckslosem Gesicht an. »Welche sollen es sein, Herr?«, fragte sie. Ihre Stimme klang plötzlich sehr müde.
»Du wirst mir Fragen beantworten, die mir niemand sonst beantworten kann oder will«, antwortete er. »Fragen über das Dorf und seine Menschen. Und du kannst mir sicher auch den Weg zeigen, um von hier aus zum Tal der toten Pharaonen zu gelangen, in dem die Männer an Merenptahs Haus der Ewigkeit arbeiten.«

Eine Stunde später folgte er ihr auf dem Pfad, der sich vom Nordtor aus in die Berge schlängelte. Amuns Wagen stand noch östlich des Zenits, doch sein Licht war grell. Die Felsen schimmerten weiß und gelb, als bestünden sie aus purem Schwefel. Die Hitze stand wie ein dichter, aber unsichtbarer schwerer Vorhang aus flirrender Luft über dem engen Weg, auf dem Generationen von Arbeitern alles Geröll weggefegt, -geschoben oder zu Staub zertreten hatten.
Rechmire vermisste hier noch mehr als anderswo den Lärm und die Gerüche Thebens. Hier hörte er kaum seine eigenen Schritte auf dem Felsenboden und hin und wieder den Ruf eines Falken, der als schwarzer Schatten hoch über ihnen am fahlblauen Himmel kreiste. Er roch heißen, trockenen Sand und manchmal einen Hauch von Salbei und anderen Gewürzen, nach denen Tamutnefrets Hände dufteten.
Er betrachtete die Sklavin, die mit raschen Schritten vor ihm herging, sodass er kaum folgen konnte. Sie trug einen Namen, auf den auch tausend andere Frauen im Lande Kemet hörten, doch sie sah nicht so aus, als sei sie am Nil geboren worden. Rechmire fragte sich, woher sie stammte und was sie hierher verschlagen haben mochte, doch er hielt es für unter seiner Würde, mehr Worte als unbedingt notwendig mit Tamutnefret zu wechseln.
Nach einer guten halben Stunde passierten sie eine Ansammlung ärmlicher kleiner Hütten aus unverputzten Lehmziegeln, die auf einer Passhöhe standen. Rechmire sah keinen Menschen, doch zwei an Pflöcke gebundene Paviane, die in der Sonne dösten, ein paar Wasserkrüge im Schatten vor den Hausmauern und Leinentücher, die jemand zum Trocknen in die Sonne gelegt hatte.

»Das Lager der Arbeiter«, erklärte die Sklavin. »Die meisten Männer hausen ein paar Tage lang hier und kehren während der Woche nicht in das Dorf zurück, weil der Weg nach der langen Schufterei im Haus der Ewigkeit zu anstrengend und in der Dunkelheit auch gefährlich ist.«

»Und am Wochenende?«, fragte Rechmire.

»Da sind die Hütten verlassen«, antwortete die Sklavin schnell - ein wenig zu schnell, wie Rechmire fand.

»Bleibt niemand hier, um eine Arbeit zu vollenden?«, fragte er. »Ich erinnere mich, dass ich als kleiner Junge einmal einen Maler bewundert habe, der ein großes Bildnis des Amun am ersten Pylon des Tempels von Karnak schuf. Er arbeitete wie von einem Dämon besessen vom ersten Licht des Sonnenwagens bis zur Dunkelheit, und das alle Tage fort, selbst an den höchsten Feiertagen. Er erklärte mir, dass er keine Ruhe finden würde, bis er sein Werk nicht vollendet habe; erst dann könne er sich Muße gönnen. Gibt es unter den Männern am Ort der Wahrheit nicht einen Maler, der ähnlich denkt? Der lieber sein Werk vollendet, als für ein Wochenende ein halb fertiges Bild eines Gottes oder Pharaos zurückzulassen?«

Die Sklavin blickte ihn mit einem undurchdringlichen Blick an und schwieg lange, bevor sie sich zu einer Antwort entschloss. »Parahotep wäre so ein Künstler. Er ist ein junger Zeichner. Ich verstehe nicht viel von diesen Dingen, doch ich habe die Männer in vielen Häusern sagen hören, dass sie ihn für einen der besten Zeichner halten, die je am Ort der Wahrheit dienten. Manche sagen, dass er so verliebt sei in seine Arbeit, dass er gerne auch die freien Tage im Haus der Ewigkeit verbringen würde. Aber er darf es nicht.«

»Wer hat es ihm verboten?«, fragte Rechmire.

»Kenherchepeschef«, erwiderte die Sklavin. »Er wollte außerhalb der regulären Arbeitszeiten keinen Menschen am Grab des Pharaos sehen, denn er fürchtete sich vor Räubern. Manche Schätze unseres Herrn sind schon im Haus der Ewigkeit, obwohl die wertvollsten Stücke natürlich so lange im Palast bleiben, bis Merenptah seinen langen Schlaf antreten wird. Doch für das, was schon hier ist – Truhen, Betten, Stühle und andere Dinge –, ist der Erste Schreiber verantwortlich. Und Kenherchepeschef sagte immer wieder, dass er keine Ausnahme dulden werde. Niemand durfte das Grab außerhalb der Arbeitszeit betreten, damit niemand einen Vorwand hatte für Räubereien.«
»Wäre denn dieser junge Zeichner jemand, der es wagen würde, die Schätze des Pharaos anzurühren?«, wollte der Schreiber wissen.
Sie zuckte die Achseln. »Ich weiß es nicht. Er richtet sich, wie viele Diener am Ort der Wahrheit, sein Grab am Hügel oberhalb des Dorfes ein. Da wäre der Reiz natürlich groß, dort ein Stück für alle Ewigkeit zu verstecken, das der Pharao einst in der Hand gehabt hatte. Aber andererseits scheint mir Parahotep wirklich verliebt zu sein in seine Arbeit. Er und Kenherchepeschef hatten«, sie zögerte und suchte nach den richtigen Worten. »Ich glaube, sie liebten und sie hassten sich. Parahotep soll dem Ersten Schreiber sogar in einem Brief gedroht haben, ihn in das Reich des Westens zu schicken. Andererseits kümmerte sich Kenherchepeschef, dem die meisten seiner Arbeiter ziemlich gleichgültig waren, um niemanden mehr als um Parahotep.«
»Wir sind bald da«, fuhr Tamutnefret fort, die offensichtlich das Thema wechseln wollte. »Von jetzt an führt der Weg nur noch bergab.«

Sie hatte Recht. Rechmire sah, dass sie in ein schmales Tal hinabstiegen, das sich wie das schroffe Bett eines vor Jahrtausenden ausgetrockneten Flusses in Nord-Süd-Richtung durch die Berge fraß. Große Geröllhaufen, einzeln stehende Felsenblöcke und enge, im annähernd rechten Winkel abzweigende Seitentäler ließen den Rand der Schlucht zerfasert aussehen wie ein altes Stück Leinentuch. Als er auf dem flachen Grund ankam, knirschte jeder Schritt unter Tausenden von kleinen weißen und hellgelben Kalksteinsplittern, die den Felsenboden bedeckten. Er bemerkte erstaunt, dass einige von ihnen mit Zeichen in schwarzer oder roter Tinte bekritzelt waren. Er hob eine kaum handtellergroße Steinplatte auf und betrachtete ein sorgfältig ausgeführtes Bildnis des falkenköpfigen Gottes Horus.
»Die Zeichner machen oft Skizzen auf den wertlosen Felssplittern, bevor sie die Wände im Haus der Ewigkeit ausmalen«, erklärte Tamutnefret, als sie Rechmires Verwunderung bemerkte. »Es ist besser, vorher zu üben, als die ganze Zeit im Grab die Zeichnungen korrigieren zu müssen.«
Sie gingen in nördlicher Richtung und bald konnte Rechmire Stimmen hören, Kommandos und Rufe, außerdem das Rasseln von Geröll, das auf Felsen gekippt wurde. Doch er konnte niemanden sehen, bis sich plötzlich zu ihrer Linken ein schmales Seitental öffnete. Am Ende der Schlucht, etwas über dem Talgrund, erblickten sie einige Männer, auf deren Haut sich Schweiß und Steinstaub zu einer hellgelben Kruste vermischt hatten, die ihnen das Aussehen lebender Statuen gab. Sie kippten Steinsplitter aus ledernen Körben und Eimern auf eine Abraumhalde, die bereits größer war als zwei Häuser. Dann kehrten sie um und verschwanden in einem schwarzen Schacht in der Flanke des Berges – im zukünftigen Grab des Pharaos.

Rechmire entdeckte Sennodjem, der im Schatten eines Palmwedels hoch über dem Eingang zum Haus der Ewigkeit in einer Felsennische hockte und Granatäpfel kaute.
Er wandte sich an die Sklavin. »Geh zurück zu den Hütten der Arbeiter und ruh dich aus«, sagte er Tamutnefret. »Ich werde hier einige Stunden bleiben und dich dann wieder auf dem Rückweg abholen.«
Sie verneigte sich stumm und drehte sich um, offensichtlich erleichtert, nicht länger an diesem Ort verweilen zu müssen.
Rechmire kletterte den Abhang hinauf, bis er vor der Nische stand, in der Sennodjem ruhte. Aus der Nähe erst sah er, dass sie sorgfältig aus dem Felsen herausgehauen worden war, eine Art steinerner Thron, von dem aus man nicht nur die Arbeiten an Merenptahs Grab, sondern auch einen weiten Abschnitt des Tals überblicken konnte. In die glatt polierte Rückenlehne war ein Hieroglyphenband eingegraben, das Rechmire unschwer entziffern konnte: »Dies ist der Sitz des Ersten Schreibers Kenherchepeschef.«
Sennodjem bemerkte den Blick des jungen Schreibers und lächelte hinterhältig. »Kenherchepeschef hat diesen Platz gut gewählt«, meinte er mit übertriebener Gelassenheit, »du sitzt auf ihm nicht nur bequem wie auf dem Thron des Pharaos, sondern auch mit dem Kopf im leichten Luftzug, der ständig über die westliche Wüste streicht. Das macht die Gedanken klar. Möchtest du es einmal ausprobieren?«
Er stand auf und lud ihn mit einer Geste ein, den Platz einzunehmen. Rechmire glaubte nicht mehr als die meisten gebildeten Männer an böse Vorzeichen, doch er scheute sich, den Sitz des Toten einzunehmen, und wehrte dankend ab.
»Ich möchte gerne sehen, wo Kenherchepeschef erdolcht worden ist«, sagte er.

Der Zweite Schreiber verzog das Gesicht und zögerte einen Moment, bevor er seufzte und nickte. »Also schön. Aber, so wahr Meretseger diesen Ort beschützt, du wirst dich und mich umsonst bemühen, denn dort gibt es nichts, was dir weiterhelfen könnte.«

Sennodjem führte Rechmire auf einem schmalen Pfad bis zum Eingang des Grabes, aus dem in diesem Augenblick wieder einige staubverkrustete Männer traten, die ihre steinerne Last den Abhang hinunterkippten. Rechmire bemerkte, dass manche rechts, die anderen links der Mitte aus dem dunklen Gang kamen, der ihm unendlich tief in den Felsen hinabzuführen schien.

»Es sind Steineschlepper der Rechten und der Linken Wache«, erklärte der Zweite Schreiber. »Am besten weicht man zurück, wenn sie ihre Last hinausschleppen. Sie lieben es nicht, wenn ihnen jemand im Weg steht, und es passiert dann schon mal, dass sie ihre Steine zufällig genau über deinem Fuß verlieren. Dann müsstest du für den Rest deines Lebens mit einem Klumpfuß durch das Lande Kemet hinken. Und das wäre wirklich schade.« Sennodjem lächelte dünn.

Der Eingang zu Merenptahs Haus der Ewigkeit war wie eine Palastpforte aus dem Felsen herausgemeißelt worden. Ein breites, leuchtendes Hieroglyphenband überspannte den Architrav. In der Mitte prunkte die goldene Sonnenscheibe Amuns, die einen Skarabäus und einen widderköpfigen Mann umschloss, die Symbole für die auf- und die untergehende Sonne. Zu beiden Seiten knieten Isis und Nephtys und beteten die Sonne an, die Schwestern des Totengottes Osiris und Göttinnen des Südens und Nordens. Merenptahs Name war in den Hieroglyphenspalten zu beiden Seiten leicht aus-

zumachen, denn die Zeichen seines Namens waren kräftig gelb unterlegt.
»Ein prachtvoller Eingang, kein Versteck«, murmelte Rechmire. »Der Pharao hat keine Angst vor Grabräubern.«
»Kein Dieb würde sich je an den Ort der Wahrheit wagen«, entgegnete Sennodjem und seine Mundwinkel zitterten dabei. »Die Totenpriester schützen diesen Ort mit ihrer machtvollen Magie. Der Fluch des Osiris wird jeden treffen, der sich unerlaubt in das Tal der toten Pharaonen wagt. Oder nicht den nötigen Respekt zeigt«, setzte er mit boshaftem Lächeln hinzu.
Rechmire dachte an das, was ihm Tamutnefret kurz zuvor über Kenherchepeschefs Ängste vor Grabräubern berichtet hatte, doch er nickte nur und schwieg.
Dann nahm sich Sennodjem eine kleine Tonlampe mit drei Dochten aus einer groben Holzkiste, die neben dem Eingang zum Grab auf einem Felsbrocken stand. Vorsichtig goss er aus einem Flacon Sesamöl hinein, dann streute er etwas Salz auf die Dochte. »Damit sie nicht rußen«, erklärte er, als er Rechmires Blick bemerkte.
»Willkommen im Haus der Ewigkeit des Pharaos!«, rief er dann theatralisch und ging voran, hinein in den dunklen Felsengang. Rechmire atmete einmal tief durch und folgte ihm.

Sie betraten über einige aus dem Felsen herausgehauene Treppenstufen den *Ersten Gottesgang des Re, der auf dem Weg des Lichts ist*: einen schnurgerade abwärts in den Felsen führenden Gang, gut zweimal mannshoch und noch etwas breiter. Sie hielten sich in der Mitte, um die Arbeiter der beiden Wachen möglichst wenig zu stören. Die Luft schmeckte

nach feinem Steinstaub und roch nach Sesamöl, Gips, Farben und dem Schweiß der Männer.
Als sich Rechmires Augen an das Halbdunkel gewöhnt hatten, erblickte er zur Linken ein Bildnis Merenptahs und verneigte sich. Es war ein fein gearbeitetes, farbenfroh ausgemaltes Relief, das den Pharao in reichen Gewändern und mit der Atefkrone zeigte, der weißen Kegelkrone Oberägyptens, verbunden mit gewaltigen Rinderhörnern, zwei aufrecht stehenden Straußenfedern und kleinen Bildnissen der Sonnenscheibe. Der Herrscher opferte dem falkenköpfigen Gott Re-Harachte, der das Anch-Zeichen des ewigen Lebens in der Hand trug.
Zwei Schritte weiter prangte eine Sonnenscheibe in der Mitte der Wand, die wiederum einen Skarabäus und eine widderköpfige Gestalt umschloss, doch diesmal war Amun-Res Scheibe nicht mehr gelb, sondern rot ausgemalt - Zeichen der untergegangenen Sonne, die durch die Unterwelt reist. Ein Skorpion, eine Schlange, ein Krokodil und die anderen Tiere des Bösen flohen vor Amun-Res Licht.
Rechmire hielt an, um die in endlosen Kolumnen über die Wand laufenden Hieroglyphen zu lesen. Es war die Sonnenlitanei, der Hymnus, der die fünfundsiebzig Gestalten feierte, in denen sich der Gott zeigte und dem Pharao prophezeite, dass er sich mit dem Sonnengott und anderen Unsterblichen auf seinem Weg durch die Unterwelt vereinen wird.
Nach einigen Dutzend Schritten erblickten sie vier Spiegel aus massivem, poliertem Silber, die das vom Eingang hereinströmende Sonnenlicht tiefer in den Gang hinein reflektierten.
»Der Pharao hat mit der Tradition gebrochen, die einen Gang vorschreibt, der auf halbem Wege abknickt oder sich gar wie

ein Schneckenhaus immer tiefer in den Felsen windet. Er wollte eine klare Abfolge von Gängen und Hallen, die, so befahl er uns persönlich, ›so gerade wie ein Sonnenstrahl in den Berg führen soll‹.« Die Stimme des Zweiten Schreibers vibrierte vor Stolz.

»Der Pharao hat persönlich zu euch geredet?«, fragte Rechmire verwundert und neidisch.

Sennodjem lächelte ihn hochmütig an. »Und das mehr als einmal«, entgegnete er spitz. »Der Pharao nimmt großen Anteil an unserer Arbeit. Immerhin war er schon über sechzig Jahre alt, als er den Thron bestieg. Da muss er uns zur Eile antreiben.«

Sie blieben bewegungslos in der Mitte des Ganges stehen, als die staubverkrusteten Steinschlepper wieder einmal mit ihrer Last zum Ausgang hinaufstiegen. Sennodjem hielt eine Hand über seine Öllampe, damit ihre Flamme im Luftzug der Männer nicht zu stark tanzte oder gar erlosch. Die Arbeiter nahmen keine Notiz von ihnen und redeten auch nicht untereinander. Rechmire sah, dass die meisten von ihnen noch sehr jung waren.

Als der Gang tiefer hinabführte, passierten sie Texte aus dem Pfortenbuch, das die zwölf Pforten schildert, die die untergegangene Sonne passieren muss, die Grenzen der zwölf nächtlichen Stunden. Dann las er Auszüge aus dem Buch der Geheimen Kammer, ein uraltes Werk, das die zwölf Räume der Unterwelt beschreibt.

Der Untergrund wurde erst wieder eben, als sie die *Halle des Wagens* erreichten, den ersten Säulensaal. Ehrfürchtig blickte Rechmire sich um. Er sah Osiris, den Herrn der Unterwelt und Totenrichter, er sah Horus und andere Götter - und vor ihnen immer wieder der Pharao, der ihnen opferte und dafür von ihnen gnädig aufgenommen wurde. Doch an einer Stelle war die Harmonie der Bilder, der endlose Fluss der Hieroglyphen gestört: Ein großer Block aus grauem, undekoriertem Felsen wuchs wie ein Krebsgeschwür aus der Decke und einer Seitenwand.

»Warum habt ihr die Arbeit hier nicht vollendet?«, fragte er.

»Geh näher hin und sieh es dir selbst an«, antwortete der Zweite Schreiber verdrießlich und hielt seine Öllampe hoch. Rechmire sah Tausende von winzigen Einkerbungen in dem Felsen.

»Das ist Flintstein«, erklärte Sennodjem. »Set-Maat liegt in einem Gebirge aus Sandstein, der leicht zu bearbeiten ist. Hier laufen nur sehr wenige Flintadern durch den Fels - doch wir hatten Pech und sind genau auf eine gestoßen. Er ist zu hart für unsere Bronzemeißel. Tagelang haben unsere stärksten Steinbrecher ihre Werkzeuge an diesem Fels zuschanden geschlagen, doch schließlich mussten wir aufgeben, ohne kaum zwei Finger breit von dem harten Felsen weggeschlagen zu haben. Kenherchepeschef hat einen Boten zum Tschati gesandt, der wiederum den Pharao selbst unterrichtet hat. Uns blieb keine große Wahl: entweder den Flintstein stehen zu lassen oder unser Werk auf halbem Weg aufzugeben und irgendwo anders mit einem neuen Haus der Ewigkeit zu beginnen. Wenn der Pharao zwanzig Jahre alt gewesen wäre, hätte er uns wahrscheinlich befohlen, ein neues Grab anzulegen und dieses mit Schutt und Abraum zu verfüllen. Und er hätte Kenherchepeschef den Krokodilen vorgeworfen. Aber er ist schon alt - also beschloss er, die Ewigkeit lieber in einem vollendeten, wenn auch durch einen Makel entstellten Palast zu verbringen als in einem neuen,

der möglicherweise bei seiner Reise in den Westen erst halb fertig und dann niemals vollendet worden wäre.«
Sennodjem zuckte die Achseln und Rechmire war nicht klar, ob der Zweite Schreiber erleichtert darüber war, dass sie die letzten Jahre nicht umsonst geschuftet hatten oder, im Gegenteil, der Möglichkeit nachtrauerte, dass ein jüngerer Herrscher Kenherchepeschef zum Ufer des Nils geschleppt hätte.
Merenptahs Streitwagen und mehrere große, mit elfenbeinernen Einlegearbeiten verzierte Schatztruhen aus Ebenholz standen bereits an den Wänden des Säulensaals.
»Was ist in den Truhen?«, wollte Rechmire wissen.
Sennodjem machte eine vage Geste. »Das darf keiner wissen. Niemand von uns hat sie je geöffnet. Diener des Pharaos haben sie hierhin gebracht und versiegelt, Priester haben einen Fluch gesprochen, der jeden treffen wird, der es wagt, sie zu öffnen.«
Sie steigen den Gang tiefer hinab - so tief inzwischen, dass auch die größten Spiegel kein Sonnenlicht mehr bis hierher hinunterschicken konnten. Im flackernden Licht ihrer Öllampe schienen die Reliefs zum Leben erweckt zu werden. Sie sahen die Mumie Merenptahs, vor der ein Priester in Leopardenfell die Zeremonie der Mundöffnung vollzog.
In der nächsten Halle erblickte Rechmire die ersten Männer bei der Arbeit. Der Raum war mit Reliefs ausgekleidet, die Sprüche aus dem Totenbuch illustrierten. Diese uralte Sammlung von Weisheiten, die demjenigen helfen sollten, der in den Westen eingegangen war, wurde fast jeder Mumie im Lande Kemet mitgegeben. Selbst die Lastenträger am Hafen von Theben oder die Ledergerber, die außerhalb der Stadtmauern hausen mussten, sparten einige Deben Kupfer

an, um sich rechtzeitig eine Papyrusrolle mit dem Totenbuch kaufen zu können. Rechmire verdiente sich - wie viele andere junge Schreiber aus mittellosen Familien - etwas nebenher, indem er abends und an seinen freien Tagen das Totenbuch abschrieb und an seine Nachbarn verkaufte. Inzwischen konnte er den Text fast auswendig.

In der Halle beobachtete er Maler, die im Licht von drei Dutzend flackernder Öllampen die fertig herausgemeißelten Reliefs mit kräftigen Farben schmückten: Gelb und Rot aus Ockerpulver, Weiß aus gemahlenem Kalk, Schwarz aus zerstampfter Holzkohle und jenes majestätische, magisch strahlende Blau, dessen Zusammensetzung ein Geheimnis war, das nur wenige Künstler des Pharaos kannten und das nur vom Vater auf den Sohn weitervererbt wurde.

Neben ihnen, auf einem anderen Gerüst, waren die Szenen noch nicht so deutlich zu erkennen. Rechmire sah große Skizzen aus roter und schwarzer Tinte, deren Linien zwei Männern angaben, wo sie mit Bronzesticheln und kleinen Hämmern ein Relief aus dem Putz herauszuschlagen hatten.

Rechmire folgte Sennodjem noch einmal einen kurzen Gang, der tiefer in den Felsen hineinführte - dann stand er in der *Halle, in der man ruht*, einem Säulensaal von der Größe eines Palastes, der von Hunderten von Öllampen erhellt wurde. Hier würde dereinst die Mumie des Pharaos, eingebettet in mehrere prachtvolle Sarkophage aus Quarzit und Alabaster, für alle Zeiten schlafen. Doch von der Ruhe des Todes war in diesem Augenblick noch nichts zu spüren, denn fast alle Männer von Set-Maat schufteten hier.

Am gegenüberliegenden Ende und zu beiden Seitenwänden waren zwei Dutzend kräftige Männer dabei, mit breiten Bronzemeißeln und schweren Holzklöppeln mehrere Ne-

benkammern aus dem Felsen zu schlagen. Ein feiner, bitter schmeckender Sandsteinstaub lag in der warmen, stickigen Luft. Das helle Klirren der Meißel dröhnte in der Halle, als würde man sich im Innern einer riesigen Glocke befinden. Die Träger knieten zwischen den Steinklopfern und schoben mit bloßen Händen das Geröll in ihre ledernen Eimer und Säcke, bevor sie sich wieder mit ihrer Last auf den langen Weg hinaus machten.
Auf den roh zurechtgehauenen Wänden und den aus dem massiven Felsen herausgemeißelten Pfeilern erkannte Rechmire hastig aufgepinselte schwarze Hieroglyphen. Er las die Zeichen mehtet und resi, »Norden« und »Süden«. Ein Vorarbeiter stand an einer der Markierungen, legte einen langen Stab an und prüfte, ob die Wand in der Waagerechten und Senkrechten gerade war.
»Es sind Richtungszeichen«, erklärte ihm Sennodjem mit erhobener Stimme über den Lärm hinweg. »Damit wir uns nicht irrtümlich in einem Bogen immer tiefer in den Felsen hineinarbeiten, nur weil vielleicht die Männer der einen Wache schneller Steine brechen als die der anderen.«
Dem Zweiten Schreiber war es sichtlich unangenehm, mit seinem unerwünschten Besucher im Staub der Pfeilerhalle ausharren zu müssen.
Rechmire ließ sich davon nicht stören und sah sich um. Er verachtete Arbeiter und den Schmutz, in dem sie ihren Lebensunterhalt verdienen mussten. Doch er musste sich widerwillig eingestehen, dass er die Männer am Ort der Wahrheit zu bewundern begann. An einer Seitenwand waren vier Arbeiter, die auf einem wackeligen Gerüst aus Palmstrünken standen, damit beschäftigt, mit kleinen hölzernen und bronzenen Spachteln Gips auf den Felsen aufzutragen, bis er glatt

verputzt war. Sie klatschten mit geübten, beinahe geschmeidigen Bewegungen den feuchten Gips aus großen hölzernen Trögen direkt auf den Felsen und strichen ihn mit wenigen Handbewegungen zu einer ebenmäßigen, rund zwei Finger breiten Fläche auseinander, die fast sofort trocknete.
Zwei Mannslängen neben ihnen stand ein anderes Gerüst, das fast bis zur Decke reichte. Hier war der Gipsputz bereits trocken. Ein feines Netz aus roten Linien überzog die Wand. Zwei Mann waren am Fuß des Gerüsts dabei, es zu erweitern. Sie spannten lange Wollschnüre, die sie zuvor durch große Tonschalen mit zerriebenem Ocker gezogen hatten, einen Finger breit vor der Wand auf und ließen sie wie Bogensehnen gegen die Wand sausen, sodass langsam ein Muster aus senkrechten und waagerechten Linien entstand.
Auf dem obersten Querbalken des Gerüstes balancierte ein Zeichner, der mit roter Tinte Bilder an die Wand warf. Das Gitternetz half ihm dabei, die richtigen Proportionen bei Göttern, Menschen und Hieroglyphen einzuhalten. Doch das allein erklärte nicht, dass er so rasch arbeitete. Er war außergewöhnlich geschickt und er zeichnete so schnell, als wäre er von einem Dämon besessen. Er hatte eine kleine Schale mit flüssiger Ockertinte in der Linken und tunkte die feine Malbinse so heftig hinein, als würde er einen aus großer Höhe niederstoßenden Falken imitieren. Mit routinierten, schnellen Strichen machte er dann die Vorzeichen für die heiligen Szenen. Er hatte drei Öllampen auf seinem Gerüst abgestellt, doch wegen des Kommens und Gehens der Steineschlepper herrschte ständig ein leichter Zug in der staubgeschwängerten Luft, der ihre Flammen tanzen ließ. Der Zeichner drückte sein Gesicht bis dicht vor sein Werk, um im trüben, unruhigen Licht alle Einzelheiten erkennen zu können. Manchmal

hob er sogar eine der Lampen bis vor seine Augen, um die Länge und Form eines Striches zu begutachten.
Rechmire sah ihm eine Weile zu. Langsam erkannte er ein Bild in dem Gewirr aus dem roten Gitternetz und den schnell hingeworfenen Linien. Er sah die Wiedergeburt der Sonne am Morgen: Amun-Re wurde in dreifacher Gestalt von zwei Armpaaren nach oben getragen, als Scheibe, als Skarabäus mit einem Widderkopf und als neugeborenes Kind. Die bedrohliche Finsternis und die Wasserfluten teilten sich vor ihm und wichen zu beiden Seiten zurück. Dort und unterhalb der Sonne standen viele Männer, die bereits im Reich des Westens waren. Die Toten beteten Amun-Re an, zusammen mit ihrer vogelgestaltigen Ba-Seele und ihren Schatten, die durch Palmwedel symbolisiert wurden, die sich verneigten.
Es war das letzte Bild des Höhlenbuches, das Amun-Res nächtlichen Flug als Weg durch zwölf Höhlen beschrieb, in denen der Gott die Gerechten belohnte und die Sünder von der Großen Verschlingerin zerfetzen ließ, sodass sie nicht des ewigen Lebens teilhaftig wurden.
Der Zeichner machte sich nun daran, die Flächen neben den betenden Toten mit mehreren Kolumnen von Hieroglyphen zu füllen. Rechmire bemerkte, dass er sich bei allen Zeichen niemals verschrieb, ja nicht einmal zögerte.
»Er hat die Zeichenfolge sehr gut auswendig gelernt«, bemerkte er.
»Er kann den Text lesen«, entgegnete Sennodjem kühl.
Rechmire sah ihn überrascht an. »Ein Zeichner, ein Arbeiter, der lesen und schreiben kann?«, rief er erstaunt.
Der Zweite Schreiber zuckte die Achseln und sah ihn etwas mitleidig an. »Fast alle Arbeiter hier beherrschen die Kunst der Hieroglyphen«, antwortete er.

Rechmire schnappte nach Luft. Im Lande Kemet konnten von hundert Männern höchstens drei lesen und schreiben. Nur diese ungewöhnliche Kunst machte aus einem Schreiber jemanden Besonderen und dies war die Quelle seines Stolzes und seiner Hoffnung auf eine glänzende Laufbahn. Rechmire hatte sich den Arbeitern in Theben, den Dienern, Händlern und Soldaten gegenüber stets unendlich überlegen gefühlt, weil er die heiligen Texte lesen konnte, die ihnen für immer verschlossen bleiben würden. Doch hier? Wenn in Set-Maat jeder Mann die Hieroglyphenschrift beherrschte, dann war ein Schreiber nicht nur niemand Besseres, er war sogar weniger wert. Denn wozu brauchte ein Maler, ein Zeichner, ein Reliefbildhauer, ja sogar ein simpler Steinebrecher noch einen Schreiber, wenn ihm selbst alle Texte offen standen? Zum ersten Mal kam Rechmire der Verdacht, dass die Männer am Ort der Wahrheit, die er bis jetzt verachtet hatte, seinerseits ihn verachteten, weil er die Kunst beherrschte, die jeder hier beherrschte - aber keine andere dazu. Sie ihrerseits mussten Männer wie ihn für überflüssig halten.
Er hatte sich von diesem Schock noch nicht erholt, als sich ein älterer Mann wortlos an ihm vorbeidrückte und auf das Gerüst zu dem Zeichner stieg. Er begutachtete dessen Werk eingehend und brachte dann mit schwarzer Tinte in sorgfältigen, langsamen Strichen drei schwarze Korrekturen an, die er über die roten Linien malte. Korrekturen, die, wie Rechmire fand, die Proportionen der Skizze eher verschlechterten als verbesserten.
Sennodjem bemerkte seinen Blick und lächelte. »Es ist das Privileg der Meisterzeichner, die Skizzen ihrer Männer zu korrigieren. Doch hier gibt es eigentlich nichts zu korrigieren. Der Meister fügt nur hier und da ein paar schwarze Stri-

che hinzu, um zu zeigen, dass er die Macht hat. Aber eigentlich müsste er sich niemals die Mühe machen, zu Parahotep auf das Gerüst zu steigen. Seine Vorzeichnungen sind stets perfekt.«
»Parahotep«, murmelte Rechmire, allerdings so leise, dass ihn der Zweite Schreiber nicht verstehen konnte. Der Mann, der Kenherchepeschef angeblich mit dem Tod gedroht hatte. Er nahm sich vor, ihn unauffällig zu befragen, wenn Sennodjem nicht mehr dabei war.
Er trat zurück und tat so, als würde er andere Wandbilder betrachten, damit der Zweite Schreiber nicht bemerkte, dass er sich besonders für Parahotep interessierte. Er ging zur Stirnseite der Grabkammer, wo die Mumie des Osiris kurz vor der Auferstehung des Gottes dargestellt war, umgeben von einem Kranz von Sonnen und Sternen. Dabei trat Rechmire auf etwas, das unter seinem Fuß mit einem hellen Knirschen nachgab - Splitter einer Öllampe.
Er bückte sich und scharrte mit der Hand im staubigen Boden, bis er fünf Scherben gefunden hatte. Sie war einst anders gewesen als die Öllampen, die die Arbeiter benutzten, kleiner, aber mit sorgfältiger geglättetem und glasiertem Ton. Auf einem Splitter waren Hieroglyphen eingeritzt. Er musste sie sich dicht vor Augen halten, um im flackernden Halbdunkel des Grabes die Zeichen entziffern zu können: Placenta, Hocker, Teich und Arm.
»Chepesch«, murmelte Rechmire. Er dachte an den herausgemeißelten Sitz vor dem Grab des Merenptah, den Kenherchepeschef mit seinem Namenszug versehen hatte. Die Hieroglyphen auf der Scherbe waren flüchtig, grob und stark nach links geneigt. Selbstverständlich sahen eingeritzte Zeichen niemals so aus wie solche, die man mit Binse und Tinte

auf Papyrus geworfen hatte, doch Rechmire glaubte, auch in ihnen die gleiche etwas grobe und sorglose Handschrift zu erkennen, die er bereits auf den Briefen des ermordeten Ersten Schreibers gesehen hatte.
Wenn dies also wirklich die Reste der Öllampe Kenherchepeschefs waren, dann musste diese irgendwie während des Verbrechens zerschlagen worden sein - und der Mörder musste mit seiner eigenen Öllampe wieder den Weg hinaus aus dem Haus der Ewigkeit gefunden haben. Ein Indiz dafür, dachte Rechmire, dass der Erste Schreiber und der Unbekannte nicht gemeinsam das Grab Merenptahs betreten hatten.
Sennodjem hatte ihn misstrauisch beobachtet, aber geschwiegen. Als sich Rechmire wieder erhoben hatte, deutete er zum Aufgang aus der *Halle, in der man ruht.*
»Die Luft hier drinnen bekommt meinen Lungen nicht«, sagte der Zweite Schreiber entschuldigend und lächelte ölig. »Ich werde wieder nach draußen gehen und auf dich warten. Du darfst dich selbstverständlich überall umsehen, so lange es dir gefällt. Pass auf die unaufmerksamen Steinbrecher auf. Manchmal verlieren sie auf ihren Gerüsten einen Hammer oder Bronzemeißel - und das kann böse Verletzungen hervorrufen.«
»Steine, die einem die Füße zerschlagen; herabfallende Hämmer und Meißel, die mir Löcher in den Kopf hauen können - die Arbeit im Grabe unseres höchsten Herrn scheint gefährlich zu sein wie die in den Strafkolonien der entlegensten Goldminen Nubiens«, entgegnete Rechmire mit unschuldigem Tonfall.
»Vielleicht sogar noch gefährlicher«, antwortete Sennodjem, und sein aufgesetztes Lächeln erlosch. »Denn dort wurde,

soweit ich weiß, noch nie ein Schreiber ermordet.« Damit drehte er sich um und verschwand aus der Grabkammer.
Rechmire blickte ihm nach, bis der Schein seiner Öllampe im langen, ansteigenden Gang nicht mehr zu erkennen war. Die Lampen auf den Gerüsten der Arbeiter verbreiteten in der Mitte der *Halle, in der man ruht* ein diffuses Licht, das jedoch ausreichte, um die meisten Einzelheiten zu erkennen. Er fragte sich vergeblich, warum Sennodjem ihm so unverhohlen drohte. Es war nur allzu deutlich, dass der Zweite Schreiber ihn am liebsten vom Ort der Wahrheit verjagen würde.
Rechmire tat so, als würde er am Boden nach weiteren Scherben suchen, doch tatsächlich wartete er nur darauf, dass Parahotep endlich von seinem Gerüst steigen würde, da die Vorzeichnung, an der er gearbeitet hatte, nach dem obligatorischen Kontrollbesuch des Meisterzeichners fertig war und er sich nun einer anderen verputzten Wandfläche widmen könnte. Doch der junge Künstler hockte auf dem Gerüst und verstaute langsam und umständlich Ockertiegel, Wasserfläschchen, Binsen, Wollschnüre und andere Malutensilien in einem kleinen, sauber gefertigten hölzernen Kasten. Zu umständlich, wie Rechmire fand. Er war bald ziemlich sicher, dass der Zeichner seinerseits darauf wartete, dass Rechmire verschwände, bevor er vom Gerüst steigen wollte.
»Den Gefallen tue ich dir nicht«, flüsterte Rechmire und fühlte sich plötzlich wie ein Jäger, der, das Wurfholz schon in der erhobenen Hand, eine Ente im Papyrusdickicht erspäht hatte.
Parahotep trug sein glattes, schimmernd schwarzes Haar eine Spur zu lang; seine Gesichtszüge waren ebenmäßig, schön und auf unbestimmbare Art weich, sodass ihm noch etwas Kindliches anhaftete. Doch sein Körper war zwar schlank,

aber offensichtlich ausgewachsen. Rechmire schätzte, dass der Zeichner ungefähr so alt war wie er.
Als der Meisterzeichner wieder in die Grabkammer trat, straffte sich Parahotep. Der Ältere rief ihm etwas zu, das Rechmire nicht verstand, doch er konnte sich schon denken, um was es ging: Der Meister wollte wissen, warum der Zeichner noch immer dort oben saß. Parahotep verneigte sich denn auch und kletterte vom Gerüst. In diesem Moment stand Rechmire vom Boden auf, deutete gegenüber dem Meisterzeichner ebenfalls eine Verbeugung an und bemühte sich, seiner Stimme einen möglichst autoritären Tonfall zu geben. »Ich muss Parahotep ein paar Fragen stellen. Es wird nicht lange dauern«, setzte er beschwichtigend hinzu.
Der ältere Zeichner warf Parahotep einen überraschten Blick zu, dann sah er Rechmire mit ausdruckslosem Gesicht an und schwieg für einen Augenblick. Schließlich zuckte er die Achseln. »Meinetwegen«, entgegnete er gleichgültig. »Parahotep arbeitet so schnell, dass er den Rückstand ohne Schwierigkeiten wieder aufholen wird.« Dann drehte er sich um und verließ grußlos die Grabkammer.
»Was willst du von mir?«, fragte Parahotep, der neben ihn getreten war – allerdings erst, nachdem der Vorzeichner verschwunden war. Seine Stimme klang melodiös wie die eines Tempelsängers. Rechmire sah auf seine Hände: Sie waren lang und feingliedrig – und mit roter Tinte bespritzt, die wie Blut aussah. Unwillkürlich fragte er sich, ob Parahotep trotz eines gewissen Zuges an Weichheit und Schwäche wohl mit einem Bronzedolch so heftig zustoßen mochte, dass er mit einem einzigen Stich einen kräftigen Mann wie Kenherchepeschef niederstrecken konnte.

»Der Tschati hat mir befohlen, den Mörder Kenherchepeschefs zu finden. Ich stelle also Nachforschungen an«, antwortete Rechmire absichtlich vage. »Du bist Arbeiter am Ort der Wahrheit, also hoffe ich, von dir vielleicht Dinge zu erfahren, die mir weiterhelfen könnten.«
»Ich bin kein Arbeiter«, entgegnete Parahotep und blickte ihn hochmütig an. »Ich bin ein Seschqedut, ein Zeichner, wie schon mein Vater, mein Großvater und mein Urgroßvater vor mir.«
»Deine Familie lebt schon so lange in Set-Maat?«, fragte Rechmire mit gespieltem Erstaunen. »Da müsstet ihr doch längst ein Haus der Ewigkeit haben. Warum legst du also für dich ein neues Grab an?«
Parahotep blieb vor Überraschung der Mund offen stehen, was seinem Gesicht einen dümmlichen Ausdruck gab. »Woher weißt du das?«, begann er, dann gewann er seine Selbstsicherheit wieder. »Gerade weil meine Familie altehrwürdig ist, muss ich mir ein neues Haus der Ewigkeit errichten. In unserem alten Grab liegen so viele Mumien, dass kein Platz mehr frei ist für die Nächsten von uns, die in den Westen gehen werden. Aber was hat das mit Kenherchepeschef zu tun?«
»Du mochtest den Ersten Schreiber nicht besonders«, antwortete Rechmire mit gespielter Freundlichkeit.
»Wer hat das behauptet?«, fuhr der Zeichner auf.
»Du bist ein echter Seschqedut«, fuhr Rechmire unbeirrt fort, »ein wahrer Künstler. Du willst deine Werke vollenden und dir von niemandem vorschreiben lassen, wann es für die Arbeit genug ist – nicht einmal von Kenherchepeschef.«
»Ich weiß nicht, was du meinst«, stammelte Parahotep.

»Der Erste Schreiber hatte nie Verständnis für deine Arbeit. Du fühltest dich beengt, ja geradezu gefesselt von ihm. Also hast du ihm gedroht.«

»Sehakek hat deinen Geist verwirrt«, rief der junge Zeichner so laut, dass sich einige Arbeiter kurz zu ihnen umdrehten, sich dann jedoch hastig wieder ihren Werken widmeten. »Ich habe Kenherchepeschef niemals gedroht. Ich«, er zögerte, »kannte ihn kaum«, fuhr er dann fort. »Nicht mehr jedenfalls, als man den Mann kennen muss, der der Erste Schreiber ist.«

»Hast du jemals an deinen freien Tagen hier im Grab gearbeitet?«, forschte Rechmire nach.

»Das ist verboten«, entgegnete Parahotep.

Rechmire lächelte. Parahotep hatte nicht »Nein« gesagt. Und außerdem war ihm aufgefallen, dass der junge Zeichner den gleichen Dämon erwähnte, vor dem sich Kenherchepeschef besonders gefürchtet zu haben schien. Es gab Hunderte von gefährlichen Dämonen - warum also hatte er ausgerechnet Sehakek angerufen? Er war sicher, dass ihm Parahotep nicht die Wahrheit gesagt hatte und dass der Zeichner mehr über Kenherchepeschef wusste, als er zugeben wollte. Doch Parahotep wirkte nicht besonders abgebrüht oder verschlagen, im Gegenteil. Es sollte, hoffte Rechmire, nicht allzu lange dauern, um hinter sein Geheimnis zu kommen. Und das wiederum würde ihn vielleicht zum Mörder Kenherchepeschefs führen. Wenn der nicht schon vor ihm stand.

»Du kannst dich jetzt wieder deiner Arbeit widmen«, sagte er laut und deutete eine Verbeugung an, die eher spöttisch als höflich wirkte. »Sollte ich noch weitere Fragen haben, weiß ich ja, wo ich dich finden kann.«

Damit drehte er sich um und verließ Merenptahs halb vollendete Grabkammer. Noch im Umdrehen hatte er bemerkt, dass Parahotep die Hände zu Fäusten geballt hatte und etwas murmelte. Es klang wie ein Fluch.

Das grelle Tageslicht blendete ihn, als er das Haus der Ewigkeit des Pharaos wieder verließ. Mit zusammengekniffenen Augen sah er sich im Tal um. Die Hitze lag wie eine unsichtbare, schwere Decke auf den hellen Felsen. Über der Geröllhalde vor dem Grab standen dünne gelbe Staubfahnen. Während sich Rechmire mit der Rechten die Augen beschattete und sich langsam umblickte, glaubte er, am Rande seines Gesichtsfeldes plötzlich geisterhafte Bewegungen in der Luft zu sehen, ein Flirren, das sich wie ein dünner Schleier für einen Augenblick vor einem dahinter liegenden Felsen entfaltete, um dann sofort wieder zu verschwinden, wenn er versuchte, es direkt anzustarren. Irritiert schüttelte er den Kopf und beschirmte die Augen mit beiden Händen, doch er konnte nichts mehr erkennen.
»Es sind die ruhelosen Ba-Seelen der vergessenen Toten, denen kein Nachfahre mehr opfert«, murmelte eine gutturale Stimme hinter ihm.
Rechmire fuhr herum. Aus einem Versteck unter einem überhängenden Felsen neben dem Eingang des Grabes waren Djehuti und zwei weitere Medjai aufgetaucht. Der große Nubier deutete mit seiner vernarbten Rechten in einer vagen Geste auf das Tal.
»Die Luft hier am Ort der Wahrheit ist voller Bas und Dämonen, selbst am helllichten Tage«, flüsterte er.
»Vielleicht flirrt die Luft hier nur vor Hitze wie nirgendwo sonst im Lande Kemet«, entgegnete Rechmire und bemühte

sich dabei, seiner Stimme einen möglichst überlegenen, ein wenig gleichgültigen Tonfall zu geben.
Der alte Soldat lachte hart. »Das glaubst du nicht einmal selbst!«, rief er und seine beiden Männer grinsten unsicher.
»Wenn das wirklich so ist, wie du glaubst, dann kannst du dich glücklich schätzen, Djehuti«, sagte Rechmire mit gespielter Freundlichkeit. »Dann sehen die Seelen der Toten und die Dämonen, dass du mit deinen Soldaten den Ort der Wahrheit mit wachen Augen und scharfen Schwertern bewachst. Zumindest am Tage«, setzte er süffisant hinzu.
Der große Nubier sah ihn böse an. »Du bist wahrlich ein Schreiber aus Theben, wie Thot dich schuf!«, rief er. »Du kennst die prächtige Stadt und deine Schriftrollen, aber du hast keine Ahnung von diesem Tal und seinen Toten. Geh doch selbst in der Nacht hinaus! Geh durch die Felsen, unter denen sich überall längst vergessene Gräber verstecken! Geh hinaus und störe die Ruhe der Pharaonen! Geh in die Nacht und erzürne die Göttin Meretseger, die auf ihrem Pyramidenberg thront und von dort auch in das finsterste Nebental blicken kann! Ich werde dich nicht aufhalten. Aber ich verspreche dir: Wenn du nachts durch diesen Ort gehst, dann werde ich deinen Körper am nächsten Tag finden, irgendwo an einem kargen Platz, verlassen von seinem Ka und seinem Ba. Ich werde ihn von einem Esel zum Ufer schleifen lassen und ihn den hungrigen Krokodilen auf den Sandbänken vor Theben zum Fraß vorwerfen.«
Dann drehte sich Djehuti um, bellte seinen beiden Soldaten einen kurzen Befehl zu und machte sich mit weit ausgreifenden Schritten auf zum nördlichen Ende des Tals.

Rechmire blickte ihnen lange nach und wusste nicht recht, was er von diesem Zornausbruch halten sollte. Der Nubier war abergläubisch wie ein altes Waschweib. Doch andererseits war er ein Mann, der in jahrelangen Kriegen vielleicht einhundertmal sein Leben riskiert und stets gewonnen hatte. War es wirklich klug, seine Meinung als so wertlos abzutun, als sei sie wie das Geschnatter eines dressierten Pavians?

Rechmire war sich bewusst, dass ihn Sennodjem von seinem schattigen Platz aus die ganze Zeit beobachtet hatte, doch er wollte sich keine Blöße geben. Also drehte er sich nicht zu ihm um, sondern tat so, als hätte er ihn nicht bemerkt. Betont deutlich zuckte er mit den Achseln, als würde ihn das Geschwätz des Medjaiführers gleichgültig lassen; dann machte er sich auf den Weg zurück zum Dorf.

Unterwegs kam er an der Ansammlung primitiver Hütten vorbei, in denen die Arbeiter während der Woche übernachteten. Er fand die Sklavin, im schmalen Schatten neben einer Wand sitzend. Tamutnefret fächelte sich mit einem alten, braun gewordenen Palmblatt Luft zu und erhob sich, als sie ihn erblickte. Sie holte aus einer Hütte einen Krug kühlen Wassers, ein Brot und mehrere Feigen hervor.

»Du wirst Hunger haben«, sagte sie.

Doch bevor sie das Brot für ihn brach, schüttete sie etwas Wasser über einen Leinenstreifen und wusch ihm damit Gesicht und Hände. Erst da bemerkte Rechmire, dass seine verschwitzte Haut von einer dünnen Schicht aus gelbem Steinstaub bedeckt war, sodass er schon beinahe so aussah wie die Männer, die das Geröll hinausschleppen mussten. Er schloss die Augen und genoss das kalte Wasser auf seiner Haut und mehr noch den sanften Druck von Tamutnefrets

Händen. Drei Tage lang war sie seine Sklavin. Für einen Moment spielte er mit dem Gedanken, seine Rechte als Herr auszunutzen, sie in die nächstgelegene Hütte zu führen und sich dort an ihrem Körper zu erfreuen. Doch dann dachte er an Baketamun. Seine Lust wurde noch mehr entflammt, als er in seinem Geist ihr lächelndes Gesicht und ihren verführerischen Körper heraufbeschwor - aber zugleich wurde ihm klar, dass er der Tochter des Hohepriesters so sehr verfallen war, dass er sie nicht betrügen würde. Nicht einmal mit einer Sklavin und nicht einmal dann, wenn sie niemals etwas davon erfahren würde.

»Wie heißt du?«, fragte er die Sklavin, während er sich die erste Feige in den Mund schob.

Sie sah ihn überrascht und etwas misstrauisch an. »Du kennst meinen Namen, Herr«, antwortete sie vorsichtig.

Rechmire lächelte sie aufmunternd an. »Du stammst nicht aus dem Lande Kemet«, sagte er. »Irgendjemand hat dir den altehrwürdigen Namen Tamutnefret gegeben, weil man es bei uns nicht liebt, fremde Namen auszusprechen. Aber ich wette einen Deben Silber, dass du nicht unter diesem Namen geboren worden bist.«

Zum ersten Mal sah er die Sklavin lachen. »Der Tschati hat eine gute Wahl getroffen, als er dir befahl, den Tod unseres Ersten Schreibers zu untersuchen«, rief sie. »Das hätte ich gar nicht gedacht«, fuhr sie fort und wurde dann rot.

»Was hattest du denn gedacht?«, forschte Rechmire nach, leicht beleidigt.

»Dass du nichts weiter bist als ein junger Schreiber, Herr, so wie es viele von ihnen im Palast des Tschati und noch mehr am Hofe des Pharaos gibt: sehr jung, sehr gebildet, sehr ehrgeizig - und sehr, sehr ahnungslos von all dem, was das

Leben wirklich ausmacht. Verzeih mir, dass ich das so direkt sage.«

Er nickte. »Schon gut. Ich habe dich ja ausdrücklich darum gebeten, mir alles zu sagen, was dir auffällt.« Er bemühte sich, nicht allzu eingeschnappt zu klingen, obwohl ihn die Bemerkung der Sklavin in seiner Ehre getroffen hatte.

»Ich hieß einst Kede«, sagte sie plötzlich und lächelte ihn schüchtern an. »Ich bin im Reich der Hethiter geboren – wenn ich mich auch nicht mehr an die Stadt erinnern kann, in der meine Eltern lebten. Ich weiß nur noch, dass sie arm waren und mich zu einem Hafen brachten, als ich sechs Jahre alt war. Dort verkauften sie mich an Sklavenhändler aus Kreta, die mit mir und vielen anderen Kindern bis Memphis segelten, wo uns ein Verwalter des Pharaos kaufte.« Die Stimme der Sklavin klang jetzt sehr gleichmütig. »Ich musste auf einem der Landgüter Merenptahs bei Theben arbeiten, später schickte mich ein Verwalter zum Ort der Wahrheit. Seitdem bin ich hier.«

Rechmire nickte und schwieg. Sein eigenes Schicksal war von dem Tamutnefrets weniger verschieden, als sie ahnte. Seine Adoption war eigentlich kaum etwas anderes als ein versteckter Kauf. Nur der Zufall, von einem kinderlosen Paar statt von einem profitgierigen Händler gekauft worden zu sein, hatte letztlich aus ihm einen Schreiber und nicht einen Sklaven gemacht.

Er beendete seine Mahlzeit, ohne ein weiteres Wort mit Tamutnefret zu wechseln. Dann brachen sie zum Dorf auf.

Erst nachdem sie schon lange in seinem Haus angekommen waren, beendete Rechmire das Schweigen. Er hatte zugesehen, wie Tamutnefret Brot buk und ihm auf der Dachterrasse ein Mahl aus Lauch, Zwiebeln, dampfendem Brot und Bier auftrug. Dann hatte sie die Öllampen im Haus entzündet und anschließend seine Schlafstatt auf dem Divan gerichtet, während sie selbst eine Matte auf dem Boden der kleinen Kammer hinter dem Hauptraum ausrollte.

Bevor sie die Lichter losch, richtete sich Rechmire noch einmal halb von seinem Divan auf. »Gibt es im ganzen Dorf eigentlich einen einzigen Menschen, der Kenherchepeschefs Tod aufrichtig betrauert?«, fragte er leise.

»Nein«, antwortete Tamutnefret, ohne zu zögern.

Rechmire nickte. »Du hast wahrscheinlich Recht«, murmelte er. »Nicht einmal seine Frau scheint unglücklich zu sein.«

»Nicht mehr«, antwortete die Sklavin kühl. »Solange sie an der Seite Kenherchepeschefs sein musste, war sie unglücklich. Jede Frau wäre mit diesem Mann unglücklich gewesen.«

»Warum hat sie ihn dann geheiratet?«, fragte Rechmire erstaunt. »Wir sind keine Nubier oder Libyer, die Ehefrauen verschachern wie Sklavinnen und sie zwingen, Männer zu heiraten, die sie hassen. Im Lande Kemet muss die Frau ja sagen, sonst wird die Ehe nicht geschlossen. Und wenn sie später wieder gehen will, kann sie sich jederzeit scheiden lassen. Da sie dabei das Vermögen, das sie vor der Hochzeit besaß, behält und zusätzlich ein Drittel des gemeinsamen Besitzes mitnehmen kann, sind geschiedene Frauen gewöhnlich reicher, als sie es vor einer Ehe gewesen waren. Hunero hätte Kenherchepeschef niemals heiraten müssen. Oder wenn sie diesen Fehler erst zu spät erkannt hatte, dann hätte sie einfach gehen können.«

Tamutnefret lachte kurz und bitter auf. »Man kann dich zwingen, ja zu sagen«, entgegnete sie. »Und man kann dich zwingen, an einem Platz zu bleiben, den du hasst.«
Rechmire blickte sie erstaunt an, doch sie sagte nichts mehr. Die Sklavin verschloss die Haustür mit einem schweren Riegel und blies die Dochte der Öllampen aus. »Gute Nacht, Herr«, sagte sie, bevor sie in der Dunkelheit in ihrer Kammer verschwand.

8. BUCHROLLE

Das verschwundene Traumbuch des Chnumhotep

Jahr 6 des Merenptah, Achet, 9. Tag des Paophi, Set-Maat

Am nächsten Morgen ließ Rechmire Tamutnefret allein im Haus arbeiten, denn sie wollte einen großen Strauß Flohkraut abbrennen, um Mücken und Fliegen zu vertreiben. Er ging zum Haus des Kenherchepeschef, doch vor der Tür blieb er abrupt stehen. Jemand sang.

Rechmire lauschte, bis er die Melodie wieder erkannte. Es war ein sentimentales Lied mit eingängiger Melodie, das vor einigen Jahren in Theben aufgekommen war und seitdem von vielen jungen Mädchen am Hafen und in den ärmeren Vierteln gesungen wurde. Niemand wusste, wer es gedichtet hatte, doch es hatte schon mehr als einen Mann verführt.

»O mein Gott, o mein Lotos.
Der Nordwind bläst.
Angenehm ist es, zum Fluss zu gehen.
Mein Herz möchte hineinsteigen,

um mich vor dir zu baden.
Ich lasse dich meine Schönheit schauen
in einem Gewand von bestem königlichen Leinen,
das mit Balsam benetzt ist.
Mein Haar ist geflochten mit Schilf.
Ich steige ins Wasser, um mit dir vereint zu sein,
und komme wieder heraus zu dir
mit einem roten Fisch.
Schön ist er auf meinen Fingern,
ich lege ihn vor dich hin,
während ich deine Schönheit betrachte.
O mein Held, mein Geliebter,
komm doch und schaue mich an!«

Die Sängerin wurde von einer leisen Harfe begleitet. Niemals zuvor hatte Rechmire das Lied mit derartiger Kunstfertigkeit vortragen gehört. Es war eine harmlose Melodie für verliebte junge Mädchen und Hafendirnen, die in Seeleuten Sehnsucht wecken wollten, kein erhabener Hymnus an die Götter; und die Stimmen der Gottessängerinnen in den Tempeln des Amun waren kräftiger, klarer, besser moduliert als die, welche dieses Lied sang. Doch es lag so viel unbeschwerte Heiterkeit in diesem Gesang, dass es ihm das Herz weit machte.

Er wartete, bis die Musik verklungen war, bevor er anklopfte. Es dauerte ein paar Augenblicke, dann öffnete ihm Hunero die Tür. Sie hielt eine kleine Harfe in der Linken.

»Du hast eine wundervolle Stimme«, begrüßte Rechmire sie ehrfürchtig. Dann nahm er sich zusammen, räusperte sich kurz und setzte betont kühl hinzu: »Allerdings hätte ich gedacht, dass du zurzeit ehrwürdige Totenhymnen singen würdest, keine leichtfertigen Gassenlieder.«

»Du hast also gelauscht«, entgegnete Hunero, doch sie lächelte und bat ihn mit einer Geste hinein. »Mein verstorbener Mann mochte Texte, aber nicht die dazugehörige Musik, nicht einmal die heiligen Lieder aus den Tempeln. Er hat mir das Singen verboten. Ich bin deshalb jetzt noch etwas außer Übung. Aber das wird sich bald wieder geben.«
»Was hat er dir noch alles verboten?«, fragte Rechmire und setzte sich auf einen prunkvoll geschnitzten, allerdings unbequemen Stuhl.
»Fast alles«, antwortete sie und sah ihm dabei offen ins Gesicht.
Rechmire hüstelte verlegen und wandte den Blick ab. Er hatte sich für einen erfahrenen Mann gehalten, seitdem ihm Baketamun ihre Gunst und ihren Körper geschenkt hatte, für einen Liebhaber, den keine Frau mehr in Verwirrung stürzen konnte. Doch Hunero brachte seine sorgfältig gepflegte Selbstbeherrschung durcheinander und führte seine Gedanken auf dunkle Pfade, die er nicht einmal im Geiste zu Ende gehen wollte.
»Warum hat dich dein Gatte eingesperrt wie in einen Käfig?«, wollte er wissen. »Warum hat er sich selbst um das Vergnügen gebracht, deiner Stimme zu lauschen?«
»Und noch um manche andere Vergnügen«, ergänzte Hunero und lächelte gequält.
Rechmire schwieg lange, dann holte er tief Luft. »Bitte verzeih mir meine Fragen«, begann er vorsichtig, »die so persönlich sind, dass sie dir vielleicht nicht einmal ein Diener des Amun im Tempel zu stellen wagte. Aber ich bin verwirrt. Je mehr ich über Kenherchepeschef erfahre, desto rätselhafter scheint er mir gewesen zu sein.«
Die junge Witwe sah ihn mit müdem Spott an. »Du meinst: Je mehr Fragen du stellst, desto mehr Menschen findest du,

die einen Grund gehabt haben könnten, meinen Mann umzubringen. Du verdächtigst sogar mich.«
Rechmire unternahm gar nicht erst den Versuch, dies zu leugnen. »Deine Hochzeit mit ihm lag gerade erst vier Monate zurück, doch nach allem, was ich gesehen und gehört habe, habt ihr euch nicht gerade wie ein frisch verheiratetes Ehepaar verhalten.«
»Wir haben nicht aus Liebe geheiratet«, erklärte Hunero und musterte ihn kühl.
»Sondern?«
Sie machte eine vage Geste, die Rechmire zuerst nicht zu deuten wusste, bis ihm aufging, dass sie nach Westen wies - dorthin, wo die Toten gingen.
»Du wirst dich nur am ewigen Leben erfreuen, wenn deine Nachfahren deiner regelmäßig gedenken und deiner Seele opfern. Sonst wird dein Ba als ruheloser Geist durch dieses Tal streifen, vergessen von allen und vergessen für immer«, sagte sie und machte eine Pause, bevor sie fortfuhr: »Kenherchepeschef hatte sein prachtvolles Haus der Ewigkeit vollendet, es liegt direkt am Südrand des Dorfes. Aber er hatte keine Kinder - und er wurde langsam alt. Also nahm er sich eine junge Frau, weil er noch rechtzeitig einen Sohn zeugen wollte, bevor er in den Westen eingehen würde.«
»Und warum hast du dich darauf eingelassen, wenn du ihn nicht liebtest?«, fragte Rechmire.
Sie seufzte und machte wieder eine unbestimmte Geste, die er diesmal nicht enträtseln konnte. »Ich bin die zweite Tochter einer armen Witwe. Ich hatte keine große Wahl«, antwortete sie.
Er spürte, dass sie sich bemühte, möglichst gleichmütig zu wirken. Doch ihre Stimme zitterte leicht und ihre feingliedri-

gen Hände hatten sich um das geschwungene Ebenholz der Harfe verkrampft. Rechmire glaubte, dass sie ihm weder über die Gründe, die Kenherchepeschef zu der ungleichen Hochzeit geführt hatten, die Wahrheit gesagt hatte noch über ihre eigenen Motive für diese Ehe. Warum etwa hatte sich Kenherchepeschef nicht schon viel früher eine junge Frau genommen? Und wenn Hunero sich wirklich so sehr gefürchtet hätte, dass der Erste Schreiber sie und ihre Mutter vom Ort der Wahrheit verbannen würde - warum hatte sie dann nicht einfach einen der jungen Arbeiter geheiratet, auch wenn sie behauptete, keinen von ihnen zu lieben? Sie war jung, schön und hatte eine wundervolle Stimme - Rechmire war ziemlich sicher, dass Kenherchepeschef nicht der einzige Mann in Set-Maat gewesen war, dem diese Vorzüge aufgefallen waren.
»Darf ich mir die Bibliothek deines Mannes ansehen?«, fragte er höflich. Vielleicht kam er hier dem Geheimnis des Ersten Schreibers näher. Hunero nickte. Sie schien darüber erleichtert zu sein, dass er das Thema gewechselt hatte. »Lies dir alle Rollen durch«, sagte sie. »Viele Papyri sind von Kenherchepeschefs eigener Hand beschrieben. Du wirst dort Totenbücher finden, Traumbücher und andere weise Schriften, Kopien von Briefen, die ihm wichtig waren, und einige Inschriften der großen Tempel von Theben, die er abgeschrieben hat. Ich bin hinten im Hof und werde Brot backen. Mir ist erst in zehn Tagen wieder eine Sklavin zugeteilt. Wenn mich Sennodjem bis dahin nicht aus dem Dorf geworfen hat«, setzte sie hinzu.
»Wenn Sennodjem bis dahin überhaupt noch Schreiber ist«, erwiderte Rechmire trocken.
Sie schenkte ihm ein verschwörerisches Lächeln. »Viel Glück bei deiner Suche nach den Geheimnissen«, sagte sie und verschwand in der Tür Richtung Hof.

Rechmire blickte ihr nach, dann wandte er sich den großen Tonkrügen zu, in denen der Erste Schreiber seine Texte verwahrt hatte. Er entrollte auf gut Glück einen Papyrus und hatte Mühe, die mächtigen, geschwungenen Hieroglyphen zu entziffern. Kenherchepeschef musste schnell und sorglos geschrieben haben; Tintenkleckse und -schlieren, wo er unachtsam mit der Hand über den noch nicht eingetrockneten Text gestrichen hatte, befleckten den vom Alter schon gelb und brüchig gewordenen Papyrus. Andererseits konnte Rechmire keinen einzigen Schreibfehler entdecken. Kenherchepeschef war ein sicherer Schreiber, jemand, der seine Gedanken in aller Eile auf Papyrus werfen konnte oder das abschrieb, was ihm gerade gefiel. Es war ihm offensichtlich nur auf den Inhalt angekommen, nicht auf die vollendete Form. Rechmire rollte den ersten Papyrus weiter auseinander und las:

»Das Werk vieler Menschen ist nichts, Amun ist
besser als sie!
Bis hierher bin ich gelangt auf deinen Rat hin,
Amun, und bin nie von deinem Rat abgewichen;
jetzt bete ich am Ende der Welt,
doch meine Stimme soll in Theben widerhallen!«

Rechmire kannte den Text nur zu gut. Er hatte ihn einst im Haus des Lebens unter den Augen seiner gestrengen Lehrer bis zum Überdruss abschreiben müssen: eine Hymne auf die Schlacht von Kadesch, den glorreichen Sieg, den der große Ramses über die Hethiter errungen hatte. Alle Tempelwände hatte der Pharao mit diesem Loblied schmücken lassen, alle Häuser der Buchrollen bewahrten Dutzende von Exemplaren auf. Der Hymnus war allgegenwärtig - so allgegenwärtig, dass auch diejenigen, die keine einzige Hieroglyphe entziffern konnten, von diesem Sieg gehört hatten. Rechmire vermutete, dass Kenherchepeschef den Hymnus entweder aus einem Haus der Buchrollen in einem der Tempel oder sogar direkt von der großen Wand des Tempels von Karnak abgeschrieben hatte.

Er entrollte einen anderen Papyrus und las eine Strophe, die ihm noch vertrauter war als das Lied der Kadeschschlacht:

»Was man benennen kann, das kann man wissen,
was man aber nicht benennen kann,
das muss man leben und glauben.«

Es war ein Totenbuch. Die Hieroglyphen waren zu kleinen, sauber ausgerichteten Quadraten geordnet, die wiederum in langen Spalten von oben nach unten zu lesen waren - das war nicht die Handschrift Kenherchepeschefs, sondern die eines berufsmäßigen Totenbuchschreibers, der so etwas für ein paar Deben Kupfer jeden Tag anfertigte.

»Das hätte von mir kommen können«, murmelte Rechmire und grinste verlegen.

Als er den Papyrus umdrehte, sah er, dass die Rückseite mit einigen flüchtigen Zeilen in einer sehr feinen, mit roter Tinte ausgeführten Schrift versehen war.

»Da ich vorbeigehe, schaut er mich an,
ich juble in meinem Innern.
Oh, wie froh ist mein Herz vor Freude,
Geliebter, seit ich dich sah.«

Rechmire starrte lange auf den Text und spürte, dass ihm irgendetwas daran bedrohlich vorkam. Er versuchte, sich zu erinnern, wo er ihn schon einmal gelesen hatte. Schließlich kam er darauf, dass es ein Auszug aus den »Sprüchen der Herzensfreude« war: Lieder, in denen junge Männer und Frauen abwechselnd die Reize ihrer Geliebten priesen. Es

waren kleine Lieder, harmlos, romantisch und manchmal etwas frivol. Er selbst hatte eines kopiert, als er dreizehn Jahre alt gewesen war - mit unsicheren Hieroglyphen und einigen Fehlern zwar, jedoch stolz darauf, der Tochter eines Hafenarbeiters aus der Nachbarschaft ein selbst geschriebenes Liebesgedicht überbringen zu können.
Rechmire grübelte weiter - und schlug sich plötzlich vor die Stirn. »Thot soll mich mit der Peitsche hundertmal auf den Rücken schlagen, dass ich so blind sein konnte!«, fluchte er. Dann hielt er den Papyrus höher bis unter den Fensterschlitz in der Wand, um ihn besser lesen zu können. Kein Zweifel: Er kannte die Handschrift. Es war dieselbe, die den Verfluchungstext auf den acht Tonscherben geschrieben hatte, die er auf Kenherchepeschefs totem Körper gefunden hatte.
Er rollte den Papyrus wieder zusammen und legte ihn auf einen kleinen Tisch, weil er ihn mitnehmen wollte. Dann suchte er die nächsten Papyri hastig nach Texten in derselben Handschrift durch, die ihm vielleicht den Namen des Verfassers verraten würden. Er fand eine zweite Kopie der Hymne auf die Kadeschschlacht, diesmal von der sauberen, allerdings nicht fehlerfreien Hand eines Schreibers, der sich in einem vorangestellten kleinen Text selbst als »Amunpanefer, Annalenschreiber in Piramesse, im zehnten Jahr des Ramses« zu erkennen gab - was bedeutete, dass der Text schon zweiundsechzig Jahre alt war.
Auf der Rückseite entdeckte er einige Zeilen in Kenherchepeschefs grober Handschrift:
»Wenn sich ein Mann in seinem Traum sieht, wie er einen alten Mann zum Haus der Ewigkeit trägt - gut. Es bedeutet baldigen Reichtum.

Wenn sich ein Mann in seinem Traum sieht, wie er selbst in den Spiegel auf sein eigenes Antlitz blickt - schlecht. Es bedeutet, dass er sich bald eine neue Frau suchen muss.
Wenn sich ein Mann in seinem Traum sieht, wie er aus einem Fenster blickt - gut. Es bedeutet, dass sein Flehen von einem Gott erhört wird.
Wenn sich ein Mann in seinem Traum sieht, wie er nackt und mit aufgerichtetem Glied dasteht - schlecht. Es bedeutet einen Sieg für seine Feinde.
Wenn sich ein Mann in seinem Traum sieht, wie er durch die Stadt Busiris geht - gut. Es bedeutet, dass er ein glückliches, hohes Alter erreichen wird.
Gepriesen seien diese Sprüche und die zehntausend anderen Weisheiten, die Thot selbst mir diktierte, seinem Diener, dem Schreiber Chnumhotep. Gegeben im 22. Jahr des Cheops, dem Jahr, in dem der Horizont des Cheops vollendet wurde.«
Rechmires Hand zitterte. Noch nie hatte er Sprüche aus dem Traumbuch des Chnumhotep gelesen. »Horizont des Cheops« war der Name der Großen Pyramide, ihre Vollendung lag, soweit er wusste, weit über eintausend Jahre zurück. Irgendwann in den Jahrhunderten danach war das Traumbuch des Chnumhotep aus allen Häusern der Buchrollen verschwunden - er vermochte nicht mehr den Grund dafür zu erinnern. Also woher hatte Kenherchepeschef diese Sprüche kopieren können? War tatsächlich wahr, was Hunero ihm gleichmütig erzählt hatte, dass er sogar ein vollständiges Exemplar besessen hatte? Und wo war es jetzt?
Er rollte auch diesen Papyrus zusammen, um ihn mitzunehmen. Danach durchsuchte er systematisch alle Krüge. Er fand andere Traumbücher, Schriften von Magiern, Sammlungen

von Sprüchen gegen Dämonen und böse Träume, Totenbücher, einige weitere Liebeslieder aus den Sprüchen der Herzensfreude (aber alle in Kenherchepeschefs Handschrift) sowie eine große Sammlung von Tatenberichten und Lobliedern der Pharaonen Haremhab, Sethos und Ramses. Außerdem entdeckte er eine Rolle, die doppelt so breit war wie normale Papyri: der Plan, der die Lage aller Pharaonengräber von Set-Maat verzeichnete. Schnell rollte er dieses Dokument wieder zusammen, denn es war allen Untertanen des Pharaos verboten, den genauen Ort der alten herrschaftlichen Häuser der Ewigkeit zu kennen. Einen weiteren Text in der Handschrift der Verfluchungstafel fand Rechmire nicht.
Schließlich öffnete er die letzte Kiste, in der acht Tonkrüge standen. In ihnen steckten Briefe, die für Kenherchepeschef offensichtlich so wichtig gewesen waren, dass er sie kopiert hatte. Die meisten waren an den Tschati oder an verschiedene Verwalter des Vermögens des Pharaos gerichtet und betrafen Bitten um Material für den Bau des Grabes und zur Versorgung der Arbeiter. Doch als er das letzte Schreiben aus dem Krug zog, pfiff Rechmire durch die Zähne.
»Der Schreiber Kenherchepeschef von Set-Maat grüßt seinen Herrn, den Türöffner des Himmels, den Ersten Priester des Amun, Userhet. Ich wünsche dir ein langes Leben, Wohlstand und Gesundheit!«
Mehr als diese Anrede war nicht kopiert worden. Doch allein die Tatsache, dass Kenherchepeschef an den Hohepriester geschrieben und ihn »meinen Herrn« genannt hatte, obwohl er ihm nicht unterstand, war merkwürdig.
Auf der Rückseite stand ein Gedicht:

»Schön bist du und herrlich,
mit Freude erfüllst du das Herz.

Du lässt Bäume und Gräser grünen,
die Vögel fröhlich flattern,
die Lämmer springen,
Millionen Löwenjungen tollen.
Du wärmst mir das Herz,
und niemand kennt dich,
außer ...«

Da Rechmire die Priester nicht sonderlich leiden mochte, hatte er sich auch nie mehr, als für seine Ausbildung als Schreiber notwendig gewesen war, um religiöse Hymnen gekümmert. Er kannte diese Gottesanrufung nicht. Kenherchepeschef hatte die letzte Zeile unvollendet gelassen und Rechmire wusste nicht, ob jeder Gläubige selbst seinen eigenen Namen in diesen Hymnus einsetzen konnte oder ob damit eine bestimmte Person gemeint war, deren Identität der Erste Schreiber aus irgendwelchen Gründen nicht preisgeben wollte - oder selbst nicht kannte.

Achtlos drehte er den Papyrus wieder auf die Vorderseite und starrte auf die Anrede Userhets. »Ich möchte gerne wissen, was du dem Hohepriester zu schreiben hattest«, murmelte er.

Sorgfältig verstaute er die Papyri wieder in ihren Tonkrügen und behielt nur das Liebesgedicht mit der verräterischen Handschrift, die Sprüche aus dem Traumbuch den Chnumhotep und den Entwurf für einen Brief an den Hohepriester Userhet bei sich. Er trat auf den rückseitigen Hof, wo Hunero gerade dabei war, drei längliche Brotlaibe auf einer großen hölzernen Platte in den gemauerten Ofen zu schieben, in dem ein Feuer aus Sykomorenästen, Palmstrünken und getrocknetem Eselsdung schwelte. Ein feiner Schweißfilm lag

auf der Haut der jungen Frau, als sie sich aufrichtete und ihn fragend anblickte.
»Hast du gefunden, wonach du gesucht hast?«, wollte sie wissen.
»Da ich nicht einmal wusste, wonach ich gesucht habe, konnte ich es auch nicht finden«, entgegnete Rechmire.
Sie lachte. »Du bist ein echter Schreiber aus Theben!«, rief sie, als wenn dies alles erklären würde.
Rechmire zeigte ihr die drei Papyri. »Ich habe ein paar Sprüche aus dem Traumbuch des Chnumhotep gefunden«, berichtete er und reichte ihr die Rolle.
»Ich erinnere mich«, antwortete sie, nachdem sie den Papyrus eine Zeit lang betrachtet hatte. »Mein Mann hat mir manche Sprüche vorgelesen, während er sie auf der Rückseite alter Briefe und ähnlicher nicht mehr wichtiger Dokumente abgeschrieben hat. Ich sagte dir ja schon, dass dieses Buch, aus dem er so oft las, verschwunden ist.«
Rechmire sagte nichts dazu, sondern hielt ihr das in roter Tinte geschriebene Liebesgedicht vor Augen. »Kennst du es?«, fragte er und bemühte sich, seiner Stimme einen möglichst beiläufigen Tonfall zu geben. Heimlich war er in höchstem Maße angespannt, denn er hoffte, dass Hunero zugeben würde, es selbst geschrieben zu haben.
Doch zu seiner Enttäuschung schüttelte sie nur den Kopf. »Ich kann nicht lesen und schreiben«, murmelte sie etwas verschämt. »Das sagte ich dir doch schon. Was steht dort?«
»Das« - Rechmire zögerte - »ist unwichtig«, fuhr er fort. »Weißt du vielleicht, wer es geschrieben haben könnte?«
Sie schüttelte den Kopf.
Er nickte betrübt und zeigte ihr schließlich den dritten Papyrus. »Hier steht der Entwurf für eine formelle Anrede in

einem Brief«, erklärte er ihr. »Für einen Brief an Userhet, den Hohepriester Amuns.«
Hunero schien nicht sonderlich überrascht zu sein. »Und weiter?«, fragte sie. »Was ist daran so Besonderes?«
Rechmire starrte sie verblüfft an. »Schrieb Kenherchepeschef etwa oft an den Hohepriester?«, fragte er.
Sie zuckte mit den Achseln. »Das weiß ich nicht. Aber ich weiß, dass mein Mann und Userhet sich regelmäßig gesehen haben. Der Hohepriester war am Tag vor der Mordnacht noch für einige Stunden bei Kenherchepeschef.«
Rechmire starrte die junge Witwe überrascht an. »Der Hohepriester hat Kenherchepeschef die Gnade gewährt, mehrere Stunden mit ihm zu sprechen?«, stammelte er verblüfft und neidisch. »Und Userhet ist zum Ort der Wahrheit gekommen, er hat sich herbemüht und hat nicht deinen Mann zu sich in seinen Palast befohlen?«
»So ist es«, bestätigte die junge Frau und sah ihn spöttisch an.
»Sie haben über Userhets eigenes Haus der Ewigkeit gesprochen, das Kenherchepeschef in seinem Auftrag irgendwo in diesen Felsen errichten ließ«, mutmaßte der Schreiber.
»Darüber weiß ich nicht viel«, entgegnete Hunero. »Mein Mann sprach nie mit mir darüber. Ich habe nur gehört, dass Userhets Grab irgendwo südlich von hier liegt, zwischen dem Ort der Wahrheit und dem Platz der Schönheit, wo die Königinnen bis in alle Ewigkeit schlafen. Bei seinem letzten Besuch – und bei manchen davor auch – gingen mein Mann und der Hohepriester aus dem Dorf, wandten sich jedoch nicht nach Süden, sondern nach Norden. Sie nahmen meist den Weg zum Tal der toten Pharaonen.«

»Wurden sie dabei von jemandem begleitet? Einem Priester oder einem Schreiber - oder einem Sklaven?«, fragte Rechmire gespannt.
Sie schüttelte den Kopf. »Niemals. Userhet hat es ausdrücklich verboten und den Medjai sogar einmal befohlen, den Weg zu bewachen, damit ihnen auch ja niemand folgt.«
»Wie lange blieb der Hohepriester an jenem letzten Tag hier?«
»Er kehrte mit meinem Mann ins Dorf zurück, als sich Amuns Wagen zum westlichen Horizont neigte. Sie sprachen noch für eine Weile bei dem kleinen Tempel vor dem Tor miteinander, dann ließ sich der Hohepriester von seinen Sklaven zurück nach Theben tragen.«
Rechmire starrte gedankenverloren in den makellos blauen Himmel, dann schüttelte er den Kopf, weil er das Gefühl hatte, als würde dort Sehakek herumspuken und ihn auslachen.
»Ich danke dir, Hunero«, sagte er, ein wenig förmlich, und verneigte sich. »Du hast mir sehr geholfen. Auch wenn sich leider wieder einmal bestätigt hat, was ich dir bereits zu Anfang meines Besuches gestanden habe: Je mehr ich über deinen verstorbenen Mann erfahre, desto geheimnisvoller scheint er mir zu sein.«

Rechmire ging zurück zu seinem Haus und ließ sich von Tamutnefret ein leichtes Mahl auftragen, bevor er die heißesten Stunden des Tages auf dem Divan verdöste. Im Raum war es stickig, aber nicht so warm wie auf der Dachterrasse. In seinem Halbschlaf erschienen ihm die Fragen wie Luftspiegelungen in der westlichen Wüste, die am Horizont aufflimmern und sich in nichts auflösen, wenn man sie schärfer ins Auge fassen will.

Die Sprüche der Herzensfreude waren eine Sammlung von Liedern, die abwechselnd Männer an ihre Frauen und Frauen an ihre Männer richten konnten. Der mit der roten Tinte geschriebene Text war ein Auszug aus dem Lied einer Frau an ihren Geliebten. Hatte also eine Frau Kenherchepeschef dieses Gedicht gewidmet? Und wenn es nicht Hunero sein konnte - vorausgesetzt, sie hatte ihn nicht angelogen, als sie behauptet hatte, nicht schreiben zu können -, wer war es dann? Der Erste Schreiber hatte bis zu einem schon fortgeschrittenen Alter nie geheiratet, das musste jedoch noch lange nicht bedeuten, dass er nie eine Frau geliebt hatte. Andererseits war es natürlich auch möglich, dass dieser Text von einem Mann geschrieben worden war - vielleicht von jemandem, der im Auftrag Kenherchepeschefs, der so viele Bücher sammelte, die ganze Sprüchesammlung kopiert hatte, wobei Rechmire zufällig nur dieses eine Fragment in die Hände gefallen war. War es möglich, dass Kenherchepeschef seine Arbeiter nicht nur gezwungen hatte, Gräber für mächtige Männer in Theben anzulegen, sondern auch Texte für seine riesige Sammlung zu kopieren? Immerhin hatte ihm Sennodjem verraten, dass fast alle Arbeiter lesen und schreiben konnten - eine gute Voraussetzung, um sie auch in dieser Hinsicht auszubeuten.
Hatte das alles etwas mit Userhet zu tun? Warum hatte der Hohepriester ungewöhnlich oft den Ort der Wahrheit besucht? Und warum war er mit Kenherchepeschef nicht zu seinem eigenen Grab gegangen, sondern in Richtung des Tals, in dem die Pharaonen für alle Zeiten schliefen?
Und wohin war das Traumbuch des Chnumhotep verschwunden - wenn es denn je existiert hatte? War es gestohlen worden? Hatte Kenherchepeschef selbst es versteckt oder

jemandem gegeben? Wie war er überhaupt an ein Exemplar des verschollen geglaubten Werkes gekommen?
Rechmires Gedanken glitten in einen wirren Traum über. Er sah sich selbst, wie er nackt durch das Tal der toten Pharaonen ging. Es war nicht Tag und auch nicht richtig Nacht, ein diffuses graues Licht ließ die Felsen weißlich schimmern. Spitze Steine schnitten seine Fußsohlen auf, doch aus irgendeinem Grunde konnte er sich nicht hinsetzen und ausruhen, sondern musste immer weiterlaufen. Schließlich stand er vor dem Eingang zum Grab des Merenptah. Der eingemeißelte Sitz des Kenherchepeschef war leer und er konnte auch keinen Arbeiter sehen. Allein betrat er das Grab. Obwohl er keine Öllampe mitnahm, wurde das Licht auch dann nicht schwächer, als er immer tiefer hinabschritt. Schließlich stand er in der Mitte der halb fertigen Grabkammer. Dort sah er auf dem Boden, genau an der Stelle, an der der ermordete Erste Schreiber gelegen hatte, eine kleine Tonschüssel mit Wasser. Rechmire hatte plötzlich ungeheuren Durst. Er kniete nieder, nahm die Tonschüssel und trank. Er nahm viele tiefe Züge, viel mehr, als eigentlich Wasser in die Schüssel hineingepasst hätte. Er trank so gierig, dass ihm Flüssigkeit über das Kinn hinablief und auf seine Brust tröpfelte. Für einen Augenblick sah er an sich hinab – und erstarrte: Die Flüssigkeit auf seiner Brust war rot. Entsetzt starrte er in die Tonschüssel und erkannte, dass sich das Wasser in Blut verwandelt hatte. Und in diesem Moment wusste er mit absoluter Sicherheit, dass es sein eigenes Blut war, was er getrunken hatte.
Rechmire wachte schweißgebadet auf, weil ihn jemand heftig an der Schulter schüttelte. Verwirrt blickte er in das besorgte Gesicht Tamutnefrets. Die Sklavin ließ ihn los und trat einen Schritt zurück, als sie bemerkte, dass er wach geworden war.

»Du hattest einen schweren Traum. Es war besser, dich aus dem Reich des Schlafes zurückzuholen«, erklärte sie entschuldigend, »bevor dich die Dämonen für immer dort festhalten.«
Rechmire murmelte seinen Dank und goss sich einen Krug Wasser über den Kopf, das inzwischen lauwarm geworden war. »Ich werde zu Kaaper gehen«, sagte er heiser. »Ich muss dem Priester noch ein paar Fragen stellen.«
»Ich werde dich zu dem Haus führen, das ihm zugeteilt worden ist«, erbot sich die Sklavin.
Eine halbe Stunde später - Rechmire hatte sich mit mehreren Krügen Wasser übergossen und ein neues leinenes Lendentuch angelegt, sodass er sich zumindest äußerlich gereinigt und wieder hergestellt fühlte - stand er vor dem Haus des Priesters, das in der ersten Gasse hinter dem Nordtor lag. Er dankte Tamutnefret und schickte sie zurück, bevor er anklopfte, denn er wollte allein mit dem Priester sprechen.
Es dauerte lange, bis ihm Kaaper öffnete. Er blinzelte mit seinen trüben Augen in das Licht.
»Ein langes Leben und Gesundheit. Ich grüße dich, Kaaper«, sagte Rechmire und verbeugte sich leicht.
»Rechmire, willkommen in meinem Palast«, rief Kaaper. Es war offensichtlich, dass er seinen Besucher erst an der Stimme erkannt hatte. Er führte ihn ins Innere, das, obwohl der Priester erst seit einigen Tagen im Dorf lebte, bereits Spuren von Verwahrlosung zeigte: Eine längliche Truhe für die Gewänder Kaapers stand offen, auf der Kleidung und in den Ecken des Raumes hatte sich feiner gelblicher Flugsand angesammelt. Auf der Leinenmatte, die Kaaper über den Divan ausgerollt hatte, waren schmutzig-weiße Schweißspuren eingetrocknet.

»Nun sag mir: Wer war der Frevler?«, fragte der Priester.
Rechmire hüstelte verlegen. »Ich habe schon viel erfahren und bin doch keinen Schritt weitergekommen«, gestand er.
Der Priester lachte. »Das überrascht mich nicht. Wenn es einfach gewesen wäre, den Mörder Kenherchepeschefs zu finden, dann hätten Sennodjem oder einer der Arbeiter dies schon getan und sich vom Tschati eine große Belohnung auszahlen lassen.«
Rechmire berichtete ihm mit wenigen Sätzen von seinen bisherigen Nachforschungen. Dann holte er die drei Papyri aus dem Hause Kenherchepeschefs aus einem Lederbeutel hervor und legte sie auf einen niedrigen Tisch in der Mitte des Raumes. Der Priester, der ihm schweigend und reglos zugehört hatte, tastete mit der Rechten nach ihnen, bis er eine Rolle ergriffen hatte. Vorsichtig strich er mit zusammengelegtem Zeige- und Mittelfinger darüber, dann murmelte er: »Die Rolle ist fünfzig Jahre alt, mindestens. Aber andererseits ist sie weniger als hundert Jahre alt.«
»Es sind zweiundsechzig Jahre«, bestätigte Rechmire. »Der Text auf der Vorderseite ist datiert. Aber wieso konntest du das erraten?«
»Das hat mit raten wirklich nichts zu tun«, erwiderte Kaaper und lächelte stolz. »Weißt du, wie Papyrus hergestellt wird?«
Rechmire lachte auf. »Du machst einen Scherz, Priester!«, rief er. »Es ist eines der größten Geheimnisse im Lande Kemet, das nur die verschwiegenen Arbeiterfamilien kennen, die seit Generationen diesen Stoff fertigen.«
Kaapers trübe Augen blickten ihn mitleidig an. »Soll ich dir das Geheimnis verraten?«, bot er an.
Rechmire schluckte und erwiderte nichts.

»Du hast sicher schon gesehen, wie die Arbeiter die mannshohen Papyrusstauden aus den Sümpfen schneiden«, fuhr der Priester gleichmütig fort. »Das allein ist noch kein Geheimnis. Doch dann werden die Stauden zu großen Bündeln verschnürt und in die Werkstätten der Papyrusmacher geschafft, die von den Medjai schwer bewacht werden. Dort wird das Mark mit scharfen Bronzemessern in dünne Streifen geschnitten und diese werden wie bei einer Matte zuerst horizontal, dann vertikal übereinander gelegt. Arbeiter pressen mit glatten Steinplatten beide Lagen zusammen, bis der Pflanzensaft herausgequetscht ist und die Streifen verklebt. Jetzt werden die Matten in der Sonne getrocknet und mit dem Reibstein glatt gestrichen. Am Ende werden die Matten mit Baumharzen zu den fünfmal mannslangen Rollen zusammengeklebt, die du kennst. Das ist alles.«
»Das ist alles?«, keuchte Rechmire. »Was du mir gerade verraten hast, reicht aus, um uns beide zu den Krokodilen zu schicken!«
Kaaper lächelte. »Ich hoffe also, dass du ein Geheimnis für dich behalten kannst«, antwortete er sanft.
»Warst du schon in einer dieser Werkstätten?«, fragte Rechmire.
Der Priester nickte. »Ich war mehrmals dort«, bestätigte er und klang dabei noch immer gleichmütig, »damals, als mir Amun noch klar am Himmel erschien. Jeder, der die alten Texte liebt und sammelt, wird sich irgendwann die Frage stellen, wie denn das Material beschaffen ist, auf dem sie einst niedergeschrieben worden waren. Denn wenn du dir deine eigene Sammlung an Buchrollen anlegst, musst du dich mehr um sie sorgen als um eine große Herde langhörniger Rinder. Papyrus wird alt wie die Haut eines Menschen, der zu

lange in der Sonne arbeiten musste: trocken, spröde, faltig. Du musst ihn pflegen, wie die Prinzessinnen mit duftenden Essenzen ihre Haut pflegen – und manchmal musst du eine beschädigte Rolle reparieren, ganz so wie ein Arzt, der einen verletzten Menschen wieder heilt. Mit der Zeit lernst du, das Alter eines Papyrus zu ertasten: Zeigt die Oberfläche noch ein leichtes Muster der aufeinander gepressten Streifen? Oder ist sie schon von unzähligen Händen glatt gestrichen worden wie ein Kiesel im Fluss? Ist der Papyrus noch geschmeidig oder ist er beim Entrollen brüchig wie alter, dünner Teig? Hält das Harz noch oder sind die einzelnen Matten einer Rolle schon unverbunden? Deshalb versucht jeder, der Papyri sammelt, hinter das Geheimnis seiner Herstellung zu kommen. Und jedem, dem die alten Texte wirklich am Herzen liegen, wird dies auch irgendwann gelingen.«

»Auch Kenherchepeschef?«, warf Rechmire ein.

»Da bin ich mir ganz sicher«, antwortete der Priester und lächelte.

Rechmire schloss die Augen und flehte Thot stumm um Beistand an.

»Was steht auf diesem Papyrus?«, fragte Kaaper.

»Auf der Vorderseite findest du eine Kopie der Kadesch-Hymne. Auf der Rückseite stehen Texte von Kenherchepeschefs eigener Hand.« Rechmire machte eine kurze Pause, um die Wirkung des nächsten Satzes zu steigern. »Auszüge aus dem Traumbuch des Chnumhotep«, erklärte er dann.

Kaaper lächelte, als hätte sich ihm ein Gott offenbart. »Kenherchepeschef war nicht nur ein großer Sammler alter Texte, er war auch geschickt wie kein Zweiter im Lande Kemet, alte Papyri zu finden. Also hat er wirklich das Traumbuch gesehen?«

Rechmire las ihm die Auszüge vor und der Priester nickte. »Einen Spruch davon kenne ich. Ein paar Auszüge von Chnumhotep finden sich in späteren, weniger weisen Werken.«
Er schloss die Augen und zitierte aus der Erinnerung:
»Wenn sich ein Mann in seinem Traum sieht, wie er in einem sonnigen Garten sitzt - gut. Es bedeutet, sein Tag wird gut beginnen.
Wenn sich eine schwangere Frau in ihrem Traum sieht, wie sie einen Esel gebiert - schlecht. Es bedeutet, dass ihr Kind dumm sein wird.
Wenn sich eine schwangere Frau in ihrem Traum sieht, wie sie eine Katze gebiert - gut. Es bedeutet, dass sie noch viele weitere Kinder haben wird.
Wenn sich ein Mann in seinem Traum sieht, wie er Blut trinkt - schlecht. Er muss sich einem Kampf stellen.«
Rechmire schwindelte. Er dachte an seinen eigenen Traum. »Was weißt du über das Traumbuch des Chnumhotep?«, fragte er mit halb erstickter Stimme.
Kaaper blickte ihn mit seinen trüben Augen überrascht an und zuckte dann mit den Achseln. »Alle Träume sind Offenbarungen der Götter«, erklärte er. »Sie schicken uns im Schlaf Bilder, die uns zeigen, was die Zukunft für uns bereithält. Doch es ist sehr schwer, diese Bilder richtig zu deuten. Manchmal gelingt es uns, meistens jedoch nicht. Doch Chnumhotep stand in der Gnade Thots. Er war Cheri-Sesch-Nisut des Cheops, der Oberste Schreiber des Pharaos. Er wusste jeden Traum zu deuten. Auf Befehl seines Herrn schrieb er sein Wissen nieder und so wurde Cheops der größte Pharao von allen, weil er stets wusste, was die Zukunft für ihn bereithalten würde. Doch am Ende seiner Zeit sagte ihm Chnumhotep aus einem Traum voraus, dass er bald in

den Westen gehen müsse. Daraufhin wurde der Pharao zornig und befahl seinem verschwiegenen Baumeister und einigen Leibwächtern, Chnumhotep in einer geheimen Kammer der Großen Pyramide bei lebendigem Leibe einzumauern. Doch die Wut des Pharaos war vergebens - Chnumhoteps Traum war richtig, Cheops starb nur zwei Tage, nachdem er seinen Obersten Schreiber für immer in der Pyramide unter Steinen begraben hatte.
Chnumhoteps Buch überdauerte den Tod seines Verfassers - zunächst jedenfalls. Viele Schreiber machten Kopien seines Werkes, manche gaben es als eigenes Buch aus, doch die meisten waren so ehrlich, den wahren Verfasser zu nennen. Niemand wurde wegen dieses Buches mehr so mächtig wie Cheops, denn da es fast jeder lesen konnte, gab es nicht mehr nur einen Mann allein, der einen Vorteil davon hatte. Doch das Traumbuch des Chnumhotep wurde deshalb nicht wertlos - es gab weiterhin Antworten auf solche Fragen wie: Bleibe ich gesund? Soll ich morgen eine Reise antreten? Wird mein Kind einmal Schreiber werden?
Dann kam Der-dessen-Namen-niemand-nennt. Es gab nur einen Gott - Aton - und nur ihn allein, der dessen Willen deuten konnte. Dieser Herrscher hasste das Traumbuch, da es jedem, der lesen konnte, erlaubte, zumindest manche Blicke auf die Zukunft zu werfen. Also befahl Der-dessen-Namen-niemand-nennt seinen Dienern, die Häuser der Buchrollen, die Tempel, die königlichen Paläste und sogar die Villen der Vornehmen nach dem Traumbuch des Chnumhotep zu durchsuchen, alle Exemplare zu beschlagnahmen und im Tempel des Aton zu verbrennen, zur Freude des neuen, des einzigen Gottes. Als dieser Irrglaube endlich wie ein böser Spuk verschwunden war, war leider auch das Traumbuch des

Chnumhotep mit ihm gegangen. Aton hatte zumindest hier gesiegt: Alle Exemplare des Buches waren verbrannt worden. So dachten die gebildeten Männer zumindest.«

Kaaper lächelte versonnen und starrte mit seinen trüben Augen auf das Licht, das durch die Fensterschlitze drang und helle Muster auf den staubigen Boden des Raumes zauberte. »Kenherchepeschef hat vielleicht irgendwo doch noch ein Exemplar des Traumbuches gefunden. Stell es dir einmal vor, Rechmire: Es gibt von Chnumhoteps Werk nur noch diesen einen Papyrus - so wie einst zu Zeiten des Cheops ...« Seine Stimme verklang.

Rechmire stand mit zitternden Knien von seinem Sitz auf. »Hast du Bier in deinem Haus?«, fragte er.

Der Priester lachte. »In dem kleinen unterirdischen Raum müssten noch ein paar Krüge stehen«, antwortete er.

Er wartete, bis sein Besucher zwei Krüge geholt hatte und ihm einen davon reichte. Beide tranken in tiefen Zügen durch die Trinkhalme.

Das Bier war lauwarm und schmeckte sehr sauer, doch Rechmire spürte, wie es seinen Durst löschte und das Zittern seiner Hände vertrieb. »Du meinst also, dass sich derjenige, der das Traumbuch des Chnumhotep besitzt, zum Herrn der Beiden Länder aufschwingen kann?«, fragte er.

»So einfach geht das wohl nicht«, entgegnete der Priester vorsichtig. »Doch auf jeden Fall macht das Traumbuch denjenigen, der es geschickt zu nutzen weiß, zu einem reichen und mächtigen Mann - wenn auch vielleicht nicht zu einem glücklichen. Denn nicht immer kann es von Vorteil sein, die eigene Zukunft zu kennen.«

»Und nicht immer scheint das Traumbuch klar verständlich zu sein«, sinnierte Rechmire. »Denn wenn Kenherchepeschef

es tatsächlich besessen hat, dann hat es ihn auf jeden Fall nicht davor bewahrt, im Grab des Merenptah erdolcht zu werden.«
Kaaper lachte. »Dann bleibt auch dir noch etwas Hoffnung. Denn wer immer das Traumbuch nun besitzt, wird damit dann nicht notwendigerweise alle deine Schritte richtig vorhersehen können. So werden dir das Traumbuch und sein Besitzer vielleicht doch in die Hände fallen.«
»Und damit der Mörder Kenherchepeschefs«, ergänzte Rechmire.
Der Priester blickte ihn mit trüben Augen an. »Du hast keinen Beweis, dass Kenherchepeschef tatsächlich das Traumbuch besessen hat, und erst recht keinen dafür, dass es irgendetwas mit seinem Tod zu tun hat. Wenn ich mich nicht irre, dann gibt es noch einige weitere Gründe, warum irgendjemand den Ersten Schreiber vor seiner Zeit in das Reich des Westens geschickt haben könnte.«
»Du hast Recht.« Rechmire nickte und zog den zweiten Papyrus hervor. Ohne große Hoffnung reichte er Kaaper das rot geschriebene Liebesgedicht herüber. Der Priester schlurfte bis unter den Fensterschlitz und hob die Rolle bis auf eine Fingerbreite an seine Augen, doch trotzdem konnte er kaum zwei oder drei Hieroglyphen erkennen.
»Ich kann damit nichts anfangen«, sagte er. »Was steht dort?«
Rechmire las ihm den Text vor. »Es ist nicht sein Inhalt«, erklärte er, »sondern seine Handschrift - es ist dieselbe, die den Spruch auf die Verfluchungstafel geschrieben hatte, deren Fragmente wir auf Kenherchepeschefs Leiche gefunden haben.«
Kaaper schüttelte bedauernd den Kopf. »Für diese Feinheiten werden meine Augen niemals wieder empfänglich sein«,

sagte er betrübt. »An deiner Stelle würde ich Sennodjem fragen. Wenn jemand die Handschriften aller Dorfbewohner kennt, dann er. Vorausgesetzt natürlich, dass es überhaupt die Schrift von jemandem ist, der hier lebt. Sieht der dritte Papyrus auch so aus?«

Rechmire schüttelte zur Antwort nur den Kopf, bis ihm bewusst wurde, dass sein Gastgeber diese Geste wahrscheinlich gar nicht richtig wahrnehmen konnte. »Es ist ein Entwurf für einen Brief - zumindest für die offizielle Anrede«, sagte er, dann las er ihm die wenigen Zeilen vor.

»Ich weiß von seiner Witwe Hunero, dass Kenherchepeschef«, Rechmire suchte nach der richtigen Formulierung, schließlich musste er gegenüber einem Amunpriester in dieser Sache vorsichtig sein, »in der Gunst des Hohepriesters Userhet recht hoch stand«, endete er schließlich lahm.

»Und das allein macht dich schon misstrauisch?«, wollte Kaaper erstaunt wissen. »Schließlich weißt du doch, dass Kenherchepeschef seine Männer auch am Grab des Hohepriesters arbeiten ließ. Das ist zwar verboten, doch das wurde immer so gehalten, seit es Set-Maat gibt. Und warum auch nicht? Wenn die Götter gnädig sind, stirbt nur alle paar Jahrzehnte mal ein Pharao. Und jeder Herrscher hat stets nur wenige Lieblingsfrauen und -söhne, sodass auch am Platz der Schönheit die Arbeit oft jahrelang ruht. Unter den Reichen und Mächtigen Thebens hingegen hält Osiris ständig Gericht. Immer muss man für irgendjemand von ihnen ein Haus der Ewigkeit einrichten. Warum sollen dies also nicht die Männer tun, die das besser können als sonst ein Künstler im ganzen Lande Kemet?«

Rechmire wand sich verlegen auf seinem Stuhl. »Der Hohepriester«, er zögerte lange, dann spuckte er die Worte förmlich aus, »ging mit Kenherchepeschef nicht zu seinem eigenen Haus der Ewigkeit, sondern zum Tal, in dem die Pharaonen ruhen. Auch am Tag vor dem Tod des Ersten Schreibers waren sie viele Stunden dort. Allein.«

Kaaper schwieg lange und rieb sich die Stirn. Schließlich seufzte er. Er versuchte zu flüstern, sodass seine raue Stimme plötzlich heiser klang wie die von jemandem, dem ein Geschwür an den Stimmbändern wuchert. »Was ich dir jetzt sage, ist ein größeres Geheimnis als das der Fertigung von Papyrus«, begann der Priester. Er führte ihn an der Hand zu einer kleinen Stele des Amun, die an der linken Wand des Vorraums stand. »Berühre den Körper des Gottes und schwöre, dass du niemandem etwas verraten wirst, nicht einmal dem Tschati.«

Rechmire tat, was der Priester wollte.

»Hast du schon einmal etwas vom Fluch des Pharaos gehört?«, flüsterte Kaaper.

»Es ist der geheimnisvolle Zauber, welcher die Gräber der Herrscher für alle Zeiten schützt«, antwortete Rechmire, der ebenfalls unwillkürlich die Stimme bis fast zur Unhörbarkeit gesenkt hatte.

Der Priester nickte. »Ein Zauber, ja. Und wer allein könnte den mächtigsten Zauber im Lande Kemet aussprechen – wenn nicht der mächtigste Priester?« Er schwieg für eine Weile. »Ich weiß nichts Genaues, nur Gerüchte«, fuhr er fort. »Ich kenne die Zeremonien nicht und nicht die Mittel, die allein den Zauber wirkungsvoll machen. Und ich weiß nicht mit Sicherheit, warum Userhet in das Tal der Pharaonen gegangen ist. Doch Kenherchepeschef war der Erste Schreiber am Ort der Wahrheit, derjenige, der alles organisierte, was mit dem Bau eines Grabes zusammenhängt. Wenn er mit

dem Hohepriester kurz vor Vollendung von Merenptahs Haus der Ewigkeit ohne irgendeinen Begleiter im Tal verschwunden ist, dann kann das eigentlich nur etwas mit der Vorbereitung des Fluchs zu tun haben. Denn selbstverständlich kann dieser mächtige Zauber erst ausgesprochen werden, wenn die Mumie des Pharaos in der *Halle, in der man ruht* liegt. Sonst würden die Arbeiter sterben, bevor das Grab vollendet ist. Andererseits bedarf so eine Zeremonie sicher komplizierter Vorbereitungen. Und wer sonst hätte dies leisten können als Kenherchepeschef?«
»Also trifft der Tod des Ersten Schreibers auch den Hohepriester«, folgerte Rechmire.
»Ja, und vielleicht sogar mehr, als wir uns das vorstellen können. Womöglich musste Kenherchepeschef gar nicht wegen seiner eigenen Verfehlungen oder des geheimnisvollen Traumbuches sterben, sondern weil irgendjemand Userhet schaden will. Steht nichts sonst auf dem Briefentwurf?«, fragte Kaaper.
»Auf der Rückseite hat Kenherchepeschef eine Hymne geschrieben, die ich noch nie gehört habe«, antwortete Rechmire mit einem Achselzucken. »Ich weiß auch nicht, an welchen Gott sie gerichtet sein könnte.« Er las den Text vor.
»Es ist gut«, sagte Kaaper, als er geendet hatte. Der Priester blinzelte in Richtung der Fensterschlitze und fuhr fort: »Das Licht Amuns färbt sich schon rötlich. Es wird Zeit, dass ich seinen Tempel aufsuche und die abendlichen Rituale vollziehe. Du wirst mich entschuldigen.«
Kaaper eilte mit überraschend schnellen Schritten zur Tür und war verschwunden.
Rechmire blieb zurück, sprachlos vor Erstaunen. Er hatte gesehen, wie die Mundwinkel des Priesters gezuckt hatten,

während er die Hymne vorgetragen hatte, und wie er seine knochigen Hände zu Fäusten geballt hatte. Irgendetwas an dieser Hymne hatte Kaaper über alle Maßen in Unruhe versetzt, vielleicht sogar in Angst. Doch Rechmire konnte beim besten Willen nicht erkennen, was an diesem Text so Furcht Einflößendes zu finden sei.

9. BUCHROLLE

Das Wunder des Amun

Jahr 6 des Merenptah,
Achet, 10. Tag des Paophi, Set-Maat

Rechmire ließ Tamutnefret am nächsten Morgen einen großen Krug Bier brauen. Während die Sklavin die Maische ansetzte und mit ihren kräftigen Händen durchwalkte, ging er zur Zisterne vor dem Nordtor, um frisches Wasser zu holen.

Das Dorf war ein kleines Reich der Frauen und Kinder. Einige grüßten ihn auf seinem Weg die Straße hinunter, andere legten Gewänder zum Trocknen in die Sonne oder kamen ihm mit Wasserkrügen entgegen und sahen dabei durch ihn hindurch, als wäre er nicht mehr als aufgewirbelter Staub. Er erblickte nur einen Arbeiter - einen Mann, den ein halbwüchsiger Junge an der Hand aus dem Haus führte, weil seine Augen mit Leinenstreifen verbunden waren. Rechmire vermutete, dass es das Haus des Arztes war, doch er hatte den Mann bis jetzt noch nicht zu Gesicht bekommen. Kaaper war

wahrscheinlich im Amuntempel und die Medjai ließen sich nirgendwo blicken.
Rechmire, dem inzwischen klar geworden war, dass er den Mord nicht in kurzer Zeit und nicht ohne die Hilfe der Menschen von Set-Maat würde aufklären können, grüßte mit erhobener Hand alle, denen er begegnete - auch die, die ihn ignorierten.
An der Zisterne traf er Hunero, die sich mit einem alten Mann unterhielt, der das Wasser vom Nil herbeigeschleppt hatte. Vom jahrelangen Tragen der schweren irdenen Krüge war sein Rücken krumm geworden wie ein Bogen, mit dem die reichen Jäger Thebens in der westlichen Wüste auf Antilopen- und Löwenjagd gingen. Die junge Witwe war so sehr in das Gespräch mit dem Alten vertieft, dass sie Rechmire erst bemerkte, als er neben sie getreten war.
»Oh«, rief sie aus, sichtlich verlegen, und blinzelte in die Sonne, bevor sie sich an Rechmire wandte. »Ich habe die Zeit vergessen. Ich müsste längst wieder zu Hause sein.« Sie verabschiedete sich mit einem Nicken von dem Alten, der kein Wort sagte, sondern ihr nur traurig nachblickte.
Rechmire senkte seinen Krug in die Zisterne hinab und machte sich ebenfalls auf den Rückweg. Er ging schnell, obwohl er unter der Last keuchte, denn er wollte Hunero einholen.
»Darf ich mir noch einmal die Papyri deines Mannes ansehen?«, fragte er sie, als er sie auf der Dorfstraße erreicht hatte.
Die junge Witwe hatte ihre Selbstsicherheit wiedergewonnen und nickte ihm lächelnd, aber wortlos zu, weil sie selbst unter der Wasserlast so schwer zu schleppen hatte, dass sie ihren Atem sparen musste.

Rechmire verbrachte den ganzen Vormittag in ihrem Haus und ging noch einmal alle Aufzeichnungen Kenherchepeschefs systematisch durch. Doch er fand nichts Verdächtiges mehr. Trotzdem hielt er sich länger auf als nötig, denn Hunero hatte sich in einen Nebenraum zurückgezogen und sang. Rechmire lauschte ihrer Stimme und ihrem leisen Harfenspiel und er spürte, wie sich sein Geist verwirrte, bis er die Hieroglyphen auf dem vergilbten Papyrus, den er gerade in Händen hielt, nicht mehr lesen konnte.
Er trat aus Huneros Haus, als Amuns Wagen den Zenit erreicht hatte. Die Hitze war drückend und das Licht so grell, dass seine Augen schmerzten, als wären sie vom Sumpffieber entzündet. Doch er war kaum zwei Schritte die Straße hinuntergegangen, als aus dem Schatten einiger Häuser ein paar Kinder schreiend und tobend Richtung Nordtor liefen. Bald folgten ihnen aufgeregte Frauen, die bis jetzt auf den Dachterrassen Leinentücher ausgelegt hatten.
Nach ein paar Augenblicken erblickte er den Anlass des Menschenauflaufes: Die Arbeiter kehrten zurück. Die Männer hatten offensichtlich am Vormittag noch im Grab Merenptahs gearbeitet, denn ihre schweißverklebte Haut war mit dünnem gelben Staub bedeckt.
Rechmire entdeckte den Vorzeichner, der Parahoteps Bilder überprüft hatte, und nahm ihn beiseite.
»Was ist passiert?«, fragte er. »Die Woche ist doch noch gar nicht vorüber.«
Der Meister lachte. »Sennodjem muss heute Nachmittag an den Verwalter des Pharaos schreiben, weil wir neue, geschärfte Bronzemeißel für die Steinbrecher und blaue und rote Farbe brauchen. Der Zweite Schreiber ist so misstrauisch, dass er keinen von uns im Haus der Ewigkeit duldet,

während er selbst nicht da ist. Und da er ins Dorf zurückmusste, hat er uns diesen Nachmittag und den nächsten Vormittag frei gegeben.« Der Mann lachte. »Er hätte an diese Dinge während der freien Tage denken sollen. Aber Sennodjem hat ja andere Dinge im Kopf!«
Rechmire blickte dem Vorzeichner nach, der mit seiner Frau und einer lärmenden Kinderschar in einer Seitengasse verschwand, und er fragte sich, was dessen letzte Bemerkung wohl zu bedeuten hatte.
Doch diese überraschende Arbeitspause kam ihm sehr zupass, denn er hätte sonst in der Hitze den beschwerlichen Weg bis zum Grab Pharaos unternehmen müssen. Rechmire hatte vor, Sennodjem das rot geschriebene Gedicht zu zeigen, ohne ihm allerdings zu verraten, was ihn an dieser Handschrift so brennend interessierte.

Sennodjem war alles andere als erfreut, als er nach dem Mittagsmahl bei ihm anklopfte. Der Zweite Schreiber schwitzte heftig und seine Augen waren stärker entzündet als am Tag zuvor. Sie waren nicht nur an den Rändern rot, es waren auch einige Äderchen in ihrem Innern geplatzt, sodass die Augäpfel die Farbe von reifem Mohn hatten, was ihm das Aussehen eines Dämons gab.
Er öffnete seinem Gast selbst die Tür. »Du bist es«, murmelte er zur Begrüßung, »das hat mir gerade noch gefehlt.«
Rechmire setzte ein strahlendes Lächeln auf und beschloss, sich von dem schroffen Benehmen des Zweiten Schreibers nicht einschüchtern zu lassen. »Ich habe nur eine Frage«, entgegnete er entschuldigend.
Sennodjem hob die Hand an den Mund und deutete damit an, dass er leiser sprechen sollte. Dann führte er ihn in sein

Haus. Im Hauptraum waren Papyri und große Ostrakascherben auf einem Tisch ausgebreitet, daneben standen Wasserfässchen, Tintentiegel und mehrere Schreibbinsen. Aus dem Nebenraum drang lautes Schnarchen.

»Meine Frau hält ihren Mittagsschlaf«, erklärte Sennodjem überflüssigerweise.

Rechmire unterdrückte ein Grinsen. »Du bist sehr gewissenhaft«, flüsterte er. »Ist es nicht außerordentlich ungewöhnlich, dass die Arbeiten am Grab des Pharaos unterbrochen werden, weil du nicht über sie wachen kannst?«

Sennodjem warf ihm einen Blick zu, den er nicht deuten konnte. »Ich muss ein Zeichen setzen«, antwortete er. »Set-Maat ist viel zu lange« – er suchte nach dem richtigen Wort – »unkorrekt regiert worden«, vollendete er schließlich.

Rechmire blickte ihn fragend an.

»Unkorrekt«, wiederholte der Zweite Schreiber. »Nicht so, wie es die Gesetze vorschreiben. Es ist Maat, die göttliche Ordnung, sich an die Regeln zu halten, die uns die Götter und unsere Herren auferlegt haben. Das Leben lebt sich einfacher so. Und sicherer.«

»Kenherchepeschefs Leben endete also deiner Ansicht nach, weil sich der Erste Schreiber nicht an die Regeln hielt?«, fragte Rechmire.

Sennodjem lächelte schadenfroh. »Genau so ist es«, flüsterte er bestimmt. »Er hat die Götter herausgefordert. Einmal, das ist kaum ein Jahr her, hat er es sogar gewagt, Amenophis den Ersten, den vergöttlichten Schutzpatron unseres Dorfes, vor unser aller Augen zu beleidigen. Wir hatten einen Qenbet einberufen und ...«

»Wer ist wir?«, unterbrach ihn Rechmire. Ein Qenbet war ein Gericht, das kleinere Vergehen ahnden durfte. Wer ein

schweres Verbrechen begangen hatte – wer einen Mensch erschlagen, die Götter beleidigt oder dem Pharao ungehorsam gewesen war –, konnte vom Qenbet dieser Untat bezichtigt und zum Tschati oder gar zum Hof des Pharaos geschickt werden, damit diese dann ein Urteil sprachen.
»Ich, Djehuti, die Vorarbeiter und Nachtmin, unser Arzt«, antwortete Sennodjem.
»Kenherchepeschef gehörte dem Qenbet nicht an?«
Der Zweite Schreiber grinste böse. »Er stand vor ihm. Ich beschuldigte ihn, Kostbarkeiten aus Merenptahs Schatzkammern, die eigentlich für die Ausschmückung seines Grabes gedacht waren, für«, er zögerte kurz, »andere Zwecke verwendet zu haben.«
»Du hast den Ersten Schreiber angeklagt?«, hakte Rechmire erstaunt nach.
»So ist es«, bestätigte Sennodjem und noch in der Erinnerung an das Gerichtsverfahren zitterte seine Unterlippe vor Zorn. »Er war bestechlich. Seine Bestechlichkeit kannte keine Grenzen«, verbesserte er sich. »Also bestand ich darauf, dass ein Qenbet zusammentrat. Die anderen unterstützten mich dabei.«
»Und wie ging die Sache aus?«
Der Zweite Schreiber eilte mit kurzen, heftigen Schritten durch den Raum, um seine Erregung zu meistern. »Ich wollte, dass der Qenbet den Medjai befehlen sollte, Kenherchepeschef in Fesseln nach Theben vor den Sitz des Tschati zu führen. Doch die anderen fürchteten sich davor, weil sie glaubten, dass Mentuhotep aufseiten unseres Ersten Schreibers stehen könnte. Schließlich hat auch der Tschati ein Grab in der Nähe des Orts der Wahrheit und Kenherchepeschef hat ihm bei dessen Bau geholfen. Also schlug der Arzt Nacht-

min schließlich vor, dass zunächst der Gott entscheiden sollte. Ich musste notgedrungen zustimmen, auch wenn ich dabei von Anfang an kein gutes Gefühl hatte. Zu Recht, wie sich dann zeigen sollte.«

»Ihr habt euch für ein Orakel entschieden?«, fragte Rechmire.

Sennodjem nickte. »Das ist hier so Brauch bei manchen Vergehen. Ein Arbeiter wird beschuldigt, einen Bronzemeißel gestohlen zu haben? Eine Frau soll ihrem Gatten untreu gewesen sein? Gut, lassen wir es unseren obersten Schutzherrn entscheiden! Ein paar Männer tragen das verhüllte Standbild von Amenophis dem Ersten auf dünnen Stangen aus seinem Tempel vor dem Nordtor in einer langen Prozession durch die Straße des Dorfes. Irgendwo an einer geheimen Stelle hat in der Nacht zuvor der Vorsteher des Qenbet – das war ich in diesem besonderen Fall – zu beiden Seiten der Straße zwei kleine Ostraka vergraben. Auf der einen Scherbe steht ›Schuldig‹, auf der anderen ›Unschuldig‹. Tragen nun die Männer das Standbild an dieser Stelle vorüber, achten die Mitglieder des Qenbet darauf, zu welcher Seite sich das verhüllte Standbild neigt. Schwankt der Gott stärker in Richtung des ›Schuldig‹-Ostrakon oder neigt er sich dem ›Unschuldig‹ entgegen?«

»Und im Fall von Kenherchepeschef neigte sich Amenophis der Erste dem ›Unschuldig‹ zu«, stellte Rechmire fest. Es war nicht gerade besonders schwer, das zu erraten.

Sennodjems Stimme zitterte vor Zorn. »Er neigte sich so stark dorthin, dass sein Bildnis beinahe von den Schultern der Männer in den Staub gekippt wäre!«, rief er, bevor er wieder an seine schnarchende Frau dachte und seine Stimme senkte. »Ich habe keine Ahnung, wie Kenherchepeschef das gemacht hat. Keiner der Träger wusste, wo ich die beiden Ostraka vergraben hatte. Und erst recht wusste keiner, auf welcher Seite

›Schuldig‹ und ›Unschuldig‹ vergraben waren. Aber es war so offensichtlich, dass Kenherchepeschef das Orakel irgendwie zu seinen Gunsten beeinflusst hatte!«

Rechmire vermutete, dass einer der Männer des Qenbet, die ja schließlich alle wissen mussten, wo die beiden Ostraka lagen, um das Orakel beurteilen zu können, Kenherchepeschef heimlich - und vielleicht gegen eine gute Belohnung - alles verraten hatte. Dann wäre es leicht gewesen, unter den Trägern einen Mann zu finden, der an der entscheidenden Stelle »stolperte«. Doch das würde er Sennodjem nie verraten. Stattdessen sagte er: »Vielleicht hat der Gott doch die Wahrheit gesprochen. Dann wäre es ein Frevel, dieses Urteil anzuzweifeln.«

Sennodjem sah ihn böse an. »Ich weiß, dass die Götter mir ihr Wohlwollen geschenkt haben«, fauchte er. »Amenophis der Erste, Meretseger und erst recht Amun lieben es nicht, wenn von allen Plätzen im Lande Kemet ausgerechnet am Ort der Wahrheit, an dem unsere Herren für alle Ewigkeiten ruhen, die Maat gestört wird durch Habgier und Bestechlichkeit, durch Unmoral und Missachtung der Götter und Gesetze. Und am Ende haben mich die Unsterblichen ja auch erhört.«

»Denn Kenherchepeschef ist tot.«

Der Zweite Schreiber nickte befriedigt. »Am Abend vor dem«, er suchte nach dem richtigen Wort, »blutigen Ereignis hörte ich plötzlich in meinem Innern eine Stimme, die mir befahl, die Nacht im Tempel des Amun zu beten und zu fasten. Als Amuns goldener Wagen unterging, betrat ich den Hof in seinem Tempel, warf mich zu Boden, drückte die Stirn in den Staub und flehte den Gott an, dass die Maat zum Ort der Wahrheit zurückkehren möge. Ich verharrte so, bis Amun der Erde wieder sein Licht schenkte. Dann erhob ich mich mit schmerzenden Gliedern und Zweifeln im Herzen, doch kurz darauf hörte ich, dass Kenherchepeschef in den Westen eingegangen sei. Da jubelte ich im Innern, denn nun wusste ich, dass Amuns Gnade zum Ort der Wahrheit zurückkehren würde.«

»Und du bist Amuns Werkzeug«, ergänzte Rechmire. Es gelang ihm nicht ganz, den Spott in seiner Stimme zu unterdrücken. Zugleich fragte er sich, was er von der Nachricht halten sollte, dass Sennodjem in der Nacht des Mordes nicht im Dorf gewesen war.

»Mach dich ruhig über mich lustig, Schreiber aus Theben!«, zischte Sennodjem. »Ich werde dem Ort der Wahrheit die Maat zurückgeben. Es werden wieder die alten Gesetze gelten, auf dass unsere Herren in dieser Welt mit uns zufrieden sind. Und die Wesen der anderen Welt werden uns den Frieden wiedergeben.«

Rechmire sah ihn fragend an. »Die Wesen der anderen Welt?«, wiederholte er ratlos.

Die feisten Mundwinkel des Zweiten Schreibers zitterten. »Sehakek und die anderen Dämonen. Anubis, der Schakalköpfige, der an der Spitze der Gotteshalle steht und der die Mumien beschützt. Sechmet, die Löwenköpfige, die Heil oder Krieg bringt. Osiris, der Totenrichter, der einst auch dein Herz wiegen wird. Meretseger, die das Schweigen liebt. Sie alle werden uns wieder gnädig sein.«

Sennodjem kam näher und fasste Rechmire mit seiner verschwitzten Hand an der Schulter. Nervös sah er sich um, bevor er hauchte: »Es spukt im Tal, in dem die Pharaonen schlafen. Dämonen gehen nachts um. Schätze verschwinden aus den Häusern der Ewigkeit. Unser heiliges Siegel – der Schakal, der über die neun gefesselten Feinden der Beiden Reiche wacht –

wird vor manchen Gräbern erbrochen, ohne dass ein Mensch zugegen wäre. Die Bas der unglücklichen Toten versammeln sich, derjenigen, die niemand betrauert, die ertrunken oder verbrannt sind. Du kannst nachts im Tal Geräusche hören, Stimmen. Das alles wird ein Ende haben. Der Frieden der Götter wird wieder einziehen am Ort der Wahrheit.«

Der Zweite Schreiber atmete tief durch. »Ich werde für uns beide einen Krug Wasser holen«, sagte er dann unvermittelt und kroch durch den Zugang am Divan in den niedrigen, unterirdischen Raum.

Rechmire nutzte seine kurze Abwesenheit, um zum Tisch zu gehen. Die Ostraka und Papyri waren Aufstellungen über Materialien und lange Anwesenheitslisten. Auf einer Kalksteinscherbe, die so groß war wie der Oberkörper eines Mannes, las er:

»Pendau: Monat 1 der Achet, Tag 24 - trinkt mit Chonsu
Pennub: Monat 3 der Achet, Tag 7 - schleppt Steine für den Ersten Schreiber; Monat 4 der Peret, Tag 24 - seine Mutter ist krank
Ini: Monat 1 der Peret, Tag 24 - schleppt Steine für den Ersten Schreiber
Apethi: Monat 1 der Peret, Tag 14 - opfert den Göttern«

Es waren Hunderte von Zeilen. Manche Arbeiter fehlten wochenlang. Und einer der häufigsten Gründe für ihre Abwesenheit lautete »schleppt Steine für den Ersten Schreiber«. Manche Einträge waren in Kenherchepeschefs unverwechselbarer Handschrift, die meisten allerdings in der des Sennodjem, wie Rechmire mit einem vergleichenden Blick auf einen anderen, gerade zur Hälfte neu beschriebenen Papyrus mit einer Bitte um die Lieferung von drei Dutzend Bronzemeißeln feststellte. Es war nicht die Handschrift des Liebesgedichtes.

Rechmire nickte dankbar, als Sennodjem mit einem großen Krug und zwei Bechern aus Ton wieder aus dem Kellerraum auftauchte. Nach einem tiefen Schluck Wasser entrollte er den mitgebrachten Papyrus und zeigte ihn dem Zweiten Schreiber. »Was hältst du davon?«, fragte er und blieb dabei absichtlich vage.
Sennodjem las den Text, wobei sich seine Lippen bewegten, da er jedes Wort stumm mitsprach. Als er fertig war, glotzte er einige Zeit ratlos auf die Rolle und schüttelte dann den Kopf.
»Es ist belanglos«, sagte er schließlich. »Wenn es darin eine geheime Botschaft gibt, dann kann ich sie nicht erkennen.«
»Es ist nur ein harmloses Liebesgedicht«, erklärte Rechmire. »Ich fand es in der großen Sammlung Kenherchepeschefs und möchte gerne wissen, wer es geschrieben hat. Ich bin nur neugierig, nichts weiter. Erkennst du die Handschrift wieder?«
Sennodjems Unterlippe begann wieder zu zittern. »Nein«, antwortete er und schüttelte dann entschieden den Kopf. »Nein, diese Schrift habe ich noch nie gesehen.«
Rechmire starrte den Zweiten Schreiber an und war sich plötzlich sicher, dass er log. Er unterdrückte einen Fluch und bemühte sich, seiner Stimme einen möglichst freundlichen Tonfall zu geben. »Das ist schade«, entgegnete er, »aber wahrscheinlich sowieso unwichtig. Denn du wirst wohl Recht haben: der Text ist belanglos. Sollte dir doch noch einfallen, dass du diese Handschrift womöglich schon einmal gesehen hast, dann wäre ich dir dankbar, wenn du mir Bescheid sagen könntest.«
»Ich muss die Listen für den Verwalter des Pharaos fertig machen«, erwiderte Sennodjem schroff. »Kann ich noch etwas für dich tun?«

Rechmire ärgerte sich über diesen kaum verhüllten Rauswurf, doch er rang sich ein Lächeln ab. »Du hast mir schon sehr geholfen«, presste er mit mühsamer Höflichkeit hervor.
An der Tür trat Sennodjem plötzlich dicht an ihn heran. »Ich will endlich Ruhe im Dorf haben«, zischte er. »Ich will, dass jeder Mann an seinem Platz steht und die Arbeit tut, die ihm die Götter zugewiesen haben. Das ist Maat. So war es seit uralten Zeiten und so soll es bis in alle Ewigkeit weitergehen. Jeder, der dieses Gleichmaß stört, ist ein Frevler - und du weißt, was Frevlern droht. Denk an die siebte Stunde im Pfortenbuch!«
Dann schob er ihn nach draußen auf die Straße und knallte die Tür zu.
Rechmire blickte auf das rot bemalte Holz und schüttelte verärgert den Kopf. Das Pfortenbuch beschrieb das Jenseits, das wie die zwölf Stunden der Nacht war. In der siebten Stunde saß der Totenrichter Osiris auf seinem von der Mehenschlange bewachten Thron über die Frevler zu Gericht - jene Sünder, deren Herz schwerer war als die Feder der Maat, jene, denen ewige Verdammnis drohte. Sie wurden an die Pfähle des Geb gebunden und von Dämonen gequält - vom Zerquetscher, vom Fürchterlichen, vom Kopfabschneider. Osiris ließ die Köpfe der Frevler abhacken, dann steckte er ihnen brennende Ölfackeln auf den Hals. Für alle Zeiten mussten die Sünder dann als lebende, kopflose Fackeln durch das Jenseits irren.
»Sennodjem, du fette Hyäne«, murmelte Rechmire und wandte sich vom Haus des Zweiten Schreibers ab. »Du wirst es noch bereuen, mir gedroht zu haben.«

Rechmire rief einen kleinen Jungen herbei und gab ihm ein Kupferstück, damit er ihn zum Haus des Parahotep führte. Doch als er dort anklopfte, öffnete niemand.
»Der Zeichner ist in seinem Grab«, nuschelte eine zahnlose Alte von der Dachterrasse des Nachbarhauses hinab, wo sie Zwiebeln schälte.
»Das kostet noch ein Kupferstück«, sagte der kleine Junge grinsend.
Rechmire seufzte und ließ sich von seinem kleinen Führer bis zum Abhang oberhalb des Dorfes führen, in dem Hunderte von Gräbern ihren Platz gefunden hatten. Der Junge brachte ihn zu einem bescheidenen, jedoch sorgfältig gemauerten und sauber verputzten Haus der Ewigkeit in der Mitte des Hügels.
»Hier wird Parahotep ruhen«, verkündete er, warf die beiden Kupferstücke vor Freude in die Luft, fing sie mit der Linken wieder auf und rannte dann davon.
Rechmire trat durch ein niedriges, rot bemaltes Holztor in einer weiß verputzten Ziegelwand auf einen quadratischen Innenhof, der an drei Seiten von der Mauer umschlossen war. An der vierten, der Hangseite erhob sich ein kleiner, säulengeschmückter Tempel, auf dem eine doppelt mannshohe Pyramide thronte. Sie war aus Lehmziegeln errichtet und gelb verputzt, ihre Spitze aus Elektron blendete ihn im grellen Sonnenlicht des Nachmittags, weil sie Amuns Strahlen genau auf den Innenhof reflektierte.
Im Innenhof führte ein schmaler Schacht tief in den Felsen hinein. Von dort erklangen leise, undefinierbare Geräusche. Rechmire sah sich kurz um, zuckte dann mit den Achseln und wagte sich auf einer wackeligen Leiter aus Palmstrünken den Schacht hinab.

Er führte ihn in eine Vorkammer und von dort in einen großen unterirdischen Raum, der mit herrlichen Fresken geschmückt war: Weinranken bedeckten die gewölbte Decke, sodass die Sargkammer aussah wie der schattige Platz unter einer Weinlaube. Rechmire erblickte an den Wänden farbenprächtige Bilder von Osiris und Amun, Meretseger und Ptah. Doch wichtiger waren Szenen, die Parahotep selbst zeigten, wie er auf einem Stuhl saß, seine Frau an seiner Seite. Vor ihnen standen Kinder, die kleineren noch mit der Locke der Jugend an den Schläfen, und brachten ihnen Wein, Lotosblüten, Myrrhe, gebratene Gänse und andere köstliche Opfer dar. Rechmire überflog die Inschriften. Dort, wo in den Kolumnen der Hieroglyphen die Namen von Parahoteps Frau und ihren Kindern stehen sollten, waren leere Flächen gelassen worden.
»Du sorgst vor wie ein weiser Mann«, sagte Rechmire in gespielter Anerkennung. »Obwohl du noch nicht einmal verheiratet bist, lässt du dich doch mit einer großen Familie für die Ewigkeit darstellen.«
Der Zeichner war vor einem halbhohen hölzernen Uschebti gekniet und mit Holzmehl, Knochenleim, Schleifsand und roter Farbe eine Stelle am Kopf ausgebessert, die beim Transport oder wie auch immer beschädigt worden war. Er hatte den Neuankömmling nicht hinabsteigen gehört und fuhr nun erschrocken herum, als er plötzlich eine Stimme in seiner eigenen Grabkammer vernahm.
Doch Parahotep hatte sich schnell wieder gefangen. »Wenn ich heirate, werde ich den Namen meiner Gattin und später auch die meiner Kinder einmeißeln«, antwortete er. »Du findest leichter eine gute Frau, wenn du schon in jungen Jahren ein Haus der Ewigkeit für eine große Familie erbaust. Was willst du von mir, Schreiber?«

Rechmire blickte sich demonstrativ um. In der Grabkammer standen bereits drei Uschebti, ein großer Tisch, zwei hölzerne Klappstühle und mehrere kleinere Gegenstände.
»Du hast dein Haus der Ewigkeit nicht nur schon fertig bemalt, du hast es auch schon gut gefüllt. Andere Männer brauchen vierzig Jahre, um so viele Dinge anzusammeln.«
»Andere Männer sind auch nicht so gute Zeichner wie ich. Wenn ich nicht in Merenptahs Haus der Ewigkeit arbeite oder hier bin, dann schmücke ich die Gräber der reichen Familien aus Theben aus. Ich habe viele Aufträge. Lukrative Aufträge.« Parahoteps Stimme klang aggressiv, doch wegen seiner weichen Gesichtszüge wirkte er dabei eher wie ein eingeschnappter verwöhnter Junge, der sein Lieblingsspielzeug nicht hergeben mag, als ein Mann, der sich Vorwürfen stellen muss, die ihn zu den Goldminen oder gar den Krokodilen des Nils schicken könnten.
»Das hast du alles an deinen freien Tagen geschaffen?«, fragte Rechmire und deutete mit einer umfassenden Bewegung auf die prachtvoll hergerichtete Grabkammer.
»Ich male schnell. Du hast gehört, was der Meisterzeichner gesagt hat.«
»Vielleicht hatte Kenherchepeschef da so seine Zweifel«, bemerkte Rechmire wie nebenbei.
Parahotep sprang mit erstaunlicher Behändigkeit von seiner Uschebti-Figur auf und war mit einem Satz dicht vor ihm. Er war dabei so schnell, dass Rechmire nicht einmal Zeit hatte zurückzuweichen.
»Was willst du damit andeuten?«, zischte der Zeichner böse. Seine Hände waren zu Fäusten geballt.
Rechmire holte tief Luft und beschloss, nicht zurückzuzucken. »Angenommen«, flüsterte er, »Kenherchepeschef sah

dein Grab, bewunderte deine Kunstfertigkeit und fragte sich dann, wie du die Zeit gefunden hast, all dies zu schaffen und außerdem den Reichtum zusammenzuraffen, um dein Haus der Ewigkeit schön einzurichten. Angenommen, er glaubte dir nicht. Oder angenommen, er glaubte dir, sah es jedoch nicht gerne, dass du auf eigene Rechnung für die Reichen Thebens arbeitetest. Was hätte der Erste Schreiber wohl getan?« Rechmire lächelte hinterhältig. »Der Erste Schreiber hätte dir deine lukrativen kleinen Privatarbeiten verboten. Oder er hätte dir im Grab von Merenptah so viel Arbeit gegeben, dass du für andere Aufträge keine Zeit mehr gehabt hättest. Vielleicht gar hätte er dich gezwungen, einen Teil deiner Grabausstattung wieder abzugeben.«
Parahotep lachte so laut, dass es in seinem Grab widerhallte. »Du weißt gar nichts, junger Schreiber aus Theben. Alle halten es so wie ich«, rief er. »Sieh dir doch die anderen Häuser der Ewigkeit auf diesem Hügel an. Alle Männer am Ort der Wahrheit schmücken ihre eigenen Gräber prachtvoll aus, Kenherchepeschef vor allen anderen. Wenn den Ersten Schreiber dies hier gestört hätte«, er zeigte einmal ringsum, »dann hätte er alle seine Arbeiter bestrafen müssen.«
»Wo warst du in der Nacht, als er starb?«, fragte Rechmire ungerührt.
»In meinem Haus«, erklärte der Zeichner säuerlich. »Ich habe ein paar Skizzen gemacht, dann einen Krug Bier getrunken und mich schließlich hingelegt. Erst als ich am nächsten Morgen aufwachte, hörte ich vom Tod des Ersten Schreibers. Ein Nachbar rief es mir von seiner Dachterrasse aus zu.«
»Gibt es jemanden, der das bestätigen kann?«
Parahotep wurde dunkelrot. »Nein«, murmelte er, »ich war allein.«

Rechmire nickte bedeutungsvoll, um den Zeichner zu verunsichern. Tatsächlich wusste er nicht recht weiter. Parahotep hätte vielleicht einen Grund gehabt, Kenherchepeschef zu ermorden; und vielleicht hätte er es auch tun können. Es gab niemanden, der sagte, dass er es *nicht* getan haben könnte. Doch das traf wahrscheinlich für viele Männer in Set-Maat zu und wäre für den Tschati noch kein Grund, ein Todesurteil auszusprechen.
»Schön«, sagte er und bemühte sich, seine Enttäuschung zu verbergen. »Ich danke dir für deine Auskünfte.«
»Verschwinde aus meinem Grab«, zischte Parahotep.
Rechmire drehte sich grußlos um und wollte schon die unterste Sprosse der Leiter erklimmen, als sein Blick zufällig auf ein kleines, fein gearbeitetes Kästchen aus Elfenbein fiel, das auf einer niedrigen dunklen Ebenholztruhe stand. Die Ecken des gelblich weißen, schimmernd polierten Kästchens zierten Reliefs der geflügelten Göttinnen Isis und Nephtys. Aus Golddraht gewirkte Hieroglyphen waren in die Längsseiten eingelassen. Rechmire stutzte, denn er erblickte eine Kartusche - doch nur die Namenszeichen des Pharaos durften durch diese schützende Linie umschlossen werden. Er sah genauer hin und las die goldene Schrift auf dem Kästchen: »Meine Schönheit erfreut das Herz von Merenptah.«
Rechmire hielt den Atem an und kletterte rasch weiter hinauf. Erst als er oben wieder in der drückenden Hitze des kleinen Innenhofs stand und geblendet die Augen schloss, atmete er tief durch. Dann lächelte er. Er wusste nicht, was das Kästchen enthielt, doch er war ganz sicher, dass es nicht da stand, wo es stehen sollte: Die Elfenbeinarbeit war einst Teil des Grabschatzes des Merenptah gewesen. Es sollte den

Pharao im ewigen Leben erfreuen, nicht einen kleinen, unbedeutenden Zeichner.
»Das«, flüsterte er befriedigt, »ist doch endlich eine erste echte Spur.«

Rechmire machte sich wieder auf den Weg den Abhang hinunter. Er folgte einem Trampelpfad im Geröll, der in Schlangenlinien an Dutzenden von ummauerten Gräbern vorbeiführte. Hinter fast allen Wällen blitzten vergoldete Pyramidenspitzen im Licht des tief stehenden Sonnenwagens. Nur zwei Häusern der Ewigkeit fehlte noch dieser Schmuck. Aber auch hier sah er ein paar Männer und halbwüchsige Jungen, die getrocknete Lehmziegel vom Nilufer bis in diese Einöde geschleppt hatten und nun dabei waren, kleine Pyramiden aufzumauern.
Er grüßte die Arbeiter. Die Männer starrten ihn an, dann nickten sie schweigend, bevor sie die nächsten Ziegel vermauerten.
Als er auf dem Talgrund angekommen war, zog es ihm vor Hunger den Magen zusammen. Dünne hellgraue Rauchfahnen stiegen aus vielen Innenhöfen der Häuser senkrecht in die heiße Luft. Es roch nach frisch gebackenem Brot, nach gebratenen Zwiebeln und leicht säuerlich nach neu angesetztem Bier; außerdem duftete es von irgendwoher köstlich nach gebratenem, mit Öl und Kräutern bestrichenen Ochsenfleisch. Rechmire bezwang seinen Appetit noch für einige Zeit, umging das Dorf und trat zum Tempel des Amun vor dem nördlichen Tor.
Im Hof des Heiligtums beugte er das Knie, streckte die Hände demütig vor und huldigte dem Gott. Er verehrte Thot vor allen anderen Unsterblichen, doch dem war hier kein Tempel ge-

weiht. Also wandte er sich an Amun, denn Rechmire spürte, dass er göttlichen Beistandes bedurfte.
Während er noch betete, trat Kaaper aus dem dunklen Allerheiligsten. Der Priester blieb geblendet stehen, bis sich seine trüben Augen wieder an das rote Abendlicht gewöhnt hatten. Es dauerte lange, bis er Rechmire erkannte. Schweigend wartete er, bis dieser sein Gebet beendet hatte. Dann trat er neben ihn und löschte das Opferfeuer auf dem kleinen steinernen Altar in der Hofmitte.
Rechmire half ihm dabei, das Haus des Gottes für die Nacht zu reinigen, indem er den Hof ausfegte und Wasser aus einem großen Krug versprengte, damit der gelbe Staub aus der Luft gewaschen wurde. Dabei erzählte er dem Priester von dem Elfenbeinkästchen in Parahoteps Grab. Er hörte selbst, dass seine Stimme dabei sehr aufgeregt klang.
Kaaper lächelte dünn und wartete, bis er seinen Bericht beendet hatte. »Das Kästchen des Merenptah in seinem Haus der Ewigkeit macht Parahotep ohne jeden Zweifel zu einem Verbrecher, der seine Tage lieber unbetrauert in einer Goldmine der Wüste beschließen sollte als in einem anmaßenden Grab. Aber das beweist noch nicht, dass er auch Kenherchepeschef erdolcht hat.«
»Der Erste Schreiber hat Parahotep dabei erwischt, wie er heimlich Schätze aus dem Haus der Ewigkeit des Pharaos stiehlt«, rief Rechmire. »Deshalb erdolchte der Zeichner Kenherchepeschef.«
Kaaper blickte ihn mit seinen trüben Augen an. »Und warum hat Kenherchepeschef den diebischen Zeichner denn nicht sofort von den Medjai verhaften und zum Hof des Tschati schleppen lassen?«

»Vielleicht war er sich seiner Sache noch nicht ganz sicher«, entgegnete Rechmire und klang dabei selbst schon längst nicht mehr so zuversichtlich wie zuvor.
Sie traten aus dem Tempel. Kaaper drückte die hölzerne, mit schweren bronzenen Beschläge verstärkte Tür zum Hof zu, holte aus einem kleinen Ledersack, den er um den Hals trug, einen Schlüssel, tastete nach dem Schloss und verriegelte schließlich die Tür.
Rechmire sah ihm dabei erstaunt zu. »Warum schließt du den Tempel ab?«, fragte er schließlich.
Kaaper lachte leise. »Was bezweckt du mit dieser Frage?«, entgegnete er und schüttelte verwundert den Kopf. »Ich schließe den Tempel jeden Abend ab, wenn Amuns Wagen im Westen in der Unterwelt versinkt. Ich will nicht, dass Hyänen und streunende Katzen sein Heiligtum entehren.«
»Du schließt jeden Abend ab«, wiederholte Rechmire verblüfft und kam sich dabei unsäglich dumm vor.
»Selbstverständlich. Wir sind hier in der Wüste, nicht in Theben, wo Priester und Gläubige den Tempel Tag und Nacht aufsuchen und beschützen.«
Rechmire schüttelte den Kopf und lachte freudlos. »Sennodjem hat mir heute gesagt, dass er die ganze Nacht von Kenherchepeschefs Ermordung betend in diesem Tempel verbracht hat.«
Kaaper lächelte dünn. »Vielleicht hat Amun in seiner unendlichen Macht ein Wunder bewirkt und den Zweiten Schreiber durch die Luft bis ins wohl verschlossene Tempelinnere schweben lassen. Vielleicht hat Sennodjem aber auch einfach nur gelogen.«

10. BUCHROLLE

Die Nacht der Skorpione

Jahr 6 des Merenptah, Achet, Nacht vom 10. auf den 11. Tag des Paophi, Tal der toten Pharaonen, Set-Maat

Rechmire ließ sich von Tamutnefret noch einmal das Abendmahl auftragen. Sie würde ihn am nächsten Morgen verlassen, um in einem anderen Haus zu arbeiten – dem von Kaaper, wie sie ihm sagte.

»Ich muss den Fremden dienen«, gestand sie ihm verlegen lachend, als ob dies, selbst für eine Sklavin, etwas Erniedrigendes an sich hätte.

Er aß allein auf der Dachterrasse und blickte sich schweigend um. Seine Nachbarn zur Linken und Rechten waren Steinbrecher, die mit ihren Frauen und einer großen Kinderschar die kühle Abendbrise auf ihren Häusern genossen. Die Männer nickten ihm einen Gruß zu, manche Kinder winkten oder starrten neugierig herüber, die Frauen taten so, als würden sie ihn nicht sehen und riefen sich über seine Dachterrasse hinweg gelegentlich einige Scherzworte zu.

Als Amuns goldener Wagen unterging, leuchteten die Felsen im Westen rot, als hätte der Gott sein Blut über sie ausgegossen. Wenige Augenblicke später kam die Nacht. Rechmire hatte einst in einer Taverne Thebens von einem Mann, der einmal ein reicher Händler gewesen war, bevor sein Durst nach Wein ihn in Armut gestürzt hatte, gehört, dass in den fernen nördlichen Ländern, an den Küsten jenseits des Meeres der rot glänzende Sonnengott stundenlang am westlichen Horizont kämpfte, bevor er sich nur zögernd der Nacht ergab. In den Wüsten Nubiens dagegen versinke das Gestirn »so rasch, wie ein Sklave, der sich aus dem Zimmer seines Herrn schleicht«.
Rechmire hatte diesen Vergleich damals für einen Frevel gegenüber dem Gott gehalten und dem Trinker Prügel angedroht. Jetzt aber wünschte er sich, dass die Nacht im Lande Kemet so schnell käme wie in der unendlichen Wüste des Südens. Mit der einsetzenden Dunkelheit verschwanden die Kinder von den Dachterrassen und kurz nach ihnen die Frauen und Sklavinnen. Doch manche Männer blieben noch sitzen und sogen Bier durch dünne Trinkhalme aus großen irdenen Krügen.
Er fröstelte im Nachtwind und zog sich einen leichten wollenen Umhang über die Schultern. Tamutnefret hatte er mit einem Kopfnicken entlassen. Sie schlief bereits - er konnte ihre regelmäßigen Atemzüge durch die Fensterschlitze der kleinen Kammer bis hinauf auf die Dachterrasse hören. Auf manchen Häusern flackerten die gelblichen Schimmer von Öllampen und Fackeln in der Brise. Undeutlich waren dort sitzende Gestalten auszumachen. Von irgendwo her erklang ein Lachen.
Nach ungefähr einer Stunde ging der Mond auf. Es war Halbmond, aber dank der klaren Wüstenluft immer noch hell

genug, um die Umrisse der nächstgelegenen Häuser und die Schemen einiger hockender Männer zu erkennen.
Rechmire musste lange warten, bis er schließlich glaubte, der einzige Mensch zu sein, der noch auf seiner Dachterrasse ausharrte. Die Lichter im Dorf waren gelöscht worden, die Häuser lagen schweigend und dunkel da wie quadratische Würfel aus Felsgestein, die ein Riese mit einem großen Becher hier ausgeschüttet hatte. Auch das Quartier der Medjai am Nordtor war schwarz.
Er erhob sich und tastete sich vorsichtig die Leiter hinunter. Wenige Augenblicke später stand er vor seinem Haus auf der Straße und drückte sich an die Wand, um nicht aufzufallen. Rechmire hatte beschlossen, sich in dieser Nacht in das Tal der toten Pharaonen zu schleichen.
Er nahm nichts mit und hatte auch keine genaue Vorstellung davon, was er dort eigentlich zu suchen hatte. Er hoffte einfach nur, dass er dort etwas finden, dass er vielleicht gar jemanden beobachten würde - dass er in der Nacht vielleicht die entscheidende Spur entdeckte, die aufzutun ihm am Tage bis jetzt die Götter verwehrt hatten. Zumindest bei Kenherchepeschef wusste er, dass er irgendetwas Verbotenes im Tal getan hatte, und bei Sennodjem und Parahotep hatte er den Verdacht, dass auch sie die dunklen Stunden nicht schlafend auf ihren Lagern verbrachten.
Rechmire schlich sich, immer an den Hauswänden entlanggedrückt, bis zur nächsten Seitengasse, die auf die Mauer zuführte. Der Halbmond schien nicht bis in diese Gasse, sodass er sich dort seinen Weg mit den Fingern ertasten musste, bis er den bröckelnden Putz an der Innenseite der Mauer auf seinen Fingerkuppen spürte. Die Ziegel darunter waren nicht besonders sorgfältig vermauert, sodass es kleine

Vorsprünge gab, wo ein Stein nicht sauber eingepasst worden war, außerdem Ritzen und faustgroße Nischen, wo im Laufe der Jahrhunderte Mörtel herausgefallen war. Er ertastete sich die ersten Unregelmäßigkeiten und zog sich an ihnen hoch, als würde er eine unbequeme Leiter erklimmen. Zunächst musste er blind vorankommen, die schmerzenden Füße in winzige Ritzen gequetscht, die Linke umklammerte einen bröckelnden Ziegel (und er betete zu Thot, dass der Stein halten möge), während er mit der Rechten über seinem Kopf nach dem nächsten Vorsprung oder einer Mulde tastete. Nachdem er mehr als seine eigene Körperhöhe bereits erklommen hatte, ging es leichter weiter, weil das Mondlicht auf die oberen Bereiche der Mauer fiel und er zumindest erahnen konnte, wo er den nächsten Griff ansetzen musste. Allerdings war ihm auch nur zu deutlich bewusst, dass er selbst jetzt ebenfalls als dunkler Schatten auf der Mauer viele Ellen weit zu erkennen war.
Er verdoppelte seine Anstrengungen. Der Schweiß strömte aus seinem Körper wie Wein aus einer rissigen Amphore, sein Griff wurde unsicher, weil seine Handflächen feucht geworden waren. Einmal brach ein Ziegel mit einem leisen Knacken ab und für einen schrecklichen Augenblick lang schien es ihm, als würde er zwischen Himmel und Erde schweben, dann krallte er sich wieder in die Mauer. Keuchend rang er nach Atem, während er bewegungslos auf verdächtige Geräusche lauschte. Dann zog er sich mit schmerzenden Armen und Beinen weiter hoch.
Als Rechmire endlich auf der Mauerkrone lag, tanzten rote Schleier vor seinen Augen und sein Atem raste wie der eines Rudersklaven, der eine Galeere ohne die Kraft des Windes gegen die Strömung des Nils antreiben musste. Doch er

gönnte sich keine Erholungspause, weil er dort oben lag wie auf einem jener silbernen Tellern, auf denen siegreiche Feldherren dem Pharao die abgeschlagenen Köpfe aufständischer nubischer oder libyscher Fürsten präsentierten.
Er schwang sich über die Außenseite und ließ sich langsam herab. Zunächst kletterte er tastend nach unten, wie er zuvor hochgekommen war, doch als er glaubte, tief genug gekommen zu sein, ließ er sich einfach fallen.
Er keuchte, als er hart auf dem felsigen Boden aufschlug. Sein linkes Bein schmerzte, nachdem er sich taumelnd wieder aufgerichtet hatte, doch es schien nichts gebrochen zu sein. Rechmire fragte sich allerdings, ob er es später schaffen würde, auf dem gleichen Wege auch wieder zurückzukehren.
Danach ging es einfacher. Der Pfad zum Tal war klar zu erkennen. Er vermied es jedoch, sich mit der Hand an Felsen abzustützen oder sich irgendwo auszuruhen, weil er Angst vor Schlangen und Skorpionen hatte, die im bleichen, diffusen Licht für ihn unsichtbar blieben.
Rechmire kam gut voran, bis er die Hütten vor sich sah, in denen die Männer die Nächte ihrer Arbeitswochen verbrachten. Er wollte einfach durch das ärmliche Lager gehen, als er plötzlich glaubte, flüsternde Stimmen zu hören. Er vergaß seine Furcht vor Schlangen und Skorpionen und warf sich hinter den nächsten Felsen. Er sah tanzende Schatten in der Luft und hörte den Atem Sehakeks in seinem Nacken. In Panik griff er sich einen Stein und wirbelte herum. Nichts.
Er atmete tief durch und zwang sich zur Ruhe. Dann lauschte er, doch er konnte nichts hören außer dem leisen Rumpeln von Geröll, das irgendwo in einem weit entfernten Nebental zu Boden rutschte und dem ununterbrochenen Pfeifen des Nachtwindes, der durch einen geborstenen Felsen strich.

Vorsichtig schlich er weiter. Der Schweiß trocknete auf der Haut und ihn fröstelte. Der Weg führte nun hinab in das Tal, in dem die Pharaonen für alle Zeiten ruhten. Im bleichen Licht verwandelten sich die Felsen in die Köpfe der Götter. Rechmire sah den ibisköpfigen Thot, der mit seinem Schnabel vorwurfsvoll genau auf ihn zu weisen schien; er erblickte den Horusfalken und die löwenköpfige Sechmet; Sobek hatte seinen Krokodilrachen aufgesperrt, die Nilpferdgöttin Bes hockte fett und bedrohlich oberhalb des Weges auf einer Anhöhe; Heket, die Froschköpfige, lauerte in einem schmalen Seitental und ein riesiger Skarabäus versperrte den Zugang zu einer Felsspalte. Überall lauerte Anubis, der schakalköpfige Wächter der Mumien. Und über allem thronte Meretseger, die das Schweigen liebt und das Ka eines jeden Eindringlings auslöscht wie eine Fackel, die in ein Wasserfass getaucht wird.
Rechmire hielt inne. »Du bist kein abergläubisches Waschweib vom Hafen!«, flüsterte er sich zu. Es tat gut, die eigene Stimme zu hören.
Trotzdem wäre er vor Schreck beinahe gestorben, als irgendwo dicht über ihm eine Hyäne bellte. Es klang abgehackt, als würde man zwei Steine ein paar Mal heftig aufeinander schlagen, böse und zornig; dann ging das Bellen in ein kurzes Heulen über, das klang wie der Schmerzensschrei eines kleinen Kindes. Abrupt brach die Hyäne ihr Geheul ab. Die plötzliche Stille erzeugte ein Dröhnen in Rechmires Ohren. Vergeblich sah er sich nach dem Tier um. Er fragte sich, warum die Hyäne gebellt und geheult hatte.
Er entdeckte die kleine Festung der Medjai erst, als er beinahe schon gegen sie gelaufen wäre. Das Haus war dunkel und still. Rechmire lauschte lange, doch er konnte noch nicht ein-

mal ein Schnarchen oder die anderen leisen Geräusche vernehmen, wie sie für Schläfer typisch sind. Vielleicht war das Quartier nicht besetzt, weil die Wächter nach dem Tod des Kenherchepeschef in der Nacht noch furchtsamer geworden waren und es jetzt nicht einmal mehr wagten, hinter wohlverschlossenen Mauern die Stunden der Dunkelheit im Tal der toten Pharaonen zu verbringen. Rechmire ging allerdings kein Risiko ein, sondern schlich sich so leise wie möglich im Schatten einer steil aufragenden Klippe an der schwarzen Festung vorbei.

Schließlich erreichte er den Talgrund und atmete auf. Nun ging es einfacher weiter, er musste nicht mehr alle seine Sinne auf den abschüssigen Weg konzentrieren und konnte deshalb mehr auf die Umgebung achten. Vorsichtig schlich er sich bis zum Eingang des Seitentals, an dessen Stirnseite das neue Grab entstand. Er ging hinter einem großen Stein in Deckung und lauschte wieder. Es war vollkommen still, sodass ihm das Rauschen seines eigenen Blutes wie Trommelschlag im Ohr klang. Er wartete, bis er wieder ruhiger geworden war, dann fasste er sich ein Herz und bog in das Seitental.

Rechmire stand endlich vor Merenptahs Haus der Ewigkeit. Sennodjem hatte sogar den Türwächter vor dem Grab abgezogen. Vielleicht hatte dies auch etwas mit seinem übertriebenen Misstrauen zu tun, dass er niemanden, gleichgültig zu welcher Zeit, an der zukünftigen Ruhestätte ihres obersten Herrschers duldete. Vielleicht hatte er aber auch einfach nur nach dem Ende des Ersten Schreibers und der Hinrichtung des schlafenden Türwächters keinen Mann mehr gefunden, der die Nacht vor Merenptahs Haus der Ewigkeit durchstehen wollte.

Rechmire kletterte über den aufgeschütteten Abraum zum Eingang des Grabes hoch. Er trat dabei einige Steine los, die mit leisen Schlägen zum Boden rutschten. Er glaubte, dass man dies viele hundert Ellen weit hören müsste, und hielt vor Schreck den Atem an. Doch danach war das Tal wieder stumm wie der Tod.
Als er das prachtvoll verzierte Portal zum Haus der Ewigkeit endlich erreicht hatte, starrte er schwer atmend von dort in den dunklen Gang, der sich irgendwo tief im Felsen verlor. Ihm kam es in diesem Moment so vor, als führte das Grab direkt bis zu den zwölf Pforten der Unterwelt und endete erst vor dem Thron, auf dem Osiris saß, um über die Herzen der Toten zu richten. Doch er konnte nichts erkennen. Er sah weder den flackernden Schein einer Öllampe noch hörte er Stimmen oder irgendwelche anderen Geräusche. Rechmire kam sich so vor, als sei er der einzige lebende Mensch auf der Welt.
Er fühlte sich plötzlich erschöpft und müde. Mutlos ging er vor dem Felsenportal in die Knie und blickte zu Boden. Eine ebenso unbestimmbare wie unüberwindliche Angst vor dem Haus der Ewigkeit hatte ihn gepackt. Er hätte es gewagt, dort einzudringen, wenn er Stimmen gehört oder den roten Glanz einer Flamme gesehen hätte, doch nun, da er sich ganz allein glaubte, scheute er vor dem Frevel zurück.
Rechmire hatte gedacht, dass er nur ins Tal zu schleichen brauchte, um auf irgendetwas Ungewöhnliches zu stoßen. Vielleicht hätte er Grabräuber überrascht, die das Haus der Ewigkeit des Pharaos plünderten, vielleicht gar Sennodjem oder Parahotep selbst. Vielleicht wäre ihm auch etwas ganz anderes aufgefallen, etwas, das Kenherchepeschef und seinen Mörder heimlich an diesen Ort gelockt hatte. Doch er sah nichts und niemanden.

Schließlich raffte er sich wieder auf und schlich zu dem aus dem Felsen gemeißelten Sitz des Ersten Schreibers hinüber. Er überwand seinen Aberglauben und setzte sich darauf. Er kam sich plötzlich erhaben vor, so, als säße er auf einem prachtvollen steinernen Thron. Vor ihm öffnete sich das Tal der toten Pharaonen und ein kühler Windhauch umschmeichelte seinen Kopf, als stünde irgendwo hinter ihm ein stummer nubischer Wedelträger, der ihm Luft zufächelte. Rechmire ahnte, dass sich Kenherchepeschef hier auf diesem Platz schrankenlos mächtig gefühlt haben musste: Pharao in einem Reich aus schroffen Felsen, trockenen Tälern und Hunderten von schatzgefüllten Gräbern.
Langsam sah er sich um. Im Mondlicht schimmerten die höher gelegenen Felsen grau, doch das Tal selbst und unzählige Nischen und Risse wurden von der Nachtschwärze verschluckt. Rechmire wollte sich schon wieder erheben, als sein Blick zufällig auf das Geröll einige Ellen unterhalb seiner Füße fiel. Es waren Tausende von Steinsplittern – und er sah, dass einige von ihnen mit Hieroglyphen bedeckt waren.
Rechmire hätte beinahe laut und triumphierend aufgelacht, wenn ihm nicht seine abergläubische Furcht Fesseln angelegt hätte.
»Darauf hätte ich auch etwas früher kommen können«, flüsterte er und schüttelte den Kopf.
Während er vorsichtig den Abhang wieder hinabstieg, stellte er sich den Ersten Schreiber vor. Kenherchepeschef hatte stundenlang auf diesem Felsenthron gesessen, Tag für Tag, Woche für Woche, während seine Männer sich immer tiefer in den Berg vorgearbeitet hatten. Er selbst war währenddessen so gut wie nie im Grab zu sehen gewesen. Was also hatte ein Mann wie er in dieser ganzen Zeit getan? Jemand, der ein

Vermögen für alte Buchrollen ausgegeben, Papyri gesammelt und alte Texte geliebt hatte? Er würde sich ein Werk aus seiner Sammlung mitgenommen haben, um es hier zu lesen. Er würde sich mit der Schreibbinse gelegentlich Notizen gemacht oder besonders wichtige Passagen auf flache Steintafeln abgeschrieben haben, die ihm einer seiner Männer aus dem Abraum hatte aussuchen müssen. Er würde darauf auch, wie es andere Schreiber und die Zeichner ebenfalls taten, Notizen gemacht, Entwürfe skizziert und Briefe an den Tschati und die Verwalter Pharaos, Vorratslisten und andere wichtige offizielle Schreiben vorformuliert haben, damit sie später keine Fehler enthielten.

Rechmire kroch auf den Knien über den Abraum. Er entdeckte Skizzen von Osiris- und Amunköpfen, die sich offensichtlich ein Zeichner gemacht hatte, bevor er es gewagt hatte, die Bilder der Götter an die Wände zu malen. Aber er entdeckte auch grobe, schnell hingeworfene Bilder von fetten Pavianen und Krokodilen mit aufgerissenem Maul. Auf einem etwas mehr als handgroßen, flachen Splitter war mit schwarzer Tinte ein Mann abgebildet, der im Stehen eine tief gebückte Frau von hinten nahm. Vor dem Kopf der Frau stand eine Kolumne flüchtig hingepinselter Hieroglyphen: »Erfüllt ist der Wunsch meiner Haut.«

Er dachte an Sennodjems Behauptung, dass fast jeder Mann am Ort der Wahrheit lesen und schreiben konnte. Man musste die Hieroglyphen schon ziemlich gut beherrschen, wenn man mit ihnen flüchtige erotische Skizzen kommentierte.

Rechmire warf die Liebesdarstellung achtlos wieder weg, wobei die Steinscheibe in zwei Teile zerbrach. Dann suchte er weiter. Und schließlich hatte er Erfolg: Er fand fünf Kalk-

steinscherben mit Kenherchepeschefs großer, grober Handschrift. Sie lagen praktisch nebeneinander nur wenige Ellen unterhalb des Felsensitzes, so, als wären sie zusammen weggeworfen worden. Drei waren Entwürfe für einen Brief an den Tschati, in denen der Erste Schreiber jeweils leicht abgewandelte, lange ehrenhafte Anreden für Mentuhotep formuliert hatte – offensichtlich, um einzuschätzen, in welcher von ihnen sich die Hieroglyphen am elegantesten zu kleinen Gruppen zusammensetzen ließen.
Auf einen Splitter hatte Kenherchepeschef nur einen Satz geschrieben: »Ich weiß alles über dich.«
Auf der Rückseite stand, in einer anderen, sehr sauberen Handschrift, die Rechmire vage bekannt vorkam, ohne dass er sich erinnern konnte, wo er sie schon einmal gelesen hatte, ein Name in roter Tinte: »Es lebt Re, der Herrscher der beiden Horizonte, der frohlockt im Horizont, in seinem Namen als Vater des Re, der gekommen ist als ...«
Das letzte Wort war offensichtlich absichtlich mit dem Daumen oder einem Tuch abgewischt worden. Die Hieroglyphen wurden von der Königskartusche umfasst, doch Rechmire hatte noch nie von einem Pharao gehört, der einen derartigen Namen geführt hätte. Vielleicht hatte dies etwas mit Kenherchepeschefs Interesse an längst vergangener Geschichte zu tun und dies war der Name eines Herrschers, der schon vor Jahrhunderten in den Westen eingegangen war.
Als er den fünften Steinsplitter höher hob, um ihn im Mondlicht besser lesen zu können, pfiff er leise durch die Zähne.
»Wenn sich ein Mann in seinem Traum sieht, wie er einen alten Mann zum Haus der Ewigkeit trägt – gut. Es bedeutet baldigen Reichtum.«

Ein Spruch aus dem Traumbuch des Chnumhotep. Bedeutete dies, dass Kenherchepeschef es gewagt hatte, dieses legendenumwobene Werk sogar hier zu lesen, vor dem Grab des Pharaos, wo jeder seiner Männer zumindest einen Blick darauf hätte werfen können? Von Arbeitern, die selbst alle so gut die Hieroglyphen beherrschten, dass sie sogar flüchtige erotische Skizzen mit ihnen beschriften konnten? Und wenn dabei einer von ihnen erkannt hatte, in welcher Buchrolle der Erste Schreiber las? Oder hatte Kenherchepeschef einen Spruch aus dem Gedächtnis zitiert – den Splitter aber später zusammen mit veralteten Briefentwürfen achtlos auf die Geröllhalde geworfen, wo ihn vielleicht schon jemand vor Rechmire entdeckt hatte? Und hatte dieser Unbekannte dadurch erst erfahren, welchen Schatz der Erste Schreiber in seinem Haus der Bücher verbarg?
Rechmire nahm alle fünf Steinscherben und steckte sie in einen kleinen Lederbeutel, den er an einer dünnen, geflochtenen Binsenschnur um den Leib gebunden hatte. Er hatte nicht das entdeckt, was er gehofft hatte, doch er hatte etwas gefunden, von dem er vage spürte, dass es ihn in seinen Nachforschungen weiterbringen könnte.
Vorsichtig machte er sich auf den Rückweg. Er bog vom engen Seitental, in dem Merenptahs Haus der Ewigkeit lag, in das Haupttal. Plötzlich hielt er inne. Es war noch immer kein Laut zu vernehmen. Er blickte sich um. Das Tal wirkte im grauen Mondlicht wie von allen Göttern und Menschen verlassen. Und doch spürte Rechmire, dass irgendwo jemand auf ihn lauerte. Er duckte sich hinter einen Felsen und versuchte verzweifelt, die Schatten mit seinen Blicken zu durchdringen. Er dachte an die Geschichten von Meretseger und Anubis, von Sehakek und den anderen Dämonen. Eine namenlose Angst stieg

in ihm auf, die Angst vor einem Wesen aus der anderen Welt. Rechmire wartete lange hinter dem Felsen. Ihm schienen es Stunden zu sein, doch tatsächlich waren kaum mehr als ein paar Augenblicke vergangen, als er es endlich wagte, einen Schritt aus seiner Deckung zu tun, noch immer tief gebeugt und aufmerksam lauschend.

Er hörte ein leises, unbestimmbares Geräusch in der Luft. Noch bevor er sich aufrichten und umdrehen konnte, traf ihn ein leichter Schlag an der rechten Schulter.

Es war ein Sack voll von Skorpionen.

Der Stoff war dünner als der feinste Frauenschleier und platzte sofort auf, als er auf seine Haut schlug. Rechmire sah zwei Skorpione auf seiner Schulter, nur eine Hand breit entfernt von seinem Gesicht. Er spürte ein Kribbeln auf seinem Rücken und seinem rechten Oberarm.

Rechmire wollte schreien, aufspringen, sich schütteln, einfach blindlings loslaufen. Doch er war einen Augenblick lang gelähmt vor Schreck. Es war, als hätte sein Ka ihn schon verlassen, als wäre sein Körper nur noch eine Hülle, die nicht mehr seinem Willen gehorchte. Dann fühlte er den ersten Stich. Der Schmerz war wie der von einem schmalen Dolch oder einer langen Nadel mit feinen Widerhaken, die in seine Haut getrieben wurde. Dann kam der nächste Stich und dann noch einer und noch einer.

Der Schmerz zog einen roten Schleier vor seine Augen. Er spürte, wie sich das Gift von seiner rechten Schulter aus in seinem Körper ausbreitete wie brennendes Öl. Rechmire richtete sich mühsam auf und taumelte zwei Schritte weit. Er wollte schreien, doch aus seiner Kehle drang nur noch ein halblautes Gurgeln, das sich nicht mehr menschlich anhörte. Dann senkte sich die Nacht über seinen Geist.

11. BUCHROLLE

Das Geheimnis des Priesters

Jahr 6 des Merenptah,
Achet, 13. Tag des Paophi, Set-Maat

Ein dünner gelber Schleier lag vor Rechmires Augen, sein Atem ging schwer, als läge der Horizont des Cheops selbst auf seiner Brust, und seine Arme und Beine waren wie alte störrische Esel, die ihrem Herrn nicht mehr gehorchen wollten. Er wusste nicht, wie lange er schon so dagelegen hatte, den trüben Blick auf eine schmutzige Zimmerdecke gerichtet, deren gelblicher Putz an einigen Stellen bereits abgesprungen war. Das einzige Gefühl in ihm war ein unbestimmbarer Schmerz, der irgendwo tief aus der rechten Seite seines Leibes bis zu seinem Gehirn zu strömen schien wie eine langsam aufquellende Stelle bitteren Wassers.

Irgendwann schob sich plötzlich das Bild eines Mannes vor seine Augen: Er war vielleicht Mitte Dreißig, mittelgroß und dünn, doch mit einem aufgeblähten Bauch, der aussah, als hätte ihn ein Schöpfergott vergessen und erst nachträglich an seinen Körper gedrückt. Sein Gesicht war unnatürlich stark gerötet wie nach einem langen Lauf durch die Wüste, seine Zähne entzündet und gelb, seine Haare lang und strähnig. Er sagte irgendetwas und seine Stimme klang dabei wie alter Papyrus, der in Fetzen gerissen wird, doch Rechmire konnte kein Wort verstehen. Dann hob er ihm eine Tonschale an die aufgesprungenen Lippen.

Rechmire spürte plötzlich, wie durstig er war. Dankbar nahm er einen tiefen Schluck, doch dann röchelte und würgte er und hätte sich auf seiner Liege gewunden wie eine verletzte Schlange, wenn ihn nicht von hinten zwei kräftige Hände an den Schultern gepackt und niedergedrückt hätten, sodass der ungepflegte Mann den ganzen Inhalt der Schüssel in ihn hineinschütten konnte. Die bräunliche Flüssigkeit roch, als hätte jemand viele aromatische Gewürze in eine alte Kloake gekippt, und sie schmeckte wie Leichenwasser. Rechmire fürchtete, dass ihn der Unbekannte vergiften wollte, und gurgelte einen Hilferuf heraus.

»Es ist Medizin. Sie wird dich wieder gesund werden lassen«, hörte er eine Stimme irgendwo hinter ihm, eine Stimme, die ihm vage bekannt vorkam und die ihn beruhigte.

Dann lösten die kräftigen Hände ihren Griff von seinen Schultern und er sah, wer ihn festgehalten und besänftigend zu ihm gesprochen hatte: Tamutnefret, die Sklavin aus Syrien.

»Wo bin ich?«, flüsterte er.

Kaaper war neben die Sklavin getreten. »In meinem Haus am Ort der Wahrheit«, antwortete er. »Zwei Medjai haben dich im Tal der toten Pharaonen gefunden und zu mir gebracht. Du hast hier fast drei Tage im Fieberwahn gelegen und wir fürchteten schon, dass dein Ka und dein Ba dich für immer

verlassen würden. Was ist nur passiert? Hat Meretseger Skorpione auf dich niederregnen lassen?«
Rechmire schloss für einen Moment die Augen. »Ich hoffe nicht, dass es die Göttin war«, murmelte er. »Das ist eine komplizierte Geschichte«, fuhr er dann leise fort. »Ich werde sie dir erzählen, sobald ich wieder etwas bei Kräften bin.«
»Du hast Glück gehabt, dass Nachtmin Arzt in Set-Maat ist«, sagte der Priester. »Hätten wir einen weniger erfahrenen Sunu, dann lägest du jetzt schon auf dem Tisch der schakalköpfigen Mumifizierer, die dir die Eingeweide aus dem Leib ziehen würden.«
Rechmire blickte den Mann mit dem geröteten Gesicht an und brachte ein schwaches Lächeln zustande. »Ich danke dir, Nachtmin. Thot möge dir immer gnädig sein. Auch wenn deine Medizin bitterer ist als das Bilgenwasser, das in einem kretischen Schiff schwappt.«
Der Angesprochene lachte scheppernd. »Ich wusste gar nicht, dass junge thebanische Schreiber in ihrer Ausbildung jetzt auch das Bilgenwasser fremdländischer Handelsschiffe kosten müssen«, erwiderte er. Dann hob er einen Weinkrug zum spöttischen Gruß hoch, bevor er ihn in einem Zug leerte. Seine Hände zitterten leicht.
»Wein gehörte nicht zu deiner Medizin«, sagte Rechmire und richtete sich mühsam auf.
»Damit kuriere ich nur mich selbst«, antwortete Nachtmin trocken. Dann kniff er die Augen zusammen und grinste ihn spöttisch an. »Willst du wirklich wissen, womit ich dein Ka und dein Ba an deinen Körper gefesselt habe, obwohl das Gift von tausend Skorpionen sie daraus vertreiben wollte?«

»Es kann nicht schaden«, entgegnete Rechmire. »Nur die Götter mögen wissen, ob ich es nicht noch einmal brauchen werde.«
»Du nimmst zwei Ro zerstoßenes Bilsenkraut und lässt es eine Nacht in einem kleinen Topf Wasser stehen; dann mischt du es mit vier Ro vom Saft des Mohns, einem Ro Fliegendreck, den du von der Wand kratzen musst, und vier Ro Fledermausblut. Das habe ich dir viermal am Tag einflößen lassen. Auf deine Skorpionstiche habe ich am ersten Tag frisches Ochsenfleisch legen lassen, damit sich in den Wunden kein rotes Fieber entzündet, danach habe ich dir Leinenbinden angelegt, die mit Honig und Milch bestrichen sind, damit die Verletzungen ohne Narben verheilen. Heute ist dein Geist in seinen Körper zurückgekehrt und morgen wirst du wieder bei Kräften sein, als hättest du noch nie in deinem Leben einen Skorpion gesehen«, erklärte der Sunu mit sichtlichem Stolz auf sein Wissen. Dann griff er sich einen neuen Weinpokal und nahm wieder einen tiefen Schluck.
Rechmire verzog das Gesicht und schüttelte sich. »Wahrscheinlich bin ich nur deshalb nicht in Osiris' Reich eingegangen, weil ich so nach Skorpionen, Fliegen und Fledermäusen gestunken habe, dass mich die Götter im Jenseits nicht ertragen hätten«, murmelte er.
»Die Götter ertragen im Reich des Westens Sklaven, deren Köpfe von Granitsteinen zerquetscht wurden«, entgegnete Nachtmin kühl, »Soldaten, die ihre Eingeweide aus Speerwunden hinter sich herschleppen, und Pharaonen, denen Geschwulste die Augen aus den Höhlen gedrückt haben. Glaube mir, junger Schreiber aus Theben, Osiris hätte sich von deinem Zustand nicht abschrecken lassen, im Gegenteil:

Er liebt die Menschen, die jung und mit intaktem Leib zum westlichen Horizont schreiten, und gerade deshalb müssen wir Ärzte besonders um das Leben der jungen Männer und Frauen kämpfen, während die Alten oft noch einmal von selbst genesen.«
Nachtmin deutete eine Verbeugung an. »Ich kann jetzt gehen. Morgen werde ich wieder nach dir sehen, aber ich glaube, dass du meiner Künste nicht mehr bedarfst.«
»Ich habe kaum Kupfer und gar kein Silber mit mir«, sagte Rechmire verlegen, »womit ich dich bezahlen könnte. Ich muss dich bitten, dich noch einige Tage zu gedulden.«
Der Sunu grinste fröhlich. »In zwei Tagen bin ich in Theben. Ich werde den Verwalter des Tschati fragen, wie viel ihm ein lebender Schreiber wert ist. Dann lasse ich mich von ihm auszahlen - und nicht in Silber oder Kupfer, sondern in Wein.« Der Arzt ging lachend hinaus, wobei man ihm ansah, dass er sich konzentrieren musste, um nicht zu schwanken wie ein Papyrusrohr im Nordwind.
Tamutnefret verneigte sich tief vor dem Priester, dann lächelte sie Rechmire an. »Ich werde in den Hof gehen und Brot backen«, erklärte sie.
Kaaper blickte ihr mit seinen trüben Augen nach, bis sie die Tür hinter sich geschlossen hatte. »Sie ist eine gute Sklavin«, erklärte er und schüttelte traurig den Kopf. »Ich bedaure nur, dass ich ihr Gesicht nicht mehr erkennen kann. Ich glaube, sie ist ganz hübsch. Auf jeden Fall hat sie es hier besser als auf einem der großen Landgüter des Pharaos, wo die Aufseher die Sklaven wie Esel zusammenpferchen und prügeln, wenn sie nicht genug arbeiten. Der Ort der Wahrheit ist auch der Ort vieler Privilegien, die man nirgendwo sonst in den Beiden Reichen genießen kann.«

»Ist Nachtmin deshalb hier Sunu geworden?«, fragte Rechmire spöttisch.
Der Priester lächelte dünn. »Sei nicht ungerecht, junger Schreiber. Zwar habe ich in den letzten drei Tagen besonders viel zu Amun gebetet und ihm Myrrhe und Weihrauch geopfert, doch letztlich wäre die Gunst des Gottes wirkungslos geblieben ohne die Kunst des Arztes. Nachtmin hat dein Leben gerettet. Er ist ein guter Arzt und hätte in Theben zum Ratgeber der Reichen und dabei selbst angesehen und wohlhabend werden können.«
»Wenn er seine Künste nicht in einem See aus Wein ertränkt hätte.«
Kaaper nickte langsam. »Er war so gut, dass er schon in jungen Jahren am Haus des Lebens im Großen Tempel von Karnak die Schüler in die Geheimnisse der Heilkunst eingewiesen hat. Er soll sogar eigenhändig einen medizinischen Lehrtext mit neuen Rezepten geschrieben haben. Doch irgendwann muss es einen Skandal gegeben haben. Niemand weiß etwas Genaueres darüber und Nachtmin schweigt nur, wenn man ihn daraufhin anspricht. Doch was auch immer vorgefallen sein mag: Er verließ Theben vor einigen Jahren und ging nach Set-Maat. Die Menschen hier lieben und fürchten ihn zugleich. Sie verehren ihn wegen seines Wissens. Niemand hat je so viele Kranke vor einer vorzeitigen Reise in den Westen bewahrt wie er. Sie schlucken seine Arzneien so dankbar, als hätte sie ihnen ein Gott persönlich überreicht. Nur wenn er das scharfe Obsidianmesser in seine zitternden Hände nimmt, um die Jungen zu beschneiden, Wunden zu öffnen, Geschwüre zu entfernen oder andere Operationen durchzuführen - nur dann fürchten sie ihn.«

Rechmire schwang seine Beine von der Liege auf den Boden und wartete einen Moment, bis ein leichter Schwindelanfall vorüber war. Dann stand er auf und ging mit noch unsicheren Schritten zur gegenüberliegenden Ecke des Raumes, wo auf einer Kiste ein kleines Bündel lag. Er hatte darin den Lendenschurz erkannt, den er in der Nacht getragen hatte, in der er angegriffen worden war. Irgendjemand hatte ihm inzwischen ein neues Gewand angelegt.
Er wühlte in den Sachen, zog seine beiden staubbedeckten Sandalen hervor und fand schließlich auch den kleinen Lederbeutel, in dem er die fünf Steinscherben mit Kenherchepeschefs Handschrift verstaut hatte. Sie waren noch da.
»Das habe ich im Abraum vor Merenptahs Grab gefunden«, erklärte er dem Priester. »Genau genommen direkt unterhalb von Kenherchepeschefs Felsensitz. Es sind Steinsplitter mit Notizen von seiner Hand.«
»Lies vor«, rief der Priester ungeduldig.
»Es sind drei Entwürfe für Briefe an den Tschati. Kenherchepeschef hat offensichtlich verschiedene Varianten ausprobiert, um die schönste Kombination der Hieroglyphen abschätzen zu können.«
»Dieser Blender«, murmelte Kaaper kichernd. »Als ob sich Mentuhotep für solche Feinheiten interessiert.«
Rechmire dachte an seine eigenen, quälend langen Unterrichtsstunden, in denen ihm genau diese Formulierungen eingetrichtert worden waren, doch er ging darauf nicht ein. »Die anderen beiden Splitter sind vielleicht interessanter«, fuhr er stattdessen fort. »Auf dem einen steht: ›Ich weiß alles über dich.‹«
»Und nichts weiter?«, fragte der Priester. »Keine Anrede?«
Rechmire schüttelte den Kopf, bevor ihm bewusst wurde, dass Kaaper diese Geste wohl kaum mehr erkennen konnte.

»Nein«, sagte er lauter als notwendig, »keine Anrede. Auf der Rückseite steht ein Pharaonenname, den ich nicht kenne. Er ist in einer anderen Handschrift in roter Tinte verfasst, vielleicht hat es etwas mit Kenherchepeschefs historischen Studien zu tun: ›Es lebt Re, der Herrscher der beiden Horizonte, der frohlockt im Horizont, in seinem Namen als Vater des Re, der gekommen ist als ...‹ Das letzte Wort hat jemand durch Zufall oder mit Absicht weggewischt.«

»Was steht auf dem letzten Steinsplitter?«, fragte Kaaper. Seine Stimme klang, als keuchte er diesen Satz nach einem Schlag in die Magengrube hinaus.

Rechmire starrte den Priester überrascht an. »Sagt dir denn der Name in der Königslinie gar nichts?«

»Ich will die Worte auf dem nächsten Splitter hören«, entgegnete Kaaper knapp.

Rechmire zuckte die Achseln, erstaunt über diese etwas schroffe Antwort des Priesters. Doch er wollte nicht weiter nachfragen, sondern griff stattdessen zum letzten Text: »›Wenn sich ein Mann in seinem Traum sieht, wie er einen alten Mann zum Haus der Ewigkeit trägt - gut. Es bedeutet baldigen Reichtum.‹ Es ist ein Spruch ...«

»... aus dem Traumbuch des Chnumhotep«, vollendete Kaaper und nickte düster. »Kenherchepeschef muss verrückt gewesen sein, diese uralten Weisheiten einfach auf irgendwelche Steinsplitter zu notieren und dann achtlos wegzuwerfen wie die missglückte Skizze eines unbedarften Zeichners. Irgendein Unbefugter hätte dies lesen können.«

»Vielleicht hat es ein Unbefugter schon getan«, gab Rechmire zu bedenken. »Möglicherweise hat er genau diese Notiz gelesen oder eine andere, die der Erste Schreiber auf ähnliche Weise angefertigt und später weggeworfen hatte.«

»Kenherchepeschef hat alte Texte gesammelt, wie andere Männer alten Goldschmuck sammeln«, rief Kaaper zornig. »Manchmal denke ich, dass es ihm vor allem darauf ankam, dass die Papyri alt waren. Er sah in ihnen wertvolle *Sachen*, nicht *Texte*. Ich glaube, er wusste viele seiner Schätze gar nicht richtig zu würdigen. Deshalb ging er auch so sorglos mit dem Inhalt seiner Papyri um.«
»Glaubst du, dass derjenige, der Kenherchepeschef in das Reich des Westens geschickt hat, auch mir aufgelauert hat?«, fragte Rechmire.
Kaaper lachte rau. »Wer sonst hätte einen Grund dafür gehabt? Irgendjemand fühlt sich von deinen Nachforschungen schon sehr gestört.«
»Er muss mich beobachtet haben, als ich mich aus dem Dorf geschlichen habe.«
Dann erzählte Rechmire dem Priester in allen Einzelheiten von seiner Nacht im Tal der toten Pharaonen. Anschließend berichtete er ihm von dem Kästchen aus Merenptahs Haus der Ewigkeit, das er in Parahoteps Grab gesehen hatte. Und schließlich verriet Rechmire ihm, dass die Geschichte, die Sennodjem ihm erzählt hatte, nicht wahr sein konnte.
»Du selbst hast mir gesagt, dass du den Tempel des Amun jeden Abend verschließt. Niemand kann in der Nacht des Mordes dort gewesen sein, auch der Zweite Schreiber nicht. Also denke ich, dass mir entweder Parahotep oder Sennodjem aufgelauert haben, denn beide müssen irgendetwas zu verbergen haben«, schloss Rechmire düster. »Aber ich kann es keinem von beiden beweisen.«
Kaaper strich sich mit der Hand über sein Gesicht und schloss seine trüben Augen. »Ein Sack voll Skorpione«, murmelte er nachdenklich. »Es gehören eine große, wenn

auch frevlerische Fantasie und ziemlich viel Mut dazu, Dutzende von Skorpionen einzufangen. Wahrscheinlich hat der Unbekannte sie in einem Tonkrug oder einer kleinen Kiste aus massivem Holz gesammelt und erst im letzten Augenblick in einen dünnen Leinensack gekippt, den er dir dann gegen den Körper schleuderte. Die Arbeiter fanden auf deiner Schulter noch Fetzen von altem billigen Leinen. Wären Sennodjem oder Parahotep wirklich zu einer solchen Tat fähig?«

Rechmire nickte betrübt. »Ich sehe, worauf du hinauswillst, Priester: Du meinst, dass es beiden Männern an Fantasie und Kaltblütigkeit dafür fehlt.«

Kaaper machte eine zustimmende Geste. »Das ist fast richtig: Sennodjem fehlt es meiner Meinung nach an Fantasie dafür, Parahotep an Kaltblütigkeit. Außerdem gibt es da noch eine andere Unstimmigkeit: Der Mörder Kenherchepeschefs benutzte einen Dolch, um sein Opfer in das Reich des Westens zu schicken. Eine ziemlich direkte, geradezu soldatische Methode. Warum hätte er sie nicht auch bei dir anwenden sollen? Er lauert dir in der Dunkelheit auf – und rammt dir den Dolch in den Rücken. Warum hätte er eine Technik ändern sollen, die sich«, er suchte kurz nach dem richtigen Wort, »bewährt hat? Die Skorpione deuten eher auf jemanden hin, der sich scheut, mit eigener Hand einen tödlichen Stoß zu führen. Oder der irgendein Symbol damit verbinden will. Vielleicht ein Hinweis auf einen Gott? Doch obwohl ich Diener des Amun bin, muss ich gestehen, dass ich keinen Unsterblichen kenne, der es liebt, wenn Menschen von Skorpionen vergiftet werden.«

»Aber wer außer dem Mörder Kenherchepeschefs sollte auch mich umbringen wollen?«, fragte Rechmire.

Der Priester hob die beiden geöffneten Hände demutsvoll in Richtung Himmel. »Das weiß allein Amun. Ich gebe zu, dass zurzeit vor allem Sennodjem und Parahotep verdächtig sind. Du solltest trotzdem deinen Geist nicht jetzt schon verhärten, denn vielleicht musst du doch noch andernorts weiter suchen.«

Dann erhob sich Kaaper und deutete eine Verbeugung an. »Sei auch noch in dieser Nacht mein Gast, junger Schreiber. Ich werde noch zum Tempel des Amun gehen, um die abendlichen Riten zu vollziehen. Ich wünsche dir einen ruhigen Schlaf und erquickliche Träume.«

Rechmire ließ sich auf die Liege zurücksinken und dachte nach. Kaapers Worte hatten ihn verwirrt. Der Priester hatte Recht mit seiner Vermutung, dass der Anschlag mit den Skorpionen scheinbar weder zu Sennodjem noch zu Parahotep passte – und schon gar nicht zu der Art, wie Kenherchepeschef in das Reich des Westens geschickt worden war. Doch was wusste er schon wirklich über den Zweiten Schreiber und den Zeichner? Beide hatten auf jeden Fall etwas zu verbergen, das mit ziemlicher Sicherheit gegen die Gesetze des Pharaos, vielleicht gar gegen die Gebote der Götter verstieß. Wer von allen Plätzen im Lande Kemet ausgerechnet am Ort der Wahrheit einen Frevel begehen würde – wäre der nicht auch kaltblütig genug, um ebendort einen thebanischen Schreiber zum westlichen Horizont zu schicken?

Dann grübelte Rechmire über Kaapers schroffe Reaktion auf den unbekannten Königsnamen, der auf der Rückseite jener seltsamen, irgendwie bedrohlich klingenden Notiz Kenherchepeschefs stand. An wen mochte die Zeile »Ich weiß alles über dich« gerichtet gewesen sein? Was wusste Kenherchepeschef? Und war es bloßer Zufall, dass auf der anderen Seite

des Steinsplitters jener ominöse Königsname stand, oder hatte es etwas damit zu tun? Und warum wollte Kaaper, der darin irgendetwas erkannt haben musste, nicht darüber reden?
Er schreckte hoch, als Tamutnefret plötzlich vor ihm stand.
»Ich muss eingeschlafen sein«, murmelte er.
Die Sklavin setzte ein Tablett mit frischem Brot, Granatäpfeln, gebratener Entenbrust und einem großen Krug Wasser vor ihm ab und verneigte sich stumm.
Doch als sie schon wieder an der Tür war, hielt sie inne, holte tief Luft und kam zurück. Sie verbeugte sich tief vor ihm und streckte die Hände in Kniehöhe vor. »Ich muss dir etwas gestehen«, flüsterte sie.
Rechmire sah sie erstaunt an. »Hab keine Angst«, antwortete er.
Tamutnefret sah sich um, als wolle sie sich noch einmal vergewissern, dass sie auch tatsächlich allein waren. »Ich habe vorhin an der Tür gelauscht«, sagte sie leise und hob dabei den Blick nicht vom Boden. »Ich habe nicht alles verstanden von dem, was du mit dem Priester beredet hast. Aber ich weiß, dass es dabei auch um« - die Sklavin zögerte - »Sennodjem ging«, vollendete sie schließlich.
Rechmire dachte, dass es besser sei, Tamutnefret jetzt keine Vorwürfe wegen ihrer unerlaubten Neugier zu machen. »Der Zweite Schreiber hat sich verdächtig gemacht«, entgegnete er kühl.
»Weil er in der Nacht von Kenherchepeschefs Tod gar nicht im Tempel des Amun war?«, fragte die Sklavin.
Rechmire nickte und verzichtete auf eine Antwort.
»Er hat die Nacht mit mir verbracht«, gestand Tamutnefret leise.

Er fuhr hoch und starrte sie mit aufgerissenen Augen an. »Du hast dein Lager mit Sennodjem geteilt?«, rief er überrascht.
Sie bat ihn mit einer flehentlichen Geste, leiser zu sprechen. »Ich bin schon seit fast einem Jahr seine Geliebte«, flüsterte sie. »Wir treffen uns regelmäßig an den arbeitsfreien Tagen. Dann sind nämlich die Hütten, in denen die Männer während der Woche übernachten, verlassen und unbewacht. In jener Nacht waren wir auch dort.«
In Rechmire tobten widersprüchliche Gefühle. Auf der einen Seite fühlte er so etwas wie Enttäuschung, dass sich Sennodjems falsche Geschichte auf so banale Weise aufklären ließe, andererseits amüsierte ihn die Vorstellung des kleinen, dicklichen, vorzeitig gealterten Zweiten Schreibers in den Armen einer jungen Sklavin, die so kräftig war wie ein Soldat in der Armee des Pharaos.
»Ausgerechnet Sennodjem!«, sagte er schließlich. »Ausgerechnet der Zweite Schreiber, der so tut, als sei er korrekter und gewissenhafter als des Pharaos oberster Magazinverwalter! Ausgerechnet er hält sich eine Sklavin des Pharaos als heimliche Geliebte!«
»Ich hoffe, dass ich irgendwann einmal nicht mehr Sklavin bin, sondern Sennodjems Frau werden kann. Zumindest seine Nebenfrau«, sagte Tamutnefret leise.
Rechmire wurde wieder ernst und er blickte die Sklavin mitleidig an, die sich einem engherzigen, verschwitzten älteren Mann hingab, in der verzweifelten Hoffnung, damit irgendwann ihrem Schicksal zu entkommen. Dabei wusste sie wahrscheinlich besser als jeder andere Mensch in Set-Maat, dass ein Mann, dem so viel an seiner Laufbahn, an der peniblen Einhaltung der Maat und an Äußerlichkeiten gele-

gen war wie dem Zweiten Schreiber, niemals seine Gattin verstoßen würde, um eine Unfreie zu heiraten.
»Gibt Sennodjem immer vor, dass er die Nacht im Tempel durchwacht, wenn er sich mit dir treffen will?«, fragte er.
Die Sklavin nickte. »Die Menschen am Ort der Wahrheit verehren Meretseger und den vergöttlichten Amenophis den Ersten; zu Amun beten sie nur an einem seiner hohen Festtage. Deshalb schien es ihm nicht sehr riskant zu sein, die Geschichte mit dem Amuntempel zu erfinden.«
»Plagen den Zweiten Schreiber nicht Gewissensqualen, weil er gegenüber dem höchsten der Götter frevelt?«
Für einen Augenblick umspielte ein verächtliches Lächeln die Lippen von Tamutnefret, bevor ihr Gesicht wieder einer unbeweglichen Maske glich. »Sennodjem glaubt, dass ihm die Götter jede Sünde verzeihen, wenn er nur als Schreiber am Ort der Wahrheit streng seine Pflichten erfüllt.«
Rechmire lachte kurz und ließ sich dann auf die Liege zurücksinken. »Ich danke dir für dein Vertrauen, Tamutnefret«, sagte er müde. »Du hast mir geholfen, ein Rätsel zu lösen. Eines von den eintausend, die mir Thot gestellt hat«, fügte er hinzu und schloss die Augen.
»Wirst du Sennodjem immer noch weiter verdächtigen?«, fragte die Sklavin vorsichtig.
»Ich verdächtige ihn nicht mehr als jeden anderen Menschen am Ort der Wahrheit«, antwortete er ausweichend.
Tamutnefret brachte ein schwaches Lächeln zustande und zog sich zur Tür zurück.
»Einen Moment noch!«, rief Rechmire. Einer plötzlichen Eingebung folgend fragte er: »Weiß wirklich niemand im Dorf von eurer heimlichen Liebschaft?«

Selbst im abendlichen Halbdunkel des Zimmers konnte er erkennen, wie die Hände der jungen Frau zitterten, als sie für einen Augenblick unschlüssig an der Tür stand. »Doch, es gab jemanden«, flüsterte sie schließlich. »Kenherchepeschef hat vor einigen Wochen irgendwie erfahren, dass Sennodjem meine Gunst genießt. Ich habe keine Ahnung, wie er es herausgefunden hat, aber er wusste sogar, wann und wo wir uns immer trafen.«
»Und woher weißt du, dass er es wusste?«, wollte Rechmire wissen.
»Er hat es mir gesagt, als ich vor zwei Wochen das letzte Mal Dienst in seinem Haus hatte. Kenherchepeschef erwähnte es beiläufig, so, als sei es etwas ganz und gar Gewöhnliches, das eigentlich gar nicht der Rede wert war.«
Rechmire pfiff durch die Zähne. »Hat er auch Sennodjem gegenüber eine solche Bemerkung fallen gelassen?«
Die Sklavin zog die Schultern hoch. »Ich weiß nicht, ob Kenherchepeschef mit Sennodjem gesprochen hat. Ich selbst habe ihm nicht verraten, dass der Erste Schreiber von unserem Verhältnis wusste. Ich hatte Angst, dass Sennodjem mich sofort verstößt, wenn er erfahren hätte, dass Kenherchepeschef hinter unser Geheimnis gekommen war.«
»Du darfst dich zurückziehen, Tamutnefret«, sagte Rechmire und lächelte sie beruhigend an.
Doch als die Sklavin verschwunden war, konnte er ein triumphierendes Grinsen nicht länger unterdrücken. »Ich weiß alles über dich.« – Bekam dieser Satz Kenherchepeschefs nicht plötzlich einen wunderbaren Sinn? Dem Ersten Schreiber saß der allzu ehrgeizige Zweite Schreiber schon seit Jahren im Nacken. Vielleicht befürchtete Kenherchepeschef schon lange, dass ihn Sennodjem durch eine Intrige verdrän-

gen wollte. Da erfuhr er von dem heimlichen Verhältnis des so sehr auf seine Reputation bedachten Zweiten Schreibers. Was also hätte näher gelegen, als ihn damit unter Druck zu setzen, als seinem Ehrgeiz so die Flügel zu stutzen? Doch was tat Sennodjem? Es wäre gleichgültig gewesen, ob er Tamutnefret tatsächlich liebte oder nur zu seinem Vergnügen bei ihr gelegen hatte, es hätte ihm - anders, als die Sklavin glaubte - keinen Vorteil gebracht, ihr Verhältnis zu beenden. Denn es wäre zu spät gewesen, Kenherchepeschef hätte jederzeit damit einen Skandal auslösen können.
Es sei denn, man brachte ihn für immer zum Schweigen.

Tausend Gedanken wirbelten durch Rechmires Kopf, sodass er nicht schlafen konnte, obwohl sich sein Körper zerschlagen anfühlte und seine Lider schwer waren. Er schätzte, dass Mitternacht schon vorbei war, als er sich schließlich aufschwang und ein kleines Talglicht entzündete. Vorsichtig schlich er durch das Zimmer. Kaaper und Tamutnefret schliefen in kleinen Nebenkammern und er wollte keinen der beiden aufwecken. Mit einem Anflug von schlechtem Gewissen kramte er in den Truhen des Priesters herum. Er war auf der Suche nach einem Papyrus und dabei war es ihm gleichgültig, welche Texte er dabei finden würde. Wahrscheinlich würde ein Vorlesepriester wie Kaaper irgendwo eine Sammlung mit Hymnen an Amun bei sich haben - lange, altehrwürdige und in komplizierten altertümlichen Stanzen verfasste Gottesgesänge, die so schwierig waren, dass er erst in seinem letzten Jahr im Haus des Wissens zuerst einzelne Strophen, dann ganze Lieder hatte abschreiben müssen. Er hatte nicht viel für diese Lobgesänge übrig, die ihm immer auf seltsame Weise zugleich kriecherisch und hochtrabend, viel zu pathetisch und doch der unendlichen Würde des Gottes nicht angemessen vorgekommen waren. Doch nun war er auf der Suche nach Texten, die ihn von seinen eigenen Gedanken ablenken und ihm so endlich Schlaf schenken würden. Und dafür wären die Hymnen an Amun ideal gewesen.

Es dauerte lange, bis Rechmire endlich in einer unscheinbaren Kiste, halb verborgen unter einem Stapel alter Leinengewänder und Zeremonialgeräte aus Silber, einen kleinen Tonkrug fand, aus dem er einen alten, fleckigen Papyrus herauszog.

Er musste sich beherrschen, um nicht einen überraschten Ausruf auszustoßen, der ihn verraten hätte. Denn im flackernden Licht der Talgfunzel erkannte er, dass quer über die noch zugeschnürte Rolle ein Satz geschrieben stand – ein Satz in einer Handschrift, die er inzwischen nur zu gut kannte:

»Dieser Text gehört zum Haus der Buchrollen des Ersten Schreibers Kenherchepeschef. Wer diesen Papyrus stiehlt, den wird Thot mit einem Zeichen auf der Stirn brennen und Sechmet wird sein Herz zerreissen und Sehakek sein Ka für alle Zeiten mit bösen Träumen martern.«

Rechmire fragte sich, wie Kaaper an einen Papyrus aus der Sammlung des Ersten Schreibers gekommen sein mochte, während er mit zitternden Händen den Text langsam entrollte.

Als er den Titel endlich lesen konnte, saß er für lange Augenblicke wie versteinert auf der Liege, als hätte ihn der Fluch des toten Schreibers bereits getroffen. Sein Geist war leer. Irgendwann kam er wieder zu sich, obwohl er sich noch immer fühlte, als hätte sich ein fremder Dämon in seiner

Seele eingenistet. Mit langsamen, übertrieben vorsichtigen Bewegungen rollte er den Papyrus wieder zusammen, steckte ihn in sein tönernes Gefäß und versteckte es sorgfältig in der Kiste.

Dann schlich er sich auf die Dachterrasse, weil er nun wusste, dass er in dieser Nacht keinen Schlaf mehr finden würde. Rechmire blickte in den schwarzen Himmel, wo Tausende von Sternen strahlten wie feine Kristalle auf einem Pantherfell.

Versteckt in einer alten Kiste des Vorlesepriesters Kaaper, den er bis zu diesem Moment für seinen einzigen Freund am Ort der Wahrheit gehalten hatte, lag der größte Schatz des toten Schreibers: das Traumbuch des Chnumhotep.

12. BUCHROLLE

Das Ritual des Hohepriesters Userhet

Jahr 6 des Merenptah, Achet, 14. Tag des Paophi,
Großer Tempel des Amun von Karnak, Theben

Rechmire war erleichtert, als er nach den acht Tagen in Set-Maat endlich wieder den Nil erblicken konnte. Der Berg Dehemet, der Thron der Meretseger, war am westlichen Horizont klein geworden wie eine Pfeilspitze, die im Wüstensand steckte. Das Tal der toten Pharaonen war irgendwo zwischen den gelblich schimmernden Felsen verborgen. Von Norden her wehte ein leichter, stetiger Wind, der Wind, der dem Nil vom Meer her entgegenblies und stromauf kroch bis zur Wüste Nubiens und die Hitze linderte.
Die Menschen vom Ort der Wahrheit hatten sich am frühen Morgen vor dem Tempel Amuns versammelt, um der Zeremonie beizuwohnen, mit der Kaaper seinem Gott huldigte. Alle waren gekommen, selbst die Greise, die auf Binsenmatten getragen werden mussten, die verkrüppelten Arbeiter,

denen Steine Fußgelenke oder Beine zerschmettert hatten und die sich auf schiefen Sykomorenstrünken abstützten, und sogar die kleinsten Kinder, die in wollenen Umhängen an der Brust der Mutter getragen wurden.
Morgen würde das Opet-Fest beginnen, das elftägige, das höchste Fest des Amun, seine alljährliche Verjüngung, die den Beiden Reichen Glück, Macht und Wohlstand garantierte. Elf Tage lang würde der Gott mit seiner Gemahlin Mut und seinem falkenköpfigen Sohn Chons Gast sein unter den Sterblichen, würden seine beiden Heiligtümer in Karnak und Luxor, würde das hunderttorige Theben zum Zentrum der Welt werden, denn der Pharao selbst würde seinem himmlischen Vater die Ehre erweisen. Tausende von Pilgern aus dem Lande Kemet strömten alljährlich zu diesem Ereignis nach Theben. Und auch die Einwohner vom Ort der Wahrheit würden ihr verstecktes Quartier verlassen, um sich in den scheinbar unendlichen Zug der Gläubigen einzureihen, um Amun zu ehren, um die Freuden Thebens zu genießen, um wenigstens einen Blick auf den göttergleichen Mann zu werfen, an dessen Grab sie schon seit Jahren arbeiten durften.
Alle hatten sich deshalb an diesem Morgen vor ihrem kleinen Tempel Amuns versammelt, um von dort aus gen Theben zu ziehen. Alle – außer Parahotep.
Rechmire war beim ersten grauen Schimmer am östlichen Horizont wieder von der Dachterrasse zu der Liege im Hauptraum geschlichen, um kein Aufsehen zu erregen. Zusammen mit Kaaper und Tamutnefret war er kurze Zeit später, nach einem hastigen Frühstück, zum Tempel gegangen. Verstohlen hatte er sich nach den Menschen umgeblickt, die ihn neugierig anstarrten. Natürlich hatte sich der Anschlag auf ihn längst herumgesprochen. Hunero hatte ihn

angelächelt, als sie ihn erblickte; Djehuti hatte gar einen militärischen Gruß angedeutet und auch die anderen Bewohner schienen Rechmire nicht mehr so verschlossen, ja abweisend zu sein. Niemand schien enttäuscht zu sein, ihn noch unter den Lebenden zu sehen.
Kaaper hatte ihm als Einzigem erlaubt, mit ihm ins Innere des Tempels zu schreiten und ihm bei den Ritualen zu helfen – eine besondere Ehre, mit der der Priester vor allen Leuten zeigen wollte, dass Rechmire erwiesenermaßen die Gunst Amuns genoss, denn sonst hätte ihn Osiris längst zu sich geholt.
Doch Rechmire konnte das Traumbuch des Chnumhotep nicht vergessen, das er in Kaapers hölzerner Kiste entdeckt hatte. Er wollte sich nicht durch ein falsches Wort verraten, also war er ungewöhnlich einsilbig, solange der Priester in seiner Nähe war.
Erst als sie sich nach der Zeremonie zu einem langen Zug auf dem Pfad Richtung Theben formierten, fiel Rechmire auf, dass Parahotep fehlte. Er erblickte den Vorzeichner, beugte sich zu ihm und flüsterte ihm zu, ob er wisse, wo sein Arbeiter geblieben sei.
»Er sagte mir gestern, dass er die freien Tage nutzen will, um sein eigenes Haus der Ewigkeit zu vollenden«, brummte der Vorzeichner. »Amun allein mag wissen, was in Parahotep gefahren ist. Hat er Angst, dass er in den nächsten elf Tagen stirbt? Er ist doch erst einundzwanzig Jahre alt und kerngesund. Er kann sich zwanzig, dreißig, vielleicht, wenn ihm Osiris gnädig ist, sogar fünfzig Jahre Zeit damit lassen, sein Grab auszumalen.«
Rechmire tat so, als würde er diese Neuigkeit zwar verwundert, aber nicht weiter beunruhigt aufnehmen. Tatsächlich

war er unruhig wie eine Hyäne, die eine Blutspur gewittert hatte. Welchen besseren Zeitpunkt könnte es geben als diesen, um unauffällig Schätze aus Merenptahs Grab - oder vielleicht gar aus denen älterer, längst vergessener Pharaonen - verschwinden zu lassen? Elf Tage lang lag das Tal der toten Pharaonen nur unter dem Schutz Meretsegers und der anderen Unsterblichen, was vielleicht nicht ausreichen mochte, um einen entschlossenen und kundigen Mann wie Parahotep von frevlerischen Taten abzuhalten. Und außerdem hatte es der Zeichner unter allen Umständen vermieden, ihm, Rechmire, nach dem Anschlag in die Augen sehen zu müssen.

Er überlegte kurz, ob er Schwäche nach dem Anschlag oder etwas anderes vorschützen sollte, um ebenfalls am Ort der Wahrheit bleiben und Parahotep auflauern zu können. Doch dann sagte er sich, dass dies so sehr auffallen würde, dass sich der Zeichner daraufhin garantiert keine Blöße geben würde. Und außerdem gab es da ja noch Baketamun.

Rechmire sehnte sich danach, die Tochter des Hohepriesters endlich wieder in den Armen halten zu dürfen. Er vermisste den Duft ihres geschmeidigen Körpers, ihre erfahrenen Liebkosungen, den Klang ihrer melodischen und irgendwie provozierenden Stimme. Für elf Tage würde sich Theben während der Opet-Zeit in einen gigantischen Festsaal verwandeln. Er würde mehr als eine Gelegenheit haben, seine Geliebte heimlich zu treffen.

Also stand er einige Stunden später am Saum des Nils. Sennodjem und die Medjai hatten ihren Zug angeführt, Rechmire war mit Kaaper, Nachtmin (der schon wieder leicht schwankte) und den Vorarbeitern direkt dahinter gefolgt,

dann kamen die Arbeiter mit ihren Familien und zuletzt die Sklaven.
Nie zuvor hatte Rechmire gesehen, dass der Nil so viele Fahrzeuge trug. Von Norden kamen große Meeresschiffe aus Memphis und vom Delta; er erkannte kretische Galeeren an den roten Delfinen auf ihren geblähten weißen Segeln und die bauchigen Schiffe der Syrer und Phönizier an den Bildnissen ihrer fischschwänzigen Meeresgötter. Große, flache Fluss-Segler, deren Planken mit Hanfseilen verspannt waren, brachten, unter ihrer hoch gestapelten Ladung gefährlich schwankend, Berge von Weinamphoren und Getreidesäcken an die Kais von Theben. Unförmige Lastkähne aus hartem Zedernholz, die aussahen wie ins Riesenhafte gesteigerte einfache Särge, die sonst nur benutzt wurden, um die in Assuan aus dem roten Granitberg herausgeschlagenen Obelisken stromab zu transportieren, trugen zerschlissene Zeltbahnen, unter denen sich Hunderte von Menschen, die Einwohnerschaften ganzer Dörfer, vor der Sonne schützten. Ochsen, Esel und Sklaven treidelten hastig zusammengezimmerte Flöße gegen den Strom, Fischer kamen mit ihren kleinen Kähnen, manche Bauernfamilien ließen sich von selbst zusammengebauten Untersätzen aus Palmstrünken gen Theben treiben.
»Das Opet-Fest ist in Wahrheit gar nicht Amuns höchster Feiertag«, lachte Nachtmin, als er sich an dem Spektakel satt gesehen hatte, »sondern der des krokodilköpfigen Sobek. Dort auf dem Strom schwimmt ein Festmahl für seine Wesen.«
Sennodjem und Kaaper warfen dem Sunu missbilligende Blicke zu, doch niemand widersprach ihm.
Der Zweite Schreiber drängte sich an einem hölzernen Pier vor und verhandelte mit einem älteren Fischer. Rechmire sah,

wie er immer erregter redete und heftig mit den Armen ruderte, während der Fischer ihn aus zahnlosem Mund gleichmütig anlächelte und offensichtlich immer wieder denselben Satz wiederholte. Schließlich gab Sennodjem auf, zog einen Lederbeutel hervor und warf dem Mann zwei blinkende Metallstücke zu.

»Zwei Deben Silber für eine Überfahrt!«, rief er empört, als er sich wieder zu den Dorfbewohnern gesellte. »Dafür kann ich mir auf dem Markt von Theben einen gesunden Sklaven kaufen.«

»Aber auch der könnte dich nicht eigenhändig über den Nil tragen«, spottete Nachtmin.

»Sei froh, dass uns überhaupt noch jemand mit hinübernimmt«, versuchte ihn Kaaper zu beruhigen. »Der Fischer wird mindestens viermal übersetzen müssen, um uns alle nach Theben zu bringen.«

»Zu normalen Zeiten wäre er froh, dies für ein oder zwei Deben Kupfer tun zu dürfen«, zischte der Zweite Schreiber, der sich noch immer nicht beruhigen wollte.

Nachtmin lachte wieder. »Während des Opet-Festes nimmt sich jeder, was er kriegen kann. Und was wird der Fischer schon mit dem Silber machen? Er wird es sparen, um sein eigenes Haus der Ewigkeit ausschmücken zu können. Wer weiß, vielleicht wird er so reich, dass er sich ein Grab in der Nähe von Set-Maat leisten kann? Und wer wird es für ihn bauen?« Er deutete mit spöttischer Geste auf Sennodjem. »Und dann wirst du deine beiden Deben wieder sehen.«

»Ich verspreche dir bei den tausend Göttern Beider Reiche, Sunu, dass dieser Fischer, sollte er sich tatsächlich je bei mir blicken lassen, sehr viel mehr als nur zwei Deben Silber zahlen wird«, rief der Zweite Schreiber grimmig. Dann ging er

selbst mit seiner Frau und seinen Töchtern und Schwiegersöhnen als Erster auf den aus alten Hölzern und Palmstrünken zusammengebundenen Kahn. Kaaper folgte ihm und streute etwas Myrrhe und Weihrauch in den schlammigen Strom, um die Herren des Nils gnädig zu stimmen. Erst danach wagten sich die Medjai, die in der südlichen Wüste aufgewachsen waren und deshalb den Tücken des Nils besonders misstrauten, an Bord. Schließlich gab es noch Platz für Nachtmin und Rechmire sowie einige Sklaven, die Sennodjem nach vorn rief, damit jemand am anderen Ufer ihr Gepäck entladen konnte.
Nachdem sie abgelegt hatten, stand Sennodjem auf dem schwankenden Kahn vorsichtig auf, ließ sich von einem Sklaven stützen und ging nach achtern, wo er sich neben Rechmire niederließ. Dieser tat so, als wäre er erfreut, den Zweiten Schreiber neben sich zu sehen.
»Du wirst in Theben bleiben«, sagte Sennodjem leise. Es klang nicht wie eine Frage.
Rechmire sah ihn erstaunt an. »Ich werde den Menschen vom Ort der Wahrheit folgen, wie ein Geier in der libyschen Wüste einer verirrten Karawane folgt«, antwortete er scharf. »Ich gehe mit euch zum Opet-Fest nach Theben und ich werde mit euch wieder in euer Wüstendorf zurückkehren und dort so lange ausharren, bis ich den Mörder Kenherchepeschefs gefunden habe.«
»Niemand liebt den Geier«, entgegnete der Zweite Schreiber hochmütig.
»Es muss mich ja auch niemand von euch heiraten.« Rechmire lachte kurz.
Sennodjem wischte sich mit der Rechten den Schweiß von der geröteten Stirn. Er roch stark nach Zwiebeln und saurem

Bier. »Du hast den Frevler nicht gefunden, der Kenherchepeschef in Merenptahs Haus der Ewigkeit erdolchte«, keuchte er vor mühsam unterdrücktem Zorn. »Schlimmer noch: Du wirst ihn auch niemals finden. Am schlimmsten aber: Du selbst hast neue Gewalt und neue Zwietracht zum Ort der Wahrheit gebracht – jenem Ort, der der heiligste im ganzen Lande Kemet sein sollte.«

»Thot möge meinen Geist oder deine Sprache klären«, entgegnete Rechmire, »denn ich weiß nicht, wovon du sprichst.«

»Du kannst dir deinen Hochmut sparen, junger Schreiber!«, fuhr der andere auf. »Du verstehst ganz genau, was ich meine: Du störst die Maat. Deine Fragen, deine unverschämte Neugier machen die Menschen nervös. Du mischst dich in Dinge ein, die dich nichts angehen. Du maßt dir Rechte an, die dir nicht zustehen. Du willst etwas von Geheimnissen erfahren, von denen niemand außerhalb von Set-Maat je etwas wissen darf. Du lenkst so viel Hass auf dich, dass irgendjemand bereit ist, die Heiligkeit des Ortes durch eine zweite Bluttat zu entweihen. Und das alles tust du, ohne dabei deinem eigentlichen Ziel auch nur einen Schritt näher gekommen zu sein.«

»Woher willst du das denn wissen?«, fragte Rechmire. Er bemühte sich, seiner Stimme einen überlegenen Klang zu geben, obwohl er sich alles andere als selbstsicher fühlte. Er konnte sich bereits denken, worauf dieses Gespräch hinauslaufen würde.

»Was wirst du dem Tschati melden, wenn er dich kommen lässt?«, entgegnete der Zweite Schreiber höhnisch. »Wirst du ihm einen Namen nennen? Wirst du ihm Beweise präsentieren können?«

»Ich werde ihm schon so viel von euren keineswegs immer so heiligen Geheimnissen vom Ort der Wahrheit berichten können, dass er mich weitermachen lässt. Mentuhotep wird mich sogar belohnen«, fügte Rechmire in festem Tonfall hinzu.
Sennodjem schnaubte wie ein gereiztes Flusspferd. »Deine Belohnung wird darin bestehen, dass dir Mentuhotep eine Nilfahrt spendiert - nach Nubien zu den Goldminen, wo du für den Rest deiner dann äußerst begrenzten Tage als Sklave Steine brechen musst! Wenn du klug bist, dann lässt du dich in Set-Maat nie wieder blicken. Du sagst dem Tschati, dass ich sehr viel besser wüsste als du, wie man den Mörder fängt, und bittest untertänig darum, wieder in seiner Schreibstube Papyri kopieren zu dürfen, was du zweifellos besser beherrscht als ich. Ich werde Mentuhotep in nicht ungebührlicher Zeit den Namen des Frevlers nennen. Dann wären alle zufrieden: Die Götter wissen, dass die Untat gerächt worden ist; der Tschati hat den Mörder Kenherchepeschefs; und dir passiert nichts.«
»Und du wärest der unumschränkte neue Herr vom Ort der Wahrheit«, vollendete Rechmire. »Ein bestechender Gedanke, so wahr mir Thot helfe. Nur was passiert, wenn ich nicht klug bin? Wenn ich, sagen wir einmal, dem Tschati erzähle, dass du einen unbrauchbaren Zweiten Schreiber und einen ganz und gar untauglichen Ersten Schreiber abgibst?«
Sennodjems Unterlippe zitterte so stark, dass ihm etwas Speichel über das Kinn rann. »Wenn du Krieg haben willst, junger Schreiber, dann kannst du ihn haben. Glaube nicht, dass du stark bist, nur weil du im Palast des Tschati dienst. Der Hohepriester Amuns ist der wahre Herr Thebens. Und

ich kenne Mittel und Wege, um ihn auf meine Seite zu ziehen!«
Damit stand er auf und ging schwankend wieder nach vorn, wo seine Familie saß, während er die hilfreiche Hand eines eilfertig herbeigesprungenen Sklaven mit ärgerlicher Geste wegstieß.
Rechmire blickte ihm beunruhigt nach. Was hatte ein Zweiter Schreiber wie Sennodjem mit dem Hohepriester Amuns zu schaffen? Es gab viele Menschen im Lande Kemet, die Userhet für den mächtigsten Mann der Beiden Reiche nach dem Pharao selbst hielten. Aber die Priester kümmerten sich kaum um die Schreiber, die, nach den Soldaten, die zweite Säule bildeten, auf die der Pharao seine Herrschaft stützte. Was also wollte Sennodjem mit seiner vagen Drohung andeuten? Dass er über die Errichtung von Userhets Grab so viel Einfluss auf den Hohepriester nehmen konnte, dass dieser wiederum einen Konflikt mit dem Tschati - und damit letztlich mit dem Pharao selbst - riskieren würde? Oder gab es etwas anderes, das Userhet so stark mit dem Ort der Wahrheit verband, dass er dafür sogar die strengen Regeln des Priesterstandes ignorieren würde?
Rechmire fand keine Antworten darauf und wurde immer unruhiger, je näher sie Theben kamen. Sennodjem mochte durch eine Intrige beim Hohepriester nicht nur seine Nachforschungen blockieren, er drohte gar, wenn auch unwissentlich, Rechmires Liebe zu Userhets Tochter unerfüllbar zu machen.

Als sie die Mitte des Stroms erreicht hatten, konnten sie den Duft Thebens einatmen. Rechmire kamen die Gerüche aus den Gewürzhallen und Garküchen, aus den Schmieden, Ger-

bereien und den Lustgärten der Reichen intensiver vor als je zuvor. Er wusste aber nicht, ob es nur daran lag, dass er die Stadt eine Woche lang nicht gesehen hatte, oder daran, dass zu ihren hunderttausend Bürgern mindestens weitere hunderttausend Pilger strömten.
Alle Piers im Hafen waren belegt, zwei, drei Schiffe waren jeweils nebeneinander festgebunden und scheuerten an den großen Sandsteinquadern der Kais. Aufgeregte Kapitäne und Lotsen fluchten in allen Sprachen des Erdkreises. Ihr Fischer schimpfte auf einen mykenischen Schnellsegler, der sich ihnen rücksichtslos in den Weg schob und sie dabei beinahe zum Kentern gebracht hätte. Die Medjai zückten ihre Dolche und stießen Verwünschungen in Richtung des Schiffes aus, dessen Bug von zwei riesigen, rot und blau gemalten Augen verziert wurde, und Kaaper opferte sicherheitshalber noch einmal etwas Myrrhe.
Sennodjem, der die Pilgerfahrt bis ins kleinste Detail organisiert zu haben schien (eine Tatsache, die Rechmire zugleich Bewunderung abnötigte und Angst einflößte), führte sie, nachdem sie endlich irgendwo anlegen konnten, über die schwankenden Decks zweier Lastkähne aus Piramesse bis zum Kai und von dort aus zum Viertel der Handwerker.
Sie passierten die Werkstätten und wackeligen Verkaufsbuden der Sandalenschuster und Lederriemenmacher, der Flachsweber, Spinner, Seifensieder und Glasbläser. Zwei Töpfer mit hellgrau verschlammten Händen formten eilig Krüge mit der Rechten, während ihre Linke unablässig die Töpferscheibe antrieb. Ihre Frauen schrien die Preise der fertigen Waren aus, die, grün und blau glasiert, noch heiß aus dem Brennofen kamen. Sie würden das Geschäft des Jahres ma-

chen, denn in dem Gedränge während des Opet-Festes wurden stets unzählige Tongefäße zerschlagen.
Sennodjem fluchte laut, als sie im Gewühl auf den engen, staubigen Gassen stecken blieben. Ein Bauer, der so arm war, dass sein Leibtuch nicht aus Leinen, sondern nur aus grobem Bast geflochten war, hatte einen struppigen alten Esel vorangetrieben, der mannshoch mit prall gefüllten, aber schon arg zerschlissenen Getreidesäcken beladen war. Doch der Esel weigerte sich nun störrisch, zwei riesige schwarze Ochsen zu passieren, die ihm entgegenkamen. Die Rinder zogen einen Schlitten, auf dem ein großer, grob zurechtgehauener Sandsteinblock lag. Zwei Sklaven kippten ständig aus großen Amphoren Wasser vor die Kufen des Schlittens, damit er leichter über den Grund glitt, während ein dritter die unglücklichen Zugtiere mit der Peitsche malträtierte.
»Amun allein mag wissen, warum diese Männer ausgerechnet heute einen Steinblock zum Hafen bringen müssen!«, rief Nachtmin lachend.
Die Menge wurde unruhig. Irgendjemand schrie, andere lachten. Ein junger Mann, dem das linke Ohr abgeschnitten worden war, führte einen Pavian an einer langen Leine, der darauf abgerichtet war, ausgestellte Waren, Honigkuchen und Datteln aus den Verkaufsständen zu stehlen. Doch in dem Menschenauflauf blieb er stecken und mehrere wütende Händler, die ihn verfolgt hatten, erreichten ihn und droschen mit Knüppeln auf ihn ein, während sein Affe daneben aufgeregt herumsprang und zeterte.
Dem Zweiten Schreiber dauerte es schließlich zu lang, in der verstopften Gasse zu warten. Er schickte die Medjai nach vorn, die, unter den johlenden Anfeuerungsrufen der Menge, mit Schieben, Stoßen und leichten Dolchstichen den Esel an

den beiden Rindern vorbeibugsieren wollten. Sie hatten damit aber erst Erfolg, als zufällig auch vier Soldaten aus der Palastwache des Pharaos vorbeikamen, die zwei große, schwarze Wolfshunde an Leinen mit sich führten. Die Hunde ließen ein dumpfes, grollendes Knurren hören, woraufhin die Menge schlagartig verstummte - und der Esel, als wäre nichts gewesen, langsam an dem Rinderschlitten vorbeitrottete.

Endlich erreichten sie die Herberge »Sobeks Rast«, ein einfaches, schmuckloses Gebäude, in dessen Innenhof viele Tische und Bänke aus groben Brettern aufgestellt waren, an denen bereits einige Dutzend Männer und Frauen im Schatten einer dicht bewachsenen Weinlaube aßen und tranken. Das Erdgeschoss bestand aus einem großen Schankraum, der ebenfalls schon gut gefüllt war. Es roch sauer nach Schweiß und dem starken Kedebier aus dem Hafen, das aus Syrien importiert werden musste; außerdem lag der stechende Gestank von schwelendem Stroh und Schafdung in der Luft, denn eine ältere, verhärmt aussehende Frau war gerade dabei, unter dem offenen, gemauerten Herd mit dem Feuerbohrer eine Flamme anzufachen. Sie hatte einen kleinen Stab aus hartem Zedernholz auf eine mit Stroh bedeckte Platte aus weichem Sykomorenholz gestellt und drehte ihn mit einer Bogensehne so schnell hin und her wie ein Schreiner einen Bohrer, bis aus dem bläulich qualmenden Untergrund endlich eine offene Flamme schlug.

Ein alter, tief gebeugter Mann begrüßte Sennodjem ehrfürchtig und führte sie über eine schmale, stark knarrende Stiege aus Palmstrünken bis zur obersten der vier Etagen, die komplett für die Menschen vom Ort der Wahrheit reserviert war.

Rechmire sah sich in seinem Zimmer um. Es war gerade lang genug für eine auf dem Boden ausgerollte Bastmatte und eine flache Holztruhe und kaum doppelt so breit wie seine Schultern. Durch schmale Fensterschlitze drangen Licht und Luft herein, es gab keine Tür, sondern nur eine Matte, die im trägen Lufthauch langsam tanzte. Es war heiß, weil der Raum direkt unter dem Dach lag, doch war er wenigstens peinlich sauber gefegt.
Dann blickte Rechmire ihrem Wirt hinterher, der wieder in Richtung Stiege schlurfte. Sein verkrümmtes Rückgrat verriet, dass er jahrelang schwerste Lasten hatte schleppen müssen. Es war keineswegs ungewöhnlich, dass sich Arbeiter nach langer Fron genug Silber angespart hatten, um ihre alten Tage beschaulicher in einer eigenen Herberge oder Taverne zu beschließen. Doch er fragte sich, ob es wirklich Zufall war, dass sie ausgerechnet in dem Quartier gelandet waren, das sich der Wasserträger erspart hatte, den Rechmire erst vor wenigen Tagen an der Zisterne vor dem Ort der Wahrheit in angeregter Unterhaltung mit Hunero erblickt hatte.
Er überlegte sich auch kurz, ob er nicht das winzige Zimmer zugunsten seines eigenen Hauses aufgeben und die elf Tage des Opet-Festes im bescheidenen Komfort seiner eigenen vier Wände verbringen sollte, doch entschied er sich schließlich dagegen. Er würde Baketamun treffen, wo immer es seiner Geliebten gefiel, doch den Rest der Zeit wollte er den Menschen von Set-Maat so nah wie möglich sein - vielleicht würde der Mörder während der langen Feiern unvorsichtig werden und sich so endlich verraten.
Allerdings verließ er »Sobeks Rast« trotzdem für kurze Zeit, um wenigstens in seinem Haus nach dem Rechten zu sehen. Seine Sklaven Chui und Nebtu öffneten ihm und schienen

ehrlich erfreut darüber zu sein, ihren Herrn wieder zu sehen.
»Möchtest du etwas Honigkuchen essen?«, fragte Nebtu und blickte ihn besorgt an. »Du hast abgenommen«, konstatierte sie, »so wirst du nie zu einem runden Bauch kommen, der doch das würdevolle Zeichen aller guten Schreiber ist.«
Er lachte sie freundlich an. »Mach dir um mich keine Sorgen«, beruhigte er sie, »Amun selbst hält seine schützende Hand über mich.« Er beschloss, ihnen nichts von dem Anschlag mit den Skorpionen zu erzählen.
»Wie geht es meinen Eltern?«, fragte er.
»Raia und Meresanch sind wohlauf«, antwortete Chui würdevoll. Dann setzte er, mit einer Spur von Vorwurf in der Stimme hinzu: »Sie würden sich freuen, das Opet-Fest mit dir zu feiern.«
Auch daran hatte Rechmire schon gedacht. Doch er wusste nicht, ob er den Mörder Kenherchepeschefs fangen und damit einen guten Schritt in seiner Laufbahn vorankommen würde oder ob er in Set-Maat erfolglos blieb und sich damit vielleicht für alle Zeiten die Aussicht auf eine angesehene Stelle zerstörte. Solange diese quälende Ungewissheit anhielt, wollte er nicht vor ihre Augen treten, weil er die besorgten Fragen seiner Adoptiveltern fürchtete.
Er schüttelte den Kopf. »Das ist leider nicht möglich, denn ich bin alle Stunden des Tages nur damit beschäftigt, den Auftrag des Tschati zu erfüllen. Und das gilt ganz besonders jetzt, während der Zeit der großen Feiern.«
Dann aber konnte er sich nicht länger beherrschen und fragte in möglichst beiläufigem Tonfall: »War Shedemde einmal hier?«

»Die Sklavin, die manchmal an deine Pforte klopft, um dich abzuholen?«, fragte Chui, obwohl er ganz genau wusste, wen sein Herr meinte.
Rechmire nickte ungeduldig.
Die beiden alten Sklaven tauschten einen langen Blick, dann antwortete Nebtu kurz angebunden: »Nein, die war nicht hier.«
»Gut«, antwortete Rechmire, obwohl das ganz und gar nicht das war, was er in diesem Moment dachte. Er wollte sich vor seinen beiden Dienern nichts anmerken lassen, weshalb er nicht weiter nachfragte – obwohl er den Eindruck hatte, dass ihm die beiden irgendetwas verschwiegen.
Er verabschiedete sich von den beiden Sklaven und kämpfte sich durch das Gedränge der engen Gassen bis zur Herberge zurück. Er fühlte sich plötzlich müde und hatte das unbestimmte Gefühl, als müsse er die kommenden Tage des Opet-Festes fürchten.
Im Hof der Herberge traf er Kaaper, der mit Nachtmin beim Schlangenspiel saß. Beide Männer schlürften aus langen Saugrohren kühles Kedebier, das in großen, irdenen Krügen serviert worden war. Einige Männer aus dem Ort der Wahrheit standen neugierig um die beiden herum, ein Halbwüchsiger hatte sich zu dem halb blinden Priester gesetzt, der seine eigenen Züge und die des Gegners nicht mehr erkennen konnte, sondern sich nur mit seiner Erinnerung und seinem Vorstellungsvermögen helfen musste. Trotzdem dominierten seine Steine, die der Junge nach seinen Anweisungen bewegen musste, das Spielbrett, das dem Bild einer geringelten Schlange nachempfunden war. Alle drei seiner hölzernen Löwen und seiner Löwinnen sowie zwei seiner drei roten Kugeln waren noch im Spiel, während dem Arzt nur noch zwei

Löwen geblieben waren. Wenige Züge später war er auch diese letzten Figuren los.
Der Sunu verneigte sich lachend, während die Zuschauer anerkennend murmelten. »Dein klügster Zug war dein erster, Priester«, rief Nachtmin fröhlich, »als du mir einen Krug Kedebier spendiert hast. Wein beflügelt mich, doch Bier macht mich dumpf und träge wie den Ochsen am Schöpfrad. Ich gratuliere dir!« Er schob ihm einen Kupferring hinüber.
»Ich werde meine Siegesbeute Amun spenden, sodass er uns beiden gnädig ist«, erwiderte Kaaper und ließ sich von dem Jungen den Ring reichen. Die Umstehenden applaudierten.
»Ist der junge Schreiber hier?«, fragte der Priester.
Rechmire wollte sich neben ihn setzen, doch Kaaper stand auf und fasste ihn am Arm. »Lass uns einen kleinen Spaziergang machen«, sagte er fröhlich.
Theben glühte rot, weil sich Amuns Wagen dem westlichen Horizont näherte. In den Gassen stand heiße, stickige Luft wie in einem Wüstengrab, doch nachdem sie einige Querstraßen passiert hatten, erreichten sie einen der großen öffentlichen Gärten, die wie Oasen im zerklüfteten Dickicht der Ziegelwände, Dachterrassen und schmalen Wege lagen. Hunderte von Bauernfamilien und fliegenden Händlern aus allen Teilen des Landes Kemet hatten sich unter den sorgfältig gestutzten Palmen niedergelassen, auf den viereckigen Zierteichen schwamm Unrat, obwohl eine ganze Abteilung von Sklaven des Pharaos mit nichts anderem beschäftigt war, als den Park pausenlos zu reinigen.
Rechmire fand einen Platz auf der niedrigen Einfassungsmauer eines Zierbeckens, auf dessen stiller schwarzer Wasserfläche blaue Lilien schwammen, deren schwerer Duft stärker war als der strenge Geruch der lagernden Menschenmasse.

Er hatte während des Weges geschwiegen, weil er keinen Grund mehr hatte, dem Priester zu trauen.
Kaaper schien das nicht zu stören, denn er hing offensichtlich seinen eigenen Gedanken nach. Er atmete schließlich tief durch und lächelte. »Wasserlilien«, murmelte er. »Letztes Jahr während des Opet-Festes konnte ich noch ihren blauen Schimmer erkennen und den grünen Schatten, der unter Palmen spielt, und die gelben Striche der sauber geharkten Kieswege und die weißen Linien der niedrigen, verputzten Einfassungsmauern. Dieses Jahr sehe ich nur noch Schemen, deren Farben und Formen ich nicht mehr zu bestimmen vermag. Nächstes Jahr wird alles schwarz sein um mich.«
Rechmire hätte Kaaper gerne gefragt, warum er, der doch nichts mehr lesen konnte, das Traumbuch des Chnumhotep versteckte, doch er hielt den Zeitpunkt dafür noch nicht für günstig.
Plötzlich berührte Kaaper seine Hand und lächelte versonnen. »Der Hohepriester Userhet und alle niederen Diener Amuns werden in wenigen Stunden im Tempel von Karnak den Amun feierlich zur Nacht geleiten. Was hältst du davon, mich zu begleiten?«
Rechmire sah ihn erstaunt an. »Ich darf daran nicht teilnehmen«, flüsterte er.
Der Priester lachte kurz. »Du musst dich natürlich in gebührendem Abstand hinter den Kulissen halten und niemandem unangenehm auffallen. Nach der heiligen Zeremonie könnte ich es dann so einrichten, dass du einige Worte an Userhet richten darfst.«
»An den Hohepriester Amuns selbst?«, rief Rechmire, dann bezwang er sich, weil ihn einige Bauern neugierig anstarrten. »Niemand kann einfach so mit Userhet reden«, fügte er leise

hinzu. »Und ich wüsste auch gar nicht, worüber ich mit einem so heiligen und mächtigen Mann sprechen sollte.«
Da lachte Kaaper so heftig, dass ihm Tränen aus den trüben Augen rollten. »Userhet war vielleicht der letzte Mensch, der vor seinem Tod noch mit Kenherchepeschef gesprochen hat. Ich glaube, dass es einiges gäbe, über das du mit ihm reden könntest. Und ich glaube weiterhin, dass er nicht gänzlich abgeneigt wäre, dir zu antworten.«
Kaaper ließ sich von Rechmire zum Osttor des Tempels von Karnak führen, das auf der nilabgewandten Seite lag und keinen Prozessionen oder anderen kultischen Handlungen diente, sodass es vergleichsweise klein und unauffällig ausgefallen war - sofern irgendetwas unauffällig sein konnte am Tempel von Karnak. Sie gingen auf einer breiten Allee außen an der riesigen Umfassungsmauer entlang, die von farbigen Reliefs geschmückt war, von denen jedes einzelne größer war als die Vorderfront eines Hauses. Sie zeigten die triumphalen Feldzüge von Sethos dem Ersten in Palästina und von Ramses dem Zweiten gegen die Hethiter und Libyer. Rechmire sah den Pharao, größer als alle anderen Menschen, im Streitwagen mit Pfeil und Bogen, hinwegschreitend über gefallene Feinde, die Kriegskeule in der erhobenen Hand und mit Lotosblüten, die er den Göttern opfert; er sah erstürmte Städte und verwüstete Felder, bärtige Gefangene, denen die Arme auf den Rücken gebunden waren, Krieger unter der Last ihrer Beute und Soldaten, die die abgeschlagenen Hände getöteter Feinde zu riesigen Hügeln aufschichteten. Die Hieroglyphen - manche Zeichen waren größer als sein Oberkörper - berichteten in tragenden Worten von diesen Siegen und listeten mit der pedantischen Sorgfalt der Magazinverwalter des Pharaos die Zahl der Gefangenen und jedes einzelne Beutestück auf. Rechmire

schritt auch unter der Hymne entlang, die Ramses der Zweite nach der Schlacht von Kadesch in die Wand hatte meißeln lassen und die Kenherchepeschef einst abgeschrieben hatte.
Das Osttor war klein, bestand aber aus zwei massiven, mit Amun-Reliefs verzierten Bronzeflügeln. Vor dem Tor standen zwei Schlangensteine, kegelförmige Blöcke, um die sich Schlangen wandten, welche das Heiligtum vor allen ungebetenen Besuchern schützten. Kaaper murmelte eine magische Formel, deren Worte Rechmire nicht verstehen konnte, und verneigte sich vor den Schlangen, bevor er auf das Tor zuschritt.
Die Tempelwächter erkannten Kaaper und verbeugten sich mit vorgestreckten Händen. Niemand wagte es, Rechmire in seiner Begleitung anzusprechen.
Karnak war wie eine eigene Stadt in der Stadt. Die Tempelmauer war viele hundert Schritte lang und umschloss ein Geviert, das mehr als doppelt so groß war wie das eigentliche Heiligtum. Den freien Platz nahmen die flachen, aber großzügig geschnittenen Häuser der Priester, lang gestreckte Magazine, Gärten mit duftenden Kräutern und mehrere künstlich angelegte, rechteckige Teiche ein. Rechmire entdeckte drei ältere Sklaven, die mit gekrümmten Rücken in einem Garten Myrrhe schnitten, ansonsten schien die Anlage menschenleer zu sein.
»Sie sind alle schon im Tempel«, sagte Kaaper wohlgelaunt, der seine Gedanken erraten zu haben schien. Der Priester kannte sich in Karnak so gut aus, dass Rechmire ihn nicht mehr führen musste, sondern im Gegenteil Mühe hatte, ihm zu folgen, weil er mit sicheren Schritten schnell voranging.
Kaaper führte ihn außen um das Allerheiligste herum, das ebenfalls mit farbigen Reliefs verziert war, Bildern, welche

die Taten Amuns priesen. Von weitem leuchtete die goldene Spitze des größten Obelisken im Lande Kemet, den Thutmosis der Dritte einst hatte aufstellen lassen, in der Abendsonne wie eine Flamme, die auf einer himmelstürmenden Granitsäule loderte. Auch auf den beiden Obelisken der Pharaonin Hatschepsut, die fast genauso groß waren, glänzten Spitzen aus Elektron, doch Rechmire wusste, dass die magische Kraft dieser beiden Steinnadeln zerstört worden war. Ihr Stiefsohn und Nachfolger Thutmosis der Dritte hatte die Obelisken der ihm verhassten Herrscherin in einem gewaltigen Pylon einmauern lassen. Und später hatte Der-dessen-Namen-niemand-nennt es gar gewagt, den Namen Amuns aus den schmalen Seitenreliefs der Obelisken auszuhacken. Als dann die alte Frömmigkeit wieder im Lande Kemet herrschte, hatten Künstler den Obelisken erklommen und Amuns Namen wieder eingemeißelt, doch die neuen Hieroglyphen lagen viel tiefer im Stein als die des Originaltextes, der nun für allezeit durch hässliche Narben entstellt war.
Kaaper öffnete eine versteckte steinerne Pforte, sie schlüpften hindurch – und standen plötzlich in einem Wald aus Säulen. Rechmire hielt vor Überraschung die Luft an. Es waren mit reichen, farbigen Reliefs verzierte steinerne Nachbildungen von Papyrusstauden. Es mussten, schätzte er, über einhundert Säulen sein, jede hatte an ihrem Schaft einen Durchmesser von zwei Mannslängen. Überall hingen Öllampen aus Alabaster an silbernen Ketten, in deren flackerndem, weichen Licht die Bildnisse der Götter und Pharaonen lebendig zu sein schienen. Rechmire entdeckte hoch über seinem Kopf die Umrisse von farbigen Architraven, doch es war zu dunkel, um das Dach zu sehen, sodass es auf ihn wirkte, als trügen die Säulen den Nachthimmel selbst.

Hunderte von kleinen Schalen aus blau glasiertem Ton standen auf bronzenen Dreibeinen. Aus jeder stieg eine dünne Rauchsäule auf, weil in ihnen Weihrauch glomm, sodass es in der riesigen Halle betäubend duftete.
In der Mitte, zwischen den mächtigsten Säulen, hatten sich rund zweihundert Priester versammelt. Im Schein einiger Fackeln glänzten ihre Körper und kahl geschorenen Köpfe vor Öl; alle trugen sie nur einen Schurz aus Pantherfell und golddurchwirkte Sandalen. Sie standen vor einer doppelt mannshohen Amphore aus Silber, in die zwei junge Diener Amuns gerade vorsichtig heiliges Wasser aus dem Nil gossen, das in großen irdenen Krügen aufbewahrt worden war. Es war vollkommen still in der riesigen Säulenhalle - bis plötzlich ein leises Tröpfeln vernehmbar war. Einen Augenblick später traten zwanzig junge Frauen in goldbestickten, reich drapierten Gewändern aus dem Schatten einer Säule heraus und stimmten einen Hymnus auf Amun an.
»Die Wasseruhr zeigt uns die Stunden der Nacht an und verrät uns so, durch welche Pforte der Unterwelt Amun gerade schreitet«, flüsterte Kaaper. »Der Priester Amenemhet hat sie vor über hundertfünfzig Jahren erfunden: Ein Gefäß mit einer winzigen Öffnung im Boden, durch die das Wasser sehr langsam abfließt; der sinkende Wasserstand verrät uns die nächtliche Stunde. Pharao Amenophis der Dritte war damals so beeindruckt von dieser Erfindung, dass er Amenemhet nicht nur mit zwei Deben Gold beschenkte, sondern ihm sogar erlaubte, seine Füße zu küssen.«
Doch Rechmire hatte kein Ohr mehr für die Erklärungen des Priesters. Er hatte Baketamun entdeckt.
Sie war eine der Sängerinnen des Amun. Seine Hände krallten sich in den Stein einer Säule, während er ihren geschmei-

digen Körper mit sehnsuchtsvollen Blicken aufsog. Baketamun hatte sich die Augenlider mit Malachit grün geschminkt und die Wimpern mit schwarzer Tusche bis zum Haaransatz an ihren Schläfen nachzeichnen lassen. Sie trug eine Perücke, deren lange, zu Tausenden von dünnen Zöpfen geflochtene dunkle Pracht über ihre Schultern und ihren schmalen Rücken hinabfloss.

Rechmire wusste, dass die Tochter des Hohepriesters oft über ihren Dienst im Tempel, über die anderen Sängerinnen und die abergläubischen Priester gespottet hatte, doch nun sang sie mit geschlossenen Augen so hingebungsvoll, als habe sie ihr ganzes Leben dem Sonnengott geweiht. Rechmire konnte ihre feine und zugleich kräftige Stimme aus dem Chor der anderen heraushören und er stöhnte vor Sehnsucht nach ihr. Sein Verstand sagte ihm, dass er sich um jeden Preis versteckt halten musste, doch sein Herz forderte, dass er sich seiner Geliebten irgendwie heimlich zeigen sollte.

»Was ist mit dir los?«, flüsterte Kaaper besorgt. »Hat dich das Gift der Skorpione noch einmal gepackt?«

»Es ist ein anderes, süßeres Gift, Priester«, entgegnete Rechmire versonnen. Dann nahm er sich jedoch zusammen und berührte Kaapers Schulter, um ihn zu beruhigen. »Mach dir keine Sorgen, mir geht es ausgesprochen gut«, fügte er leise hinzu.

Sie schlichen sich näher heran, bis sie sich hinter einer haushohen Statue aus rotem Granit versteckten, die Ramses der Zweite einst zu seinem Ruhm hier hatte aufstellen lassen. »Ich werde mich unauffällig zu den anderen Priestern gesellen«, flüsterte Kaaper. »Du wartest hier, bis ich dich abhole.«

Er verschwand im Dunkel zwischen zwei Säulen. Kurz darauf erblickte ihn Rechmire am gegenüberliegenden Ende der

Halle. Von dort schritt er mit gemessenen Schritten und gesenktem Kopf zu den anderen Priestern. Er fiel auf, weil er als Einziger ein normales Leinentuch trug und sein Körper nicht eingeölt war, doch niemand schien ihn sonderlich zu beachten. Die jüngeren Diener Amuns, die am Rande der Gruppe standen, machten ihm ehrerbietig Platz, sodass er bald inmitten der leise betenden Priester verschwand.

Als die Sängerinnen ihren Hymnus beendet hatten, hallte ihr Gesang noch lange zwischen den Säulen nach, als gäbe es ein Echo aus der Unterwelt. Erst als der letzte Laut verklungen war, trat Userhet vor.

Rechmire erkannte seine große, massige Gestalt wieder. Seine goldenen Zähne blitzten im Halbdunkel des Tempels, als brenne ein Feuer in seinem Mund. Der Hohepriester bereitete sich darauf vor, das letzte der sechzig Rituale zu vollziehen, mit denen die Priester Amun täglich ehrten.

Zwei junge Diener Amuns näherten sich ihm unterwürfig. Der eine reichte ihm ein Tuch aus feinstem, golddurchwirkten Leinen, der andere eine Flasche aus blauem Glas, die kostbares, golden schimmerndes Behenöl enthielt.

Userhet nahm die Gaben würdevoll in Empfang, dann schritt er ganz allein durch die düstere Halle, bis er am hinteren Ende ein doppelt mannshohes Tor erreichte, dessen beide Flügel mit purem Gold beschlagen waren. Es versperrte den Zugang zum Allerheiligsten, wo Amuns Bild seit uralten Zeiten thronte. Nur der Pharao und der Hohepriester konnten sich dem Gott nähern, ohne als lebende Fackel zu verbrennen.

Als sich vor Userhet das goldene Tor wie von Geisterhand öffnete, warfen sich die Priester und die Sängerinnen Amuns

zu Boden und drückten mit geschlossenen Augen die Stirn auf den Boden aus grün glasierten Kacheln. Erst als sich die goldenen Flügel wieder mit einem dumpfen Krachen hinter dem Hohepriester geschlossen hatten, wagten sie es aufzublicken, blieben jedoch demutsvoll auf ihren Knien.
Rechmire kam die Wartezeit endlos vor. Er zählte die Tropfen aus der Wasseruhr, die mit einem hellen Klingen auf eine große Silberschale fielen, doch bald erschien ihm das absurd; außerdem hatte er Angst, einzuschlafen und dann erwischt zu werden. Er beobachtete die Knienden und versuchte, einen Blick auf Baketamun zu erhaschen, doch sie war inmitten der Gruppe kaum auszumachen.
Endlich kam Bewegung in die Wartenden: Die Sängerinnen des Amun erhoben sich, grüßten die Priester ehrerbietig und verließen das Heiligtum tief gebeugt und rückwärts schreitend, weil es ein Frevel gewesen wäre, das Gesicht vom Gottesbildnis abzuwenden - selbst wenn es den Augen der Sterblichen für immer im Allerheiligsten entrückt war.
Rechmire war aufgesprungen. Ihn hielt es nicht mehr in seinem Versteck. Wie lange mochte die einsame Zeremonie Userhets noch dauern? Er musste nicht lange überlegen, ob er seinen Platz für ein paar Augenblicke verlassen sollte, um sich hinter den Sängerinnen herzuschleichen.
Doch er musste einen anderen Weg wählen. Er schritt rasch bis zur Außenwand der Säulenhalle zurück und wandte sich von da aus in die Richtung, in die auch die jungen Frauen verschwunden waren. Doch als er endlich dort ankam, wo er sie zuletzt gesehen hatte, war niemand mehr zu erblicken. Schlimmer noch: Rechmire konnte auch nirgends eine Tür entdecken, durch die die Sängerinnen hätten verschwinden können. Verzweifelt tastete er die Reliefs der Wand ab. Ir-

gendwo hier musste sich eine geheime Pforte verbergen, doch er konnte im Halbdunkel weder einen Griff, noch irgendeine verdächtige Fuge erkennen.
Er rannte die Wand weiter ab, immer auf der Suche nach einem Durchgang. Endlich fand er eine Pforte, deren Tür aus bronzebeschlagenem schwarzen Ebenholz weit offen stand. Rechmire glaubte nicht, dass Baketamun und die anderen Sängerinnen durch diesen Weg den Säulensaal verlassen hatten, doch da es der einzige Ausgang war, den er finden konnte, schlüpfte er hindurch.
Rechmire gelangte auf einen großen, säulenumstandenen Innenhof, der den Blick auf den abendlichen Himmel freigab. Der westliche Horizont leuchtete rot, als würde die Wüste jenseits des Nils in Brand stehen, während sich der Osten langsam vom Blau ins Schwarze färbte. Er schlich sich vorsichtig weiter und gelangte in einen weiteren, allerdings etwas kleineren Innenhof und von dort in einen dritten, der deutlich größer war als die anderen.
Endlich wusste Rechmire, wo er sich befand. Die gegenüberliegende Seite des Hofes wurde von einem riesigen Pylon eingenommen - ein massiges Prozessionstor, größer als eine Festung am Ersten Katarakt, das Pharao Haremhab vor rund einem Jahrhundert erbaut hatte. Es war so hoch, dass seine zinnenbekrönte Spitze die Tempelmauern weit überragte, weshalb er es wieder erkannte. Die Höfe und der Pylon bildeten eine Nebenachse des Tempels von Karnak, die nach Süden wies auf eine Allee widderköpfiger Sphingen, die das Heiligtum des Amun mit dem Tempel seiner göttlichen Gemahlin Mut verband.
Hier würde er Baketamun niemals finden. Er wollte sich schon wieder abwenden, als er aus den Augenwinkeln eine

Bewegung wahrnahm und sich instinktiv in den Schatten einer Säule warf.
Userhet stand plötzlich am anderen Ende des Innenhofes. Rechmire hielt vor Angst den Atem an, bis er sicher war, dass ihn der Hohepriester nicht entdeckt hatte. Er fragte sich, wo Userhet auf einmal hergekommen war - und warum er überhaupt hier und nicht im Allerheiligsten war. Dann sah er, dass der wuchtige Pylon offensichtlich nicht massiv gebaut war, sondern im Innern geheime Gänge enthalten musste, denn nun erkannte er im roten Abendlicht eine Steinplatte mit einem Relief zweier gefesselter Libyer, die wie eine Tür aufgeschwungen war und aus der der Hohepriester getreten sein musste.
Userhet hielt zwei silberne Opferschalen in der Hand. Aus der einen stieg eine dünne graue Weihrauchfahne, die andere schien roten Wein oder Blut zu enthalten. Er stellte die Schalen sorgfältig auf dem Boden ab, zog eine andere, kleinere Reliefplatte heraus, hinter der sich eine kleine Nische verbarg, und deponierte die beiden Opferschalen anschließend dort. Dann schloss er die beiden geheimen Öffnungen, sah sich misstrauisch um und machte sich dann hastig auf den Weg in Richtung Allerheiligstes.
Rechmire sprang erschrocken auf und hastete los, um vor dem Hohepriester in die Säulenhalle zu kommen. Er fürchtete, dass die Geräusche seiner Sandalen ihn verraten könnten, doch ihm blieb keine andere Wahl, als im Laufschritt den Weg zurückzulegen, den er gekommen war. Er schaffte es gerade noch vor Userhet, durch die geöffnete Tür zu schlüpfen und sich hinter einer der großen Säulen zu verbergen. Dort wartete Rechmire, bis er sicher sein konnte, dass sich der Hohepriester Richtung Allerheiligstes gewandt hatte,

erst dann schlich er sich zu seinem Versteck hinter der Kolossalstatue Ramses des Zweiten zurück.
Nach einiger Zeit erschien Userhet wieder in dem goldenen Tor. Die Priester drückten ihre Gesichter erneut auf den Boden und warteten, bis er, gemessenen Schrittes rückwärts gehend, die Säulenhalle durchmessen hatte. Dann folgten sie ihm, die Ältesten zuerst; nur zwei halbwüchsige Diener Amuns blieben noch ein paar Augenblicke zurück, holten aus einer versteckten Nische Reisigbesen hervor und kehrten die Halle aus, damit nicht einmal ein Staubkorn die Ruhe des Gottes zu stören vermochte. Zuletzt löschten sie die Lichter bis auf drei Alabasterlampen, deren schwächlicher Schein kleine gelbe Lichtinseln in der Säulenhalle bildete, die ansonsten jetzt dunkel und still war wie ein riesiges Grab.
Rechmire war allein.
Ihm war unheimlich zumute, sein Atem ging schnell, Druck lastete wie eine unsichtbare Faust auf seiner Brust. Er spürte, dass seine Anwesenheit vielleicht den Menschen, nicht aber Amun verborgen geblieben war und dass er die Ruhe des Gottes störte. Er betete leise und flehte den Himmelsherrscher an, ihm nicht zu zürnen. Zugleich fragte er sich nervös, wo Kaaper nur blieb und wie er ihn hier unerkannt herausholen wollte.
Die Zeit schien ihm zäher zu fließen als der Nilschlamm am Ufer und Rechmire fürchtete schon, dass Kaaper von den anderen Priestern wegen seiner späten Teilnahme an der Abendzeremonie zur Rede gestellt oder aus anderen Gründen davon abgehalten wurde, ihn wieder aus dem großen Säulensaal zu schmuggeln. Er malte sich aus, wie ihn am nächsten Morgen der Priester des Morgenrituals hier entdecken würde - ausgerechnet am Beginn des Opet-Festes.

Der Pharao selbst würde ihn den Krokodilen vorwerfen, denn Rechmire hätte durch diesen Frevel das wichtigste Götterfest der Beiden Reiche entweiht. Sein Name würde ewiger Verdammnis anheim fallen, Osiris würde Dämonen befehlen, ihm vor seinem Thron den Kopf abzureißen und stattdessen eine Fackel auf seinen Hals zu setzen, auf dass er für immer brennen musste.

Doch irgendwann hörte er, wie mit einem kurzen Klacken ein schwerer Bronzeriegel geöffnet wurde und eine Tür leise in ihren Angeln quietschte. Rechmire sah kein Licht, hörte jedoch Schritte, die sich ihm langsam näherten. Er hielt den Atem an vor Angst und dachte an Sehakek und die anderen Dämonen, an deren Existenz er bis jetzt manchmal gezweifelt hatte.

»Noch in der letzten Ecke des Säulensaals kann man deine Zähne klappern hören«, zischte eine Stimme direkt hinter ihm.

Rechmire zuckte zusammen und stöhnte auf, dann erkannte er die vertraute raue Stimme. »Kaaper!«, stieß er hervor, lauter, als er es gewollt hatte, »Amun sei gepriesen! Ich dachte schon, du kommst nicht mehr. Wo steckst du? Und wieso machst du kein Licht?«

»Ich stehe direkt hinter dir. Und ich habe keine Lampe entzündet, weil uns dies, erstens, verraten könnte und ich, zweitens, dieser Hilfsmittel nicht mehr bedarf. Hier wenigstens hat sich Amuns Strafe einmal als Segen erwiesen. In der Dunkelheit bin ich den Sehenden überlegen. Komm!«

Rechmire spürte, wie ihm der Priester seine Hand auf den rechten Unterarm legte und ihn langsam aus dem Säulensaal geleitete. Erst, als sie einen riesigen Vorhof und ein großes Prozessionstor passiert hatten, hielt der Priester wieder an.

Sie standen in einem kleinen Garten, der sich nördlich an den Tempel anschloss. Eine Brise wehte den Nil hinauf und kühlte angenehm die Luft, die nach Lilien und Rosen duftete. Hier entzündete Kaaper eine Fackel.
»Ich werde dich jetzt zu Userhet bringen«, flüsterte er. »Der Hohepriester wird die ganze Nacht vor dem Opet-Fest mit den letzten Vorbereitungen der Zeremonien verbringen, doch er gewährt dir trotzdem die Gnade, dich für ein paar Augenblicke zu empfangen. Ich hoffe, dass du deine Sache gut machst. Wenn du Userhet beeindrucken kannst, dann wirst du es noch weit bringen im Lande Kemet. Wenn du den Hohepriester allerdings erzürnst, dann wird er dich vernichten, noch ehe das Opet-Fest vorüber ist.«

Kaaper führte ihn auf ein niedriges, unauffälliges Haus zu. Die Außenwände waren weiß verputzt und unverziert, doch sobald Rechmire die schmale Eingangspforte passiert hatte, verschlug es ihm den Atem: Er stand in einem Raum aus Gold. Wände, Decke und Fußboden waren mit Lapislazuli und Goldstaub ausgelegt. Drei große Lampen aus getriebenem Silber mit jeweils drei Dochten spendeten Licht, das das Gold glänzen ließ und die Sinne verwirrte. Der Priester schritt voran und sie gelangten durch mehrere Gänge und Räume, die alle auf die gleiche Art dekoriert waren. Der einzige bildliche Schmuck waren große Reliefs des Gottes Amun aus bemalten, erlesen bearbeiteten Sandsteinplatten im Zentrum jeder Wand. Rechmires Ehrfurcht wurde immer größer angesichts von so viel Pracht und seine Nervosität steigerte sich mit jedem Schritt mehr zu blanker Angst.
Endlich wurden sie in einen überraschend kleinen Raum geführt, der sich zu einem säulenumstandenen Innenhof öff-

nete, in dessen Zentrum ein viereckiger Teich angelegt war, auf dem Dutzende von kaum handtellergroßen Seerosen trieben. Userhet saß auf einem schlichten, aber massiv gearbeiteten Klappstuhl aus Zedernholz und ließ sich gerade von zwei jungen Priestern ein Mahl aus Fleisch von gemästeten Hyänen, gebratenen Gänsen und gekochten Tauben, von Bohnen, Gerstenbrot und glasierten Feigen reichen. Ein dritter Priester schüttete ihm aus einem kleinen Alabasterkrug Wasser über die Hände und trocknete sie anschließend mit golddurchwirktem Leinen ab.
Die beiden Besucher verbeugten sich tief, streckten die offenen Handflächen demutsvoll vor und verharrten in dieser Pose.
»Großer Userhet, Türöffner des Himmels und Erster Priester des Amun, wir entbieten dir unseren Gruß und wünschen dir Glück, Gesundheit und ein langes Leben«, rief Kaaper feierlich.
Rechmire warf einen verstohlenen Blick durch den Raum, doch selbstverständlich war Baketamun nirgendwo zu sehen. Dann blickte er unauffällig auf den Hohepriester, auf seinen massigen, ölglänzenden Körper, seine dunklen, stechenden Augen, die unter dichten, grau werdenden Brauen halb verborgen waren, auf seinen vor Gold glänzenden Mund und seine behaarten, stark vernarbten kräftigen Hände. Er wusste nicht viel mehr von ihm als das, was die jungen Schreiber sich über ihn erzählten, und die wenigen Einzelheiten, die Baketamun gelegentlich erwähnt hatte: Userhet stammte aus einer Familie, die reich geworden war, als der Pharao Haremhab vor knapp einem Jahrhundert das Land Kemet mit straffer Hand wieder zu der Ordnung geführt hatte, die unter Dem-dessen-Namen-niemand-nennt im Chaos versunken

war. Er hatte unter Ramses dem Zweiten in der Armee Karriere gemacht und gegen die Nubier und Libyer gekämpft, bevor er Priester des Amun geworden war. Merenptah hatte ihn in seinem ersten Regierungsjahr zur Belohnung für seine Dienste – und weil seine Familie immer mächtiger geworden war – zum Hohepriester des Amun ernannt. Userhet vereinigte so den Kampfesmut eines Soldaten mit dem geheimen Wissen des höchsten Priesteramtes. In diesem Moment erschien es Rechmire wahrscheinlicher, dass Amuns Wagen im Westen aufgehen würde, als dass er sich dermaleinst Schwiegersohn eines solch mächtigen und gefährlichen Mannes nennen durfte.

»Ich freue mich, dass dein Gelübde dich wenigstens während des Opet-Festes nicht an den Ort der Wahrheit fesselt, Kaaper«, antwortete Userhet. Seine Stimme klang kraftvoll, obwohl er leise sprach. »Und ich heiße auch dich willkommen, Rechmire, Sohn des Raia, der du vom Tschati die ehrenvolle Aufgabe übertragen bekommen hast, einen großen Frevel gegen die Götter zu sühnen.«

Rechmire erschrak, weil der Hohepriester seinen Namen und seinen Auftrag kannte. Dann beruhigte er sich wieder, weil er sich sagte, dass Kaaper sein Kommen und sein Anliegen selbstverständlich schon zuvor auf inoffiziellen Wegen an den Hohepriester übermittelt haben musste.

»Es ist eine unverdiente Ehre für mich, Herr, dass du mir die Gnade einer Audienz gewährst«, antwortete er demütig.

Userhet klatschte in die Hände. »Zwei Schalen!«, rief er einem eilig herbeilaufenden Sklaven zu.

Kaaper und Rechmire durften sich erheben und Userhet während seines Mahls zusehen. Kurz darauf kehrte der Sklave mit zwei gelb und rot glasierten, fingernageldünnen

Tonschalen wieder, in die er ihnen aus einer großen Amphore dunklen Wein eingoss. Rechmire erkannte Reste des aufgebrochenen Siegels auf dem Rand der Amphore und machte große Augen.

»Der Wein wurde im ersten Regierungsjahr des großen Amenophis des Dritten gekeltert«, flüsterte er und vergaß dabei ganz, wer vor ihm saß. »Er ist über hundertachtzig Jahre alt.«

Userhet warf ihm einen langen Blick zu. Unter dem Starren seiner dunklen Augen senkte Rechmire verlegen den Kopf und schluckte. Er befürchtete schon, vorlaut gewesen zu sein oder gar unwissentlich etwas Falsches gesagt zu haben, da hörte er den Hohepriester plötzlich kurz und hart lachen.

»Hunderteinundachtzig Jahre, um genau zu sein«, sagte Userhet leise. Er hob seine Schale und gebot ihnen, mit ihm zu trinken. Der Wein war schwer und schmeckte nach Erde. Rechmire, der bis dahin nur dreimal in seinem Leben alten Wein gekostet hatte, weil dieses Getränk zu teuer war für einen Schreiber wie ihn, schwindelte leicht.

»Es gibt nicht allzu viele Schreiber, die noch die Regierungsjahre der Pharaonen nennen können, die schon lange im westlichen Horizont ruhen«, fuhr der Hohepriester fort. »Und niemand wusste so viel über die alten Zeiten wie Kenherchepeschef.«

»Und nur wegen des ungnädigen Schicksals des Ersten Schreibers wagen wir es, dir einige Augenblicke deiner Zeit zu stehlen, Herr«, warf Kaaper ein.

Userhet blickte Rechmire an und erlaubte ihm mit einem Nicken, sein Anliegen vorzubringen.

Er holte tief Luft. »Herr«, begann er, »du hast noch kurz vor seinem Tod mit Kenherchepeschef gesprochen. Vielleicht

warst du sogar der letzte Lebende, den der Erste Schreiber noch gesehen hat.«
»Sein Mörder war der letzte Mensch, den Kenherchepeschef noch gesehen hat«, warf Userhet kalt ein.
»Vielleicht hat er ihn nicht einmal gesehen«, wagte Rechmire zu widersprechen. »Gut möglich, dass es nachts in Merenptahs Haus der Ewigkeit so finster war, dass er trotz der kleinen Öllampe, die er - oder sein Mörder - dabei hatten und deren Scherben ich später entdeckte, das Gesicht seines Gegenübers nie erblickt hat. Andererseits deuten manche Anzeichen darauf hin, dass der Erste Schreiber seinen Mörder gekannt haben muss. Ich glaube nicht, dass es ein unseliger Zufall war, der Kenherchepeschef und den Unbekannten zur selben Zeit ins Grab geführt hat.«
»Es gibt keine Zufälle, sondern nur unergründliche Launen der Götter«, korrigierte ihn der Hohepriester. Seine Stimme klang noch immer kalt, doch trotzdem schien er langsam Gefallen an ihrer Unterhaltung zu finden.
Rechmire fasste sich deshalb ein Herz und erklärte ihm in allen Einzelheiten, warum er glaubte, dass Kenherchepeschef seinen Mörder gekannt haben musste. Er sparte dabei nicht an Lob für Kaaper, ohne den er nie so viel herausgefunden hätte.
»Du hast ein gutes Auge und ein sicheres Urteil, junger Schreiber«, meinte Userhet, als Rechmire geendet hatte. Seine Stimme klang dabei jedoch kühl und irgendwie missbilligend. Er griff sich noch ein Stück von der gegrillten Hyänenbrust, tunkte es in eine dunkle, scharf riechende Soße und schluckte es hinunter. Dann ließ er sich von einem jungen Priester erneut Wasser über die Hände gießen.

»Wenn Kenherchepeschef also seinen Mörder gekannt hat«, fuhr Rechmire fort und bemerkte dabei zu seiner eigenen Verärgerung, wie mehr als ein Hauch Unsicherheit aus seiner Stimme herauszuhören war, »dann wäre es vielleicht gar möglich, dass er in seinem Gespräch mit dir, Herr, das er ja nur Stunden vor seinem Tod führte, einen Hinweis auf jemanden gegeben hat, den er noch in dieser Nacht treffen wollte. Oder irgendeine andere Andeutung, die mich möglicherweise auf die Spur des Frevlers bringen könnte.«
Der Hohepriester schwieg und dachte lange nach. »Wir redeten, wie schon so viele Male zuvor, über den Schmuck, mit dem seine Arbeiter mein Grab in den westlichen Hügeln verzieren sollten«, antwortete er schließlich. »Der Pharao selbst hat mir und meiner Familie die Gunst gewährt, ein großes Haus der Ewigkeit nicht weit vom Ort der Wahrheit einrichten zu dürfen. Kenherchepeschef hatte vom Tschati den Befehl, mir bei allen meinen Wünschen behilflich zu sein. Ich war auch stets mit seinen Diensten zufrieden. An jenem Abend machte er mir, wenn ich mich recht entsinne, verschiedene Vorschläge, wie ich die *Halle, in der man ruht* ausmalen sollte. Er nannte mir einen Zeichner, von dem Kenherchepeschef behauptete, dass er es so gut wie niemand sonst verstehen würde, die von mir gewünschten Götterbildnisse zu entwerfen. Seinen Namen habe ich allerdings vergessen.«
»War es Parahotep?«, riet Rechmire.
Der Hohepriester blickte ihn lange an. »Gut möglich«, antwortete er schließlich und zuckte gleichgültig die Achseln. »Ich kann mir nicht die Namen aller Arbeiter merken.«
Rechmire bemühte sich sehr, sich seine Enttäuschung nicht anmerken zu lassen. Er erinnerte sich an Hunero, die ihm gesagt hatte, dass ihr Gatte und der Hohepriester an jenem

Abend in Richtung des Tals der toten Pharaonen verschwunden waren, Userhets Grab lag aber in genau der entgegengesetzten Richtung. Er glaubte, dass ihm der Mann nicht alles erzählte.
»Herr«, fragte er demütig, »erwähnte Kenherchepeschef danach keinen anderen Namen? Sagte oder tat er etwas«, er suchte nach dem richtigen Wort, »etwas Ungewöhnliches?«, endete er lahm. »Vielleicht etwas, das du noch nie zuvor bei ihm gesehen oder gehört hattest?«
Userhet lächelte dünn. »Ich bin kein Dummkopf, junger Schreiber«, sagte er leise.
Rechmire warf sich erschrocken zu Boden. »Das habe ich niemals andeuten wollen, Herr«, stammelte er.
Der Hohepriester machte eine ungeduldige Geste. »Hör auf, vor mir auf dem Boden zu kriechen, dann muss ich mich bücken, um dich anzusehen«, meinte er kalt. »Wenn mir an jenem Abend etwas Außergewöhnliches aufgefallen wäre – meinst du nicht, Rechmire, dass ich mich dann nicht sofort an den Tschati gewandt hätte, nachdem ich von diesem Frevel gehört hatte?«
»Verzeih mir meine unkluge Frage, Herr«, bat Rechmire.
Userhet nickte. »Sie ist dir verziehen«, meinte er nüchtern. »Wie lautet deine nächste Frage? Es ist die letzte, die ich dir gewähre.«
»Wann hast du dich von Kenherchepeschef verabschiedet?«, sagte Rechmire, ohne zu zögern.
Zum ersten Mal schien ein echtes Lächeln Userhets Lippen zu umspielen. Seine goldenen Zähne glänzten im Licht der Silberlampen. »Je später das war, desto stärker ist der Verdacht, der auf mich fallen würde, nicht wahr?«, antwortete er mit einer Gegenfrage.

Rechmire sah aus den Augenwinkeln, wie Kaaper blass wurde und mit seiner zitternden Hand etwas Wein aus seiner Schale vergoss, der auf den kostbaren Boden perlte wie Blutstropfen. Doch er hatte beschlossen, lieber ehrlich als unterwürfig zu sein.

»Du hast Recht, Herr«, sagte er und bemühte sich dabei um eine möglichst feste Stimme. »Du bist der letzte Mensch, von dem ich sicher weiß, dass er Kenherchepeschef getroffen hat.«

Der Hohepriester nickte zufrieden. »Endlich sprichst du wie ein Mann zu mir. Jetzt weiß ich wenigstens, dass du wirklich Kenherchepeschefs Mörder fangen willst. Vorher glaubte ich, dass es dir wichtiger sei, ein falsches Wort zu vermeiden, als den Frevler zu finden, der die Götter lästerte, des Pharaos Haus der Ewigkeit entweihte - und der meinen eigenen Grabbau aufgehalten hat.« Er strich sich mit der Hand über seinen glänzenden, kahlen Schädel.

»Ich vermag die genaue Stunde nicht mehr zu nennen«, fuhr er fort und klang dabei sehr konzentriert. »Amun mag die zweite, vielleicht schon die dritte Pforte der Unterwelt passiert haben, als ich vor dem Tor von Set-Maat Kenherchepeschef aus meiner Gunst entließ. Dann ging ich mit Kaaper und einigen Sklaven, die uns mit Fackeln den Weg leuchteten, zur Spitze des Dehemet, wo wir der Meretseger huldigten, denn die Nacht ist die richtige Zeit, um der Herrin, die das Schweigen liebt, die nötige Ehre zu erweisen.«

Rechmire war überrascht, diese Neuigkeit von Userhet und nicht von Kaaper zu hören und blickte verstohlen zum Priester, der noch blasser geworden war als zuvor, sich jedoch demütig verneigte, als Userhet seinen Namen erwähnte.

»Wir mögen eine Stunde lang der Meretseger gedankt haben, dass sie unsere Häuser der Ewigkeit bewacht«, fuhr Userhet fort. »Es war auf jeden Fall sehr spät, als ich auch Kaaper entließ und mich meine Sklaven nach Theben zurücktrugen. Amun mag es wissen, vielleicht war Kenherchepeschef um diese Stunde schon tot.«
Rechmire erinnerte sich daran, wie er nach seiner letzten Liebesnacht mit Baketamun im Zierteich des Palastes untertauchen musste, um dem Hohepriester zu entkommen, der so überraschend zu dieser frühen Stunde zurückgekehrt war. Zumindest dieser Teil von Userhets Geschichte schien also zu stimmen.
»Herr, ich danke dir sehr für deine Gnade«, murmelte Rechmire und verbeugte sich tief.
»Ich glaube, dass meine Gebete zu Amun dir bei der Suche nach Kenherchepeschefs Mörder mehr helfen werden, als ich es mit meiner Erinnerung an jene fatale Nacht tun konnte«, sagte Userhet.
Rechmire wagte ein schwaches Grinsen. »Immerhin, Herr, beweist das, was du sagst, dass Kaaper nicht den Ersten Schreiber erdolcht haben kann. So kann ich wenigstens einen Mann aus Set-Maat von meiner Liste der Verdächtigen streichen.«
Um Userhets Lippen spielte ein leises, verächtliches Lächeln. »Ihr dürft euch jetzt zurückziehen«, gebot er.
Kaaper und Rechmire erhoben sich von ihren Hockern und wollten sich gerade, tief gebeugt und rückwärts schreitend, aus dem Raum entfernen, als ein älterer Priester durch eine versteckte Wandtür hereintrat. Er hatte den Arm voller Papyrusrollen.
»Verzeih mir, Türöffner des Himmels, diese Dokumente müssen unbedingt noch vor dem ersten Tag des Opet-Festes

von dir unterzeichnet werden«, sagte er, nachdem er sich vor Userhet zu Boden geworfen hatte. Eine Schreibbinse und bereits fertig angerührte schwarze Tinte hatte er gleich mitgebracht.
Userhet sagte nichts, sondern schrieb mit routinierten Bewegungen einige Hieroglyphen auf jede Rolle.
Rechmire, der bei seinem demütigen Rückzug zufällig einen Blick auf die Papyri werfen konnte, wäre vor Schreck beinahe ohnmächtig geworden.
Jetzt wusste er, warum ihm die Handschrift mit dem seltsamen, verwischten Königsnamen, der auf der Rückseite eines jener von Kenherchepeschef beschriebenen Steinsplitter stand, vage bekannt vorgekommen war: Es war die des Hohepriesters Userhet.

Als sie die gold- und lapislazuligeschmückten Räume hinter sich gebracht hatten und wieder die kühle Nachtluft im Garten atmen konnten, holte Kaaper tief Luft.
»Amun war dir gnädig - und sein Erster Diener auch!«, rief er. »Einmal dachte ich, dass er dich gleich fesseln und den Krokodilen vorwerfen lassen würde. Am Ende schien er mir jedoch ganz zufrieden zu sein mit dir.«
»Zufrieden?«, widersprach Rechmire ungläubig und zugleich erleichtert, dem Haus des Hohepriesters den Rücken zukehren zu können. Er hatte beschlossen, Kaaper nichts über den Steinsplitter mit Userhets Handschrift zu verraten. »Der Hohepriester war kalt wie eine Statue aus Rosengranit. Mein Blut gefror vor Angst bei seinen Worten.«
»Er kann noch viel schlimmer sein«, erwiderte Kaaper, nun schon wieder gelassen. »Er verachtet Schmeichler, Heuchler - und Schreiber, die nie in der Armee gekämpft haben. Doch

er respektiert Männer, die ehrlich sind und eine klare Meinung haben.«
Während der ganzen Zeit, der er den Priester durch die dunklen Gassen Thebens bis zu ihrer Herberge zurückgeleitete, fragte sich Rechmire, den Namen welches Pharaos Userhet wohl notiert hatte, wie dieser Steinsplitter mit seiner Handschrift überhaupt ins Tal der toten Pharaonen gelangen konnte – und was Kenherchepeschefs seltsame Drohung mit all dem zu tun haben mochte.

Im Innenhof von »Sobeks Rast« waren große Fackeln entzündet worden, in deren rötlichem Schein die meisten Gäste noch auf den Bänken im Freien saßen, um die kühlende Nachtbrise zu genießen. Kaaper und Rechmire gesellten sich zu den anderen Dorfbewohnern, von denen einige schon ziemlich betrunken waren. Der Priester bestellte für sie beide ein spätes Mahl aus gebratenem Ochsenfleisch, Brot und Kedebier vom Hafen.
Rechmire sah sich unauffällig um, konnte aber Sennodjem und seine Familie nirgendwo entdecken. Er fragte sich, ob der Zweite Schreiber sich nur zeitig hingelegt hatte – oder ob er irgendwo in Theben unterwegs war, um seine Drohung wahrzumachen.
Zufällig hatte er neben Hunero Platz gefunden. Er warf der jungen Witwe hin und wieder verstohlene Blicke zu. Hunero war die zärtliche Namensform für Hathor, der Goldenen, der Herrin der Trunkenheit, der Herrin des Papyrusdickichts, der Göttin von Liebe und Tod.
Ein passender Name, fand er, für jemanden, der den Ort der Wahrheit stärker liebt als jeden anderen Platz im Lande Kemet.

»Du darfst mich ruhig ansprechen«, sagte sie irgendwann und lächelte ihn an.
Rechmire fühlte sich ertappt und wurde rot. »Verzeih mir. Ich war in Gedanken versunken.«
»Nicht einmal am Abend vor dem höchsten Fest Amuns geht dir die Suche nach dem Mörder meines Mannes aus dem Kopf«, entgegnete sie. Dann blickte sie ihn sehr aufmerksam an. »Ich glaube«, fuhr sie so leise fort, dass niemand sonst am Tisch sie verstehen konnte, »dass du inzwischen mehr über Kenherchepeschef weißt als ich.«
Er schüttelte verwundert den Kopf. »Manchmal frage ich mich ernsthaft, ob ihr beiden in eurer Ehe überhaupt jemals ein Wort miteinander gewechselt habt«, gestand Rechmire.
Sie lachte kurz auf. »Kenherchepeschef hat ganz sicher mit jedem jungen Arbeiter und Zeichner am Ort der Wahrheit und wahrscheinlich auch mit den meisten Lastenträgern und Sklaven von Theben mehr gesprochen als mit mir«, flüsterte Hunero. Zum ersten Mal machte sie sich keine Mühe mehr, die Verachtung zu verbergen, die sie gegenüber dem Ersten Schreiber fühlte.
Rechmire blickte sie mit großen Augen an. Er dachte an das Liebesgedicht, das er in der Sammlung Kenherchepeschefs entdeckt hatte: Verliebte Worte, die an einen Mann gerichtet waren. Verlegen rutschte er auf der harten Bank hin und her.
»Dein Gatte …«, begann er.
»… verbrachte seine Zeit lieber mit Männern als mit mir«, vollendete sie. »Zumindest, wenn diese Männer jung und gut aussehend waren.«
»Warum hat er dich dann überhaupt geheiratet?«, platzte er heraus.

»Er wollte einen Acker haben, um sein Feld zu bestellen«, antwortete sie bitter.
Rechmire schloss die Augen und kam sich unsäglich dumm vor. Der Totenkult! Wo im Lande Kemet hätte er eine größere Bedeutung haben können als am Ort der Wahrheit? Die Nachkommen sorgten dafür, dass der Körper von den schakalköpfigen Priestern für die Ewigkeit vorbereitet wurde, nachdem das Ka und das Ba ihn verlassen hatten; sie achteten darauf, dass die Mumie mit den richtigen Zeremonien und mit Amuletten geschützt in angemessenen Särgen ins Grab geleitet wurde; sie kümmerten sich um die Priester und bezahlten die Klageweiber; sie richteten das Leichenmahl aus; sie schützten das Grab vor Räubern und erneuerten seinen Schmuck, wenn Reliefs abbrachen oder Farben verblassten; sie sorgten mit ihren alljährlichen Opfern von Wein und Weihrauch, Gänsen und Granatäpfeln dafür, dass die Seele im Jenseits keine Not litt; nur ihre Erinnerung, vererbt von Generation auf Generation, garantierte, dass ein Toter nicht vergessen werden würde und seinen Platz im Reich des Westens beibehielt. Wer keinen Sohn, keine Tochter hatte, dessen Ba musste für alle Zeiten im Schattenreich zwischen Diesseits und Jenseits herumirren. Und Kenherchepeschef hatte keine Kinder.
Hunero blickte ihn aufmerksam an. »Kenherchepeschef hat mich geheiratet, damit ich ihm ein Kind gebäre«, sagte sie leise. »Und dieses Kind und ich, wir hätten unser ganzes Leben damit verbringen sollen, seinen Totenkult zu pflegen.«
»Kenherchepeschef hat nie etwas anderes getan, als Gräber zu bauen«, entgegnete Rechmire. »Ein solcher Mann überlässt bei der Vorsorge für sein ewiges Leben nichts dem Zufall.«

Die junge Witwe lächelte triumphierend. »Kenherchepeschef hat mit allem gerechnet - nur nicht damit, dass er der einzige Bauer in Beiden Reichen ist, der sich ein Feld gekauft hat, das ihm wegrennen kann.«
Rechmire erwiderte nichts, sondern nahm einen tiefen Zug aus seinem Krug Kedebier vom Hafen. Kenherchepeschef war vielleicht vierzig Jahre älter gewesen als Hunero, doch er war kräftig. Seine Frau mochte sich ihm erfolgreich verweigert haben. Doch je länger sie sich weigerte, das Lager mit ihm zu teilen, desto mehr musste Kenherchepeschef die Angst haben, dass ihm die Zeit wegliefe. Irgendwann hätte er sich mit Gewalt geholt, was er anders nicht bekommen hatte. Und wie hätte sich Hunero einem gewalttätigen Mann entziehen können, einem Mann, der zudem noch der unumschränkte Herrscher ihres Heimatdorfes war?
Auf diese Frage gab es nur eine Antwort. Und Rechmire verbrachte den Rest des Abends mit der Überlegung, ob die junge Frau an seiner Seite, die nun mit ihm fröhlich über alle möglichen belanglosen Dinge plauderte, einen Dolch zu führen verstand und Skorpione schleudern konnte wie Sechmet, die löwenköpfige Göttin des Zorns.

13. BUCHROLLE

Amun zeigt sich den Sterblichen

Jahr 6 des Merenptah, Achet,
15. Tag des Paophi, Großer Tempel des Amun von Karnak, Theben

Am nächsten Tag war Rechmire so früh auf den Beinen, dass er in einen Himmel blickte, der die Farbe von fahlem Glas hatte, weil Amuns Wagen noch nicht die letzte Pforte der Nacht verlassen hatte. Im Innenhof drängten sich die Gäste der Herberge und schwatzten aufgeregt durcheinander. Die Männer hatten ihre besten Leinenschurze angelegt und sich goldglitzernden Staub auf die Sandalen gestreut. Die reichen Händler aus Memphis, die ebenfalls in »Sobeks Rast« eingekehrt waren, trugen mit Achaten und Karneolen besetzte Brustplatten aus purem Gold, die bei jedem Atemzug leise klirrten. Die Männer vom Ort der Wahrheit und die meisten anderen Gäste der Herberge begnügten sich mit Ketten und Armreifen aus Kupfer oder dünnem, geflochtenen Silberdraht. Die Medjai hatten ihre Dolche poliert, dass sie wie Schmuckstücke glänzten. Die Frauen hatten sich in Gewänder aus feinstem Leinen gehüllt und lange Perücken aufgesetzt. Viele trugen schwer an Arm- und Fußreifen aus Gold und Silber, an Ringen, Ketten und Brustplatten, auf denen Achate, Amethyste, Türkis, Lapislazuli und Jaspis funkelten. Es duftete nach Behenöl, mit dem sich die Menschen die Haut eingerieben hatten, und nach den Salbkegeln, die in den Perücken der Frauen langsam vergingen, obwohl die Hitze des Tages noch lange nicht ihre volle Kraft entfaltet hatte.

Rechmire saß an dem Tisch, an dem die Einwohner von Set-Maat ihr Morgenmahl aus gekühltem Wasser, frischem Brot, Honigkuchen und Früchten vom Sykomorenbaum einnahmen. Er hatte in der Nacht kaum geschlafen, und als er doch einmal eingeschlummert war, hatten ihn wilde, verwirrende Träume geplagt. Jetzt hätte er gerne das Traumbuch des Chnumhotep entrollt, um zu lernen, was seine Nachtgesichter zu bedeuten hatten.

Und doch fühlte sich Rechmire plötzlich wohl. Er saß wie selbstverständlich im Kreis der Dorfbewohner, so, als wäre er am Ort der Wahrheit geboren. Die meisten waren inzwischen freundlich zu ihm und er ließ sich von ihrer Vorfreude anstecken. Rechmire kam sich auf eine beruhigende Art aufgehoben vor.

»Das ist Maat, die göttliche Ordnung«, dachte er zufrieden und ließ sich dabei auch nicht von Sennodjem stören, der ihn als Einzigen nicht begrüßt hatte und ihm nur hin und wieder finstere Blicke zuwarf.

Rechmire saß wieder neben Hunero. Die junge Witwe trug ein Gewand aus Leinen, das beinahe durchsichtig war. Doch hatte sie es sich in einem solchen raffinierten Faltenwurf um den Leib geworfen, dass ihre verführerischen Formen zu ahnen, aber nicht wirklich zu sehen waren. Sie trug nur einen dünnen goldenen Armreif. Hunero hatte ihre Lippen hennarot angemalt, ihre Augenlider leuchteten malachitgrün und ihre feinen Brauen waren mit Kohlestiften in elegantem Schwung bis zu den Schläfen verlängert worden. Rechmire fragte sich, ob sie sich selbst vor einem Spiegel so geschminkt hatte oder ob ihr dabei jemand geholfen hatte. Baketamun, die beständig von einer kleinen Heerschar von Sklavinnen umschwärmt wurde, hätte sich nicht raffinierter herausputzen können.

Sennodjem drängte sie alle zu einem frühen Aufbruch, damit sie sich noch einen guten Platz erkämpfen konnten. Doch trotz seiner Eile war es auf den Straßen Thebens schon voll, als sie aus der Herberge traten. Sie wandten sich nach links, bis sie die riesige Allee erreichten, die die Tempel von Karnak und Luxor miteinander verband. Sie schoben sich durch die Menge, vorbei an einer scheinbar unendlichen Reihe von widderköpfigen Sphingen, die in majestätischer Unbeweglichkeit über das Gewimmel der Sterblichen blickten.

Rechmire hatte Huneros Hand genommen, um sie in dem Gedränge nicht zu verlieren. Er fühlte ein unbestimmtes Schuldgefühl gegenüber Baketamun, doch trotzdem genoss er es, den festen Griff ihrer Hand in der seinen zu spüren. Sie schoben sich an grell bemalten Verkaufsständen aus Palmstrünken, Bastmatten und alten Holzplanken vorbei, von denen aus fliegende Händler lautstark Behenöl, Honigkuchen, Weihrauch, Bier, Wein und allerlei Liebeszaubermittel anpriesen.

Endlich gelangten sie vor das Große Tor des Amuntempels von Karnak. Es war so hoch wie fünfzehn Mann und wurde von zwei mächtigen Türmen bekrönt. Die Spitzen der dahinter aufragenden Obelisken glitzerten goldrot in der aufgehenden Sonne, die Farben an den mächtigen Reliefs der Außenwand glänzten, als wären sie erst in der Nacht zuvor frisch aufgetragen worden. An acht langen Flaggenmasten wehten weiße, grüne, blaue und rote Fahnen, so groß wie Schiffssegel - das Zeichen dafür, dass die Götter geruhten, Gäste der Sterblichen zu sein.

Amun würde, wie jedes Jahr um diese Zeit, für elf Tage unter den Menschen weilen - so wie einst in der mythischen Vergangenheit, als der Herr der Götter sich noch nicht in eine Sphäre zurückgezogen hatte, die Sterblichen für immer unzugänglich blieb. An diesem seinem ersten Festtag würde er sich dem Volk zeigen und dann zusammen mit seiner Frau Mut und ihrem Sohn Chons gen Luxor ziehen, seinem südlichen Harem, wo sich die göttliche Familie der Ehrerbietung der Gläubigen erfreuen und sich dadurch erneuern würde.

Nur jetzt standen die riesigen Bronzeflügel des großen Tores weit offen, nur heute durften sich gewöhnliche Untertanen wenigstens bis zum Ersten Hof des Amun-Tempels wagen, ohne durch den Zorn des Gottes zu verbrennen.

Rechmire und die anderen schoben sich durch den Schatten des gewaltigen Pylons und standen schließlich am Rande eines mächtigen Pfeilers, zu Füßen eines doppelt mannshohen Reliefs, das Amun in all seiner Majestät verherrlichte. Sie kamen nicht mehr weiter, weil die Menge jetzt so groß geworden war, dass der ummauerte Hof wirkte wie ein künstlicher See, in dem statt Wasser ein Meer aus Köpfen stand.

Von Ferne sah Rechmire Kaaper und einige andere Priester, deren kahle Köpfe schon vor Schweiß glänzten, obwohl Amuns Wagen gerade erst den östlichen Horizont durchbro-

chen hatte. Sie legten Wein in blau glasierten Krügen und frische Granatäpfel auf silbernen Schalen auf einen steinernen Altar, der geformt war wie ein Brotlaib auf einer Binsenmatte – der Hieroglyphe für »Opfer«. Jedermann wusste, dass der Hohepriester die Gaben an den Gott geheiligt hatte, indem er sie viermal mit seinem Zepter berührt hatte. Userhet selbst war jedoch noch nirgendwo zu sehen.
Rechmire reckte den Hals, um mehr erkennen zu können. Gerade wollte er etwas zu Hunero sagen, als er erschrocken zusammenfuhr, weil unsichtbare Trompeten schmetterten. Dann traten die Musiker aus dem Halbdunkel der Säulenhalle vor dem Allerheiligsten ins Licht. Ihnen folgten muskulöse nubische Trommler, die einen dumpfen Rhythmus schlugen, dann junge Frauen mit Laute und Harfe, mit Sistrum und Doppelflöte. Die Menschen jubelten auf und es klang so laut, dass Rechmire glaubte, die Mauern des Tempels müssten jeden Augenblick einstürzen.
Den Musikantinnen folgten die Sängerinnen des Amun. Rechmires Herzschlag setzte aus, als er einen Blick auf Baketamun werfen konnte, bevor sich die Sängerinnen wieder in den Hintergrund zurückzogen. Nackte Tänzerinnen stürzten in den Hof wie Fleisch gewordene Dämonen, die einen wilden Reigen aufführten. Sie hatten sich mit Honig Perücken auf ihre kahl geschorenen Köpfe geklebt, in deren lange Haare kleine bunte Steine eingeflochten waren, damit sie wie dunkle Fächer durch die Luft wirbelten. Junge Priester in weißen Leinengewändern trugen schwere Bronzeschüsseln ins Freie, in denen große Mengen von Weihrauch aus Punt und Nubien mit betäubendem Geruch verglühten.
Dann trat des Pharaos Leibgarde vor. Die Soldaten trugen ovale, bunt bemalte Schilde aus Holz oder die wie eine Acht

geformten Bronzeschilde der Hethiter, Speere mit langen Schäften aus Ebenholz und blitzende Krummschwerter aus Bronze. Auf ein scharfes Kommando hin rissen sie ihre Waffen in die Höhe.

Die Begeisterung der Menge war inzwischen so groß geworden, dass hundert Medjai mit langen Knüppeln, die sie an beiden Enden wie Stangen gepackt hielten, die Menschen nur mühsam so weit zurückdrängen konnten, dass in der Mitte des Hofes eine schmale Gasse frei blieb. Einige Frauen waren in dem Gedränge und der langsam zunehmenden Hitze bereits ohnmächtig geworden und mussten von Tempelsklaven in den Schatten der Gärten getragen werden.

Dann endlich verließ der Gott das Allerheiligste.

Userhet schritt mit zeremonieller Langsamkeit aus dem Schatten der Säulenhalle. Der Hohepriester trug ein Pantherfell, auf seiner mächtigen Brust ruhte eine Kette aus vierundzwanzig goldenen Widderköpfen.

Ihm folgte die Barke des Gottes, die von vierundzwanzig weiß gewandeten Priestern getragen wurde. Weitere Priester gossen Wasser auf die schmale freie Gasse im Ersten Hof und verbrannten dort Weihrauch. Einer führte einen weißen Widder, das Tier Amuns, an einer Kette aus purem Gold vor dem Zug her. Alle gingen rückwärts, damit sie ihr Gesicht nicht für einen Augenblick von Amun abwandten.

Der Gott selbst war unsichtbar. Sein goldenes Bild war in einem Schrein aus Zedernholz und Elfenbein den Blicken der Sterblichen entzogen, während die Barke langsam aus dem Schatten der Säulen getragen wurde. Doch jeder spürte die Anwesenheit des Königs der Götter, des Schutzherrn der Beiden Reiche.

Die Menschen warfen sich nieder, drückten ihre Stirn in den Staub und streckten die Hände demutsvoll nach oben. Nur hin und wieder wagte es jemand, einen verstohlenen Blick auf die Barke zu werfen, die langsam an ihnen vorbeigetragen wurde, oder gar einen Fetzen Papyrus, ein Tontäfelchen oder einen Steinsplitter mit einer flehentlichen Bitte an Amun auf den Weg zu werfen, den der Gott nehmen würde.
Die Menschen blieben auf den Knien, als Amuns Barke an ihnen vorüber gezogen war, doch sie hoben die Köpfe und rissen die Arme im Jubel zum Himmel empor und riefen: »Die Sonne kommt aus ihrem Horizont hervor!« Denn hinter dem Gott folgte der Pharao, sein Sohn.
Rechmire hatte, wie jeder Thebaner, das Opet-Fest gefeiert, seit er sich zurückerinnern konnte. Doch niemals zuvor hatte er einen Platz gefunden, auf dem er dem Pharao so nahe gewesen war wie im Großen Hof des Amuntempels. Zum ersten Mal sah er den Herrn der Beiden Reiche.
Merenptah stand in einem vergoldeten Streitwagen, der von zwei dunklen Hengsten gezogen wurde, auf deren Köpfen hohe, bunte Federbüsche im Luftzug tanzten. Der Pharao trug ein reich drapiertes Gewand. »Die beiden Mächtigen«, die weiße Krone für das Obere und die rote Krone für das Untere Reich zierten seinen Kopf, auf seiner Stirn wand sich die schützende Uräusschlange.
Merenptah war, trotz seiner rund siebzig Jahre, ein großer Mann mit einem massigen Körper und einem auffallend runden Kopf. Von seinem Vater hatte er die große Hakennase geerbt. Doch hatte er nicht die Augen von Ramses dem Zweiten, deren stechender Glanz im ganzen Lande Kemet berühmt und gefürchtet war, sondern einen müden, etwas trägen Blick, weil seine Lider schwer und stets ein wenig geschlossen waren.

Der Pharao schien die jubelnde Menge nicht zu bemerken. Sein Blick war starr nach vorn gerichtet, wo jenseits des großen Tempeltores und weit über den Dächern Thebens hinweg das Heiligtum von Luxor aufragte wie ein farbenprächtig geschmückter Fels. Er stand starr in dem einachsigen Streitwagen, den linken Arm am Körper, mit der Rechten führte er die Zügel der Hengste.
Wedelträger liefen neben ihm her, die ihm mit großen Straußenfedern Luft zufächelten, und nubische Sklaven, die aufpassen mussten, dass die Hengste nicht unruhig wurden. Die Soldaten seiner Leibgarde nahmen zu beiden Seiten Aufstellung und schritten mit gezückten Waffen neben dem Streitwagen her.
Hinter dem Pharao folgten die Prinzen, die zu zweit in ebenfalls vergoldeten, wenn auch weniger prachtvollen Streitwagen den Tempel verließen. Dann kamen die Große Königliche Gemahlin, die Erste Nebenfrau, die anderen Nebenfrauen und Haremsdamen, die Prinzessinnen - alle wurden sie auf dunklen, mit prachtvollen Stoffen gepolsterten Sänften getragen. Nach dem jüngsten Mädchen mit königlichem Blut wurden die Sänften des Obersten der Geheimnisse des Morgengemachs, des Königlichen Wedelträgers, des Vorstehers der königlichen Ärzte und der anderen Großen vom Hof sichtbar, zu denen auch Mentuhotep und der Tschati des Unteren Reiches gehörten.
Erst als der letzte Würdenträger den Tempel verlassen hatte, durften sich die Menschen wieder erheben. Rechmires Knie schmerzten und auch Hunero verzog kurz das Gesicht zu einer Grimasse des Leidens, als er ihr auf die Beine half, doch trotzdem waren sie glücklich. Nie zuvor hatte Rechmire wie an diesem Tag das Gefühl gehabt, dass Amun tatsächlich

unter den Sterblichen weilte und nicht nur entrückt und gleichgültig am Himmel stand. Und er fühlte sich geehrt, weil er die Gnade gehabt hatte, des Pharaos Gesicht erblicken zu dürfen.
Die Menschen strömten nach draußen auf die überfüllten Straßen der Stadt. Die Gnade Amuns, die Anwesenheit des Pharaos und nicht zuletzt auch das reichlich fließende Bier machten sie immer fröhlicher. Priester trugen die Barken der Mut und des heilenden Mondgottes Chons aus ihren Tempeln, damit sie sich ihrem göttlichen Gemahl und Vater anschlossen.
Merenptah ließ anhalten und reichte den Göttern mit eigener Hand zweihundert Jahre alten Wein und frischen Honigkuchen als Speise. Seine Untertanen jubelten.
Die Prozession setzte sich kurz darauf wieder in Bewegung und bog von der Allee der Sphingen ab zum Nil, wo an einem mit bunten Fahnen und Blattgold geschmückten Kai drei Schiffe warteten, von denen jedes einen Gott aufnahm. Die Schiffe waren aus dunklem Zedernholz, alle Beschläge bestanden aus purem Silber. Die weiß gewandeten Priester griffen eigenhändig zu den Rudern. Der Pharao und Userhet fuhren auf Amuns Barke mit, Merenptah selbst hielt das Steuerruder in der Hand.
Rechmire und Hunero drängten sich inmitten einer unüberschaubar großen Menge am Ufer und jubelten den Göttern und dem Pharao zu. Die Schiffe entfernten sich nur wenige Ellen vom Ufer. Sie blieben mit Treidelseilen verbunden, die den Gläubigen von Hand zu Hand gingen. Auch Rechmire und Hunero erwies Amun die Gnade, dass sie das Seil ergreifen und ihn für wenige Schritte stromauf ziehen durften.

Nach einer Stunde legten die Götterschiffe am Kai vor dem Luxor-Tempel an. Hier war Amun einst geboren worden, von hier aus hatte er die Welt erschaffen, hier würde er sich, wie jedes Jahr, erneuern, um über die Maat zu wachen und dem Lande Kemet für alle Zeiten Glück und Bestand zu sichern. Auf riesigen Opfertischen erhoben sich Berge von Granatäpfeln und Datteln, von Sykomorenfrüchten und Melonen, von Lauch und Zwiebeln. Tausende von gebratenen Gänsen und Enten lagen in großen irdenen Schüsseln, an großen Feuern wurden ganze Rinder am Spieß gegrillt. Später würden der Pharao und Userhet mit dem ersten Rinderschenkel, mit Gänsebrust und den süßesten Früchten die Götter speisen, den großen Rest würden Tempelsklaven an das Volk verteilen.
Amuns Wagen stand inzwischen hoch am Himmel. In den Gassen Thebens und auf dem freien Platz vor dem Tempel von Luxor wurde es beinahe unerträglich heiß, doch die Menschen, berauscht von der göttlichen Gegenwart und befeuert vom Bier, sangen ohne Unterlass Hymnen auf Amun und den Pharao.
Priesterinnen der Hathor standen am Ufer, um dem König der Götter die Ehre zu erweisen. Sie waren nackt und führten mit kreisenden Hüften anzügliche Liebestänze auf. Kräftige Soldaten aus den Regimentern vom Delta und von Syrien, aus der libyschen Wüste und den Festungen vor Kusch traten vor und ließen ihre Standarten vom Gott segnen, auf dass sie auch im nächsten Jahr die Grenzen der Beiden Reiche gegen alle Feinde sichern mochten.
Gesandte aus den Reichen der Hethiter und Assyrer, aus Mittani und Babylon, aus Zypern und Kreta, aus Punt und Kusch und tausend anderen Städten und Reichen warfen sich vor

Amuns Barke zu Boden und boten ihm Gold und Silber, Lapislazuli und Türkis, Pantherfelle und duftende Hölzer, Myrrhe und Rosenessenz als Opfer dar.
Rechmire erblickte Kaaper, der, geführt von einem halbwüchsigen Diener des Gottes, auf ein kleines steinernes Podest trat, das neben dem Tor zum Tempel von Luxor stand.
»Amun ist zufrieden!«, rief er und seine raue Stimme donnerte über die Menge hinweg, die für einen Augenblick schwieg, bevor sie erneut und mit verdoppeltem Eifer in Jubel ausbrach, bis die Barken von Amun, Mut und Chons, begleitet nur vom Pharao und von Userhet, im Allerheiligsten verschwunden waren.
Die anderen Priester verteilten sich in den diversen Höfen und Säulengängen von Luxor. Rechmire hatte sich bis fast zum rechten bronzenen Torflügel vorgedrängelt - und seine Mühe wurde belohnt. Er war nur wenige Ellen von den Sängerinnen des Amun entfernt, die in feierlichen Doppelreihen in den Tempel zogen.
Rechmire ignorierte Huneros erstaunten Blick, als er ihre Hand aus seiner löste, um mit beiden Armen wild zu winken. Baketamun schien ihm für einen Moment zum Greifen nah zu sein. Beglückt rief er ihren Namen.
Die Tochter des Hohepriesters blickte ihn an - und sah ihn doch nicht. Ihr Blick war ähnlich starr und erhaben wie der des Pharaos, in ihrem schönen Gesicht regte sich nicht ein Muskel, obwohl Rechmire sicher war, dass sie ihn erkannt haben musste. Sie wandte sich ab und verschwand im Zug der anderen Sängerinnen hinter den Tempeltoren.
Rechmire blickte ihr nach und plötzlich waren Glück und Freude aus seinem Herzen verschwunden.

Die Menschen vom Ort der Wahrheit bildeten eine kompakte Gruppe im Gedränge der Tausende, die sich nun langsam über die Allee der Sphingen zurück nach Theben wandten. Nur ein paar Frauen und Männer, die Verwandte in der Stadt hatten, waren verschwunden; und auch Sennodjem und seine Familie waren nirgends mehr zu sehen. Hunero hatte sich bei Rechmire eingehakt. Sie spürte, dass irgendetwas vorgefallen war, auch wenn sie den Grund dafür nicht erraten konnte. Doch sie versuchte, ihn wieder mit ihrer Fröhlichkeit anzustecken.
Rechmire rang sich ein Lächeln ab und kostete von dem Bier, das sie ihm darbot. Vielleicht, sagte er sich, hatte ihn Baketamun tatsächlich nicht gesehen oder sie hatte eine Selbstbeherrschung, auf die selbst ihr unnahbarer Vater stolz sein könnte. Je mehr Bier er trank und je fröhlicher Hunero und die anderen um ihn herum wurden, desto schwächer wurden die düsteren Gedanken, die ihn plagten. Schließlich lachte er aus vollem Halse mit, auch wenn irgendwo in seiner Seele ein kleines, nagendes Gefühl von Angst und Zweifel bestehen blieb.
Sie waren zu einem der großen öffentlichen Gärten gezogen und hatten sich im Schatten einer Akazie neben einem Teich niedergelassen, dessen Becken mit handtellergroßen grünen Kacheln ausgekleidet war. Eine große, bläulich schimmernde Libelle stand wenige Hand breit über der dunklen Wasseroberfläche, die glatt war wie eine Platte aus Obsidian. Kein Windhauch kühlte die Feiernden, die unter Bäumen oder großen, bunt gestreiften Stoffbahnen Schutz vor der glühenden Nachmittagssonne gesucht hatten.
Rechmire überließ sich Huneros Lachen und dem trägen, zufriedenen Gespräch der anderen. Sie hatten Dutzende von

Bierkrügen bei sich, außerdem hatte irgendwer mehrere Melonen, Brotlaibe und Stücke gegrillten Ochsenfleisches auf einer Bastmatte ausgebreitet.
Der Arzt Nachtmin war der erste Dorfbewohner, der so betrunken war, dass ihn seine grinsenden Mitbürger im Schatten der Akazie ausstrecken und seinen Kopf auf ein Stück Stoff betten mussten. Doch bald schon waren auch einige andere Arbeiter und Zeichner kaum noch ansprechbar.
Abends gingen Sklaven durch den Garten und entzündeten mannsgroße Fackeln, in deren Lichtschein einige Männer bunte Bretter hervorholten und, angefeuert von vielen Neugierigen, um Einsätze von mehreren Deben Kupfer spielten. Ein junger Arbeiter stand auf und wanderte Hand in Hand mit seiner Frau durch den Garten, auf der Suche nach einem Platz, der nicht von den Fackeln beschienen wurde.
Rechmire sah ihnen neiderfüllt nach. Und während er ihnen noch mit vom Bier bereits getrübtem Blick nachhing, entdeckte er plötzlich ein bekanntes Gesicht inmitten einer Gruppe feiernder Sklaven, die einen Tag frei bekommen hatten und sich ganz in ihrer Nähe niedergelassen hatten.
»Shedemde!«, rief er und sprang auf.
Baketamuns Sklavin erhob sich ebenfalls rasch - und wandte sich ab.
Rechmire rannte ihr hinterher, schob und stieß sich durch die Menge, ohne auf die wütenden Ausrufe derer zu hören, die er ohne Rücksicht beiseite gestoßen hatte. Am Tor in der steinernen Umfassungsmauer des Gartens hatte er Shedemde schließlich eingeholt.
»Was ist los mit dir?«, fauchte er wütend. »Warum rennst du vor mir weg?«

Die Sklavin blickte ihn nicht an. »Ich kenne dich nicht, Herr«, antwortete sie verstockt.
Rechmire glaubte einen Augenblick, dass er sich verhört haben musste. Dann packte er Shedemde am Arm und schüttelte sie. »Tu bloß nicht so, als ob du mich noch nie gesehen hättest!«, rief er erregt.
»Schlag mich nicht, Rechmire, Sohn des Raia«, antwortete Shedemde. Sie blickte noch immer zu Boden, doch ihre Stimme klang jetzt traurig und müde.
Rechmire holte tief Luft. »Verzeih mir«, murmelte er. »Aber du bist mir eine Erklärung schuldig. Du kennst nicht nur meinen Namen, du weißt auch um ein Geheimnis, das außer uns beiden nur noch ein anderer Mensch teilt.«
»Ich weiß von keinem Geheimnis«, entgegnete die Sklavin leise.
Eine kalte Hand schien sich um Rechmires Herz zu legen. Er ließ die Sklavin los, die er bis dahin immer noch am Oberarm gepackt hatte, und taumelte einen Schritt zurück, ohne etwas zu sagen.
Zum ersten Mal blickte ihm Shedemde direkt in die Augen. Ihr Gesicht verriet keine Regung. »Meine Herrin Baketamun wird im nächsten Monat heiraten«, flüsterte sie.
»Wen?«, fragte Rechmire mit erstickter Stimme.
»Einen Schreiber am Hofe des Tschati. Sein Name ist Chaemepe.«

14. BUCHROLLE

Die blutigen Hieroglyphen

Jahr 6 des Merenptah, Achet,
26. Tag des Paophi, Herberge »Sobeks Rast«, Theben

Sennodjem lag in einem kleinen See aus Blut. Sein Körper war seltsam verrenkt, er war neben seiner Schlafmatte zu Boden gesunken. Zwei große Wunden klafften in seiner Brust, seine Hände waren blutverschmiert. Das Blut war bereits eingetrocknet und bräunlich dunkel verfärbt, er musste also schon seit einigen Stunden tot sein.

Rechmire wurde bei diesem Anblick schlecht. Ihm schien es so zu sein, als wäre er aus einem Albtraum erwacht, nur um sich gleich darauf in einem nächsten wieder zu finden. Es war der letzte Morgen des elftägigen Opet-Festes. Aus der Ferne konnte er den Lärm der jubelnden Menge hören, die die Götter begleitete, deren Barken wieder von Luxor nach Theben zurückgetragen wurden. Doch er hatte die letzten elf Tage nicht mehr gefeiert, sondern all seine Kupferstücke zusammengekratzt, um einen großen Krug billigen Weins zu kaufen. Die meiste Zeit hatte er dann im kargen, kleinen Zimmer der Herberge gehockt und die weiß verputzten Wände angestarrt, während er langsam den Wein in sich hineinschüttete und dabei hoffte, dass er ihm die Gedanken an Baketamun fortschwemmen könnte. Doch sein Herz blieb krank.

Nie wieder würde er Baketamun in seinen Armen halten, nie wieder würde er sie »Schwester« nennen und ihr zärtliche Worte ins Ohr flüstern. Nie würde er der Schwiegersohn des mächtigen Hohepriesters werden. Mehr als alles andere quälte ihn die brutale Schnelligkeit von Baketamuns Entschluss. Was hatte er bloß falsch gemacht? Warum hatte sie sich so plötzlich von ihm ab- und gleich einem neuen Liebhaber zugewandt?

Chaemepe, ausgerechnet Chaemepe würde bekommen, wonach Rechmire sich so gesehnt hatte. Und schlimmer noch: Als Mann von Userhets Tochter wäre Chaemepe bald mächtig genug, um nach Rechmires Hoffnungen auf die Liebe auch seine Hoffnungen auf eine glänzende Laufbahn als Schreiber zu zerstören.

Die Suche nach Kenherchepeschefs Mörder war ihm in den letzten Tagen auf paradoxe Weise zugleich unwichtig und zur einzigen Aufgabe seines Lebens geworden. Dabei schien ihm die Antwort auf alle seine Fragen so weit entrückt zu sein wie der westliche Horizont. In den wenigen Momenten, in denen er sich hatte zwingen können, nicht an Baketamun zu denken, war er im Geiste die Liste derjenigen durchgegangen, die seiner Ansicht nach Kenherchepeschef vor der von den Göttern festgesetzten Zeit in das Reich des Westens geschickt haben mochten.

Parahotep? Der Zeichner hatte Schätze aus dem Haus der Ewigkeit des Pharaos in seinem eigenen Grab. Kaaper? Der

Priester verbarg das legendäre Traumbuch des Chnumhotep, das Kenherchepeschef erst kurz zuvor als Prunkstück seiner erlesenen Sammlung alter Papyrusrollen hinzugefügt, dessen Bedeutung er wahrscheinlich gar nicht richtig gewürdigt hatte. Hunero? Der Erste Schreiber hatte sie zu einer Ehe gezwungen, in der sie ihm noch viele Jahre über seinen eigenen Tod hinaus hätte dienen müssen. Sennodjem? Er wäre niemals Erster Schreiber geworden, wenn Kenherchepeschef mit Hunero einen Nachfahren gezeugt oder wenn er sein heimliches Verhältnis zur Sklavin Tamutnefret verraten hätte.

Er hatte die Männer und Frauen vom Ort der Wahrheit in den letzten Tagen meist nur beim gemeinsamen Frühstück im schattigen Innenhof von »Sobeks Rast« gesehen. Sie hatten gespürt, dass irgendetwas mit ihm nicht in Ordnung war. Sie waren freundlich zu ihm gewesen, aber höflich genug, um ihn nicht mit Fragen zu bedrängen.

Einzig Hunero hatte ebenfalls einen großen Teil ihrer Zeit in der Herberge verbracht. Manchmal hatte sie ihn angelächelt oder ihm Wasser, Brot und Honigkuchen gebracht. Oft aber hatte sie mit dem alten, verkrümmten Wasserträger zusammengesessen, dem »Sobeks Rast« gehörte. Die beiden hatten oft bis tief in die Nacht hinein Seite an Seite auf einer Bank gehockt und sich flüsternd unterhalten, wobei Hunero oft in helles Lachen ausgebrochen war. In seinen wenigen klaren Momenten, in denen ihm nicht trübe Gedanken an Baketamun, den Mörder Kenherchepeschefs oder einfach nur der Wein den Geist vernebelt hatten, hatte sich Rechmire gefragt, welches Geheimnis diese beiden Menschen wohl verband; er hatte sogar zu seinem eigenen Erstaunen bemerkt, dass er in irgendeiner unbestimmten Form eifersüchtig war auf den buckeligen Wasserträger.

Rechmires wirre Gedanken wurden von einem verängstigten, aufgeregten Sklaven vertrieben, der in den Hof stürzte, als sie alle gerade beim Morgenmahl saßen - alle, außer Sennodjem. Der Sklave hatte den Flur gefegt und dabei bemerkt, dass die Matte vor Sennodjems Zimmer einen Spalt breit aufgeschlagen worden war. Er hatte neugierig hindurchgesehen - und war dann schreiend fortgerannt.
Wenige Augenblicke später drängten sich die Menschen von Set-Maat in dem engen Flur. Doch alle ließen Rechmire wie selbstverständlich hindurch, als er gemessenen Schrittes auf das Zimmer zuging und die angelehnte Tür langsam aufdrückte. Tamutnefret schrie auf und verbarg ihr Gesicht, als sie den blutüberströmten Toten erblickte, doch ansonsten sagte niemand ein Wort.
Sennodjems Frau Webehet, die stets in einem eigenen Zimmer übernachtet hatte, stand starr, aber seltsam unberührt da. Stumm blickte sie auf ihren ermordeten Gatten, dann verbarg sie ihren Kopf unter einem Leinenschleier und ließ sich von ihren vier Töchtern hinunter in den Innenhof führen.
Rechmire unterdrückte einen Anfall von Übelkeit. Eine unheimliche Ruhe und zuvor nie gekannte Klarheit der Gedanken überkam ihn.
»Djehuti, du bewachst Sennodjems Raum«, befahl er mit kalter Stimme. »Lass niemanden hinein, wenn ich es nicht ausdrücklich erlaube. Postiere zwei Medjai vor die Herberge und schick einen deiner Männer zum Palast des Tschati. Mentuhotep muss wissen, was hier vorgefallen ist. Außerdem will er vielleicht auch seine eigenen Soldaten hierher schicken.«
Der Nubier verbeugte sich stumm, rief seinen Männern dann ein paar Befehle zu und stellte sich anschließend breitbeinig vor das Zimmer, den blanken Dolch in der Hand.

Rechmire wandte sich einem halbwüchsigen Jungen zu. »Lauf zum Großen Tempel von Karnak und sag Kaaper, dass er sofort kommen soll«, wies er ihn an.
Dann betrat er mit vorsichtigen Schritten den Raum, in dem Sennodjem den Tod gefunden hatte.
Aus dem Augenwinkel sah er, dass Hunero ihm folgen wollte. Mit einem Nicken befahl er Djehuti, die junge Witwe passieren zu lassen. Sie legte ihm beruhigend die Hand auf die Schulter, und er spürte überrascht, dass sie gefasster war als er.
Rechmire starrte auf die Leiche, ohne es jedoch zu wagen, sie zu berühren. Sennodjem hatte zwei tiefe Stichwunden in der Brust, die ihm die Lebenskraft geraubt hatten - wenn auch nicht sofort, denn beide hatten das Herz verfehlt.
Er merkte, wie Huneros Griff fester wurde, und blickte auf. Stumm deutete sie auf die Seitenwand oberhalb der Schlafmatte.
»Hieroglyphen«, flüsterte sie.
Rechmire stockte der Atem. Der Boden und die Wände waren voller Blut und er hatte sich gescheut, all die dunklen Lachen, Flecken und Spritzer näher zu betrachten. Doch nun erkannte er eine verschmierte Schrift - Sennodjem hatte mit seinem eigenen Blut eine letzte Botschaft an die Wand geschrieben.
Rechmire ging in die Knie, um die dunklen, zittrigen Zeichen zu entziffern. Kleine, blutige Rinnsale waren die Wand hinuntergelaufen, sodass die Hieroglyphen aussahen wie Figuren aus schwarzer Bronze, die teilweise zerschmolzen waren, bevor sie wieder erkalteten. Dazwischen bedeckten Flecken und blutige Fingerabdrücke den hellen Putz. Doch trotzdem war es nicht allzu schwer, zwei kurze Sätze zu entziffern.

»Der Pharao wird das nächste Opfer sein«, las Rechmire leise vor. »Hütet euch vor ...« Er stockte.
Hunero blickte ihn fragend an.
»Ich kann es nicht lesen«, gestand Rechmire. Er fühlte sich plötzlich unglaublich müde und enttäuscht. »Es ist verwischt.«
»Amun war Sennodjem nicht gnädig«, flüsterte Hunero. »Sonst hätte er ihm die Kraft gegeben, auch noch das letzte Wort zu schreiben.«
Rechmire holte tief Luft und schüttelte langsam den Kopf. »Amun war ihm gnädig«, entgegnete er, »aber sein Mörder nicht.« Ihm schauderte. »Ich glaube, dass Sennodjem noch die Kraft gehabt hat, seine Botschaft zu vollenden.«
Hunero wurde blass, als sie plötzlich verstand, was Rechmire damit meinte. »Sein Mörder war noch da, als Sennodjem schrieb«, sagte sie mit halb erstickter Stimme.
»Und er wartete, bis sein Opfer fertig war. Vielleicht hat er Sennodjem sogar zu diesen Zeilen gezwungen. Dann, als das Ka und das Ba den Körper des Zweiten Schreibers verlassen hatten, hat er die letzten Hieroglyphen verwischt und uns nur den Teil gelassen, den wir lesen sollten: Der Unbekannte will den Pharao töten.«
Djehuti räusperte sich. »Der Priester ist da«, meldete er.
Rechmire nickte und im nächsten Augenblick führte ein verängstigter Junge Kaaper in den Raum. Rechmire schickte den Halbwüchsigen schnell wieder hinaus, dann berichtete er Kaaper in knappen Worten, was vorgefallen war.
»Beug dich nah zur Wand vor«, riet der Priester. »Fahre mit deinen Händen die Linien des getrockneten Blutes ab. Was siehst du? Kannst du nicht wenigstens noch ein Zeichen erkennen?«

Rechmire schluckte, überwand seinen Widerwillen und berührte das getrocknete Blut. »Da ist zunächst ein Flecken«, berichtete er und atmete tief durch. »Kann sein, dass es verwischte Hieroglyphen sind. Vielleicht ist es aber auch nur ein undeutlicher Abdruck von Sennodjems blutverschmierter Hand. Möglicherweise hat er sich hier einfach nur an der Wand abgestützt. Dann«, er zögerte lange und betrachtete eingehend das blutige Muster auf dem Putz, »dann gibt es etwas, das verwischt ist, vielleicht jedoch das Zeichen einer Fahnenstange gewesen sein könnte.«

Kaaper lachte freudlos. »Netjer«, rief er triumphierend. »Die Fahnenstange ist die Hieroglyphe für ›Gott‹. Amun gibt uns doch ein Zeichen. Weiter!«

Rechmire schüttelte den Kopf. Dann besann er sich der nahezu vollständigen Blindheit des Priesters und fuhr laut fort: »Links folgt eine verwischte Spur, größer als die rechts vom Netjer-Zeichen. Ich glaube, dass es verwischte Hieroglyphen sind, aber ich kann nichts davon entziffern.«

»Wie groß wäre wohl das Wort, wenn beide Flecken verwischte Zeichen wären?«, fragte Kaaper.

Rechmire maß das eingetrocknete Blut mit seiner Hand ab. »Wenn das Netjer-Zeichen in der Mitte des Wortes steht, dann wird es wohl fünf, sechs oder sieben Hieroglyphen lang gewesen sein«, antwortete Rechmire. »Bedeutet der erste Fleck hingegen nichts, dann steht das Netjer-Zeichen am Beginn eines sehr kurzen Begriffs. Ihm folgen ein oder zwei Hieroglyphen, vielleicht auch drei, wenn zwei davon übereinander geschrieben worden sind.«

Er schüttelte enttäuscht den Kopf. »Niemand, der irgendetwas mit Kenherchepeschef zu tun gehabt hat, führt das Netjer-Zeichen im Namen«, murmelte er.

»Was kann es denn sonst bedeuten?«, fragte Hunero.
»Wenn die Hieroglyphe in der Mitte des Wortes steht, dann zum Beispiel Sesch-medjat-nefjer«, antwortete Kaaper mit einem dünnen Grinsen, »Schreiber heiliger Texte.«
Rechmire wurde rot. Er war Schreiber des Tschati, doch da er in seiner freien Zeit Totenbücher kopierte, konnte man ihn durchaus als Sesch-medjat-nefjer bezeichnen.
»Ich glaube eher, dass der erste Fleck nichts zu besagen hat«, entgegnete er mit einem Anflug von Trotz. »Es ist ein kurzer Begriff, der mit dem Netjer-Zeichen beginnt.«
»Das können nicht allzu viele sein«, vermutete Hunero.
Die beiden Männer lachten bitter.
»Da gibt es mehr als genug«, entgegnete Kaaper düster. »Eine der vielen möglichen Schreibweisen des Gottes Re beginnt mit dem Netjer-Zeichen. So könnte man auch deinen Namen schreiben, Rechmire«, setzte er hinzu.
Rechmire unterdrückte ein Zittern. Der Text aus Blut schien ihm eine Verfluchungsformel zu sein, denn wie er es auch sah, stets schien das rätselhafte Wort auf ihn zu weisen.
»Medu-Netjer, das Wort für Hieroglyphen, beginnt ebenfalls mit diesem Zeichen«, entgegnete er heftig. Dann suchte er fieberhaft nach weiteren Begriffen. »Netjer-duai«, sagte er, »der Morgenstern; Netjer-deru, die Sterne, die nie untergehen.«
»Unsinn«, unterbrach ihn Kaaper trocken. »Der ganze Satz weist darauf hin, dass hier ein Mensch gemeint ist, kein Gotteswort oder gar ein Stern.«
Rechmire starrte ihn an und musste plötzlich lachen. »Hem-Netjer«, rief er, »Diener des Gottes - Priester. Warum bin ich darauf nicht gleich gekommen? Vielleicht wollte uns Sennodjem vor einem Priester warnen.«

Für ein paar Augenblicke war es vollkommen still in dem Raum. Doch bevor einer der drei schließlich wieder etwas sagen konnte, hörten sie Lärm vor der Tür. Djehuti erschien, der einem wütenden Mann die Arme auf den Rücken gedreht hatte, sodass dieser vor Schmerzen das Gesicht verzog und sich dünner Schweiß auf seiner Stirn unterhalb seiner sorgfältig geknüpften kurzen Perücke abzeichnete.
Rechmire blickte auf den teuren Haarschmuck, die feinen Gewänder und die Goldreifen an seinen Handgelenken und beschloss, dass es besser sei, diesen Mann aus Djehutis Griff zu erlösen.
»Lass ihn frei«, befahl er.
Der Mann atmete tief durch, dann verbeugte er sich knapp. »Rechmire, Sohn des Raia«, sagte er kalt, »ich bin ein Bote des Tschati. Mentuhotep hat von diesem«, er zögerte kurz und warf der blutbesudelten Leiche einen scheuen Blick zu, »diesem Vorfall gehört. Er ist erzürnt und wünscht dich in seinem Palast zu sprechen. Sofort«, setzte er überflüssigerweise hinzu.

Rechmire folgte dem Boten durch den weitläufigen Palast des Tschati. Er sah nur wenige Schreiber und Sklaven in den prachtvoll ausgemalten Säulenhallen, denn die meisten Diener Mentuhoteps hatten frei bekommen, um Amun und seiner Familie zu huldigen. Er wurde in einen kleinen Raum geführt, dessen grün und blau glasierte Fußbodenkacheln im Streiflicht, das durch schmale Fensterschlitze fiel, wie eine spiegelnde Wasseroberfläche glänzten. Die Wände wurden von großen Fresken bedeckt, die Mentuhotep zeigten, wie er dem Pharao Opfer darbrachte und gefesselte Gefangene überreichte.

Zwei Schreiber hockten in einer Ecke auf Binsenmatten – junge Männer, die Rechmire kannte, weil sie zusammen mit ihm ihren Dienst im Palast angetreten hatten. Der eine blickte nur einmal kurz auf, dann starrte er unverwandt auf den entrollten Papyrus auf seinen Knien, jederzeit bereit, mit seinen Aufzeichnungen zu beginnen. Der andere gab sich keine Mühe, ein höhnisches Grinsen zu verbergen. Rechmire wusste nicht, ob der junge Schreiber ihn verspottete, weil er Mentuhoteps Auftrag noch immer nicht erfüllen konnte – oder ob sich doch irgendwie herumgesprochen hatte, dass er Baketamun an Chaemepe verloren hatte. Er blickte starr nach vorn auf die farbigen Bilder an der Wand und versuchte, sich nicht die geringste Regung anmerken zu lassen.

Nach einer Wartezeit, die ihm endlos vorkam, erschien endlich der Tschati. Mentuhotep trug seine lange, bis unter die Achseln reichende Amtstracht. Die Statuette der Maat schwang in wilden Taumelbewegungen an seiner goldenen Halskette, weil er mit raumgreifenden, eiligen Schritten den Saal betrat.

»Der Pharao und der Hohepriester erwarten mich im Tempel des Amun«, sagte er, nachdem er sich auf einen kleinen hölzernen Thron niedergelassen hatte. »Ich habe von einem neuen Frevel vernommen. Berichte mir schnell.«

Rechmire, der vor seinem Herrn auf dem Boden kniete, fasste sich knapp. Den zweiten Satz von Sennodjems letzter Botschaft aber ließ er unerwähnt, weil er Mentuhotep nicht eingestehen wollte, dass er ausgerechnet den Namen des Mörders nicht entziffern konnte.

Der Tschati hörte schweigend zu. Die beiden Schreiber notierten jedes Wort seiner Aussage.

»Hast du einen Verdächtigen?«, fragte Mentuhotep, als Rechmire geendet hatte.
Dieser hatte sich seine Antwort auf dem Weg zum Palast sorgfältig überlegt. Warum hatte der Zweite Schreiber die Reise in den Westen antreten müssen? Wer könnte Sennodjem umgebracht haben? Parahotep? Der war gar nicht in Theben, sondern am Ort der Wahrheit – zumindest hatte er ihn dort zuletzt gesehen und niemand hatte ihn während des Opet-Festes zu Gesicht bekommen. Kaaper? Der verbrachte das hohe Fest zusammen mit den anderen Priestern in den Tempeln von Karnak und Luxor. Blieb Hunero übrig oder irgendein anderer Einwohner von Set-Maat, da sie alle in »Sobeks Rast« die Nacht verbrachten.
»Nein, Herr«, antwortete Rechmire deshalb langsam. »Sennodjem war derjenige, auf den mein größter Verdacht gefallen war. Ihn hatte ich für den Schuldigen gehalten. Ich hatte ihn schon einer Lüge überführt und ich glaubte zu wissen, warum er Kenherchepeschef nach dem Leben trachtete. Ich habe von anderen Geheimnissen und unrechten Dingen erfahren, doch dieses Wissen ist für mich wie ein Schloss, zu dem der Schlüssel fehlt: Nichts davon scheint zu beiden Morden zu passen.«
»Du glaubst, dass die beiden Freveltaten miteinander zusammenhängen?«, fragte der Tschati nachdenklich.
Rechmire nickte und wieder wog er seine Worte sehr sorgfältig ab. Er dachte an Sennodjems letzte Botschaft. »Ich denke, dass der Zweite Schreiber irgendwie herausgefunden haben muss, wer Kenherchepeschef in das Reich des Westens geschickt hat. Deshalb wurde auch er getötet. Ich weiß fast alles von dem, was Sennodjem auch wusste, ich lebe seit einigen

Tagen am Ort der Wahrheit – ich bin dem Mörder also schon sehr nahe.«

»Vielleicht wird er auch dich zum Schweigen bringen«, gab Mentuhotep zu bedenken.

»Das hat er schon versucht.«

Der Tschati lächelte fast unmerklich. »Ich weiß«, entgegnete er leise. »Mein Verwalter hat mir berichtet, dass ein betrunkener Arzt bei ihm vorstellig geworden ist, der von sich behauptete, dein Leben gerettet zu haben. Seine Geschichte klang sehr interessant. Ich gab ihm fünf Deben Kupfer für dein Leben.«

Rechmire streckte die Hände demutsvoll vor. »Das ist viel, Herr«, murmelte er erleichtert.

Mentuhotep machte eine wegwerfende Geste. »Du bist ein guter Schreiber«, sagte er, dann dachte er lange nach. Schließlich fuhr er leiser fort: »Aber die Maat am Ort der Wahrheit ist gestört. Niemals zuvor ist an diesem heiligen Platz so ein großer Frevel begangen worden – jetzt sind beide Schreiber des Dorfes im Reich des Westens. Und ihr Mörder läuft noch frei herum! Wenn du nicht dafür sorgst, dass die göttliche Ordnung wieder hergestellt wird, dann werde ich dich opfern«, sagte er kalt. »Ich werde dich von den Krokodilen zerreißen lassen, deine Seele wird für immer heimatlos durch die westliche Wüste irren.«

Mentuhotep atmete tief durch. Zum ersten Mal erkannte Rechmire, dass auch der Tschati unter einem ungeheuren Druck stand, und Furcht kam mit doppelter Gewalt über ihn.

»In wenigen Stunden wird der Hohepriester das diesjährige Opet-Fest beschließen«, verkündete Mentuhotep mit gepresster Stimme. »Der Pharao wird ruhen, um sich von den großen Zeremonien zu erholen. Doch in drei Tagen wird der

Sohn des Amun den Ort der Wahrheit mit seiner Anwesenheit erhellen, um sich selbst von den Fortschritten zu überzeugen, die sein Haus der Ewigkeit gemacht hat. Es ist undenkbar, dass der Herr der Beiden Länder einen Ort betritt, dessen Maat auf so frevelhafte Weise gestört worden ist. Du hast noch drei Tage - sonst fließt dein Blut -, um die göttliche Ordnung wieder herzustellen. Nun geh!«
Rechmire stand wie betäubt auf. Rückwärts und in demutsvoller Haltung verließ er dann den Saal. Die Blicke der Schreiber, die ihn nun beide schadenfroh anstarrten, bemerkte er nicht.
Als er den Palast verlassen hatte, sank er im Schatten einer Akazie entkräftet zu Boden und bedeckte die Augen mit seiner Rechten. Er fürchtete um sein Leben in dieser und in der anderen Welt, doch die Krokodile, mit denen ihm Mentuhotep gedroht hatte, erschreckten ihn nicht. Er dachte an die blutige Botschaft, die der Mörder Sennodjem hatte schreiben lassen. Der Unbekannte musste schon gewusst haben, dass der Pharao sein Haus der Ewigkeit zu sehen wünschte. Irgendwo dort würde der Mörder auf Merenptah lauern.
Und er, Rechmire, wusste zwar, dass dem Sohn Amuns am Ort der Wahrheit Gefahr drohte, nur ahnte er nicht, wer der Frevler war, wo er zuschlagen und welche Waffe er dabei führen würde. Sollte der Pharao tatsächlich sterben, würde Amun ihm dieses Versagen niemals verzeihen und seine Seele im ewigen Feuer verbrennen.

15. BUCHROLLE

Die Leidenschaft des Zeichners

Jahr 6 des Merenptah,
Achet, 27. Tag des Paophi, Set-Maat

Als die Menschen früh am nächsten Morgen von Theben aus zum Ort der Wahrheit aufbrachen, herrschte unter ihnen eine seltsam zwiespältige Stimmung. Sennodjems Tod hatte alle schockiert. Der Zweite Schreiber war nicht sonderlich beliebt gewesen, weshalb kaum jemand ehrlich um ihn trauerte. Seine Familie war in Theben geblieben, weil seine Witwe die Arbeit der Mumifizierer überwachen wollte, doch sie und ihre Töchter waren erstaunlich gefasst. Die Einzige, die sich vor unterdrückter Trauer kaum auf den Beinen halten konnte, war Tamutnefret. Allerdings schien dies niemandem außer Rechmire aufzufallen.

Die Menschen gedachten nicht der Toten, sie fürchteten vielmehr den Zorn der Götter. Zwei Freveltaten im selben Monat, die eine ausgeführt am heiligsten Ort der Meretseger, die andere während des höchsten Festes des Amun, würden

sicherlich die Rache der Unsterblichen heraufbeschwören. Manche warfen Rechmire deshalb scheue, hoffnungsvolle Blicke zu, weil sie glaubten, dass er allein sie noch vor der Strafe der Götter würde erretten können.
Die Mehrheit aber vertraute auf die göttliche Präsenz des Pharaos. Der angekündigte Besuch Merenptahs machte ihre Herzen leicht. Sie würden den Pharao aus der Nähe sehen und die Luft atmen dürfen, die er geatmet hatte; sie mochten vielleicht sogar Worte aus seinem Mund vernehmen und die Gnade haben, ihm die Füße zu küssen. Wenn einer die Maat wieder herstellen konnte, dann, so hofften viele, nur Merenptah selbst.
Einzig Rechmire ahnte, welche Gefahr dem Pharao drohte. Während des ganzen Rückweges sagte er kaum ein Wort. Mit düsterer Miene ertrug er die Hitze des Vormittags, gleichgültig gegenüber den Krokodilen und anderen Gefahren blickte er auf die schlammig braunen Fluten, als der Fischer sie wieder über den Nil setzte. Selbst der Schmerz über die Untreue seiner Geliebten trat zurück hinter das Gefühl einer überwältigenden Entschlossenheit.
Rechmire hatte früher für eine doppelte Hoffnung gekämpft: Er hoffte auf eine Hochzeit mit Baketamun und er hoffte auf eine ruhmreiche Laufbahn als Schreiber. Doch Baketamun hatte er an einen anderen verloren und seine Aussichten auf einen ehrenvollen Posten waren so klein geworden wie irgendein Sandkorn der Libyschen Wüste.
Er kämpfte jetzt nicht mehr für eine glänzende Zukunft, sondern darum, überhaupt noch eine Zukunft zu haben: Er kämpfte um das Leben des Pharaos und um sein eigenes.
Als er sich nach einer langen, schlaflosen Nacht über seine Situation wirklich klar geworden war, hatte ihn eine dunkle,

kalte Ruhe erfüllt. Er wusste, dass er nun alles riskieren musste, um sich und seinen Herrscher zu retten.
Doch als sie endlich in den heißesten Stunden des Tages den Ort der Wahrheit erreichten, erfuhr Rechmire, dass Kenherchepeschefs Mörder schon vor ihm dort gewesen war.

Er hatte kaum das Bündel mit seinen Gewändern, die er nach Theben mitgenommen hatte, in seinem Haus abgestellt und sich einen Krug warmen, schal schmeckenden Bieres eingegossen, als Hunero vor seiner Tür stand. Ihre Augen waren schreckgeweitet und in ihrer zitternden Rechten hielt sie einen langen, zweischneidigen Dolch aus Bronze.
»Er lag oben auf dem geschlossenen Deckel meiner größten Truhe«, flüsterte sie, als Rechmire sie einließ. »Ich habe ihn sofort entdeckt. Aber ich schwöre bei Hathor, Meretseger und den anderen tausend Göttern, dass ich ihn nie zuvor gesehen habe, schon gar nicht in meinem eigenen Haus. Könnte das die Waffe sein, mit der mein Mann ...« Sie ließ den Satz unvollendet.
Rechmire starrte den Dolch an, als erwarte er, dass er jeden Augenblick von selbst hervorschnellen könnte wie eine Kobra. »Schon möglich«, sagte er langsam und nahm ihr die Waffe behutsam aus der Hand. Dann besah er sich Klinge und Griff eingehend.
»Das ist die Arbeit eines guten Waffenschmiedes«, murmelte er. »Die Bronze ist hart und so scharf geschliffen, dass man sich damit die Haare vom Kopf rasieren könnte. Dafür muss man in Theben einige Deben Silber bezahlen. Wer eine so wertvolle Waffe einfach in ein fremdes Haus legt, muss dafür schon sehr gute Gründe haben – ein oder zwei Morde zum Beispiel. Andererseits kann ich keinen ein-

getrockneten Blutrest erkennen. Doch das hat natürlich wenig zu sagen.«
Hunero schlang ihre Arme um den Leib, als wenn ihr so kalt wäre wie in der tiefsten Kammer eines Pharaonengrabes. »Der Mörder wollte, dass ich den Dolch finde«, sagte sie leise.
»Oder ich«, vermutete Rechmire düster, »denn er konnte sicher sein, dass du ihn mir zeigen würdest. Er spielt mit uns.« Dann versuchte er, ihr ein aufmunterndes Lächeln zu schenken, das allerdings nicht sehr überzeugend ausfiel. »Ich werde dich zurück zu deinem Haus geleiten«, schlug Rechmire vor. »Dann werde ich ja sehen, ob dort noch weitere interessante Überraschungen auf uns warten.« Er lachte kurz und freudlos.
Rechmire brachte sie zurück. In Kenherchepeschefs Haus durchsuchte er sorgfältig alle Truhen und Kisten in sämtlichen Räumen. Er fuhr auch mit der bloßen Hand durch die Asche des Ofenfeuers und überwand sogar seinen Widerwillen und kippte den Nachttopf mit den Exkrementen auf dem Innenhof aus und stocherte mit einem Stock in den stinkenden Resten herum – vergeblich. Er konnte nichts finden, das ihm auch nur im Entferntesten verdächtig vorgekommen wäre.
Doch die ganze Zeit über war Hunero nicht von seiner Seite gewichen. Die junge Witwe hatte ihn schweigend und aufmerksam beobachtet. Als Rechmire schließlich seine Suche entmutigt abbrach, sich die Hände wusch und sich dann müde auf einen Schemel fallen ließ, holte sie tief Luft.
»Ich denke, es ist das Beste, wenn du über mich und meinen verstorbenen Gatten alles erfährst«, murmelte sie.
Rechmire war mit einem Schlag wieder hellwach, bezwang sich aber so weit, seine begierige Aufmerksamkeit nicht zu

zeigen. »Das wird mir sicherlich sehr helfen«, entgegnete er freundlich und ein wenig steif. »Und Amun wird es dir danken«, setzte er überflüssigerweise hinzu.
Hunero lachte. »Hathor ist meine Schutzgöttin«, antwortete sie. »Das hoffe ich zumindest. Hunero ist die zärtliche Form des Namens Hathor, wusstest du das?«
Rechmire nickte nur.
»Hathor ist die Göttin des Todes – und sie ist auch die Göttin der Liebe«, fuhr sie fort. »Und deshalb bin ich ihr anbefohlen. Ich bin am Ort der Wahrheit geboren, der ein Ort des Todes ist. Aber ich bin auch ein Kind der Liebe. Einer heimlichen Liebe allerdings.« Sie blickte verlegen zu Boden, dann erzählte sie in leisem Tonfall weiter: »Der Mann meiner Mutter ist nicht mein Vater. Er war als Steinbrecher während der Woche in den Häusern der Ewigkeit. An diesen Tagen hat meine Mutter den Mann getroffen, den sie wirklich liebte.«
Rechmire blickte sie mit großen Augen an, weil er plötzlich anfing zu verstehen. »Der Wasserträger mit dem verkrümmten Rücken«, rief er verblüfft. »Er ist dein Vater.«
Hunero lächelte stolz und nickte. »Meine Mutter hat es mir schon gestanden, als ich noch ein kleines Mädchen war. Seit ich mich zurückerinnern kann, wusste ich, dass er mein wirklicher Vater ist. Ich habe dieses Geheimnis immer für mich behalten.« Dann verdüsterte sich ihr Blick. »Und doch hat es Kenherchepeschef eines Tages irgendwie herausgefunden.«
»Und damit hat er dich zwingen können, ihn zu heiraten.« Rechmire wurde langsam einiges klar.
Sie nickte müde. »Er duldete es, dass mein Vater als Wasserträger zum Ort der Wahrheit kam, obwohl er schon alt ist und jüngere Männer mehr Wasser hätten schleppen

können. Es war sogar der Erste Schreiber, der dafür gesorgt hat, dass alle Einwohner von Set-Maat dieses Jahr zum Opet-Fest in ›Sobeks Rast‹ einkehrten. Meinem Vater, der sich diese Herberge nach jahrelanger Plackerei vom Mund abgespart hatte und den dieser Lebenstraum beinahe ruiniert hätte, hat dieser Entschluss viele Deben Silber eingebracht. Doch wenn ich in die Ehe nicht eingewilligt hätte, drohte Kenherchepeschef damit, die Ehre meiner Mutter öffentlich in den Schmutz zu ziehen, meinen Vater vom Ort der Wahrheit fern zu halten, seine Herberge in Theben schließen zu lassen und mich für alle Zeiten aus Set-Maat zu verbannen.«

Hunero schwieg lange und Rechmire war taktvoll genug, um sie nicht durch neugierige Fragen zu bedrängen. Schließlich fasste sie sich. Als sie fortfuhr zu berichten, hatte ihre Stimme einen betont nüchternen Tonfall.

»Also heiratete ich Kenherchepeschef, ließ mich jedoch nicht von ihm anrühren. Er wollte mich nur besitzen, damit ich seine Nachkommen austragen sollte. Doch ich weigerte mich, das Lager mit ihm zu teilen. Anfangs war es einfach, sich ihm zu entziehen. Sein Arm war zwar kräftig, doch seine Lust auf mich nur schwach - sodass er mich zwar festhalten, aber nicht nehmen konnte. Doch mit der Zeit wurde er«, sie zögerte, »irgendwie bedrohlicher. Deshalb ging ich in letzter Zeit abends zum Haus meiner Schwester, die einen Verputzer am Ort der Wahrheit geheiratet hatte, und verbrachte die Nächte dort. Auch die Nacht, in der Kenherchepeschef erdolcht worden ist«, setzte sie hinzu.

Rechmire nickte nachdenklich und enttäuscht. »Das heißt, dass du nichts über seine letzte Nacht weißt. Nicht, wann er nach der Arbeit zurückkam, was er mit dem Hohepriester

Userhet zu bereden hatte, wann er wieder – und für immer – sein Haus verließ.«
»Es tut mir sehr Leid«, entgegnete Hunero.
»Und warum«, Rechmire stockte, »war Kenherchepeschefs Lust so schwach?«, fragte er, obwohl er die Antwort darauf eigentlich schon kannte.
»Seine Leidenschaft wurde nur durch junge Männer entflammt«, antwortete die Witwe. »Es war ein Frevel gegen die Götter, doch das war Kenherchepeschef gleichgültig. Er hat nur gelacht, als ich ihn deswegen zur Rede stellte.«
Rechmire versuchte, sich vorzustellen, wie es wäre, Erster Schreiber am Ort der Wahrheit zu sein, unumschränkter Herr an diesem heiligen Platz – und dann von der eigenen Frau in einer solchen delikaten Angelegenheit »zur Rede gestellt« – also mit Vorwürfen überhäuft oder gar ausgelacht – zu werden. Wie mochte Kenherchepeschef darauf reagiert haben? Mit einer Drohung? Vielleicht, sich seine Frau mit Gewalt zu nehmen? Oder sie und ihre Eltern bloßzustellen und aus der Heimat zu vertreiben? Und was hätte Hunero dann tun können? Hätte sie einen Dolch genommen, um Kenherchepeschef im letzten Augenblick zum Schweigen zu bringen? Und hätte sie die Kaltblütigkeit gehabt, ihm, Rechmire, die Mordwaffe mit eigener Hand zu präsentieren, bevor er sie in ihrem Haus finden konnte? Doch warum hatte er dann den Dolch nicht bei seinen früheren Durchsuchungen entdeckt?
Er verdrängte diese Gedanken und wählte die Worte für seine nächste Frage sehr sorgfältig. »Hatte dein Mann einen bestimmten Favoriten hier am Ort der Wahrheit? Oder in Theben?«
Hunero zögerte lange, dann nickte sie resigniert. »Parahotep«, flüsterte sie.

Diese Eröffnung traf ihn so hart, als hätte ihn ein Amun-Priester plötzlich und ohne ersichtlichen Grund verflucht. Dann entsann sich Rechmire des simplen Liebesgedichtes, das jemand mit roter Tinte auf einen Papyrus geschrieben hatte:

»Da ich vorbeigehe, schaut er mich an,
ich juble in meinem Innern.
Oh, wie froh ist mein Herz vor Freude,
Geliebter, seit ich dich sah.«

Es war an einen Mann gerichtet, weshalb er angenommen hatte, dass es Kenherchepeschef entweder von einer Frau gewidmet worden war oder es ein zufälliger und damit nichts sagender Auszug einer umfassenden Sammlung gewesen sei. Doch selbstverständlich hätte es auch ein Mann an einen anderen richten können, wenn sie verbotene Liebe miteinander verband.

Rechmire zitierte das Gedicht und Hunero lächelte betrübt. »Ich habe dich damals angelogen, als ich behauptete, dass ich nicht wusste, wer diese roten Zeilen geschrieben hatte«, gestand sie. »Es war Parahotep.«

Rechmire ballte triumphierend die Faust. »Dann hat der Zeichner auch die zerbrochene Verfluchungstafel geschrieben, die den Körper deines ermordeten Mannes entweihen sollte. Das ist der Beweis, nach dem ich all diese Tage gesucht habe.«

Rechmire sprang auf.

»Wo willst du hingehen?«, wollte Hunero besorgt wissen. Doch er konnte ihr ansehen, dass sie seine Antwort bereits kannte.

»Ich werde Parahotep ein paar Fragen stellen«, verkündete er siegessicher.

»Ich weiß überhaupt nicht, was du von mir willst«, stammelte der Zeichner nervös, als Rechmire wenige Augenblicke später in seinem Haus stand. Parahotep strich sich sein langes Haar aus dem Gesicht, seine Mundwinkel zuckten und seine Linke spielte mit einem kleinen Skarabäus-Amulett aus Jade.
Rechmire hatte sich schnell in seinem Haus den Papyrus mit dem Liebesgedicht geholt und hielt ihn nun dem Zeichner unter die Augen. »Das ist deine Handschrift«, verkündete er.
»Na und?«, entgegnete Parahotep und grinste frech. »Der Pharao hat seinen Untertanen nicht verboten, Liebesgedichte zu schreiben.«
»Es sei denn, sie sind von einem Mann an einen anderen gerichtet«, entgegnete Rechmire kühl.
Der Zeichner wurde rot. »Deshalb hat dich der Tschati nicht nach Set-Maat geschickt«, entgegnete er verstockt.
»Das stimmt. Und es wäre mir auch gleichgültig, wem du leidenschaftliche Zeilen widmest - wenn sie nicht in derselben Handschrift verfasst worden wären, wie die Fluchformel auf den zerbrochenen Scherben, mit denen Kenherchepeschefs Leiche geschändet worden ist.«
Der Angriff kam so überraschend, dass Rechmire nicht einmal aufschreien konnte. Parahotep sprang ihn ohne Vorwarnung an. Er hatte das Skarabäus-Amulett fallen gelassen und krallte nun beide Hände in Rechmires Hals. Dieser gurgelte erstickt und kippte nach hinten über, während er blindlings und wirkungslos um sich schlug. Sein Puls dröhnte in seinem Schädel wie die Trommel des Aufsehers, der die rudernden Galeerensklaven zum höchsten Takt antreibt. Rote Schleier tanzten vor seinen Augen, seine Lunge fühlte sich an, als müsste sie jeden Moment zerplatzen wie ein prall ge-

füllter Wasserschlauch aus Ziegenleder, den jemand gegen eine Mauer schleuderte. Doch schließlich schaffte es Rechmire irgendwie, das Knie hochzuziehen und zwischen sich und den Körper seines Angreifers zu drücken. Dann streckte er das Bein und schleuderte Parahotep quer durch den Raum.

Der Rest war viel einfacher, als er befürchtet hatte. Rechmire war kein geübter Kämpfer, doch kräftig genug für den verweichlichten Zeichner. Seine Linke traf Parahoteps Oberlippe, die sofort aufplatzte. Blut quoll über den Mund des Zeichners und befleckte dessen weißes Leinengewand. Parahotep hielt überrascht und mit schmerzverzerrtem Gesicht inne und starrte auf die großen roten Flecken auf seinem Gewand.

Diesen Augenblick seiner Unaufmerksamkeit nutzte Rechmire, holte weit aus und schlug ihm mit der Rechten mitten auf die Nase. Er spürte, wie etwas unter seiner Faust nachgab und dabei ein kleines, hässliches Knacken zu hören war. Dann heulte der Zeichner auf und brach auf dem Boden zusammen, beide Hände vor seinem Gesicht; jetzt floss sein Blut so stark, dass es zwischen seinen Fingern hervorquoll.

Rechmire blieb keuchend stehen. Er spürte wilden Triumph – und doch zugleich so etwas wie Enttäuschung und böse Vorahnung: Es war zu einfach gewesen.

Konnte ein Mann, den selbst er, ein junger thebanischer Schreiber ohne Kampferfahrung, mit wenigen Schlägen bezwungen hatte, einen Dolch so führen, dass er den kräftigen Kenherchepeschef mit einem einzigen Stich in das Reich des Westens geschickt hatte? Hätte dieser schwächliche Zeichner Sennodjem tödlich verletzten können, um dann in aller

Ruhe zuzusehen, wie der Sterbende mit seinem eigenen Blut Hieroglyphen an die Wand schmierte?
Er packte Parahotep an den Schultern und warf ihn auf die Liege. Der Zeichner stöhnte auf und krümmte sich.
»Du hast mein Nasenbein gebrochen«, wimmerte er. »Ich werde für immer entstellt sein.«
Rechmire hielt inne, für einen Moment zu verblüfft, um etwas zu erwidern. Dann lachte er laut auf. »Es wird den Krokodilen gleichgültig sein, ob deine Nase gerade ist oder krumm wie eine alte Akazie«, rief er. »Du wirst für den Tod der beiden Schreiber so hart bestraft, dass sich noch in tausend Jahren die Menschen schaudernd an deine Qualen erinnern werden.«
»Ich habe Kenherchepeschef nicht umgebracht. Und Sennodjem erst recht nicht. Ich war ja nicht einmal während des Opet-Festes in Theben«, flüsterte Parahotep und schluchzte.
Rechmire kam sich plötzlich vor wie ein alter Lastochse, der ratlos vor einer hohen Wand steht. »Kannst du beweisen, dass du nicht in Theben warst?«, fragte er, doch seine Stimme verriet mehr als nur eine Spur von Irritation.
»Wie kann man beweisen, dass man irgendwo *nicht* war?«, antwortete der Zeichner. »Ich bin allein am Ort der Wahrheit geblieben, um die Wandgemälde meines Grabes zu vollenden. Ich brauche Ruhe, um ein Kunstwerk zu schaffen. Und niemals hat man davon so viel wie während des Opet-Festes, wenn alle Menschen in Theben sind, um Amun und den Pharao zu sehen.«
»Und dir waren Gott und der Pharao also weniger wichtig als dein eigenes Haus der Ewigkeit?«
»Ich verehre Thot mehr als Amun und Merenptah habe ich schon zweimal aus nächster Nähe gesehen, als er kam, um

sein Grab zu inspizieren.« Parahotep richtete sich mühsam auf, riss sich einen Streifen aus seinem Leinengewand und drückte ihn auf seine Nase, die nun weniger heftig blutete. Sein Gesicht fing bereits an, bläulich anzuschwellen, und seine Stimme klang dumpf. »Ich muss Nachtmin sehen«, murmelte er.

»Der Sunu wird erst kommen, wenn ich mit dir fertig bin«, entgegnete Rechmire kalt. »Ich will zunächst die ganze Wahrheit hören über dich und Kenherchepeschef.«

Parahotep zuckte mit den Achseln und verzog sein Gesicht zu einer schmerzlichen Grimasse. »Da gibt es nicht viel zu erzählen. Er war der Erste Schreiber von Set-Maat, ich nur ein junger Zeichner. Was sollte ich also tun, als Kenherchepeschef sich« – er suchte nach dem richtigen Wort – »mir näherte?«, schloss er lahm.

»Du hättest nein sagen können«, meinte Rechmire und zog sich einen Schemel heran, um es sich bequemer zu machen. Er glaubte nicht mehr, dass vom Zeichner noch Gefahr für ihn ausging. »Und wenn du wirklich keine Wahl gehabt hättest, dann hättest du das Lager mit Kenherchepeschef teilen müssen. Aber niemand hat dich gezwungen, dem Ersten Zeichner Liebesgedichte zu widmen.«

»Er mochte so etwas gern«, murmelte Parahotep und ließ den Kopf hängen. »Also schön«, gestand er müde, »es gefiel mir auch. Es schmeichelte mir, dass mich der Erste Schreiber so vor allen anderen hervorhob. Er versprach mir sogar, dass er irgendwann den Ort der Wahrheit verlassen würde, um einen hohen Posten in Theben, Memphis oder Piramesse anzutreten. Dorthin wollte mich Kenherchepeschef mitnehmen, um mich zu einem der Maler machen zu lassen, die die großen Tempel verschönern. Stell dir das vor: Wände, so groß wie Felsen, Pylone, die bis in den Himmel reichen, und Tausende von Gläubigen, die täglich darauf blicken – was für eine Gelegenheit für einen Künstler! Ich hätte die Taten der Götter und des Pharaos so gemalt, wie niemand sie jemals zuvor gesehen hätte. Kenherchepeschef versprach mir eine Form von Unsterblichkeit, von der ein namenloser kleiner Schreiber wie du nicht einmal träumen kann«, setzte er trotzig hinzu.

Rechmire dachte an seinen eigenen Ehrgeiz, an alle seine erst vor wenigen Tagen gescheiterten Hoffnungen auf Ruhm zu seiner Zeit und in Ewigkeit. Und plötzlich erschien ihm Parahoteps Verhalten nicht mehr so absurd erniedrigend und unglaubhaft wie zuvor. »Warum hoffte der Erste Schreiber, dass er bald einen hohen Posten in einer der großen Städte des Landes bekommen würde? Eine so hohe Position, dass er dir sogar die großen Arbeiten für die Götter und den Pharao versprach?«

Parahotep schüttelte den Kopf und hielt sich dann mit schmerzverzerrter Grimasse die Nase. »Ich weiß es nicht«, antwortete er. Seine Stimme klang dumpf unter dem Leinentuch vor seinem Gesicht. »Vielleicht waren das auch alles leere Versprechungen, um mich zu blenden. Kenherchepeschef selbst schien aber tatsächlich daran zu glauben.«

Rechmire wechselte das Thema. »Kenherchepeschef hat dir nicht nur für deine Zukunft goldene Zeiten versprochen, er hat auch schon jetzt für dein Wohlbefinden in der Ewigkeit gesorgt«, sagte er. Er klang jetzt nicht mehr so erhitzt von Rachedurst und Triumph, sondern sachlich, beinahe mitfühlend.

Parahotep brachte ein schiefes Grinsen zustande. »Du hast Merenptahs kleines elfenbeinernes Schmuckkästchen in

meinem Grab entdeckt«, murmelte er. »O ja, mir sind deine neugierigen Fragen in Merenptahs Haus der Ewigkeit und dein aufmerksamer Blick in meinem eigenen Grab nicht entgangen. Ich habe dir sogar schon eine Warnung geschickt, bevor du mich das erste Mal befragtest, doch du wolltest sie nicht hören. Deshalb habe ich dir nachts aufgelauert und dir die Skorpione an den Hals geworfen, damit du das nicht an den Tschati verrätst. Aber Meretseger war dir gnädig.«
Rechmire nickte grimmig. »Immerhin gestehst du diesen Anschlag«, entgegnete er und bemühte sich, den neu aufflammenden Zorn in seiner Stimme zu unterdrücken. »War der Schatz des Pharaos Kenherchepeschefs Bezahlung an dich?«
Der Zeichner funkelte ihn wütend an. »Ich bin keine Hafendirne aus Theben, die für ihre Dienste auf dem Lager bezahlt wird«, fauchte er. »Das Elfenbeinkästchen des Merenptah war ein Geschenk des Ersten Schreibers, das er mir machte, als wir schon lange ...« er vollendete den Satz nicht, sondern starrte nur trotzig zu Boden.
»Du Dummkopf«, sagte Rechmire verächtlich. »Er hat dir einen Schatz des Pharaos gegeben, damit du dich in aller Ewigkeit an ihm erfreuen kannst. Und zugleich war dieses Geschenk wie der Widerhaken an der Angel, mit der du Nilbarsche fängst: Du wärest nie wieder von ihm losgekommen. In dem Moment, in dem du Kenherchepeschef verlassen hättest, hätte er dafür gesorgt, dass irgendjemand Merenptahs Schatz in deinem Haus der Ewigkeit entdeckt. Du hättest vor dem Qenbet des Tschati die Wahrheit erzählen können, wie er in deinen Besitz gelangte – und Kenherchepeschef hätte alles geleugnet. Niemand hätte dir geglaubt und du wärst zu den Krokodilen geworfen worden. So hat der Erste Schreiber dich für alle Zeiten gefügig machen können. Und nur durch

seinen Tod bist du aus dieser Abhängigkeit wieder herausgekommen.«
Parahotep streckte die blutbesudelten Hände demutsvoll vor. »Ich war ihm doch zu Willen«, flüsterte er resigniert. »Und ich wollte ihn gar nicht verlassen. *Er* war es, der sich in den letzten Tagen von mir löste. Er war es, der mich nicht mehr sehen wollte, der keine Zeit mehr für mich hatte, der seine Abende mit langen Unterredungen mit Userhet verbrachte oder brütend über irgendwelchen Papyri. Er war es, der um jeden Preis dieses Mädchen heiraten wollte, obwohl Hunero arm war und er sie nicht liebte und sie ihn nicht. Er war es, der an anderes dachte, nicht mehr an mich.«
»An wen oder was mag Kenherchepeschef denn gedacht haben?«
Der Zeichner schluckte und schüttelte traurig den Kopf. »Ich weiß es nicht.«
Er starrte lange auf den Boden, dann schloss er die Augen und begann zu erzählen: »An jenem Abend war ich eifersüchtig. Ich lag versteckt auf einer Dachterrasse und beobachtete Kenherchepeschefs Haus. Ich fürchtete, dass er seit Tagen so abwesend war, weil er sich einen anderen Mann auserkoren hatte. Ich war verwirrt und zornig. Und ich hatte Angst, dass er mich beiseite schieben würde wie ein altes Möbelstück, das du nicht mehr brauchst und das dir im Weg ist.«
Parahotep seufzte und bat um einen Krug Wasser, den ihm Rechmire reichte. Der Zeichner trank drei tiefe Züge, dann goss er sich den Rest der Flüssigkeit über sein Gesicht. Er stöhnte vor Schmerzen auf. Darauf nahm ihm Rechmire den leeren Krug wieder ab, denn er hatte Angst, dass der Zeichner ihn als Waffe verwenden könnte.

»Ich wusste, dass Hunero zu ihrer Schwester gegangen war, wie jede Nacht«, fuhr Parahotep fort. »Ich befürchtete, dass sich irgendwann in den dunklen Stunden ein anderer Mann zu Kenherchepeschefs Haus schleichen würde. Stattdessen trat er selbst zu später Stunde aus der Tür und stahl sich wie ein Dieb aus dem Dorf. Ich folgte ihm heimlich und mit großem Abstand. Kenherchepeschef ging ins Tal der toten Pharaonen. Ich sah, wie er in Merenptahs Haus der Ewigkeit verschwand. Eifersucht und Schreck ließen mein Herz kalt werden, denn ich dachte, dass sich Kenherchepeschef dort mit einem anderen Liebhaber treffen würde. Was für ein Frevel! Ich musste denn auch nicht lange warten, bis ich eine zweite, vermummte Gestalt sah, die in Merenptahs Haus der Ewigkeit verschwand.«
»Hast du sie erkannt?«, unterbrach ihn Rechmire ohne große Hoffnung.
Parahotep schüttelte den Kopf. »Ich konnte das Gesicht nicht sehen. Ich weiß nicht einmal, ob der Unbekannte groß oder klein, dick oder dünn gewesen ist. Er trug einen langen, wallenden Umhang, der seine Gestalt gut verbarg. Ich wartete mit hämmerndem Herzen. Nach einer Zeit, die mir endlos erschien, trat der Unbekannte wieder hervor und ging rasch davon.«
»Wohin?«
»Er verschwand auf dem Weg nach Set-Maat, ich habe nicht mehr weiter auf ihn geachtet, denn ich wollte vor Kenherchepeschef auftauchen wie ein rächender Dämon, wenn er endlich aus dem Grab käme. Doch er kam nicht.« Der Zeichner schwieg lange, bevor er mit monotoner Stimme fortfuhr. »Also habe ich irgendwann Mut gefasst und bin in Merenptahs Haus der Ewigkeit geschlichen. Ich fand die Leiche Ken-

herchepeschefs in der halb vollendeten *Halle, in der man ruht.* Vor Schreck wurde ich für einige Augenblicke ohnmächtig, dann irrte ich durch das Grab des Pharaos, fast besinnungslos vor Angst. Ich wusste nicht, was vorgefallen war, warum der Erste Schreiber in das Reich des Westens geschickt worden war und was ich als Nächstes tun sollte. Dann auf einmal überkam mich ein neuer Schrecken: Was, wenn Kenherchepeschefs Ka mich hier sähe? Wenn es erführe, dass ich vor Merenptahs Grab versteckt gelegen, ihm jedoch nicht geholfen hatte? Würde Kenherchepeschef mich nicht vor Osiris anklagen? Musste ich nicht um mein eigenes ewiges Leben fürchten, wenn ich Kenherchepeschef so liegen ließ, wie ich ihn fand? Da rannte ich hinaus, griff mir eine der vielen unnütz gewordenen Tontafeln, die Kenherchepeschef und Sennodjem täglich wegwarfen, nachdem sie Notizen auf ihnen gemacht hatten, brach davon ein unbeschriebenes Stück ab und kritzelte mit der Kohle, mit der ich meine Augen geschminkt hatte, hastig die Verfluchungsformel. Ich hoffte, auf diese Weise Kenherchepeschef den Eintritt in Osiris' Reich zu verwehren, sodass er mir vor dem Totenrichter nicht schaden konnte. Doch Kaaper hat, wie ich hörte, später einen Gegenzauber gesprochen. Wahrscheinlich wird Kenherchepeschef an der Pforte des Todes schon auf mich warten, um zu sehen, wie ich dereinst dort abgewiesen werde.«

Parahotep ließ die Schultern sinken und auf einmal schluchzte er los wie ein kleines, verlassenes Kind.

Rechmire starrte ihn mit einer Mischung aus Mitleid und Verachtung an. Was konnte er von dieser Geschichte glauben? Parahotep leugnete die beiden Morde, obwohl viele Zeichen darauf hindeuteten, dass er zumindest Kenherchepeschef ins Reich des Westens geschickt hatte. War es wirklich eine dreiste Lüge? Immerhin hatte der Zeichner gestanden, einen Schatz des Pharaos im eigenen Grab aufgestellt, einen Mordanschlag verübt und eine verbotene Liebe zu einem Mann gepflegt zu haben - genug Verbrechen, um ihm einen schrecklichen Tod zu bereiten. Mehr noch: Welchen Grund könnte Parahotep haben, dem Pharao nach dem Leben zu trachten?

»Hat Merenptah je ein Wort an dich gerichtet bei seinen beiden letzten Besuchen?«, fragte er.

Parahotep unterbrach sein Wimmern und blickte ihn verwirrt an. »Selbstverständlich nicht«, murmelte er. »Ich habe mich vor ihm in den Staub geworfen wie alle anderen. Die Gnade seines Wortes hat er nur Kenherchepeschef gewährt.«

Rechmire nickte resigniert. Er wusste, dass es sinnlos war, den Zeichner von den Medjai verhaften und zum Tschati schleppen zu lassen. Mentuhotep würde seine Geschichte anhören und Parahotep hinrichten lassen. Vielleicht hätte er den Zeichner sogar zusätzlich wegen der beiden Morde an Kenherchepeschef und Sennodjem bestraft, obwohl noch Zweifel blieben. Die Frevel wären damit offiziell gesühnt und die Maat wieder hergestellt worden und vielleicht hätte Rechmire doch noch die Gunst Mentuhoteps erlangt. Doch die mit Blut geschriebene Drohung machte alle diese Überlegungen zunichte. Rechmire musste den Täter finden, ohne dass dabei noch der leiseste Zweifel an seiner Schuld bestand. Denn nur so konnte er verhindern, dass der Pharao selbst zum Opfer des Mörders wurde.

»Ich werde Nachtmin zu dir schicken«, sagte er müde und stand auf. »Wenn der Sunu deinen Blutfluss gestillt hat, dann will ich, dass du Merenptahs Schatz dorthin zurückbringst, wo er hingehört. Nach dem Besuch des Pharaos werde ich

entscheiden, ob ich deine Frevel anzeigen werde oder vergesse.«
Rechmire wandte sich ab und verließ Parahoteps Haus, ohne die Antwort des Zeichners abzuwarten.

Als er nach draußen trat, sah er zu seinem Schrecken, dass Amuns Wagen bereits tief im Westen stand. Ihm rann die Zeit bis zum Besuch des Pharaos davon. Ihm blieben noch die letzte Stunde des heutigen und die zwölf des morgigen Tages, wenn er den Mörder vor der Ankunft Merenptahs finden wollte.
Amuns rotes Licht flutete über das Dorf, in dem alle Menschen aufgeregt und fröhlich irgendwelchen Beschäftigungen nachzugehen schienen. Djehuti hatte seine Medjai neben der Zisterne vor dem Tor Aufstellung nehmen lassen, wo sie unter seinen strengen Blicken ihre Waffen polierten, dass sie blitzten wie die Spiegel eitler Adeliger aus Piramesse. Die Ehefrauen und Töchter der Arbeiter und die Sklavinnen des Pharaos fegten die Häuser aus, verbrannten wohlriechende Kräuter, putzten die Dachterrassen oder hingen das beste Leinen zum Trocknen in die Abendsonne. Währenddessen warfen die Männer und Jungen frischen Putz an schadhafte Mauerstellen, weißten die Außenwände ihrer Häuser oder zogen die Malereien auf den hölzernen Türen nach. Das Dorf sollte so aussehen, als sei es erst gestern errichtet worden und nicht schon vor vielen hundert Jahren.
Rechmire fand den Arzt in seinem Haus, das eines der wenigen war, an denen nicht geputzt, geflickt oder verschönert wurde. Nachtmin saß mit einem Krug Wein auf seiner Dachterrasse und genoss die Abendbrise und den Ausblick auf das hektische Treiben in Set-Maat.

Der Sunu lachte, als er Rechmire erblickte, und deutete auf seine Mitbewohner. »Die Menschen sind wie Kinder«, rief er erheitert und offensichtlich nicht mehr ganz nüchtern. »Sie zählen schon die Stunden bis zur Ankunft des Pharaos.«
»Ich auch«, entgegnete Rechmire düster. Dann bat er den Arzt, sich Parahotep anzusehen.
»Was ist mit unserem jungen Zeichner passiert?«, fragte der Arzt, als er sich mühsam von seiner Binsenmatte hochstemmte. »Ist er in einen Farbtopf gefallen?«
»In den roten«, antwortete Rechmire und drehte sich um.
»Wo willst du so eilig hin?«, rief ihm Nachtmin nach.
»Zu Kaaper«, antwortete er im Gehen. »Ich muss mich mit ihm noch über ein Buch unterhalten.«
Kaapers Haus war verschlossen und für einen Augenblick hatte Rechmire Angst, dass der Priester verschwunden war und in den heißen Felsen lauerte, bis der Pharao kam. Dann verwarf er diese Befürchtung genauso schnell wieder, wie sie gekommen war. Wie hätte ein Mann, dem die Götter das Augenlicht geraubt hatten, diesen Frevel begehen wollen? Er ging mit eiligen Schritten zum kleinen Tempel des Amun vor dem Nordtor – und dort fand er tatsächlich den Priester.
Und er erblickte ein Bild, das sein Herz stocken ließ.
Kaaper stand vor dem Altar im Innenhof. Er war aus gelbem Sandstein und hatte die Form eines Brotlaibes auf einer Binsenmatte – der Hieroglyphe für »Opfer«. Er war, wie es Brauch war, mit Palmzweigen bedeckt und der Priester hatte ein kleines Feuer entzündet. Doch Rechmire roch weder Weihrauch noch Myrrhe. Vom Altar stieg eine kleine, schmutzig-graue, nach alter, feucht gewordener Holzkohle riechende Rauchsäule hoch in den klaren Himmel, bis sie der Abendwind über den Felsengipfeln verwehte.

»Der Geruch deines Opferfeuers wird bestimmt nicht Amuns Wohlgefallen erregen«, sagte Rechmire mit kalter Stimme. Er zwang sich zu äußerster Ruhe, denn er sah, dass er zu spät gekommen war: Auf dem Altar loderte eine dicke, alte Papyrusrolle. Und er konnte sich denken, welches Werk Kaaper gerade zu einem Häufchen hellgrauer Asche verbrannte, die im heißen Aufwind der Flamme davonstob.
Der Priester drehte sich langsam um. Auf seinem Gesicht lag ein schmerzliches Lächeln. Seine Augen waren grau und trüb. Rechmire erkannte, dass Kaaper den letzten Rest seiner Sehkraft verloren hatte.
»Amuns Wohlgefallen ruht schon lange nicht mehr auf mir«, antwortete der Priester. Seine raue Stimme klang müde und resigniert. »Auch wenn ich bis heute nicht weiß, warum er ausgerechnet mich noch zu Lebzeiten in eine finstere Welt schickt, während so viele andere, die weniger stark an ihn glauben, das Licht seines goldenen Wagens bis zum Ende ihrer Tage genießen dürfen. Ich gebe zu, dass es riecht, als würde ein Soldat seine alten Sandalen verbrennen, doch ich hoffe trotzdem, dass dieses mein letztes Opfer, das ich ihm je darbringen werde, Amun mit Freude erfüllt.«
»Du hast ihm das Traumbuch des Chnumhotep geopfert«, murmelte Rechmire und trat vorsichtig näher.
Kaaper nickte bedächtig. »Es war meine letzte Hoffnung«, entgegnete er leise.
»Es hat Kenherchepeschef gehört«, erwiderte Rechmire.
Der Priester lächelte dünn. »Hältst du mich für den Mörder des Ersten Schreibers?«, fragte er spöttisch.
»Du könntest der Frevler sein«, gab Rechmire unumwunden zu. »Du wolltest das legendäre Traumbuch des Chnumhotep besitzen, das Kenherchepeschef irgendwo gefunden haben

musste. Um jeden Preis. Amun hat dir sein Licht genommen, doch gerade das macht dich nachts zu einem gefährlichen Gegner, denn du bewegst dich in der Dunkelheit sicherer als wir Sehenden. Also wärest du sehr wohl in der Lage, selbst einen kräftigen Mann wie den Ersten Schreiber im nächtlichen Zwielicht des Grabes von Merenptah zu erdolchen. Zumal er nicht damit gerechnet hätte, dass ihn ein Mann angreifen würde, der fast blind ist.«

»Und was ist mit Sennodjem?«, fragte der Priester und lachte freudlos. »Du musstest mir alle Einzelheiten der verfluchten Tat beschreiben. Wie hätte ich *sehen* können, was der Zweite Schreiber mit seinem eigenen Blut an die Wand schrieb? Wie hätte ich die entscheidende Hieroglyphe wegwischen können? Und welchen Grund sollte ich erst haben, den Pharao ins Reich des Westens zu schicken?«

Rechmire schloss die Augen und flehte Thot in einem kurzen Gebet an, ihm die Erkenntnis zu schenken, die er so schmerzlich entbehrte. Sennodjems Ermordung und die Drohung gegen Merenptahs Leben passten weder zu Parahotep noch zu Kaaper. Und doch spürte er, dass diese beiden Frevel unlösbar mit dem Tod Kenherchepeschefs zusammenhingen – für den wiederum sowohl der Zeichner als auch der Priester Grund und Gelegenheit gehabt hätten.

»Wie war es denn wirklich?«, fragte er müde. »Oder sollte ich besser sagen: Wie sieht deine Version der Wahrheit aus?«

Kaaper lächelte ihn mitfühlend an. »Auf dein Herz drückt die gefährlichste, schwierigste und zugleich undankbarste Aufgabe im ganzen Lande Kemet«, erwiderte er. »Und der Pharao kennt nicht einmal deinen Namen. Ich mochte dich von Anfang an, Rechmire, und deshalb werde ich dir helfen – auch wenn ich dich angelogen habe.« Er holte tief Luft. »Du

ahnst natürlich schon längst, dass ich nicht wegen eines Gelübdes zum Ort der Wahrheit gekommen bin - zumindest nicht direkt. Es stimmt schon, dass ich hoffte, hier einen Weg zu finden, der mich wieder aus meiner Blindheit hinausführen würde. Doch nicht im kleinen, schäbigen Tempel des Amun, sondern in dem Haus der Buchrollen des Ersten Schreibers.
Kenherchepeschef war oft im Tempel von Karnak und hat sich lange mit dem Hohepriester beraten. Ich weiß nicht, was die beiden zu bereden hatten, denn Userhet schickte meist alle Priester und Sklaven hinaus, wenn der Erste Schreiber kam. Ich nehme an, es ging um das Haus der Ewigkeit, das sich der Hohepriester mit Kenherchepeschefs unschätzbarer Hilfe in den westlichen Bergen erbauen ließ. Manchmal aber gewährte der Hohepriester seinem Gast die Gnade, einigen niederen Riten mit uns Priestern beizuwohnen.
Einmal gingen sie danach plaudernd durch die Tempelgärten. Ich war zufällig in der Nähe, als Kenherchepeschef dem Hohepriester berichtete, dass er das Traumbuch des Chnumhotep gefunden habe. Ich konnte nicht verstehen, wo und wie er an dieses kostbare Werk gekommen war, doch ich fühlte mich, als hätte sich mir Amun endlich offenbart. Dort waren alle Weisheiten versammelt, die Thot den Menschen je diktiert hatte. Wenn es ein Wissen gab, das mich vor der Blindheit erretten konnte, dann war es in diesem Papyrus zu finden.
Ich reiste unter dem Vorwand, den ich auch dir genannt habe, zum Ort der Wahrheit. Ich wollte Kenherchepeschef irgendwie dazu bringen, mir das Traumbuch zu überlassen. Doch der Erste Schreiber lachte mich nur aus, als ich ihn höflich darum bat.«

Der Priester schloss seine blinden Augen und ballte seine Hände zu Fäusten. »Ich habe gebeten und gefleht, ihm abwechselnd Amuns halben Tempelschatz versprochen und ihm mit seinem ewigen Fluch gedroht - nichts konnte Kenherchepeschef erweichen. Er zeigte mir die Rolle, doch er ließ sie mich nie weiter lesen als bis zu den ersten Sprüchen, die mir, was er genau wusste, nicht halfen.«

»Das überrascht mich nicht«, warf Rechmire ein. »Kein Sammler gibt einen seiner Schätze gerne wieder her. Und Kenherchepeschef war ein besonders besessener Sammler.«

»Es war nicht die Leidenschaft, die ihn an diesen Papyrus gefesselt hatte, es war die Angst - genau wie bei mir.« Kaaper schüttelte traurig den Kopf. »Kenherchepeschef fürchtete sich vor Sehakek und den anderen Dämonen, die ihn jede Nacht heimsuchten und ihm wilde Albträume brachten. Er hoffte, wie ich, im Traumbuch des Chnumhotep einen Weg aus seiner Qual zu finden.«

»Hat er ihn gefunden?«

Der Priester lachte kurz und hart auf. »Nein. Am Abend vor seiner Ermordung beklagte sich Kenherchepeschef bei mir, dass das Traumbuch des Chnumhotep wertlos sei wie ein undichter Schlauch aus Ziegenleder. Dort gebe es nichts, was irgendeinem Menschen helfen könne. Kenherchepeschef sagte, dass es nur noch einen anderen Weg für ihn gebe, seinen Albträumen zu entkommen und dass er diesen Weg nun gehen wolle. Er verriet mir keine Einzelheit seiner Pläne, doch es war klar, dass sie nichts mehr mit dem Traumbuch des Chnumhotep zu tun hatten. Er klang wahrhaftig sehr enttäuscht. Ich pflichtete ihm bei, doch mein Herz jubelte. Und ich war so besessen von dem Buch und so sicher, dass ich dort die Weisheiten finden würde, die Kenherchepeschef versagt geblieben waren, dass ich einen verwegenen Plan fasste.«

Kaaper lächelte matt. »Du hast Recht, Rechmire: Ich hatte Jahre Zeit, mich an mein schwindendes Augenlicht zu gewöhnen, weshalb ich in der Dunkelheit so sicher bin wie eine Hyäne oder ein Skorpion. Aber ich war in jener Nacht nicht in Merenptahs Grab - ich war in Kenherchepeschefs Haus. Der Erste Schreiber hatte mir ja selbst gezeigt, wo er das Traumbuch des Chnumhotep verwahrte. Also wartete ich die vierte Stunde der Nacht ab, dann schlich ich mich zu ihm. Ich kletterte über die Mauer zum Innenhof und drückte von dort die Tür zum Haus auf - fast niemand hier am Ort der Wahrheit verschließt jemals die hintere Pforte.

Ich lauschte auf die regelmäßigen Atemzüge zweier Schlafender, doch ich konnte nichts hören. So dauerte es nur wenige Augenblicke, bis ich erleichtert feststellte, dass weder Kenherchepeschef noch Hunero im Haus waren. Ich eilte zu dem Tonkrug, in dem das Traumbuch des Chnumhotep verwahrt wurde, zog es heraus und machte mich davon. Es war alles sehr einfach gewesen. Zu einfach. Es war nichts als eine Laune der Götter, die sich über mich lustig machten.

Ich wollte das Traumbuch am nächsten Tag zur Mittagszeit entrollen, wenn Amuns Wagen am höchsten und sein Licht am stärksten ist - so stark, dass ich die Hieroglyphen noch hätte entziffern können. Doch da hatte man schon den toten Kenherchepeschef gefunden. Das ganze Dorf war in Aufregung, alle erwarteten, dass ich, der einzige Priester am Ort der Wahrheit, in den Tempel ginge, um Reinigungszeremonien abzuhalten. Dann kam der Tschati und brachte dich mit. Und du bliebst hier.«

Kaaper versuchte zu lächeln, doch es wurde nur eine Grimasse der Qual. »Ich half dir, so gut ich es vermochte. Denn ich wollte, dass du den Mörder findest, verhaftest - und wieder verschwindest. Doch der Frevler hielt sich geschickt verborgen und zwang dich, hier zu bleiben. Und solange du hier warst und jederzeit zu mir kommen konntest, wagte ich es nicht, das Traumbuch des Chnumhotep aus seinem Versteck in meinem Haus zu holen.

Ich wartete bis zum Opet-Fest, wo ich endlich die Gelegenheit haben würde, das weise Werk ungestört im Tempel von Karnak lesen zu können. Doch dann war es zu spät. Als ich schließlich in Amuns größtem Heiligtum saß und den Papyrus zur Mittagsstunde entrollte, hörte ich ein höhnisches Lachen über mir im Himmel. Denn nun waren meine Augen so schwach geworden, dass ich die heiligen Zeichen nicht mehr entziffern konnte. Ich war blind. Das Traumbuch des Chnumhotep war wertlos geworden für mich, meine einzige Hoffnung war dahin. Es blieb mir nichts, als Amun ein letztes Opfer darzubringen.«

Kaaper setzte sich müde auf die sauber verfugten Steinplatten, die den Boden des Innenhofes bedeckten. »Ich werde das Gelübde erfüllen, das ich eigentlich nur als Vorwand erfunden hatte: Ich werde hier bleiben als einziger Priester an diesem kleinen Tempel. Als Vorlesepriester in Karnak bin ich als blinder Mann sowieso von Userhet abgelöst worden. Einer der Vorarbeiter hat mir versprochen, für mich ein kleines Haus der Ewigkeit in die Felsen oberhalb des Dorfes zu schlagen. Dort werde ich irgendwann für alle Ewigkeit ruhen. Und ich hoffe, dass ich wenigstens im Reiche des Osiris wieder sehen kann.«

Rechmire dachte an eine alte Frau, die im Haus neben dem seiner Adoptiveltern lebte. Ihr hatte schon in jungen Jahren ein großes Geschwür den Kiefer entstellt und so verzogen, dass sie ihr Leben lang nur Suppen essen konnte. Für ihr Grab aber hatte sie alle ihre Ersparnisse zusammengekratzt und einen Künstler beauftragt, der gebratene Gänse, Hunderte von Brotlaiben, Datteln und tausend andere Köstlichkeiten an die Wände malte - all das, was sie in dieser Welt hatte entbehren müssen.

»Du würdest hier in Frieden ruhen, wenn dein Haus der Ewigkeit mit Fresken von Amuns goldenem Wagen, von Weinlauben und dem Binsen- und Papyrusdickicht am Ufer des Nils verziert wäre, sodass du in aller Ewigkeit das betrachten kannst, was für dich nun in Dunkelheit versunken ist«, murmelte er und fühlte keinen Zorn mehr gegenüber dem Priester. Er glaubte Kaapers Geschichte. Und selbst der unwiederbringliche Verlust des letzten Exemplars von Chnumhoteps Traumbuch erschien ihm nun erträglich, ja geradezu im Einklang mit der Maat, im Angesicht der bedrohlichen Aufgabe, die vor ihm lag.

Kaaper lächelte matt. »Der Vorarbeiter ist ein gutherziger Mann, aber kein Künstler. Er wird mir eine Kammer aus dem Felsen schlagen, mehr nicht.«

»Der beste Zeichner vom Ort der Wahrheit wird dein Haus der Ewigkeit mit Meisterwerken schmücken«, versprach ihm Rechmire.

Der Priester wandte ihm seine leeren Augen zu. »Warum sollte Parahotep so etwas tun?«, fragte er.

»Weil ich ihn dazu zwingen werde«, entgegnete Rechmire und bemühte sich dabei, grimmige Zuversicht in seine Stimme zu legen. Doch es gelang ihm nur für wenige Augenblicke, dem Priester Mut und Tatkraft vorzuspielen. Dann ließ er den Kopf hängen und setzte leise hinzu: »Vorausgesetzt natürlich, dass es mir gelingt, übermorgen des Pharaos Leben zu schützen. Wenn nicht ...«

»... dann werden uns die Götter alle im Diesseits zu Staub treten und uns im Jenseits ewig brennende Fackeln statt Köpfe auf unsere Körper setzen«, vollendete Kaaper und erhob sich dabei ächzend. »Und als verdammte Fackel werde ich auch im Reiche des Osiris keine klaren Augen haben. Die Angst davor wird mich, mehr als alles andere, dazu antreiben, dir zu helfen, Rechmire. Wir werden den Frevler finden und unsere Seelen retten.«

16. BUCHROLLE

Mentuhoteps Drohung

Jahr 6 des Merenptah,
Achet, 28. Tag des Paophi, Set-Maat

All die Anspannungen und Enttäuschungen der letzten Tage hatten an Rechmires Kraft gezehrt, sodass er trotz seiner Nervosität wie ein Toter geschlafen hatte. Hastig schlang er Wasser, Brot und getrocknete Datteln hinunter, dann trat er aus dem Haus. Er wollte Djehuti bitten, zusammen mit ihm den Prozessionsweg abzuschreiten, den der Pharao morgen vom Nilufer bis zu seinem Haus der Ewigkeit nehmen würde, um dort nach Stellen zu suchen, die sich für einen Hinterhalt eigneten. Doch als er das Quartier der Medjai gerade erreicht hatte, traf vom Weg, der zum Nil führte, ein Herold Mentuhoteps ein.

»Der Tschati und sein Gefolge werden in einer Stunde hier sein, um den Ort der Wahrheit zu inspizieren«, verkündete er. »Haltet gutes Essen bereit, räumt und säubert euer bestes Haus, falls er eine Stunde zu ruhen wünscht. Und spannt

Sonnensegel über den Platz vor dem Tor, weil mein Herr dort Audienz hält.«

Während sich der Herold brüsk umdrehte und Set-Maat wieder verließ, brüllte Djehuti bereits seine ersten Befehle. Rechmire aber stand da wie betäubt. Er hatte erwartet, dass Mentuhotep den Pharao begleiten und erst morgen hier eintreffen würde. Aber natürlich hätte er sich denken können, dass der Tschati den Ort der Wahrheit rechtzeitig genug erreichen wollte, um sich selbst ein Bild über die bedrohliche Lage zu machen. Er würde einen ausführlichen Bericht erwarten - und Rechmire blieb plötzlich keine Zeit mehr, den Prozessionsweg noch an diesem Tag in Augenschein zu nehmen.

Er drehte sich um, ging den Weg zurück, den er gekommen war, und schloss sich in seinem Haus ein. Er hatte weniger als eine Stunde, um sich jedes einzelne Wort sorgfältig zu überlegen, das er an Mentuhotep richten würde. Irgendwie musste er dem Tschati sagen, dass er den Frevler immer noch nicht entdeckt hatte, ohne dass Mentuhoteps Zorn entflammte. Denn dann würde ihn der Tschati gleich zu den Krokodilen schleifen lassen.

Mentuhotep kam in einer mit gelbem Stoff verhangenen Sänfte. Ihm folgten seine Schreiber, Sklaven und zwanzig Soldaten aus der Leibwache des Pharaos. Rechmire, der sich zusammen mit allen anderen Dorfbewohnern vor dem Tor versammelt hatte und sich tief verneigte, überkam ein ungutes Gefühl beim Anblick dieser muskulösen, sonnenverbrannten Krieger, die Speer und Schild, Schwert und Dolch trugen.

Diener hatten aus Mentuhoteps Palast einen Sitz aus dunklem alten Zedernholz mitgebracht, auf dem die Tschati von

Theben schon seit mehr als zwei Jahrhunderten thronten. Er wurde unter die Mitte des Sonnensegels gestellt, zu beiden Seiten platzierten sich dunkelhäutige Wedelträger mit großen Palmzweigen und Bündeln aus Straußenfedern, die sofort damit begannen, Luft zu fächeln, obwohl Mentuhotep noch in seiner verhüllten Sänfte verharrte.

Endlich trat der Herold vor und rief laut: »Der edle Mentuhotep, Sohn des Beknechon, der Oberste der Geheimnisse des Morgengemachs, der vertraute Ratgeber des Horussohnes, der Prophet der Maat!«

Ein großer nubischer Krieger war vor die Sänfte getreten und hatte seinen Rücken tief gebeugt. Die Stoffbahnen wurden von der goldberingten Hand Mentuhoteps zurückgeschlagen, dann setzte der Tschati seinen hennarot geschminkten Fuß auf den Nacken des Soldaten und trat von dort auf den Boden, den Sklaven zuvor mit Wasser besprengt hatten, damit nicht die kleinste Staubwolke den Atem des mächtigen Mannes stören konnte. Mentuhotep trug seine Amtstracht, das bis unter die Achseln reichende Gewand aus feinstem, gestärkten Leinen, das bei jedem seiner Schritte leise raschelte. Über dem Herzen baumelte wie immer an einer goldenen Kette die Statuette der mit der Straußenfeder bekrönten Göttin Maat. Seine Augen waren dick mit Kohle umrandet und die Haarsträhnen seiner kurzen Perücke hatte er sich in die Stirn kämmen lassen, sodass seine Augen verschattet wirkten und niemand zu sagen vermochte, wen er gerade anblickte.

Alle Anwesenden hatten sich in den Staub geworfen und Mentuhotep ließ sie dort liegen, bis er mit gravitätischen Schritten zu seinem Sitz gegangen war und sich dort niedergelassen hatte.

»Ihr dürft euch erheben«, erlaubte er ihnen schließlich mit halblauter Stimme. Es waren die ersten Worte, die er an alle richtete.

Die Soldaten und Sklaven nahmen zu seiner Linken Aufstellung, seine Schreiber zur Rechten. Die Dorfbewohner standen in einem Halbkreis im respektvollen Abstand von einigen Schritten um den Amtssitz herum.

Rechmire zögerte einen Moment. Er blickte die Schreiber an, zu denen er offiziell noch immer gehörte. Vor wenigen Tagen noch war ihre Welt auch seine Welt gewesen, hatte er ihre Hoffnungen und Ängste geteilt, war er von dem Ehrgeiz befeuert gewesen, der sie noch immer antrieb. Jetzt fühlte er, dass sich eine unüberwindbare Kluft zwischen ihnen und ihm aufgetan hatte: Es war, als läge ein unsichtbarer, aber unzerreißbarer Schleier zwischen ihnen.

Viele Schreiber bemühten sich, Rechmire zu ignorieren. Die mutigeren warfen ihm gelegentlich kurze Blicke zu und einige wenige wagten es gar, ihn in kurzen Momenten, in denen sie sich unbeobachtet wähnten, höhnisch anzugrinsen.

Rechmire hätte sich am liebsten in das Halbrund der Dorfbewohner eingereiht, doch er wusste, dass dies Mentuhoteps Zorn und Misstrauen erregt hätte. Also gesellte er sich zu den anderen Schreibern und starrte demütig zu Boden, bis der Tschati ihn rufen würde.

Doch Mentuhotep war zunächst damit beschäftigt, die zeremonielle Begrüßung entgegenzunehmen, die, da Kenherchepeschef und Sennodjem tot waren, von den sichtlich verlegenen Vorarbeitern entboten wurde.

In der Gruppe der Schreiber gab es leichte Unruhe – und dann sah Rechmire aus den Augenwinkeln, dass sich Chaemepe neben ihn gedrängt hatte. Er unterdrückte ein Stöhnen und zwang sich, keine Regung von Wut und Eifersucht auf seinem Gesicht zu zeigen.

»Baketamun ist eine Künstlerin«, flüsterte Chaemepe ohne weitere Begrüßung. »Und damit meine ich nicht nur ihre Talente als Sängerin des Amun«, setzte er mit einem dreckigen Grinsen hinzu.

Rechmire hätte am liebsten einen Stein genommen und damit das arrogant wirkende, kantige und ungemein gut aussehende Gesicht seines triumphierenden Rivalen eingeschlagen. Doch er hatte sich so gut in der Gewalt, dass nicht einmal ein Muskel zuckte. Er starrte weiterhin mit gesenktem Kopf auf den Boden und tat so, als hätte er nichts gehört.

»Weißt du, warum sie dich fallen gelassen hat wie einen Sack alten Getreides, in dem man plötzlich eine Kobra entdeckt hat?«, fuhr Chaemepe höhnisch fort. Er ließ sich von Rechmires Regungslosigkeit nicht beirren. »Weil sie weiß, dass du an dieser Aufgabe scheitern wirst und statt einer glänzenden Laufbahn nur noch Schande auf dich wartet. Ihr nichts ahnender Vater selbst hat es ihr gesagt. Userhet hält dich für verloren.«

Rechmire fragte sich, weshalb der Hohepriester mit seiner Tochter über diesen Fall gesprochen und warum er ihm keine Aussicht auf Erfolg mehr gegeben hatte. Neben den Gefühlen von Eifersucht und hilfloser Wut erfasste ihn nun ein drittes: das einer unbestimmbaren Bedrohung.

Chaemepe warf ihm einen kurzen, aufmerksamen Blick zu, um die Wirkung seiner Worte abzuschätzen. Dann grinste er befriedigt. »Baketamun ist ein verwöhntes Mädchen – und ein sehr, sehr ehrgeiziges obendrein. Weißt du, wovon sie träumt? Sie möchte irgendwann die Große Königliche Gemahlin sein. Die Frau des Pharaos! Aber Merenptahs ältere Söhne sind alle längst verheiratet. Also war sie auf der Suche nach einem jungen, ehrgeizigen Schreiber, der so gut ist, dass er es bis auf den Horusthron schafft.«

Rechmire verlor zum ersten Mal die Beherrschung. »Du bist verrückt!«, zischte er.

»Warum nicht?«, erwiderte Chaemepe hochnäsig. »Eje und Haremhab kamen aus Familien, die niedriger sind als meine - und sie haben es auch geschafft.«

»Der eine war Priester, der andere Soldat«, antwortete Rechmire.

»Na und? Dann ist es an der Zeit, dass jetzt ein Schreiber dran ist«

»Das ist Hochverrat.«

»Mach dir darüber keine Sorgen. Bis ich so weit bin, den entscheidenden Schritt zu tun, haben dich die Krokodile längst verdaut. Dein Name wird vergessen sein, selbst Baketamun wird sich deiner nicht mehr erinnern. Der Ort der Wahrheit wird für dich der Ort des Todes sein.«

Rechmire hatte seine Hände zu Fäusten geballt und holte tief Luft. Doch bevor er antworten konnte, klopfte der Herold mit seinem Stab auf den Boden.

»Verneigt euch und geht!«, rief er. »Der Prophet der Maat möchte ungestört sein. Nur der Schreiber Rechmire, Sohn des Raia, möge hier bleiben.«

Es dauerte nur wenige Augenblicke, bis sich alle, tief verbeugt und rückwärts schreitend, aus dem Schatten des Sonnensegels entfernt hatten. Einige Schreiber warfen Rechmire im Hinausgehen mitleidige Blicke zu, Chaemepe wagte sogar die Andeutung eines spöttischen Soldatengrußes.

Rechmire warf sich vor Mentuhotep in den heißen Sand und verharrte regungslos in dieser Position. Er versuchte, möglichst flach zu atmen, um keinen Staub in die Nase zu bekommen, der ihn zu einem Niesen hätte anregen und vom Tschati als Respektlosigkeit hätte aufgefasst werden können.

»Du kannst dich erheben«, sagte Mentuhotep. Seiner vollen Stimme waren keine Gefühle anzumerken.

Rechmire sah kurz in das Gesicht seines Herrn, doch schnell senkte er wieder das Haupt, um nicht in dessen dunkle Augen zu starren, die einen ganz leichten, aber sehr irritierenden Silberblick hatten. Stattdessen blickte er auf die Hände Mentuhoteps, deren Fingerspitzen hennarot geschminkt und deren übrige Haut auffallend hell war – die Hände eines Mannes, der nie in seinem Leben unter Amuns grellem Licht hatte arbeiten müssen.

»Berichte mir«, befahl der Tschati.

Rechmire schluckte und dachte an die Worte, die er sich so sorgfältig zurechtgelegt hatte. Er wollte mit langen Formeln der Bewunderung für den Pharao und Mentuhotep beginnen, ehe er zum eigentlichen Kern der Sache käme, den er wohl verkleidet präsentieren wollte. Doch nun verwarf er alle diese Gedanken. In nüchternen Worten berichtete er von seinen Nachforschungen.

»Ich habe den Frevler noch immer nicht gefunden, Herr«, schloss er, »doch ich habe zwei Verdächtige, denen ich die Tat nicht nachweisen kann – ja, für deren Unschuld sogar gewisse Hinweise vorliegen –, die ich morgen aber trotzdem besonders aufmerksam im Auge behalten werde: einen Zeichner aus Set-Maat namens Parahotep und den Priester Kaaper.«

Er verschwieg allerdings die anderen Vergehen, deren sich diese beiden Männer bereits schuldig gemacht hatten.
Mentuhotep verzichtete zu Rechmires Erleichterung auf genauere Nachfragen, doch hob er beim Namen des Priesters erstaunt die rechte Augenbraue.
»Du verdächtigst einen Diener Amuns? Das wird Userhet überhaupt nicht gefallen. Der Hohepriester wird morgen noch vor dem Pharao hier anreisen, um den Ort der Wahrheit mit geheimen heiligen Riten vor allem Bösen zu schützen. Er wäre äußerst aufgebracht, wenn er dabei feststellte, dass ich einen seiner Priester wegen so schwerer Untaten habe verhaften lassen, ohne einen einzigen Beweis gegen den Mann zu haben.«
Rechmire hob abwehrend die Hände. »Ich glaube, dass es ausreicht, wenn wir Kaaper und auch Parahotep ununterbrochen von zuverlässigen Männern beobachten lassen«, erwiderte er. »Der Priester ist blind und der Zeichner alles andere als ein guter Kämpfer.«
Mentuhotep lächelte dünn. »Ich habe Anchmahor, den Anführer der Leibgarde des Pharaos, in einem geheimen Gespräch über die Drohung gegen unseren Herrn und Gott informiert. Er hat mir zwanzig seiner besten Männer gegeben, die morgen überall entlang des Prozessionsweges versteckt sein werden. Weitere hundert Soldaten werden mit dem Pharao ankommen. Sie haben den strengen Befehl, sich stets so nah wie möglich um Merenptahs Sänfte zu scharen. Sie werden sein wie eine lebende Wand. Kein Mörder wird dem Pharao auf mehr als dreißig Schritt nahe kommen können. Trotzdem werde ich deinen Rat beherzigen und zwei Soldaten abstellen, einen für Kaaper und einen für den Zeichner. Sie werden wie Schatten sein und nicht von deren Seiten weichen.«

Der Tschati machte eine Pause und blickte Rechmire aufmerksam an. »Gibt es noch andere Verdächtige?«, fragte er nach einer quälend langen Pause.
Rechmire dachte an Hunero, doch dann schüttelte er diese Idee ab wie einen bösen Traum. »Nein, Herr«, antwortete er. Er hielt die Luft an, weil er nach dieser Antwort einen Zornausbruch von Mentuhotep befürchtete.
Doch dieser blieb unbeweglich wie eine Statue. »Es ist gut«, sagte er schließlich und nickte. »Rechmire, du verdienst einen Deben Gold und meine immer währende Gunst, weil du mich auf eine Gefahr aufmerksam gemacht hast, die dem Pharao droht. Doch du verdienst auch den Tod, weil es dir nicht gelang, diese Gefahr rechtzeitig abzuwenden. Sollte, was Amun und die anderen tausend Götter der Beiden Reiche verhüten mögen, unserem Herrn und Gott morgen auch nur ein Haar gekrümmt werden, werde ich in meinem Qenbet über dich zu Gericht sitzen und ein Urteil fällen, das deinen Verdiensten und deinen Versäumnissen gerecht wird. Ich werde dir die Nase und beide Ohren abschneiden lassen und dich für immer in eine der Goldminen der nubischen Wüste zur Zwangsarbeit schicken. Doch ich werde dir immerhin dein Leben schenken und du wirst in den Tagen, die dir auf dieser Welt noch bleiben, mehr Gold sehen, als du je zu hoffen gewagt hättest, ja, du wirst es nicht nur sehen, sondern sogar in Händen halten - denn du wirst es mit bloßen Händen aus dem Felsen brechen müssen. Du darfst dich zurückziehen.«
Rechmire verneigte sich tief und schlich rückwärts hinaus. Er versuchte, ein Zittern zu unterdrücken, doch seine Beine bebten so, dass er beinahe gestolpert wäre. Als er aus dem Schatten des Sonnensegels in die betäubende Grelle des

Nachmittages trat, schloss er nicht nur die Augen, um Amuns Strahlen zu entgehen, sondern auch, um die Tränen zurückzuhalten. Er fühlte sich, als würde Sehakek seinen bösen Spaß mit ihm treiben: Was immer Rechmire auch tat, es brachte ihn nicht näher an sein Ziel, sondern nur mit unfehlbarer Sicherheit wieder einen Schritt weiter auf ein schreckliches Schicksal zu. Für einen Moment hatte er gar das absurde Gefühl, als wären alle diese Morde und Untaten Teil einer gigantischen Verschwörung, die sich gegen ihn, Rechmire, richtete, um ihn für immer zu zermalmen.
Die Schreiber und Sklaven Mentuhoteps hatten sich in den spärlichen Schatten der Stadtmauer gehockt, die Soldaten waren bereits in den Felsen rings um Set-Maat verschwunden. Er fürchtete die Blicke, die Fragen, das falsche Mitleid und die Hohnworte der anderen Schreiber, deshalb strebte er im Laufschritt zum Tor. Er war so schnell, dass sich die ersten Schreiber kaum mühselig und verschlafen aus dem Schatten erhoben hatten, als er bereits die massiven Flügel passiert hatte und ihrem Gesichtskreis entschwunden war.
Auf der Straße des Dorfes sah sich Rechmire ratlos um. Die Soldaten des Pharaos und Djehutis Medjai sicherten den Prozessionsweg. Zu Kaaper wollte er nicht gehen, denn es gab nichts mehr zu bereden – und außerdem hätte er vielleicht sowieso nicht offen sprechen können, da nun ein Mann aus Merenptahs Leibgarde in der Nähe des Priesters wachen würde. Allein in seinem Haus würde er verrückt werden wie ein Löwe, den man in der Wüste gefangen und in einen viel zu kleinen Käfig gezwängt hatte.
Rechmire entschloss sich schließlich dazu, noch einmal Kenherchepeschefs Haus zu betreten und zum zehnten Mal seine Papyri und die anderen Hinterlassenschaften durchzu-

suchen. Er glaubte nicht, dass er dabei noch irgendetwas Neues entdecken könnte, doch er hoffte inständig, dass ihn wenigstens Huneros Gegenwart ein wenig zu beruhigen vermochte.

Die junge Witwe blickte ihn aufmerksam an, als sie ihm die Tür öffnete. »Ich bringe dir etwas zu trinken«, sagte sie freundlich.

Rechmire lächelte dankbar. »Ich könnte jetzt einen großen Krug Bier gebrauchen«, stimmte er ihr zu.

Doch sie lachte und schüttelte den Kopf. Sie trug keine Perücke und ihre kurz geschnittenen, schweren schwarzen Haare wirbelten um ihre Schläfen. »Dein Gesicht ist so weiß wie eine unserer frisch gekalkten Hauswände«, erwiderte sie. »Ich werde dir kühles Wasser holen und dazu Brot und gesüßte Feigen. Du musst jetzt wieder Kräfte sammeln. Denn ich glaube nicht, dass du morgen Zeit haben wirst für ein gutes Mahl.«

Rechmire dachte an die Schauergeschichten, die man sich in den Tavernen Thebens über die Goldminen in der Wüste erzählte, und grinste bitter. »Ich werde nie wieder Zeit haben für ein gutes Mahl«, murmelte er und ließ sich auf der Liege nieder.

Und plötzlich brach es heraus aus ihm. Es war, als sei irgendwo in ihm ein Damm gebrochen, wie manchmal zur Zeit der Überflutung urplötzlich ein scheinbar stabiler Deich vor einem Feld bricht. Rechmire erzählte Hunero von allen seinen Nachforschungen, von seinen Vermutungen und Irrtümern, von seinem Verdacht gegen Kaaper und Parahotep, von seiner Ratlosigkeit, wie es jetzt weitergehen sollte. Er erzählte ihr von Mentuhoteps Drohung und seiner Angst um des Pharaos

Leben. Und schließlich erzählte er ihr von seinen gescheiterten Hoffnungen auf eine glänzende Laufbahn als Schreiber, von seinen Eltern, die ihn verkauft, von seinen Adoptiveltern, die so viele Hoffnungen in ihn gesetzt hatten. Am Ende erzählte er ihr dann auch noch von Chaemepes wahnsinnigem Ehrgeiz und von dessen Glück und Rechmires Unglück mit Baketamun, der Tochter des Hohepriesters des Amun.

Die Worte kamen aus Rechmires Mund und sein Geist war nicht mehr fähig, ihnen Einhalt zu gebieten. Als er endlich endete, stand Amuns Wagen bereits tief im Westen. Er war erschöpft und hatte den dargebotenen Krug Wasser nicht einmal angerührt – und war doch unendlich erleichtert. Gierig trank er nun das inzwischen warm und schal gewordene Nass.

Hunero war die ganze Zeit auf einem kleinen Schemel gehockt und ihn mit ernster Miene angeblickt, ohne ihn auch nur einmal mit einem Wort zu unterbrechen. Erst als sie fühlte, dass er sich erschöpft hatte, stand sie auf und entzündete eine kleine Öllampe, deren flackernder rötlicher Lichtschein tanzende Schatten an die Wände warf. Dann holte sie ihre Harfe aus einer Truhe hervor.

»Ich werde für dich singen«, sagte sie gleichmütig, als sei dies eine selbstverständliche Antwort auf seinen Monolog.

Rechmire erwiderte nichts, sondern sah zu, wie sie sich in Positur stellte. Sie begann mit einer Hymne an Hathor, die er gut kannte. Er schloss die Augen und genoss ihre helle, kräftige Stimme. Sie sang zu Ehren der Götter. Dem Lobgesang auf Hathor folgten Hymnen auf Meretseger, auf Amun, Ptah, Thot und Sechmet.

Er achtete nicht mehr auf die Worte, sondern genoss den weichen Klang ihrer Stimme, die seine Seele entspannte, wie

kundige Hände angespannte Schultern weich massieren können. So dauerte es sehr lange, bis Rechmire auffiel, dass Hunero inzwischen nicht mehr Götterhymnen, sondern Liebeslieder sang.
Er blickte verlegen aus dem Fenster und sah, dass es draußen bereits dunkel geworden war. In der Gasse vor Huneros Haus flackerte eine Pechfackel. Das Dorf lag da in erwartungsvoller Ruhe vor dem großen Ereignis am morgigen Tage. Mit einer schüchternen Geste bat Rechmire sie, ihren Gesang zu unterbrechen. Linkisch stand er von der Liege auf.
»Ich werde jetzt besser gehen«, murmelte er.
Doch Hunero lächelte ihn nur schweigend an und legte die Harfe beiseite. Dann löste sie mit einer einzigen, fließenden Bewegung ihr Leinengewand. Mit spielerischer Langsamkeit drehte sie sich einmal im Kreis, damit er ihren perfekten Körper bewundern konnte.
»Diese Nacht ist die erste für mich und vielleicht die letzte für dich«, flüsterte sie. Dann löschte Hunero den Schein der Öllampe.

17. BUCHROLLE

Das namenlose Haus der Ewigkeit

Jahr 6 des Merenptah,
Achet, 29. Tag des Paophi, Set-Maat

Rechmire wachte in der Stunde auf, bevor Amuns Wagen den östlichen Horizont durchbrach. Das Licht war grau, der Himmel hatte die fahle Farbe alten Leinens. Er spürte Huneros warmen, weichen Körper neben sich, als sie sich im Schlaf umwandte; er lauschte ihren tiefen, regelmäßigen Atemzügen und sog den leicht nach Lotosblüten riechenden Duft ihrer Haut ein. Er fühlte sich unendlich glücklich und traurig zugleich. Rechmire küsste sie auf den Hals und streichelte ihre kleinen, festen Brüste. Er war so zärtlich, dass Hunero erst erwachte, als er sie behutsam nahm.

Sie lächelte ihn an, sagte aber nichts, sondern schloss genießerisch die Augen. Sie liebten sich lange und leidenschaftlich, ohne dass einer von ihnen auch nur ein Wort sprach.

Erst als Amuns Licht schon morgenhell war und Dutzende von aufgeregten Stimmen aus den Gassen und Dachterrassen bis in ihr Haus drangen, ließen sie voneinander ab.
Rechmire holte einen großen Wasserkrug und wusch sich. Dann zog er sich seinen Leinenschurz an und schlang ein hastiges Mahl aus Wasser und trockenem Brot hinunter, während seine Geliebte noch immer nackt und liebessatt auf dem Lager lag und ihm schläfrig zusah.
Er unterbrach die selige Stille zwischen ihnen erst, als er sich erhob, sich zu ihr niederbeugte und sie zum Abschied noch einmal lange küsste. »Ich wünschte, ich könnte bis in alle Ewigkeit an deiner Seite sein«, flüsterte er. »Doch wenn der Frevler heute zuschlägt, dann werde ich niemals mehr zurückkehren können.«
Sie schlang ihre Arme um seinen Nacken und zog ihn noch einmal zu sich herab, als er sich schon abwenden wollte. »Ich will die Prozession des Pharaos gar nicht sehen«, antwortete sie leise und bestimmt. »Ich werde zum Tempel der Hathor gehen, meiner Schutzgöttin und der Gebieterin über die Liebe und über den Tod. Dort werde ich für dich beten, bis Amuns Wagen rot am westlichen Horizont versunken ist. Dann werde ich zum Ort der Wahrheit zurückkehren – und du wirst dort sein, unverletzt an Körper und Seele und in der Gnade des Pharaos, denn du wirst den Horussohn beschützt und den Frevler rechtzeitig gefangen haben. Viel Glück, mein Bruder.«
Rechmire lächelte, zögerte kurz und küsste dann ihre Hand. »Bis heute Abend, Schwester«, entgegnete er flüsternd. Dann stand er auf und verließ mit eiligen Schritten das Haus.

Auf dem Platz vor dem Nordtor war über Nacht eine zweite kleine Stadt emporgewachsen – eine Stadt aus Zelten. Sklaven

hatten für den Pharao, den Tschati und deren Begleitern prachtvolle, hausförmige Zelte aus gelben, roten und weißen Stoffbahnen aufgespannt, damit die hohen Herren dort für einige Stunden ruhen konnten. Zwei Dutzend Diener waren pausenlos damit beschäftigt, Wasser auf den sandigen Boden zu sprengen, andere schwangen an langen silbernen Ketten große bronzene Schalen, in denen Kohlefeuer brannten, auf denen Weihrauch und Myrrhe unter Wohlgerüchen verglühten.
Mentuhotep war bereits unter großem Pomp zum Nilufer gezogen, um den Pharao dort zu empfangen. Djehuti und seine Medjai hatten sich mit blitzenden Waffen in der Zeltstadt und am Nordtor postiert. Die Einwohner vom Ort der Wahrheit standen vor ihrem Dorf. Alle trugen ihr bestes Leinen und hatten sich mit Henna Hände und Füße geschminkt. Die Augen der Frauen glänzten grün, weil sie sich Malachit auf die Lider gestrichen hatten, die Männer und Kinder hatten ihre Augen mit schwarzer Kohle umrandet. Alle Erwachsenen trugen kurze Perücken, auf denen duftende Salbkegel unter Amuns Strahlen zerschmolzen.
Rechmires suchender Blick fand Parahotep. Der Zeichner stand ganz am Rand der Gruppe und trug unter einer dicken Schicht Schminke ein missmutiges Gesicht zur Schau. Seine Nase war dick geschwollen, blauschwarz verfärbt und wies einen leichten Knick nach links auf. Direkt hinter ihm stand ein Soldat aus der Leibgarde des Pharaos. Das Gesicht des Mannes war starr wie das einer Marmorstatue, doch seine Rechte lag griffbereit auf dem Knauf seines Schwertes.
Erleichtert stellte Rechmire fest, dass die anderen Schreiber zusammen mit dem Tschati fortgezogen waren, sodass er sich vorerst nicht ihren Worten und Blicken stellen musste. Er sah sich um, bis er Kaaper entdeckte, der zusammen mit

einigen anderen Priestern, die in den frühen Morgenstunden angekommen waren, vor dem Amuntempel Aufstellung genommen hatte. Er beschloss, dass dieser Platz so gut wie jeder andere sei, um die kommenden Ereignisse abzuwarten. Es würde noch weit über eine Stunde dauern, bis der Pharao eintreffen sollte.

Kaaper verneigte sich, als Rechmire ihn ansprach. Er schien den stämmigen Soldaten, der einige Schritte neben ihm stand, nicht zu bemerken. Rechmire kam der Gedanke, dass der Priester vielleicht tatsächlich nichts von der Anwesenheit eines Aufpassers wusste, wenn sich der Mann die ganze Zeit still verhalten hatte.

»Wo ist der Erste Diener des Amun?«, fragte er halblaut.

»Userhet ist noch allein im Tal der toten Pharaonen«, antwortete Kaaper. »Der geheime Zauber des Hohepriesters ist so mächtig, dass sich dort niemand hineinwagen darf, bis der Pharao selbst das Tal betritt. Userhet wird Merenptah an dessen Haus der Ewigkeit empfangen und ihm Amuns Segen überbringen.«

Rechmire wurde unruhig. »Du meinst, dass tatsächlich niemand im Tal der toten Pharaonen ist?«, hakte er nach. »Nicht einmal ein Soldat aus der Leibgarde des Pharaos?«

»Es ist niemandem erlaubt, dort zu sein«, erwiderte der Priester ein wenig zweideutig.

Rechmire dachte daran, dass sich der Frevler um dieses Verbot nicht scheren würde. Es wäre ihm ein Leichtes, den Blicken des ahnungslosen Hohepriesters verborgen zu bleiben und irgendwo dort in aller Ruhe einen Anschlag auf den Pharao vorzubereiten. Er überflog hastig die Gruppe der Dorfbewohner. Es waren, soweit er das beurteilen konnte, alle dort versammelt - alle außer Hunero. Sie hatte gesagt, den Tag im Tempel der Hathor verbringen zu wollen. Er hatte sie geliebt und »Schwester« genannt - aber konnte er ihr wirklich trauen? Für einen Augenblick kam ein Bild in seiner Seele hoch von seiner Geliebten, hingekauert hinter einem Felsen, einen langen Dolch in der Hand.

Er war so nervös, dass ihm Kaapers nächste Worte beinahe entgangen wären.

»Ich habe doch noch einmal zu Amun gebetet und ihn angefleht, mir wenigstens diese Sünde zu verzeihen, die ich jetzt begehen werde«, sagte der Priester so leise, dass es die anderen Diener Amuns nicht hören konnten.

»Was hast du eben gesagt?«, fragte Rechmire geistesabwesend.

»Wir müssen über den sprechen, über den man nicht spricht«, entgegnete Kaaper.

Rechmire war plötzlich hellwach. »Der-dessen-Namen-niemand-nennt?«

Kaaper seufzte und fasste ihn am Arm. »Nicht so laut, bitte«, wisperte er. »Komm, lass uns für ein Weilchen in den Schatten der Tempelwände gehen«, fügte er lauter hinzu. Sie verließen die Gruppe der wartenden Priester und betraten den ersten Innenhof des Amun-Heiligtums. Nur der Soldat der Leibgarde folgte ihnen - aber in so respektvollem Abstand, dass er ihre Worte nicht vernehmen konnte.

»Es ist eine Sünde, überhaupt nur über den Verfluchten zu sprechen«, fuhr Kaaper fort, als sie ungestört waren. »Deshalb verschwieg ich es vor einigen Tagen und selbst noch vorgestern, obwohl ich deutliche Zeichen von Dem-dessen-Namen-niemand-nennt entdeckt hatte. Vielleicht hat der Gott dieses Unwürdigen etwas mit Kenherchepeschefs Tod zu tun.«

Rechmire erinnerte sich an den Bauern, den Mentuhotep von den beiden Medjai hatte hinrichten lassen, als sie sich zum ersten Mal zum Ort der Wahrheit aufgemacht hatten. Es kam ihm so vor, als sei dies Jahre her, obwohl es kaum mehr als zwanzig Tage waren. Und dann kam ihm plötzlich ein Verdacht, der so überwältigend war, dass er sich in den Sand setzen musste.

»Was fehlt dir?«, fragte Kaaper besorgt.

»Der Brief, den Kenherchepeschef an den Hohepriester geschrieben hatte«, keuchte Rechmire. »Erinnerst du dich an ihn? An den Hymnus auf der Rückseite? Ich kannte ihn nicht, aber ich sah, dass er dir Angst eingejagt hatte.«

Der Priester lachte freudlos. »Und ob ich diesen verfluchten Text kenne! Alle Priester Amuns lernen ihn, wenn sie die höheren Weihen erhalten, denn das ist das Lied unserer schlimmsten Feinde.« Er schloss die trüben Augen und rezitierte aus dem Gedächtnis:

»Schön bist du und herrlich,
mit Freude erfüllst du das Herz.
Du lässt Bäume und Gräser grünen,
die Vögel fröhlich flattern,
die Lämmer springen,
Millionen Löwenjungen tollen.
Du wärmst mir das Herz,
und niemand kennt dich,
außer ...«

Rechmire nickte. »Ja«, murmelte er, »und das letzte Wort fehlte.«

»Es lautet: ›Echnaton‹«, antwortete Kaaper so leise, dass Rechmire seine Worte kaum verstehen konnte. Als er den verfluchten Namen aussprach, griff er sich mit der Rechten

sein um den Hals hängendes silbernes Amulett in Form des Leben spendenden Anch-Zeichens.
»Es ist der Hymnus an Aton, den der verfluchte Pharao selbst geschrieben hatte und den noch immer einige versteckte Ketzer beten. Wir haben seinen Namen aus allen Texten getilgt und aus allen Inschriften herausgeschlagen. Wir haben die Papyri mit seiner Hymne verbrannt. Wir haben auch den Namen seines Gottes dem Vergessen anheim gegeben. Wir haben seine Tempel zerstört. Vielleicht weißt du es nicht, doch Aton besaß ein riesiges Heiligtum mitten in Theben, direkt neben Amuns Tempel von Karnak. Doch am Ende haben wir triumphiert und es zerstört. Der Pharao Haremhab hat Karnak mit zwei großen seitlichen Pylonen verschönert und Amun erfreut – und er hat die Trümmer aus Atons Tempel im Innern dieser gewaltigen Bauwerke für alle Zeiten begraben.«
Rechmire bedeckte seine Augen mit den Händen und hätte am liebsten geweint. Er dachte daran, wie er heimlicher Zeuge davon geworden war, als Userhet den großen Pylon nachts betreten hatte. Und er dachte an den Steinsplitter, auf dessen eine Seite Kenherchepeschef geschrieben hatte: »Ich weiß alles über dich.« Auf der Rückseite stand ein Name in der Königskartusche, geschrieben von der Hand des Hohepriesters.
»Es lebt Re, der Herrscher der beiden Horizonte, der frohlockt im Horizont, in seinem Namen als Vater des Re, der gekommen ist als …«, murmelte er. »Ich dachte immer, dass dies ein uralter Pharaonenname sein müsse.«
»Es lebt Re, der Herrscher der beiden Horizonte, der frohlockt im Horizont, in seinem Namen als Vater des Re, der gekommen ist als Aton«, vollendete Kaaper düster.

Rechmire holte einmal tief Luft, dann stieß er sich vom Boden hoch.
»Was hast du vor?«, fragte Kaaper besorgt.
»Ich werde den Hohepriester des Amun töten«, antwortete Rechmire grimmig.

Er eilte durch das Dorf, das nun menschenleer und still unter der glühenden Vormittagssonne lag. Unterwegs ärgerte er sich über seine eigene Dummheit. Userhet hatte ihm gesagt, dass er in der Nacht von Kenherchepeschefs Tod mit Kaaper der Meretseger gehuldigt habe. Doch der Vorlesepriester hatte ihm bereits vor zwei Tagen gestanden, dass er zu dieser Zeit das Traumbuch des Chnumhotep aus dem Haus des Ersten Schreibers gestohlen hatte. Warum hatte ihn Thot so mit Seelenblindheit geschlagen, dass ihm dies nicht vorher aufgefallen war? Und die Botschaft, die der sterbende Sennodjem mit seinem eigenen Blut geschrieben hatte? Er hatte vor einigen Tagen, eher als bitterer Scherz, denn ernst gemeint, vermutet, dass dessen letztes Wort »Hem-Netjer« gewesen sein könnte: Priester. Doch ein einziges Zeichen mehr machte daraus »Hem-Netjer-tepi«: Hohepriester.
Als Rechmire keuchend vor Kenherchepeschefs Haus ankam, fand er die Tür verschlossen vor. Doch er erinnerte sich an den Bericht des Priesters, wandte sich nach links zum Nachbarhaus und kletterte über zwei Mauern hinweg bis zum Innenhof vom Haus des Ersten Schreibers. Dort konnte er die hintere Pforte mit der Schulter aufdrücken.
Hastig durchsuchte er die Tonkrüge nach dem großen, alten, aus zwei zusammengeklebten Rollen bestehenden Plan vom Tal der toten Pharaonen, den er bis dahin nie anzusehen gewagt hatte. Als er den brüchigen Papyrus auf der Liege ausge-

breitet hatte, flogen seine Blicke über die verwirrenden Linien und über Hunderte von Namen, Richtungszeichen, Höhen- und Längenangaben, die im Laufe der Jahrzehnte von verschiedenen Schreibern in kursiven Hieroglyphen eingetragen worden waren. Doch so hektisch er auch suchte, Echnatons Namen fand er auf keinem Grab.

Rechmire flehte Thot an, ihm Weisheit zu schenken, und trug den Plan in den Innenhof, um ihn im grellen Licht von Amuns Wagen besser studieren zu können. Er erinnerte sich an das, was ihm Kaaper über die Herstellung des Schreibmaterials verraten hatte und fuhr mit den Fingerkuppen über den Papyrus, der an einigen Stellen eingerissen, ansonsten jedoch glatt war wie polierter Alabaster. Er schloss die Augen und tastete den Plan Fingerbreite für Fingerbreite ab. Schließlich berührte er eine Stelle, die um eine Winzigkeit tiefer lag als der Rest der Oberfläche.

Rechmire öffnete die Augen und hielt die Rolle ans Licht, dann lächelte er triumphierend: Jemand hatte dort vor langer Zeit mit einem scharfen Messer die oberste Schicht des Papyrus weggekratzt. Er konnte noch erkennen, dass hier einst eine Kartusche gestanden hatte, das Zeichen für einen Pharaonennamen. Dieser selbst war absolut unleserlich. Neben dem Namen war eine zweite, kaum fingernagelgroße Stelle weggeschabt worden – der Plan für ein kleines Grab, vermutete Rechmire.

Und diese Stelle lag genau gegenüber des schmalen Taleinschnitts, in dem Merenptahs Haus der Ewigkeit in den Felsen getrieben worden war.

Rechmire kletterte aus dem Innenhof, rannte die Straße entlang und dann hinein zwischen die glühend heißen Felsen.

Die Einwohner vom Ort der Wahrheit, die Begleiter der Hohen Herren und die Soldaten hatten sich alle in die Zelte zurückgezogen oder im kargen Schatten des Sonnensegels niedergelassen und starrten dem Laufenden erstaunt und träge hinterher. Niemand versuchte, ihn aufzuhalten; kein Wachtposten hatte im Tal der toten Pharaonen Stellung bezogen.
Amuns Wagen stand jetzt im Zenit. Die Luft war heiß wie in einem gigantischen Töpferofen. Rechmire sog sie in tiefen Zügen ein, doch er hatte den Eindruck, dass sein Inneres langsam gekocht werden würde. Schweiß lief ihm über die Stirn und verschmierte die schwarze Schminke rund um seine Augen zu grotesken dunklen Gebilden, sodass er aussah wie ein Dämon. Er warf seine Perücke achtlos fort, weil sein Schädel unter der Hitze zu zerplatzen drohte. Er hatte seine besten Sandalen angezogen, die aus feinem Leder waren und seinem Fuß schmeichelten – die aber auch jeden spitzen Stein bis zu seiner Haut durchdringen ließen, sodass seine Füße schnell blutig wurden.
Hinkend und mit rasendem Herzen taumelte er in das Ruhelager der Arbeiter. Hoch über ihm kreiste ein einsamer Falke am blauen Himmel.
»Ein göttliches Zeichen«, flüsterte sich Rechmire heiser Mut zu. »Der Horussohn ist nah.«
Von irgendwo ertönte ein leises, kratzendes Geräusch, als wenn eine kleine Metallplatte über den felsigen Boden scheuern würde – eine Schlange oder ein großer Skorpion. Doch er achtete nicht darauf und sah nicht, wohin er trat. Nur als einmal eine Hyäne bellte, hielt er abrupt inne und blickte sich um. Doch er konnte weder das Tier erkennen, das zu einer so ungewöhnlichen Tageszeit Laut gab, noch konnte er erkennen, warum es das getan hatte.

Jetzt führte der Weg bergab und der unsichtbare Ring, der sich um Rechmires Brust gelegt hatte, lockerte sich wieder etwas. Er atmete tief durch, als er endlich am Grund des Tals angekommen war. Irgendwo rieselte Sand von einem Felsen, feinster gelblicher Staub tanzte in der flirrenden Luft.

Erst jetzt fiel Rechmire auf, dass er keine Waffe mitgenommen hatte.

Er verfluchte seine eigene Dummheit, doch er rannte weiter, weil er keine Zeit zur Umkehr mehr hatte. Nach wenigen Augenblicken stand er vor dem schmalen Einschnitt, an dessen Ende Merenptahs Haus der Ewigkeit in den Felsen geschlagen worden war. Der Zugang war mit blauen Wasserlilienblüten, Lotos und Rosenranken festlich geschmückt, doch kein Mensch war zu sehen.

Dafür hatte sich vor dem Zugang des Nebentals, genau dort, wo die weggeschabte Stelle im Plan es angezeigt hatte, ein kaum schulterbreiter rechteckiger Schacht in einer alten Geröllhalde geöffnet, der bis dahin unter einer großen, flachen Steinplatte verborgen gewesen war. Wer immer diese Steinplatte beiseite geräumt hatte, musste gewaltige Kräfte haben.

Rechmire schloss für einen Moment die Augen und flehte zum ersten Mal in seinem Leben Meretseger um Beistand an. »Göttin, du bist die Herrin dieses Ortes. Gib mir die Kraft, in deinem Reich die Maat wieder herzustellen«, flüsterte er.

Dann schlich er sich näher an den Schacht heran. Erschrocken duckte er sich, als er eine Stimme hörte. Wortfetzen drangen aus dem Grab, die er nicht verstehen konnte, seltsam klar und rhythmisch. Erst nach einiger Zeit ging ihm auf, dass jemand dort unten war und sang. Vorsichtig kroch er weiter.

Am Ende des schmalen, fast lotrecht nach unten in den Felsen führenden Schachtes stand ein gemauerter Eingang aus sorgfältig zurechtgehauenen Sandsteinblöcken. Eine alte, hölzerne Tür, deren bronzene Beschläge grün geworden waren, hätte den Zugang versperren sollen. Doch Rechmire sah einen zerbrochenen Rest des Siegels von Set-Maat, des Schakals, der über die neun gefesselten Gefangenen wacht, an der steinernen Einfassung. Die Tür war erbrochen worden und stand einen Spalt breit offen.

Er zwängte sich hindurch und gelangte so in einen schmalen, schmucklosen Gang. Die Wände waren sorgfältig verputzt, jedoch niemals mit Hieroglyphen und Götterbildern dekoriert worden. Hier war die Stimme jetzt klar zu vernehmen – es war die eines Mannes, der voller Inbrunst sang. Doch in dem Gang rollten die Echos, sodass die Worte noch immer unverständlich waren.

Rechmire ging auf Zehenspitzen bis zum Ende des Ganges, wo ihm wiederum eine aufgebrochene, nur einen Spalt weit geöffnete Tür zunächst die Sicht versperrte. Als er dort angekommen war, hielt er die Luft an und blickte hindurch.

Vor ihm lag ein überraschend kleiner, rechteckiger Raum. Zu seiner Rechten erblickte er eine unregelmäßig aus dem Felsen herausgehauene Nische – der Zugang zu weiteren geplanten, allerdings nie gebauten Grabkammern. Auch hier waren alle Wände und die Decke geweißt, aber unverziert.

In der Nische standen vier Kanopenkrüge aus Alabaster, die mit fein gearbeiteten Reliefköpfen verschlossen, jedoch ohne Namenskartusche waren.

In der Mitte des Raumes erhob sich ein hölzerner Schrein bis fast zur Decke. Er war mit goldenen Reliefs verziert, die Bilder zeigten, die Rechmire noch nie gesehen hatte: Die Gestalten – ob es Götter waren, Pharaonen oder normale Sterbliche, vermochte er nicht zu sagen, ja nicht einmal, ob es Männer oder Frauen seien – erschienen ihm seltsam deformiert. Ihre Hinterköpfe waren extrem lang, als wüchse ihnen eine kegelförmige Krone unter dem Haupt; die Gesichter schmal und ungewöhnlich in die Länge gezogen, die Oberkörper schwächlich dürr, der Unterleib dagegen aufgedunsen breit. Überall prunkten Sonnenscheiben, von denen Hunderte Strahlen ausliefen, die in kleinen segnenden Händen über den deformierten Gestalten endeten. Und überall war die Namenskartusche eines Pharaos mit groben Schlägen ausgelöscht worden.

Neben dem Schrein stand ein riesiger, hölzerner Sarg in Mumienform. Die Gestalt des Toten hielt Krummstab und Geißel in den gekreuzten Händen, an ihrem Kinn war der lange, am Ende gekrümmte Zeremonialbart angebunden, um ihre Stirn wand sich die schützende Uräusschlange. Der Sarg schimmerte in Gold und Lapslazuli. Auch hier waren alle Namenskartuschen herausgeschlagen worden. Und die goldene Maske, die einst über dem Gesicht des Toten gelegen hatte, war in Höhe der Augenbrauen brutal abgerissen.

Rechmire konnte sich denken, wer der gesichtslose Pharao war, dessen Weiterleben im westlichen Horizont jemand später gründlich hatte verhindern wollen, indem er Namen und Antlitz auslöschte. Er erblickte das, was von Dem-dessen-Namen-niemand-nennt übrig geblieben war.

Neben dem Sarg kniete der Hohepriester und sang mit tiefer, gutturaler Stimme.

»Schön bist du und herrlich,
mit Freude erfüllst du das Herz.

Du lässt Bäume und Gräser grünen,
die Vögel fröhlich flattern,
die Lämmer springen,
Millionen Löwenjungen tollen.
Du wärmst mir das Herz,
und niemand kennt dich,
außer Userhet.«

Der Hohepriester kniete mit dem Rücken zur Tür und hatte seine dunklen, stechenden Augen auf den gesichtslosen Kopf des Sarges gerichtet. Er trug ein hohes, gestärktes Leinengewand und hatte sich ein Pantherfell über die linke Schulter geworfen. Seine dunkle Haut glänzte vor Schweiß und teuren Duftölen, seine goldenen Zähne blitzten, während er sang.

Für einen Moment spielte Rechmire mit dem Gedanken, Userhet einfach irgendwie von hinten anzufallen und sofort umzubringen. Doch dann dachte er sich, dass der Hohepriester den Anschlag auf den Pharao möglicherweise längst vorbereitet hatte und selbst sein Tod nicht das Leben Merenptahs zu schützen vermochte. Also versuchte er, die Tür möglichst leise aufzudrücken, um Userhet zu überraschen und zu fesseln.

Doch er hatte nicht daran gedacht, wie alt die Tür war. Als er sie aufdrückte, knarrte das Holz wie ein Schiffsrumpf im Sturm und die bronzenen Beschläge kreischten lauter und misstönender als erfahrene Klageweiber.

Userhet unterbrach sofort seinen Gesang, fuhr hoch und starrte Rechmire an. Für einen winzigen Moment spiegelte sein dunkles, feistes Gesicht grenzenlose Überraschung, dann legte sich wieder die Maske des Hochmutes über seine Züge.

»Der neugierige Schreiber aus Theben«, sagte er kalt. »Ich hätte mir denken können, dass du irgendwann hier auftauchen würdest.«
»Und ich hätte nie gedacht, dass ausgerechnet ein Hohepriester des Amun ein Mörder ist, ein Frevler gegen die Götter und sogar ein Anhänger ist von Dem-dessen-Namen-niemand-nennt«, entgegnete Rechmire. Wut brannte in ihm wie ein hohes Opferfeuer, Wut auf diesen Mann, den er fürchtete und von dem er doch vor wenigen Tagen noch gehofft hatte, dass er einst sein Schwiegervater werden könnte.
»Hier kannst du den Namen ruhig nennen«, fuhr ihn Userhet herrisch an. »Aton ist der einzige Gott. Echnaton war sein erster Prophet. Amun, Thot, Ptah, Hathor, Meretseger und wie die anderen tausend Götter des Landes Kemet heißen, deren ich so überdrüssig bin - sie alle sind Blendwerk. Nichts, als mit Gold übergossene und von den Früchten des Landes fett genährte Illusionen.«
»Und das predigt mir ausgerechnet der Hohepriester des Amun, der reichste und fetteste Priester von allen!«, höhnte Rechmire zornig.
So etwas wie ein anerkennendes Lächeln huschte über Userhets Gesicht. »Wer sonst wäre wohl besser geeignet, Aton wieder zu der Macht über Beide Reiche zu verhelfen, die er einst schon einmal genossen hat?«, gab er kalt zurück.
Sie fingen an, um den Sarg Echnatons zu kreisen wie zwei Löwen, die sich in einer engen Grube belauern. Oder wie ein Elefant und ein Skarabäus, dachte Rechmire düster, als er auf Userhets riesige, stark behaarte Hände blickte und sich vorstellte, wie sein Gegner ganz allein die steinerne Platte vor dem versteckten Grab beiseite geschoben hatte.

»Du nennst dich Türöffner des Himmels«, zischte Rechmire. »Die Menschen glauben an dich! Wie kann dein Ka ruhig bleiben bei dem Gedanken an die vielen tausend Menschen, deren Hoffnungen du so bitter täuschst? Alle Opfer, alle Rituale vor den Augen Amuns sind seit Jahren wertlos, weil du, sein Erster Diener, unrein bist.«

»Ich bin reiner als die anderen Priester, die fett sind von den Gänsen und Rindern, die ihnen die Bauern opfern. Ich bin reiner als die, die Priester werden, nur weil sie auf eine Stelle am Hof des Pharaos hoffen. Ich bin reiner als die Kleingläubigen wie Kaaper, die in ihrem Gott nur so etwas wie einen Händler sehen, den man mit Opfern und Gebeten, mit Stelen und Gelübden bezahlt, um dafür irgendeine lächerliche Gnade zu erhalten! Ich bin reiner als jeder andere Mensch im Lande Kemet, denn ich allein kenne noch Atons Geheimnis!«

»Wie hast du überhaupt von Atons Geheimnis erfahren?«, fragte Rechmire in der verzweifelten Hoffnung, Zeit zu gewinnen. Während sie weiter um den Sarg kreisten, sah er sich unauffällig nach irgendeinem Gegenstand um, den er als Waffe hätte verwenden können, doch er fand keinen.

Userhet lachte kurz und hart auf. »Meine Familie ist unter Pharao Haremhab mächtig geworden – ausgerechnet dem Herrscher, der Echnatons Andenken so gründlich auslöschen wollte! Als Kind wurde ich deshalb zu einem besonders strengen Anhänger des alten Glaubens erzogen. Ich war schon als Dreijähriger Diener im Tempel Amuns und glaubte bedingungslos an seine Größe und Macht. Bis ich fünfzehn war und für einige Jahre zum Dienst in der Armee des Pharaos nach Piramesse geschickt wurde.«

Die Stimme des Hohepriesters wurde leiser und zum ersten Mal überhaupt konnte Rechmire in ihr so etwas wie Zuneigung und Wärme heraushören.

»Damals lernte ich an einem meiner seltenen freien Tage in einer Taverne einen uralten Mann kennen«, fuhr er leise fort, »der sich für einen Steinmetz aus Memphis ausgab. Doch nachdem er einige Wochen später endlich Vertrauen zu mir gefasst hatte, gestand er mir, dass er ein Priester des Aton gewesen war, der noch Echnaton persönlich gesehen und in seiner prächtigen neuen Stadt Achetaton, welche die Dummköpfe heute einen verfluchten Ort nennen, die heiligen Riten vollzogen hatte. Er war wahrscheinlich der letzte überlebende Priester des Aton in den Beiden Reichen - und er führte mich in die Mysterien seiner, der einzig wahren Religion ein. Seitdem bin ich Aton immer treu geblieben.«

»Aber du bist nicht Soldat geblieben, sondern hast dich Amun zugewandt und ihm die Treue geschworen, bis du der Erste seiner Diener geworden bist«, rief Rechmire aufgebracht.

Userhet machte eine wegwerfende Handbewegung. »Wenn ich allein im Allerheiligsten war, habe ich vor Amuns Bild auf den Boden gespuckt. Und wann immer dies möglich war, habe ich dieses tote Bildnis verlassen und stattdessen meine Gebete zu Aton geschickt.«

»Im großen Seitenpylon des Haremhab«, warf Rechmire höhnisch ein.

Der Hohepriester zögerte überrascht und wütend, dann lachte er laut. »Du bist ein guter Mann, Schreiber, dessen Name mir entfallen ist. Mentuhotep wird betrübt sein, einen so wertvollen Diener zu verlieren.«

Rechmire ignorierte den letzten Satz. »Warum mussten Kenherchepeschef und Sennodjem sterben?«, fragte er leise. »Hat Aton das verlangt?«
Userhets Mundwinkel zuckten. »Aton gibt das Leben«, antwortete er, »doch manchmal fordert der Glaube an ihn auch den Tod«, ergänzte er nachdenklich. »Kenherchepeschef war gefährlich geworden, Sennodjem nur lästig«, fuhr er dann mit kalter Stimme fort.
»Ich weiß nicht, wie mir der Erste Schreiber auf die Spur gekommen ist. Vielleicht hat er die versteckten Zeichen erkannt, die ich in meinem Grab Aton zu Ehren anbringen ließ. Vielleicht auch hat er bei seiner verrückten Suche nach alten Papyri irgendwie gehört, dass ich mich für alle Buchrollen aus der Zeit Echnatons interessiere, und seien sie auch zerrissen oder schimmelig. Möglich auch, dass er das eine mit dem anderen verband und so erst erfuhr, wen ich wirklich verehre. Auf jeden Fall stand er eines Tages im Tempel von Karnak und verlangte, dass ich dafür sorgen möge, ihn zum Schreiber von Versiegeltem am Hofe des Pharaos zu ernennen.«
Userhet lachte und schüttelte ungläubig den Kopf. »Dies ist eine der höchsten und mächtigsten Stellen, auf die ein Schreiber gelangen kann, was ich dir wahrscheinlich nicht weiter erklären muss. Am Hofe des Pharaos wäre er reich geworden. Doch Kenherchepeschef hat sich dafür gar nicht interessiert. Er wollte nur in Merenptahs Nähe kommen, um mit den Ärzten, Astrologen und Magiern des Pharaos reden zu können. Er wollte, dass sie seine bösen Träume vertreiben, weil es niemandem sonst gelang.«
»Er hat sogar das Traumbuch des Chnumhotep gefunden«, warf Rechmire ein, »doch selbst das hat ihm nicht geholfen.«

Userhet lachte wieder. »Es gelang ihm wirklich wie keinem anderen Mann im Lande Kemet, alte, längst vergessene Texte zu entdecken. Aber kein Text hätte seine Dämonen vertreiben können. Aton allein hätte ihm geholfen. Doch als ich ihn darauf ansprach, nachdem mir klar geworden war, dass er meine Tarnung durchschaut hatte, da lachte dieser Elende nur. Statt sich bekehren zu lassen und mir zu folgen, war sein Streben nur auf den Hof des Pharaos gerichtet. Doch ich konnte dort keinen Mann dulden, der mein Geheimnis kannte. Also traf ich mich mit ihm heimlich in Merenptahs Haus der Ewigkeit und schickte ihn dorthin, wo er für immer von Sehakek und den anderen Dämonen gequält wird.«
»Und Sennodjem?«
Der Hohepriester machte eine wegwerfende Geste. »Der Ort der Wahrheit ist klein und Sennodjem war seit Jahren Kenherchepeschefs Rivale. Da erfährt man das eine oder andere Geheimnis des verhassten Vorgesetzten. Sennodjem wusste, dass Kenherchepeschef mich erpressen wollte, er ahnte jedoch nicht warum. Trotzdem wagte er es, während des Opet-Festes meine Gunst erzwingen zu wollen.« Userhet lächelte höhnisch.
»Er wollte, dass ich dich den Krokodilen vorwerfe«, verriet er. »Das hätte ich wahrhaftig gerne getan, doch dies hätte Mentuhoteps Aufmerksamkeit nur noch stärker auf Set-Maat gelenkt. Also ging Sennodjem dorthin, wo Kenherchepeschef schon auf ihn wartete. Er dürfte nicht begeistert gewesen sein.«
Userhet lachte wieder unangenehm. »Dann schickte ich meinen zuverlässigsten Sklaven während des Festes mit dem Todesdolch zum Haus von Kenherchepeschefs Witwe, um deine Nachforschungen zu verwirren.« Er machte eine Geste

spöttischen Respekts. »Das ist mir, wie man sieht, leider nicht gelungen.«
Rechmire ignorierte auch dies. »Warum willst du dann auch noch den Pharao töten?«, fragte er heiser.
Userhet schüttelte hochmütig den Kopf. »Du Dummkopf«, rief er. »Für die Menschen der Beiden Reiche ist er der Sohn der Sonne. Der Pharao steht zwischen Aton und seinem Volk. Doch ich werde allen Menschen im Lande Kemet zeigen, dass der Pharao so elend in den Westen gehen kann wie der ärmste Bauer. Stirbt der Pharao, dann fällt auch endlich die Verblendung wieder von den Menschen ab und Atons Reich kann kommen! Ich, Userhet, werde sie zu seinem Licht führen!«
Die letzten Sätze hatte er ausgerufen, als sähe er sich schon selbst vor einem Tempel zu einer gewaltigen Menschenmenge predigen. Seine Augen waren unnatürlich weit aufgerissen und leuchteten und sein Gesicht war noch um eine Nuance dunkler geworden. Rechmire wurde erst in diesem Moment klar, dass der Hohepriester vollkommen wahnsinnig war.
Er versuchte hastig, Userhet durch höhnische Worte zu überrumpeln. »Du magst der Türöffner des Himmels sein, doch im Angesicht des Pharaos bist du doch nicht mehr als ein Wurm, den er jederzeit unter seinen Sandalen zertreten kann. Merenptah wird noch tausend Jahre leben!«
Der wilde Ausbruch des Hohepriesters war so schnell vergangen, wie er gekommen war. Userhet hatte sich wieder vollkommen in der Gewalt und lächelte kalt. »Merenptah ist bereits verloren, auch wenn er es noch nicht weiß und du es noch nicht wahrhaben willst. Aber nichts und niemand kann

ihn mehr retten – am wenigsten Amun oder einer der anderen falschen Götter. Doch habe keine Angst, Schreiber, du wirst das Ende Merenptahs nicht mehr mit eigenen Augen ansehen müssen.«

Mit diesen Worten griff Userhet in eine Falte seines schweren Gewandes und zog einen langen Dolch aus schwarzer Bronze hervor.

Rechmire schnappte vor Überraschung und Angst nach Luft. Für einen Augenblick dachte er, das bisherige Spielchen weiter treiben zu können und stets Echnatons Sarg zwischen sich und seinem Gegner zu lassen – so lange, bis sich ihm vielleicht die Möglichkeit bot, durch die Tür zu entschlüpfen, ins Freie zu rennen und die Leibgarde des Pharaos zu holen.

Doch Userhet sprang mit einer Behändigkeit, die er seinem massigen Leib niemals zugetraut hätte, einfach quer über den Sarg hinweg. Seine Linke packte Rechmires Kehle, mit der Rechten wollte er noch im Sprung zustoßen. Doch seine Füße blieben am goldenen Sargdeckel hängen, der polternd zu Boden rutschte und die bandagierte Mumie freigab. Der Hohepriester kam deshalb nicht so nahe an sein Opfer heran, wie er erwartet hatte, und sein Dolchstoß ritzte nur Rechmires rechte Schulter auf.

Die beiden Kämpfer prallten auf den herabgefallenen Sargdeckel, rutschten von dort auf den Boden und wälzten sich bis zu dem hölzernen Schrein. Rechmire war zuerst wieder auf den Beinen, doch bevor er eine weitere Bewegung machen konnte, stieß ihn Userhet hart vor die Brust. Er flog rückwärts in den Schrein, der splitternd und krachend zusammenbrach. Plötzlich lag eine dichte Wolke feinsten Goldstaubes in der Luft, die das Atmen schwer machte und ihnen

die Sicht nahm. Hustend taumelten beide Männer aus den Trümmern hoch.
Rechmire erblickte den Lichtschimmer dort, wo die Tür zum Gang angelehnt war. Er wollte dorthin stürzen, doch Userhet kam ihm mit einem gewaltigen Sprung zuvor. Rechmire wich aus - und merkte zu spät, dass er in der Falle saß.
Er stand in der hinteren rechten Ecke der Grabkammer. Userhet versperrte ihm den Weg zum Ausgang, der offene Sarg Echnatons schränkte seine Bewegungsmöglichkeiten zusätzlich ein.
Auch Userhet hatte seine missliche Lage sofort erkannt. Er grinste und atmete tief durch. »Jetzt habe ich dich«, stieß er hervor.
Panische Angst überflutete Rechmires Verstand. In blinder Hast tastete er mit beiden Händen nach dem nächsten besten Gegenstand herum. Plötzlich lag seine Linke auf etwas, das kühl und zugleich hart und doch angenehm weich geschwungen war: einer der Alabasterköpfe, die einen Kanopenkrug verschlossen. Er zerrte den Kopf heraus. Ein betäubender Gestank nach Verwesung und harzigen Ölen erfüllte die Grabkammer, als der Verschluss mit leisem Seufzen nachgab.
Rechmire keuchte und sein Magen zog sich vor Ekel zusammen. Doch er bezwang sich, legte den Alabasterkopf von der Linken in die Rechte und warf ihn mit aller Kraft in Richtung des Hohepriesters.
Das Geschoss traf Userhet mitten auf der Stirn. Der Hohepriester sah für einen winzigen Augenblick überrascht aus, dann taumelte er mit leerem Gesicht drei Schritte nach hinten, der Dolch entglitt seiner plötzlich kraftlosen Hand und er brach vor der Tür zum Gang zusammen.

Rechmire dachte nicht einen Augenblick daran, dass dies nur eine neue Finte seines Gegners sein könnte. Ohne weitere Vorsichtsmaßnahme sprang er nach vorn, packte den Niedergesunkenen an beiden Schultern und schüttelte ihn.
»Stirb noch nicht jetzt, du Hund!«, schrie er mit tränenerstickter Stimme.
Doch die Stirn und die kahl rasierte Schädeldecke Userhets waren voller Blut und seine weit aufgerissenen Augen blickten starr in die Unendlichkeit. Der Hohepriester war unzweifelhaft tot.

Rechmire heulte vor Verzweiflung auf wie ein geprügelter Hund und stürzte aus Echnatons Grab. Das grelle Licht des frühen Nachmittages und die fast unerträgliche Hitze im Tal trafen ihn wie harte Schläge und er taumelte zwei Schritte zurück. Als er seine Umgebung endlich wieder erkennen konnte, sah er, dass vor Merenptahs Haus der Ewigkeit inzwischen Soldaten und einige Arbeiter vom Ort der Wahrheit aufgezogen waren. Vom Pharao oder dem Tschati war noch nichts zu sehen.
Er rannte in das enge Seitental, bis sich ihm ein großer nubischer Soldat in den Weg warf.
»Djehuti!«, rief Rechmire erleichtert, »gepriesen sei Amun!«
Der Führer der Medjai prallte zurück, als hätte sich ihm ein Dämon offenbart. »Rechmire?«, fragte er verblüfft. »Du bist es tatsächlich«, fügte er nach einem zweiten, prüfenden Blick hinzu und ließ sein gezücktes Schwert wieder sinken. »Was ist passiert? Du siehst aus, als hättest du in einer Schlacht gekämpft.«
Rechmires Anblick war erbärmlich: Staub bedeckte sein bloßes Haar, schwarze, zerlaufene Schminke hatte sein Ge-

sicht in eine Fratze des Schreckens verwandelt und Blut besudelte sein zerrissenes Leinengewand.
»Wann wird der Pharao hier sein?«, keuchte er.
»Wir erwarten ihn jeden Augenblick«, antwortete Djehuti.
»Was wird Merenptah tun?«
Der Führer der Medjai führte ihn zu einem der Vorarbeiter, der Rechmire mit großen Augen anstarrte und sich zögernd verbeugte.
»Der Tschati wird den Pharao durch sein Haus der Ewigkeit führen«, murmelte der Mann. »Ich habe die große Ehre, ihren Schritten dicht folgen zu dürfen und ihnen Erklärungen zum Grab zu geben, falls sie dies wünschen.«
»Das ist alles?«, fauchte Rechmire enttäuscht.
»Nein«, antwortete der Vorarbeiter mit bebender Stimme. »In die *Halle, in der man ruht* wird der Pharao allein gehen. Dort steht ein kleiner hölzerner Altar des Amun, den er aufklappen und vor dem er beten wird.«
»Seit wann steht der Altar dort?«
»Seit dieser Nacht. Der Hohepriester Userhet selbst hat ihn mit magischen Sprüchen geschützt und dort aufgestellt. Er hat befohlen, dass ...«
Rechmire ließ dem Mann keine Zeit mehr, den Satz zu vollenden. Er packte ihn am Arm. »Nimm dir Werkzeug mit und komm!«, befahl er. Dann wandte er sich Djehuti zu. »Du auch«, rief er.
Rechmires Äußeres war so Schrecken erregend, sein Auftreten so drängend und gebieterisch, dass ihm niemand Widerstand leistete. Er griff sich eine Öllampe und rannte zusammen mit den beiden Männern bis in die Kammer, in der einst die ineinander gestellten Sarkophage des Pharaos bis in alle Ewigkeit ruhen würden.

Jetzt erhob sich dort ein schlichter Schrein aus dunklem, poliertem Ebenholz mit wenigen, aber erlesenen Einlegearbeiten aus Elfenbein. Alle zeigten die verschiedenen Gestalten Amuns.
»Gib mir deinen Dolch!«, befahl Rechmire dem Führer der Medjai, der ihm, ohne zu zögern, seine Waffe reichte.
Vorsichtig hob Rechmire mit der Klingenspitze den schweren Deckel an – und prallte vor Schreck zurück. Eine große Kobra hatte direkt darunter gelegen, ihr aufgestellter, breiter Kopf schoss aus dem Schrein heraus.
Doch ein leises Zischen erfüllte die Luft, dann sah Rechmire ein glänzendes Etwas, das unmittelbar vor seinem Gesicht niederfuhr und den Kopf der Schlange mit einem hässlichen Geräusch abschlug, bevor sie ihre Giftzähne in seine Brust graben konnte.
Djehuti hatte mit seinem Schwert zugeschlagen und stand nun zornbebend da. »Der Schrein des Pharaos ist voller Kobras!«, keuchte er und starrte mit geweiteten Augen auf den abgeschlagenen Kopf, aus dem etwas Blut und Schleim rannen.
Rechmire zitterte am ganzen Leib und spürte, dass seine Knie nachgeben wollten. Doch es war nicht nur die Angst, die ihn zu überwältigen drohte, sondern auch unendliche Erleichterung.
Er wandte sich dem Vorarbeiter zu, der starr vor Schreck hinter ihnen stehen geblieben war. »Nimm deinen Hammer und die längsten Bronzenägel, die du dabei hast. Dann nagle diesen Schrein zu, auf dass die Kobras dort bis in alle Ewigkeit vermodern mögen.«
Die Hände des Mannes zitterten so sehr, dass Rechmire schon befürchtete, er würde mit einem fehlgehenden Schlag

den ganzen Schrein zertrümmern und dessen tödlichen Inhalt freilassen, aber schließlich hatte der Vorarbeiter doch zehn Nägel in das Holz getrieben.
Rechmire riss sich ein Stück aus seinem zerfetzten Leinenschurz und wickelte den abgeschlagenen Kobrakopf darin ein. »Gehen wir«, sagte er leise, als er damit fertig war.

Draußen vor dem Grab erwartete sie der Tschati. Er stand in breitbeiniger, gebieterischer Pose im Portal und starrte sie an, während sich sein Gefolge zu beiden Seiten des Eingangs aufgestellt hatte. Auf dem Weg, der ins Tal der toten Pharaonen hinabführte, war bereits des Pharaos verhangene, goldglänzende Sänfte zu erkennen, dicht umringt von hundert Mann seiner Leibwache, deren Standarten in der heißen Luft träge herabhingen und deren Waffen unter der Sonne glänzten, als wären es kleine Feuer.
Rechmire warf sich vor Mentuhotep in den Staub. Als dieser ihm erlaubte, sich wieder zu erheben, öffnete er den Fetzen seines Leinengewandes und präsentierte den Kobrakopf. »Der Pharao wird nicht vor seiner Zeit ins Haus der Ewigkeit einziehen«, flüsterte er so leise, dass ihn niemand sonst außer dem Tschati hören konnte.
Mentuhoteps Miene blieb unbeweglich. »Wer ist der Frevler?«, fragte er genauso leise zurück.
»Der Hohepriester Userhet, Herr«, hauchte Rechmire. »Er hat Kobras in Amuns Schrein versteckt, vor dem der Pharao in der *Halle, in der man ruht* beten sollte. Ich habe den Schrein zunageln lassen.«
Mentuhotep zuckte einen Augenblick zusammen, als hätte ihn ein Skorpion gestochen, dann hatte er sich wieder in der Gewalt. »Wo ist Userhet?«, zischte er.

Rechmire deutete auf den deutlich sichtbaren offenen Schacht am gegenüberliegenden Ende des schmalen Seitentals. »Dort ruht Der-dessen-Namen-niemand-nennt. Und Userhet wird für alle Zeiten an seiner Seite liegen.«
Mentuhotep starrte Rechmire nun offen an und gab sich keine Mühe mehr, seine Überraschung zu verbergen. Dann warf er einen raschen Blick zurück auf den Weg, wo sich die Prozession des Pharaos langsam näherte. Er schnippte mit den Fingern und sofort eilten zwei Sklaven an seine Seite.
»Eilt mit zehn Mann zu dem Schacht dort vorn«, befahl er ihnen barsch. »Schüttet ihn zu, wälzt Steine darauf und verwischt eure Spuren. Schnell! Das Auge des Pharaos darf durch diesen Anblick nicht beleidigt werden.«
Die Sklaven waren zu gut geschult, um sich ihre Überraschung anmerken zu lassen. Sie verbeugten sich schweigend und eilten davon. Wenige Augenblicke später zeigte eine kleine Staubfahne an, dass sie den Befehlen ihres Herrn gehorchten.
Mentuhotep wandte sich wieder Rechmire zu. »Du wirst mir viel zu berichten haben«, flüsterte er. »Doch das muss warten, bis der Pharao sein Haus der Ewigkeit besucht und für gut befunden hat. Ich werde dich an diesem Abend zu mir rufen lassen.«
Dann lächelte der Tschati dünn. »So, wie du aussiehst, darf Merenptah dich nicht zu Gesicht bekommen. Da er gleich hier sein wird, kannst du auch nicht den Weg zurück zum Ort der Wahrheit nehmen, um dich zu säubern.« Mentuhotep blickte sich kurz um, dann hatte er den Sitz entdeckt, den Kenherchepeschef sich einst aus dem Felsen hatte schlagen lassen.

»Setz dich dort hin«, befahl er. »Meine Sklaven werden dir Brot und Wasser bringen, um dich zu erfrischen - und sie werden ein buntes Tuch vor den Sitz spannen, sodass der Pharao dich nicht sehen kann.«
Rechmire verbeugte sich tief und wollte rückwärts davonschreiten, als ihn Mentuhotep mit einer kleinen Geste noch einmal zurückrief.
»Ich bin zufrieden mit dir, Rechmire«, sagte der Tschati mit unbeweglicher Miene.

18. BUCHROLLE

Der Erste Schreiber von Set-Maat

Jahr 6 des Merenptah,
Achet, 29. Tag des Paophi, Set-Maat

Und so verbrachte Rechmire den Tag von Pharaos Besuch - ein Tag, so heilig und feierlich, dass ihm die meisten Menschen im Lande Kemet, wenn überhaupt, nur ein einziges Mal in ihrem Leben beiwohnten - verborgen hinter einer dunklen Stoffbahn. Er hörte noch die gebrüllten Befehle, als die Leibgarde des Pharaos antrat, er vernahm die Gebetsformeln der Priester, Harfen- und Flötenspiel sowie ein allgemeines Gemurmel. Doch er war so müde, dass er erschöpft auf dem harten Felsenthron einschlief.

Er erwachte erst wieder, als ein Sklave Mentuhoteps die Stoffbahn fortzog. Der Eingang des Grabes war menschenleer.

»Was ist geschehen?«, fragte er schlaftrunken.

Der Sklave lächelte. »Der Pharao hat sein Haus der Ewigkeit gesehen und war voll des Lobes. Er ist zwar ein Gott, doch auch ein Mann von rund siebzig Jahren. Da ist es beruhigend zu wissen, dass das eigene Grab wohl geraten ist. Jetzt ist er auf dem Rückweg nach Theben. Von dort wird er morgen die lange Rückreise nach Piramesse antreten.«

Rechmire schloss erleichtert die Augen. Amun allein mochte wissen, wie es Mentuhotep gelungen war, dem Pharao das Fehlen des Hohepriesters und den zugenagelten Schrein zu erklären. Vielleicht war Merenptah beides gar nicht aufgefallen.

Dann sprang er vom Sitz hoch und rannte den Weg zum Ort der Wahrheit zurück.

»Mein Herr erwartet dich«, rief ihm der Sklave hinterher.

Im Dorf blieb ihm nur Zeit für eine hastige Reinigung mit heißem Wasser und ein neues Leinengewand - und für einen eiligen Besuch bei Hunero. Er küsste seine Geliebte und versprach ihr, dass er ihr an diesem Abend eine lange Geschichte erzählen würde - eine Geschichte mit einem guten Ende.

Dann warf er sich in den Staub vor Mentuhotep, der bereits in seiner Sänfte vor dem Nordtor wartete. Amuns Wagen war am westlichen Horizont untergegangen, die Nacht war angenehm kühl und Fackeln erhellten den Platz. Der Tschati ließ für Rechmire einen Schemel und für beide einen Krug guten kretischen Weines bringen, dann schickte er alle seine Begleiter außer Hörweite.

»Nun berichte mir«, forderte er ihn auf.

Und Rechmire erzählte von den Nachforschungen der letzten Tage, davon, wie er dabei auf Userhets Spur ge-

kommen und schließlich, wo er den Hohepriester überrascht und getötet hatte.
Als er endlich geendet hatte, schwieg der Tschati noch lange und blickte nachdenklich auf den flackernden Feuerschein einer Fackel. »Kein Wunder, dass die Suche nach dem Frevler so schwierig war«, murmelte er schließlich versonnen. »Wer hätte ihn in einer solch hohen Stellung vermutet? Ich bin gespannt, ob wir noch mehr Anhänger Atons in den besten Familien Thebens entdecken werden. Und es wird interessant sein zu sehen, wen der Pharao zum neuen Hohepriester machen wird.«
Rechmire sah ihm an, dass er bereits kaum noch an die vergangenen Untaten dachte, sondern an die neuen Entwicklungen in Theben. Er hüstelte verlegen.
Mentuhotep lachte. Plötzlich wirkte er heiter und aufgeräumt. »Komm näher, Rechmire«, befahl er.
Dieser trat mit gebeugtem Rücken näher und der Tschati legte ihm einen Kette aus Silberringen um den Hals, an der ein großer Skarabäus aus massivem Gold baumelte.
»Dies ist etwas mehr als ein Deben Gold«, sagte er leichthin. »Und dies«, fuhr er fort und zog dabei zwei Papyrusrollen aus seinem Gewand, »ist die Wahl zwischen Theben und Piramesse. Du kannst mein Hörender Schreiber werden, der, dem ich meine geheimen Briefe diktieren werde. Ich wäre dir jedoch auch nicht böse, wenn du dich für den Hof des Pharaos entschiedest. Ich kann dich als Seschcheri-sdjaut empfehlen, als Schreiber von Versiegeltem. Auch dies ist ein machtvoller Posten, wo du allerhöchstes Vertrauen genießt. Wähle.«
Rechmire schwindelte über dieses unverhoffte Glück. Doch dann hatte er Bilder von Baketamun in seinem Kopf, von

Chaemepes wahnsinnigem Ehrgeiz und den versteckten Blicken, die ihm die anderen Schreiber zugeworfen hatten. Und er dachte an Set-Maat, an Kaaper, Nachtmin – und vor allem an Hunero, die nur am Ort der Wahrheit glücklich sein konnte. Und da fiel ihm die Wahl nicht mehr schwer.

»Ich möchte«, antwortete er leise, aber bestimmt, »Schreiber am Ort der Wahrheit werden, Herr.«

Mentuhotep blickte ihn für einen Augenblick verblüfft an, dann lachte er laut. »Eine gute Wahl, Rechmire, wenn sie auch nicht gerade typisch ist für Männer deines Schlages. Hier fehlen gleich zwei Schreiber. Ich werde mich nach einem guten Zweiten Schreiber umsehen – einen neuen Ersten Schreiber habe ich soeben gefunden.«

Er klatschte in die Hände und ein Schreiber eilte eilfertig herbei, einer von denen, die mit Rechmire gearbeitet hatten. Jetzt wagte er es nicht einmal, ihm einen Blick zuzuwerfen. Er hockte sich mit gekreuzten Beinen in den Staub, entrollte einen Papyrus, opferte dem Thot den ersten Tintentropfen und war bereit.

»Auf Befehl des Sohns der Sonne«, diktierte Mentuhotep mit sonorer Stimme, »des Herrn der Beiden Länder, des Geliebten des Amun, des Baenre Meriamun Merenptah, möge er ewig leben, gebe ich, Mentuhotep, Prophet der Maat und Tschati von Theben, die Stellung des Ersten Schreibers am Ort der Wahrheit an Rechmire, Sohn des Raia. Mögest du die Maat achten, deine Pflichten erfüllen und für deine Herren noch viele Häuser der Ewigkeit errichten.«

NACHWORT

Historische Romane sind literarische Zwitter, da sie Gestalten und Ereignisse der Geschichte mit frei erfundenen Personen und Handlungen vermischen. Je ferner (zeitlich und räumlich) uns eine Epoche ist, desto schwieriger wird es dann oft, die Fakten von der Fiktion zu unterscheiden. Deshalb möchte ich für den interessierten Leser das eine oder andere klarstellen.

Die Regierungsdaten der hier genannten Pharaonen sind heute nicht immer mehr ganz genau zu bestimmen. Eine in der Forschung allgemein akzeptierte Chronologie der in diesem Roman erwähnten ägyptischen Herrscher nennt folgende Jahre (alle v. Chr.):

Echnaton (Amenophis IV.)	1351–1334
Semenchkare	1337–1333 (erste Jahre Mitregent)
Tutanchamun	1333–1323
Eje	1323–1319
Haremhab	1319–1292
Ramses I.	1292–1290
Sethos I.	1290–1279/78
Ramses II.	1279–1213
Merenptah	1213–1203

Das 6. Jahr des Merenptah entspräche also 1207 v. Chr. Zu dieser Zeit hat es tatsächlich im Dorf der Arbeiter vom Tal der Könige einen ungefähr fünfundfünfzig Jahre alten

Ersten Schreiber namens Kenherchepeschef gegeben. Einige Papyri mit seiner (in der Tat schauderhaften) Handschrift sind erhalten geblieben - unter anderem auch ein magischer Spruch zur Abwehr des Dämons Sehakek. Auch der in den Felsen gemeißelte Sitz mit seiner Besitzer-Inschrift kann heute noch besichtigt werden. Kenherchepeschef hat spät in seinem Leben eine mehrere Jahrzehnte jüngere Frau geheiratet, aber keine Kinder gehabt. Er war in mindestens zwei Korruptionsprozesse verwickelt und erhielt von einem Arbeiter namens Parahotep tatsächlich einen Beschwerde-, wenn auch keinen Drohbrief. So weit die Fakten.

Doch Kenherchepeschef ist nicht ermordet worden, sondern starb um 1194, also im Alter von etwa siebzig Jahren - und nichts deutet darauf hin, dass es ein unnatürlicher Tod gewesen sein könnte. Alle anderen handelnden Personen - von Rechmire über Hunero bis hin zu Mentuhotep und Userhet - sind frei erfunden. Es gibt kein Indiz dafür, dass jemals irgendein Hohepriester des Amun ein Anhänger des Aton gewesen war.

Merenptahs Grab hat die Nummer KV 8 im Tal der Könige. Bei der Beschreibung von Ausschmückung und Ausstattung habe ich mich weitgehend an das gehalten, was Archäologen dort auch tatsächlich freigelegt haben. Das »Echnaton-Grab« meines Romans ist KV 55. Ob der »Ketzerpharao« tatsächlich jemals dort gelegen hat, ist höchst umstritten. Die Ausstattung - vor allem der Sarkophag mit der herausgerissenen Goldmaske und den ausgeschlagenen Namenskartuschen - ist dort jedoch gefunden worden.

Bei der Architektur - der Stadt Theben, der großen Tempelkomplexe von Karnak und Luxor sowie des Dorfes Set-

Maat - habe ich mich an heutige, auf den Grabungen basierende Rekonstruktionen gehalten, in Einzelheiten (der Raumausstattung beispielsweise) jedoch meine Fantasie walten lassen.

Ich habe versucht, Details aus dem Alltagsleben (Kleidung, Essen etc.) so genau wie möglich nachzuzeichnen. Da ich allerdings niemandem zumuten wollte, bei der Lektüre dieses Buches ständig ein Glossar zu wälzen, habe ich auf möglichst viele »authentische« Begriffe verzichtet und stattdessen häufiger die heute gebräuchlichen Bezeichnungen verwandt - so heißt es beispielsweise »Theben« und nicht »Waset«.

Wer mehr über das Leben in Set-Maat erfahren möchte, dem empfehle ich in aller Bescheidenheit meinen Artikel »Die Totengräber von Theben« in GEO EPOCHE Nr. 3: »Das Reich der Pharaonen«.

INHALT

Set-Maat, der "Ort der Wahrheit"

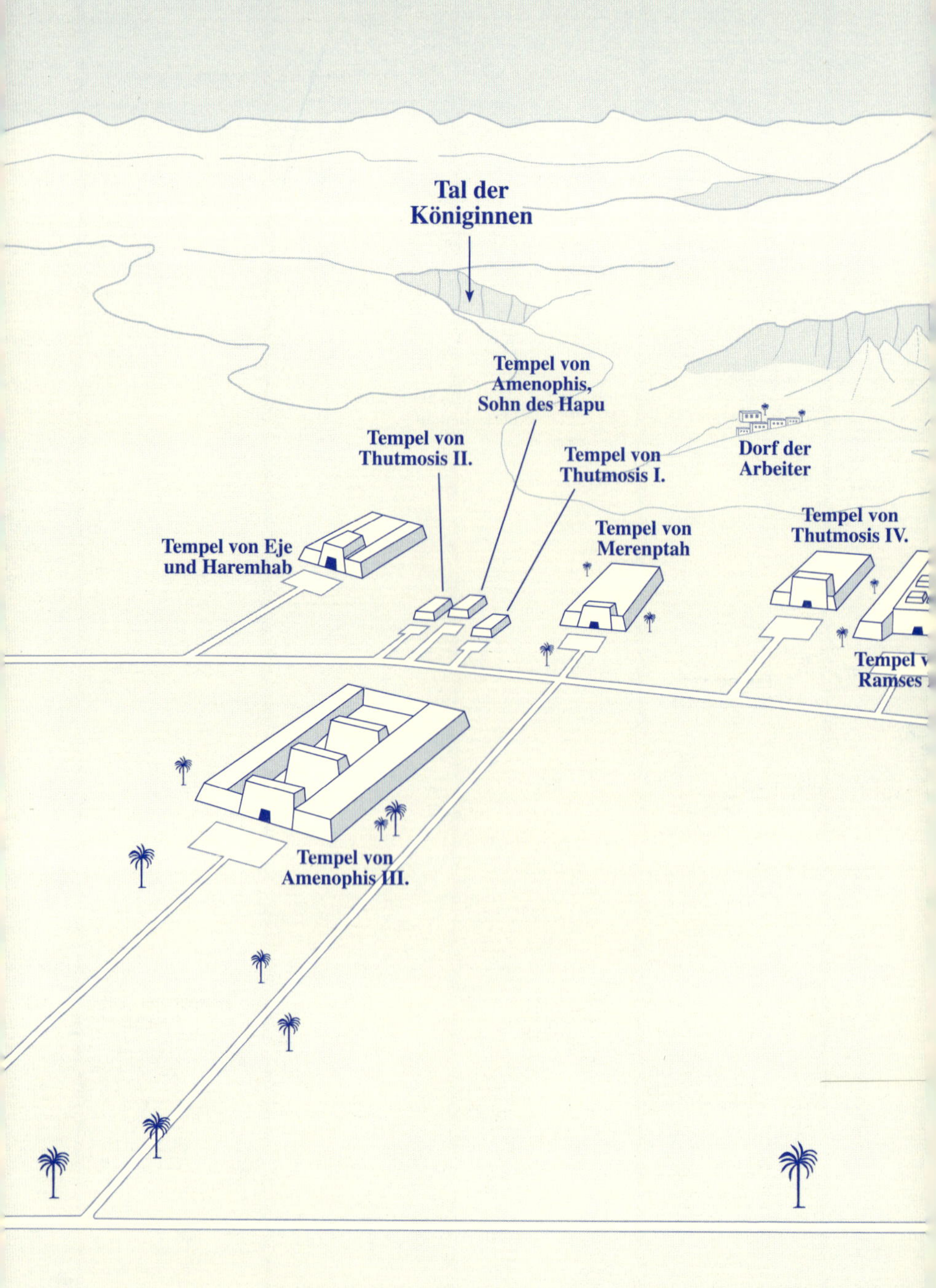